Devil in Spring
by Lisa Kleypas

パンドラの秘めた想い

リサ・クレイパス
緒川久美子[訳]

ライムブックス

プロローグ

キングストン公爵夫人エヴァンジェリン——エヴィーは赤ん坊の孫を入浴用のたらいから持ちあげ、やわらかな白いタオルでしっかりと包んだ。赤ん坊が声をたてて笑いながらむちむちした足を踏ん張り、彼女の膝の上で立とうとする。そしてエヴィーの顔や髪にびしょびしょに濡れている手を伸ばしたので、彼女はその愛情いっぱいの攻撃に吹き出した。「落ちついて、スティーブン」ところが今度は真珠の二連のネックレスをつかまれて、エヴィーはひるんだ。「あなたをお風呂に入れるのに、こんなものをつけてきちゃだめだってわかっていたのよ。それなのに、ど、どうしても我慢できなくて」彼女はしゃべるときにいつも口ごもってしまう。若い頃に比べれば、かなりましになってはいるけれど。

「奥さま」若い世話係のメイドのオーナが、あわてて駆け寄ってきた。「わたしがお坊ちゃまをたらいからお出しするべきでした。よく太られて、ずいぶん重くていらっしゃいますもの」

「別に、これくらいなんともないわ」エヴィーはメイドを安心させると、赤ん坊のバラ色の頬にキスをして、その手をなんとかネックレスから引きはがした。

「乳母が休みの日に手伝ってくださるなんて、奥さまは本当におやさしいですね」メイドはエヴィーから慎重に赤ん坊を受け取った。「奥さまにはもっと大切な用事がおありなんですから、メイドの誰でも喜んで乳母の代わりを務めましたのに」

「わたしにとっては、ま、孫たちが何より大切ですもの。それにこうして子ども部屋で過ごすのは楽しいわ。娘や息子が小さかった頃を思い出して」

赤ん坊がフリルのついた白い室内帽《キャップ》に手を伸ばしたので、オーナはくすくす笑った。「お坊ちゃまにお粉をはたいて、服を着せますね」

「では、わたしはお風呂の片づけをしましょう」エヴィーは言った。

「奥さま、いけません！」懇願の中に断固とした厳しさもこめようと、メイドが懸命に声を張る。「上等なシルクのお召し物が台なしになってしまいます。居間で本を読まれるか、刺《し》繍《しゅう》でもなさっていてください」それでもエヴィーが言い返そうとすると、オーナは何やらほのめかすようにつけ加えた。「こんなに手伝っていただいたことがばれたら、乳母に大目玉を食らってしまいます」

こう言われると、エヴィーは引きさがるしかなかった。

乳母はきっと、メイドだけでなくエヴィーにも説教をするとわかっていたのだ。しかたなく、悔し紛れにつぶやく。「エプロンをつけているから大丈夫なのに」

スティーブンを受け取ったメイドは満足げな笑みを浮かべて、浴室から子ども部屋に向かった。

エヴィーは浴槽の前の敷物に膝をついたまま、フランネルのエプロンをはずそうと背中側にある結び目に手を伸ばした。公爵夫人らしくふるまってほしいという使用人たちの期待に応えるのは、なんて難しいのだろう。彼らはエヴィーに、銀のスプーンで紅茶をかき混ぜるよりも労力のいることをさせまいとする。けれど彼女は孫がふたりいるとはいえ、いまだに引きしまった体形を保ち、健康だ。濡れてつるつる滑る赤ん坊をたらいから抱きあげたり、子どもたちと一緒に果樹園を駆けまわったりするくらい、なんでもない。それなのについ先週も、おもちゃの矢を取りに石積みの塀を越えようとして、庭師頭に叱られてしまった。

結び目をほどくのにてこずっていると、うしろから近づいてくる足音が聞こえた。それだけで、エヴィーには誰が来たのかすぐにわかった。彼がエヴィーのうしろに膝をつき、力強い手でやさしく彼女の手をどけて、手際よく結び目をほどきはじめる。

シルクのようになめらかなささやきが、エヴィーの首筋をくすぐった。「きみは新しい乳母かな。なかなか、かわいらしいね」ゆるんだエプロンの下に男の手が巧妙に滑り込み、ウエストから胸へと撫であげる。「すばらしい胸だ。きみならきっと、この屋敷でうまくやっていけるだろう」

エヴィーは目を閉じて、男の広げた腿のあいだに背中からもたれた。罪深く扇情的な唇が、首筋をやわらかく這いまわる。

「ひとつ警告しておいてあげよう」誘惑に満ちた声が、さらに続けた。「屋敷の主人には近づかないほうがいい。とんでもなく好色な男だという噂《うわさ》だ」

彼女は唇の端をあげ、笑みを浮かべた。「そう聞いているけれど、彼は噂どおり不道徳な人なのかしら」

「いや、噂よりひどい。とくに赤毛の女には目がないらしい」彼がピンを何本か引き抜いたので、長い三つ編みが肩に落ちた。「哀れな娘だ。やつはきっと、きみを放っておかないだろう」

男の唇が首筋を滑りおりると、エヴィーは体を走り抜けた歓びに小さく震えた。「わたしはどうすればいいの?」

「しょっちゅう相手をしてやることだ」キスの合間に彼が言う。

抑えきれずに笑いがもれ、エヴィーは男の腕の中で体をねじってうしろを向いた。

結婚して三〇年にもなるのに、夫であるセントヴィンセント卿を見るたびに、エヴィーの心臓はどきんと音をたてて跳ねる。いまではキングストン公爵となったセバスチャンは、人々が畏怖の念を抱くと同時に魅了される堂々とした男性になった。一〇年前に公爵の称号を継ぎ、強大な力を持った男にふさわしい威厳を身につけたのだ。けれども炎のような熱さと氷のような冷たさをあわせ持つ明るい青色の瞳を見ると、人々は彼がかつて英国一の放蕩《ほうとう》者《もの》だったという事実をいやおうなしに思い出す。そしてエヴィーだけが知っているが、彼はいまでもそうだった。

時の流れはセバスチャンにやさしく、それはきっとこの先も変わらない。金褐色の髪はこめかみの部分に銀色の筋が交じりつつあるけれど、彼は引きしまった優雅な体を持つ美しい

セバスチャンが顔をあげた。眉間にかすかにしわを寄せて彼女を見おろし、小さくため息をつく。「どうやら今回は伯爵の娘の名誉を汚したらしい。レイヴネル家の娘だ」

その名前には聞き覚えがあり、エヴィーは眉根を寄せて、どんな娘か思い出そうとした。

「レイヴネル家には知りあいがいたかしら？」

「わたしは先代のトレニア伯爵を知っていたよ。底の浅い気まぐれな奥方がいたな。きみも一度園芸品評会で会って、彼女の蘭《らん》のコレクションについて話をしたはずだ」

「ええ、覚えているわ」残念ながら、当時エヴィーはその女性が好きになれなかった。「あの人たちに娘がいたの？」

「双子だ。今年社交界にデビューしたのさ。きみの間抜けな息子は、そのひとりと一緒にいるところを現行犯《フラグランテ・デリクト》でつかまったらしい」

「父親に似たんだわ」

妻の言葉にセバスチャンは憤慨したような顔で立ちあがり、彼女も引っ張りあげた。「あいつの父親は誰にもつかまったことなどない」

「わたし以外にはね」エヴィーは気取って言った。

セバスチャンが笑う。「そのとおり」

「フラグランテ・デリクトって、どういう意味？」

「字面そのままの意味かい？〝罪が赤々と燃え盛っているところ〟という感じかな」妻を軽々と抱きあげながら、彼は言葉を継いだ。「これから実演してあげよう」

「でも、あの子の話は？　ガブリエルとレイヴネル家の娘の――」

「それはもう少し待てる」セバスチャンはきっぱりとさえぎった。「きみを誘惑するのが先だ。たしか一万回目だよ、エヴィー。だから頼む。今回はちゃんと集中してほしい」

「わかったわ、あなた」エヴィーは従順に返すと、彼女を抱いて寝室へと向かう夫の首に両腕をまわした。

1

一八七六年、ロンドン
二日前……

レディ・パンドラ・レイヴネルは退屈していた。

頭のてっぺんからつま先まで。

体じゅう、どこもかしこも。

それなのに、社交シーズンはまだ始まったばかりだ。あちこちの舞踏会や夜会や音楽会や晩餐会を渡り歩く日々に、あと四カ月も耐えなくてはならない。国会が閉会し、貴族たちが家族を連れて田舎の領地に帰るまで、あと四カ月。それまでには晩餐会が六〇回、舞踏会が五〇回、夜会は数えきれないほどあるだろう。

シーズンの終わりまで耐えきれるとは、とても思えない。

パンドラは肩を落として椅子にもたれ、混みあった舞踏室を見渡した。フロアには黒と白の正装に身を包んだ男たちや、足首までの短いブーツを履いた軍服姿の将校たち、それにシルクとチュールに身を包んだ女たちがひしめいている。彼らはいったいなぜ、ここに来ているのだろう？　この前の舞踏会でしゃべり損ねたことを話したくて、今日も来たのだろうか？

ひとりでいるのがいやというわけではないけれど、こんなふうに大勢の人々の中で自分だけ楽しめないでいるのは最悪の気分だと、パンドラは不機嫌に考えた。

このワルツに興じている男女の群れのどこかで、彼女の双子の片割れが希望に胸をふくらませた求婚者の腕に抱かれて優雅に踊っているはずだ。いまのところカサンドラはパンドラと同じくらい社交シーズンに失望し退屈しているが、カサンドラのほうがこのゲームに前向きに参加しようという意欲は高い。

〝隅に座っていないで、もっと動きまわっていろんな人と話してみたら？〟カサンドラには今晩もそう言われた。

〝いやよ。ここに座っていれば、少なくとも頭の中では面白いことを考えていられるもの。あなたがどうして退屈な人たちの相手を何時間もしていられるのか、さっぱりわからないわ〟

〝みんながみんな、退屈ってわけじゃないわよ〟

抗議したカサンドラを、パンドラは疑いの気持ちもあらわに見つめた。〝だったらきくけど、これまでに会った男性のうち、もう一度会いたいと思える人はいた？〟

〝それはまだいないけど〟カサンドラは認めた。〝でも全員に会ってみるまで、可能性はあるでしょう？〟

〝ひとりに会えば全員に会ったのと同じよ〟パンドラはむっつりと返した。

カサンドラが肩をすくめる。〝それに誰かとおしゃべりしているほうが、早く時間が過ぎるもの。あなたも試してみなさいよ〟

けれども残念ながらパンドラは、誰かとちょっとおしゃべりするなんていうことがとても苦手だった。もったいぶった鼻持ちならない男がとくとくと自慢話を始めたら、興味があるふりなんて絶対にできない。自分はこんなすごいことをした、友人みんなに好かれている、みんなが彼をあがめている、なんてたぐいの話もだめだ。老境に入った男の若い花嫁になって話し相手を務めたり、介護をしたりするような忍耐強さはないし、妻を亡くした男に跡継ぎを産むための道具として物色されるのもまっぴら。そういう男たちに、たとえ手袋をはめた手であっても触られることを思うと、パンドラはぞっとして鳥肌が立った。そして彼らと会話するところを想像しているなんて、自分はよほど退屈しているのだと考えた。

ぴかぴかの寄せ木細工の床に視線を落とし、彼女は〝退屈〟から連想する単語を次々に思い浮かべた。面白くない……うんざり……あくびが出る……。

「パンドラ」付き添い役《シャペロン》のきびきびした声がした。「どうしてまた隅に座っているの？　ダンスカードを見せてごらんなさい」

パンドラは顔をあげてレディ・バーウィックことエレノアと目を合わせ、扇形をした小さなカードをしぶしぶ差し出した。

ほうきの柄でも入っているかのように背筋をまっすぐ伸ばした堂々たる長身の伯爵夫人が、ダンスカードの貝製のカバーを開く。そして扇の骨一本一本についている細い記入欄に、厳しい表情で目を走らせた。

どの欄にも名前は書かれていない。

レディ・バーウィックの口が、ひもで引きしめたようにすぼまった。「いまごろはもう、全部の欄がいっぱいになっていていいはずですよ」

「それが、足首をひねってしまって」パンドラは目を合わせないようにしながら言い訳をした。軽いけがをしたふりをすることが、目立たないよう隅に引っ込んで余計な失敗をしなくてすむ唯一の方法だった。社交界でのルールとして、疲労やけがを理由にダンスの誘いを断ったら、女性はそのあとひと晩じゅう、ほかの誘いを受けられない。

レディ・バーウィックの声が冷たくなった。「トレニア卿の寛大なふるまいに対するお返しが、その態度なの？　社交界の行事にまじめに参加するつもりがないのなら、どうして高価なドレスや装身具を買ってもらったりしたの？」

じつはパンドラも、それについてはうしろめたく感じていた。トレニア伯爵であるいとこのデヴォンはパンドラの兄が亡くなったために去年伯爵の称号を継いだのだが、それ以来、彼女とカサンドラにとても親切にしてくれている。社交界にデビューするための支度をすべて整えてくれただけでなく、どんな求婚者でも満足させられる持参金も用意してくれた。彼女の両親は数年前に亡くなったけれど、生きていたとしても、これほどのことはしてくれなかっただろう。

「まじめに参加するつもりがないわけではないんですけど、こんなに難しいものだと思っていなくて」パンドラはもごもごと言い訳をした。

とくにダンスが難しい。

グランドマーチやカドリールのようなダンスはなんとかなる。ギャロップもまあ、パートナーとなった男性が彼女をすばやく振りまわしすぎなければ、ついていけないこともない。でもワルツとなると、文字どおりいたるところに危険が潜んでいた。勢いよくくるりとまわると、パンドラは平衡感覚を失ってしまうのだ。同じように、視覚に頼れない暗い場所でもすぐにバランスを崩してしまう。とはいえレディ・バーウィックはパンドラがこんな問題を抱えていることを知らないし、彼女のほうもこんな恥ずかしい事情は自分のプライドにかけて絶対に口にするつもりはなかった。この問題とそうなった原因を知っているのはカサンドラだけで、彼女はずっと秘密を守るのに協力してくれている。

「あなたが自分で難しくしているだけですよ」レディ・バーウィックは叱責の手をゆるめようとしない。

「わたしを本当に好きになってくれるわけでもない夫を、どうしてわざわざつかまえなくてはいけないのか、納得できないんですもの」

「夫があなたを好きになってくれるかどうかなんて、なんの関係もないの。結婚は個人的な感情からするものではなく、互いの利益が一致してするものですからね」

その意見には賛成できなかったが、パンドラは口を引き結んでこらえた。一年ほど前に姉のヘレンがミスター・リース・ウィンターボーンと結婚したが、ウェールズ生まれの平民である彼とヘレンはものすごく幸せそうだ。いとこのデヴォンと彼の妻ケイトリンもそうだから、愛ある結婚は少ないとはいえ、まったくないというわけでもない。

けれどもパンドラは、そういう結婚を自分自身ができるとはどうしても思えなかった。ロマンティックなカサンドラと違って、パンドラは結婚したいとか、子どもを持ちたいとかいうあこがれを一度も持ったことがない。誰かのものになりたくないし、誰かが彼女のものになるのはもっといやだ。彼女のような身分の女性にふさわしい生活を送りたいと思えるように努力もしてみたけれど、そんな伝統的な生き方に自分が幸せを見いだせることは決してないと彼女にはわかっていた。

レディ・バーウィックがため息をついて、パンドラの隣に座る。彼女の背中は椅子の背と平行にぴんと伸びたままだ。「まだ五月のはじめよ。このことについてわたしが前に何を話したか、覚えているかしら」

「社交シーズン中でもっとも重要な月で、主だった催しはすべてここで開催される、と」

「そのとおり」レディ・バーウィックがダンスカードを返してよこした。「今夜はしかたがないけれど、明日からは頑張ってくれると期待していますよ。トレニア卿ご夫妻のためにも、あなた自身のためにも、そうする義務があるんですからね。それにつけ加えるなら、わたしのためにもそうしてもらいたいわ。無事デビューできるところまであなたを仕上げたのは、このわたしなんですから」

「たしかにそうです」パンドラは静かに認めた。「本当にいろいろお骨折りくださって、心から申し訳ないと思っています。でもやっぱりこういうことはわたしに向いていないんだと、つくづく思い知りました。わたしは誰とも結婚したくないんです。だから自力で生計を立ててひとりで生きていけるように、計画しているところなんですよ。それがうまくいけば、もう誰にも心配してもらわずにすみます」

「あのばかげたゲームのことを言っているの？」伯爵夫人が声に軽蔑をにじませた。

「ばかげてなんかいません。ちゃんと価値があるんです。特許も認められたんですから。ミスター・ウィンターボーンにきいてみてください」

子どもの頃からおもちゃや室内遊戯が好きだったパンドラは、去年ボードゲームを考案した。そしてミスター・ウィンターボーンのあと押しを受けて、そのゲームを独占的に製作、販売するための特許を申請した。世界一大きな百貨店の経営者であるミスター・ウィンターボーンがすでに五〇〇個注文してくれたし、競合するものがほとんど存在しないこともあり、このゲームの成功は約束されている。ボードゲーム産業はミルトン・ブラッドリーが興した会社のおかげでアメリカでは栄えているものの、イングランドではまだ産声をあげたばかりだ。パンドラはさらにふたつゲームを考案していて、あとは特許を申請するばかりになっている。そのうち、自立して生きていくのにじゅうぶんなだけの金額を稼ぐつもりだった。

「ミスター・ウィンターボーンはいい人だと思いますよ。でも、こんなふうにあなたを焚《た》きつけたことは感心しないわ」レディ・バーウィックが厳しい声を出した。

「わたしにはビジネスの才覚があると、彼は言ってくれています」

ハチにでも刺されたかのように、伯爵夫人がぴくりと体を動かした。「パンドラ、あなたは伯爵の娘です。商人や職人と結婚するのだって考えられないのに、あなた自身がそのひとりになるなんてとんでもありません。誰にも受け入れられなくなって、つまはじきにされてしまいますよ」

「わたしがどんな生き方をするか、どうしてここに集まっている人たちが気にするんでしょう？」舞踏室の中を警戒するようにさっと見まわして、パンドラはきいた。

「あなたが彼らのひとりだからよ。あなたと同じで、彼らもそのことを喜んでいないでしょうけれど」レディ・バーウィックは頭を振った。「あなたを理解できるふりをするつもりはないわ。あなたの頭はいつも目まぐるしく働いているんですもの。ほら、なんと言うんだったかしら、あのものすごい勢いでくるくるまわる花火みたいに」

「ネズミ花火ですか？」

「そうそう、それよ。くるくるまわりながら火花をまき散らす、うるさくてちかちかする花火。あなたは細かいところを見ようともしないで、さっさと判断を下してしまう。頭がいいのはよいことだけど、よすぎても何も知らないのと同じ結果になってしまうのよ。世間の意見なんて無視できると思っているの？　人と違うからって、みんながあなたを尊敬してくれると？」

「もちろん、そんなことは思っていません」パンドラは白紙のダンスカードをもてあそび、何度も開いたり閉じたりした。「でもこんなわたしを受け入れようと、努力してくれるかもしれないわ」

「何を言っているんですか。本当に頑固ね。どうしてみんながそんな努力をしてくれると思うの？　そんなふうに常識に逆らうのは、単なる自分勝手というものです」レディ・バーウィックはまだしゃべり足りないようだったが、口をつぐんで立ちあがった。「続きはまたあとにしましょう」彼女は向きを変えると、タカのような目で若者たちを見張っている年配の女性陣が集まっている壁際へ向かった。

パンドラの左耳の奥で、銅線が振動しているような金属的な音が響きはじめた。ストレスがかかる状況になると、ときどきこうなるのだ。しかも自分の気持ちをわかってもらえない悔しさから涙がこみあげて、彼女はぞっとした。不器用で変わり者の壁の花が舞踏室の隅で泣いていたと噂にでもなったら、屈辱で二度と立ち直れない。そんなのは絶対にいやだ。あわてて立ちあがったパンドラは、椅子を倒してしまいそうになった。

「パンドラ」突然、近くからせっぱ詰まった声がした。「お願い、助けてほしいの」

振り向くと、ドリーだった。

黒い髪の陽気なドリーはふたりいるレディ・バーウィックの娘の年下のほうで、結婚してレディ・コルウィックになったばかりだ。パンドラとカサンドラはレディ・バーウィックから礼儀作法と立ち居ふるまいを教わるようになり、ドリーと親しくなった。美人で人気者の彼女はほかの同年代の娘たちがパンドラに無関心だったり、ばかにした態度を取ったりしても、ずっと親切にしてくれた。デビューした去年は社交界の花形としてもてはやされ、彼女のまわりには独身男性がいつも群がっていたらしい。最近夫となったコルウィック卿ことアーサーは彼女より二〇歳ほど年上だが、相当な資産を持ち、将来は侯爵の称号を継ぐ。

「いったいどうしたの？」パンドラは心配になって尋ねた。

「先に、母には話さないと約束して」

パンドラは用心深く微笑んだ。「わたしができるだけあなたのお母さまには何も話さないようにしてるって、知っているでしょう？　さあ、教えてちょうだい」

「イヤリングをなくしてしまったの」

「まあ、それは残念だったわね」パンドラは同情した。「イヤリングって、よく落としちゃうもの。わたしなんて、しょっちゅういろんなものをなくしているし」

「そんな簡単なことじゃないのよ。夫のコルウィック卿が今夜のために金庫から出してくれた、お母さまから受け継いだサファイアのイヤリングなの」ドリーは顔の向きを変え、反対の耳にぶらさがっている重そうなサファイアとダイヤモンドのイヤリングを見せた。「それになくしたことよりまずいのはその場所で、じつは結婚する前に求婚者だったミスター・ヘイハーストとちょっとだけ抜け出していたのよ。それがばれたら、コルウィック卿はきっとものすごく腹を立てるわ」

パンドラは思わず目を見開いた。「どうしてそんなことを！」

室を踊りながらまわっていく色とりどりのスカートとズボンの群れに目を奪われていた。

パンドラの見るかぎり、彼女が舞踏室を出ていくことに気づいた人間はいなかった。大階段を急いでおりて、バルコニーのある大広間を抜け、屋敷の端から端まで続いている明るく照らされた広い廊下を進む。壁はこの屋敷に代々暮らしてきた威厳たっぷりの貴族たちの肖像画で埋め尽くされ、小走りに進む彼女を見おろしていた。

裏のテラスに出る扉を見つけたパンドラは、客船の乗客が手すりにつかまって大海原を見つめるように扉の内側から外を見つめた。冷え冷えとした夜の庭は闇に沈んでいる。安全な屋敷の中からそんな場所に出ていきたくはないけれど、広い芝生の中を走る小道に沿って点々と明かりがついている。長い鉄の棒を組みあわせた脚の上に銅製の鉢を置き、そこに入れた油を燃料に明かりが灯されているのだ。

パンドラは果たすべき使命に集中してテラスを横切ると芝生におりた。アカマツがたくさん植えられているので、大気中にぴりっとした心地のいい香気が満ちている。そのおかげで、敷地の端に行くほど強くなるテムズ川の臭気がそれほど感じられなかった。

川が流れている方向から、荒っぽい声をした男たちのやりとりやハンマーを振るう音が聞こえてくる。これから打ちあげられる花火のために、足場を補強する作業が行われているのだ。夜の締めくくりに客たちが一階と二階のテラスやバルコニーに集まり、空を彩る美しい光を見物することになっている。

砂利道は曲がりくねりながら、ロンドンで古くから信仰されているファーザー・テムズの像のそばを通っていた。長いひげを生やしたファーザー・テムズは、がっちりとした体を巨大な石の台座の上に横たえている。片手に無造作に三つ鉾《ほこ》を持っているが、ケープをまとっている以外に何も身につけていないのが、パンドラにはひどく間抜けに思えた。

「人前で自然のままの姿ですって？」横を通り過ぎながら、わざとはすっぱな口調で言う。「古代ギリシャの彫刻ならともかく、あなたがそんな格好をするなんて論外よ」

彼女はあずまやに向かった。イチイや多弁のキャベッジ・ローズの茂みに隠れるように立っているあずまやは側面が開いていて、れんがの土台の上にさねはぎ板張りの壁が柱の半分ほどの高さまで作られている。色ガラスのパネルで装飾されており、明かりは天井からさがっているモロッコランプだけだ。

パンドラはためらいつつも木製の階段を二段あがり、あずまやの中に入った。家具は透かし細工の長椅子だけで、どうやら近くの柱にボルトで固定されているようだ。

スカートの裾を汚れた床の上に引きずらないように注意しながら、彼女はイヤリングを探しはじめた。いま着ているのは自分が持っている中で一番いいドレスで、シルクの玉虫織りの生地は角度によって銀色やラベンダー色に見える。前から見ると深くくれた襟ぐりにぴったり体に沿った身頃という簡素なデザインだが、うしろ側には蜘蛛《くも》の巣のように繊細な飾りひだが寄せられているので、彼女が動くたびに美しく流れ落ちているスカートが細かく揺れ、生地がちらちら光る。

パンドラはクッションを持ちあげてその下を見たあと、座面にのって長椅子と湾曲した壁の隙間に目を凝らした。すると壁の縁取りと床のあいだにきらりと光る宝石が見えて、にっこりした。

あとはあそこからどうやって回収するかを考えなければならない。床に膝をついて拾えば、煙突掃除をしたみたいな格好で舞踏室に戻ることになってしまう。

長椅子の背は木を彫って装飾的な曲線模様に形作られているものの、模様の隙間に体を入れて手を伸ばせそうだった。パンドラは手袋をはずしてドレスの内側にある隠しポケットにしまい、思いきりよくスカートをたくしあげて座面に膝をつくと、透かし彫りの模様のあいだに腕を肘まで差し込んだ。でも、まだ指先は床に届かない。

そこで頭を奥に突っ込んでさらに体を前に傾けたところ、かすかに髪が引っ張られる感じがして、ピンの落ちる小さな音がした。「いけない」そうつぶやいて、椅子の背の隙間に肩が通るよう、体を横向きにする。すると、ようやくイヤリングをつかめた。

ところが手を引っ込めようとして、予想外の困難に直面した。透かし彫りの模様が、サメの顎のように彼女の体にがっちりと食い込んだのだ。力を入れて体を引いてみると、複雑な装飾模様のどこかに引っかかったドレスがぴりりと裂ける音がして、彼女は動きを止めた。破れたドレスで舞踏会に戻ることになるのはまずい。

懸命に体をねじってドレスの背中を探ろうとしたが、繊細なシルクの生地がさらに破ける音がして、パンドラはまた身をかたくした。もしかして、もう一度体を奥に押し込んでから角度を変えて引いてみればうまくいくかもしれない。ところがうまくいくどころか体はますますがっちりと模様にはまり込み、ぎざぎざした木がのこぎりの歯のように肌に食い込んでしまった。しばらくじたばたともがいたあと、彼女はぐったりして荒く息をついた。

「このまま抜け出せないはずがないわ。そんなことありえないわよ」そうつぶやいて再度もがいてみたものの、どうにもならない。「どうしよう。本当に動けなくなっちゃったみたい。ああ、もうっ！」

こんなところを誰かに見つかったら、一生笑い物にされる。彼女だけならそれでもなんとかやっていけるが、影響は家族にも及ぶのだ。そうなったら、せっかくデビューしたカサンドラの社交シーズンが台なしになってしまう。それだけは耐えられない。

いらだちと絶望を、パンドラは自分の知っている一番汚い言葉にこめた。「くそいまいましい！」

次の瞬間、男が咳《せき》払いをする音が聞こえて、全身の血がさっと引いた。

使用人に聞かれてしまったのだろうか？　それとも庭師に？　どうかお願いだから、招待客のひとりではありませんように。

男があずまやの中に入ってくる足音がする。

「もしかして、その長椅子から抜け出せなくて困っているのかな？」男が声をかけてきた。「一般的な話だが、座るときにまず頭から突っ込んでいくのはどうかと思うよ。そのあとが順調にいかなくなる可能性が高いからね」涼やかな深い声が、パンドラの耳に心地よく響いた。全身の神経がはっと目覚めたかのように軽く鳥肌が立つ。

「ずいぶんおかしな格好に見えるでしょうね」透かし彫りの椅子の背を通して相手の姿を見ようとしながら、彼女は用心深く言った。夜会用の正装をしているから、明らかに招待された客だ。

「いや、まったく。長椅子の上で若いレディが頭を下にしたポーズを取っていても、おかしいなんて思わないな」

「ポーズなんて取っていないわ。ドレスが椅子の背に引っかかってしまったのよ。あの、お願いだから、ここから抜け出すのを手伝ってもらえないかしら」

「抜け出したいのはドレスからかな？　それとも長椅子から？」男が面白がっているのが声でわかる。

「長椅子からよ！」パンドラはいらいらしながら答えた。「にっちもさっちもいかなくなってしまって。このいまいましい――」椅子の背に彫られた繊細な渦巻きや曲線模様をなんと呼べばいいのか、一瞬考え込む。「ぐるまき模様のせいで」

「アカンサス文様」彼女と同時に男が言った。一瞬間を置いて尋ねる。「いま、なんと言ったのかな？」

「気にしないで」パンドラは悔しさを押し殺して言った。「わたしには勝手に言葉を作ってしまう悪い癖があるの。人前で口にすべきではないんだけど」

「どうしていけない？」

「変人だと思われてしまうから」

彼の静かな笑い声に、パンドラは胃のあたりがくすぐったいような気分になった。「いいかいダーリン、言葉を作って変人と思われることなど、いまのきみにとっては小さな問題にすぎないんじゃないかな」

ダーリンと呼びかけられて、パンドラは当惑し、彼が隣に来て座ると緊張した。かすかに龍涎香《アンバー》かシダーウッドの芳香が混じった、さわやかでひんやりとした大地のにおいが漂ってくる。まるで高価な森みたいな香りだ。

「それで、手を貸してもらえるの？」

「たぶんね。まず、どうしてこんなことになってしまったのか教えてもらいたい」

「そんなこと、知る必要があるのかしら」

「もちろんさ」彼が断言する。

そこでパンドラは顔をしかめて説明した。「あるものを拾おうとしたのよ」

彼が長い腕を椅子の背にかけた。「もう少し詳しく言ってもらわないと」

紳士らしく何もきかないでくれればいいのに、といらだちが募った。「イヤリングを落としたの」

「なぜこんなところに？」

「落としたのはわたしではなく友人で、早く回収して届けなければならないのよ」

「友人？　名前は？」彼が疑わしげに尋ねる。

「それは言えないわ」

「残念だな。では、頑張ってくれたまえ」彼は立ちあがって出ていこうとした。

「待って」あわててもがくと、さらに縫い目が裂ける音がして、パンドラは憤然として動きを止めた。「レディ・コルウィックよ」

「なるほど。ここでヘイハーストと会っていたんだね」

「どうして知ってるの？」

「みんな知っているさ。コルウィック卿も含めて。彼ももう少ししてからならドリーが何をしようと気にしないだろうが、跡継ぎを産む前にそんな行動を取るのは早計だろう」

いままでパンドラにこれほどあけすけな話をした紳士はおらず、彼女は衝撃を受けた。けれどもこれは、舞踏会に来てはじめて出会った興味深い会話でもあった。

「ドリーは別に情事にふけっていたわけではないのよ。ただのランデヴーだったんですもの」パンドラは言い訳をした。

「ランデヴーとは何か、きみは知っているのかい？」

「もちろんよ、フランス語を習っているもの。ランデヴーというのは、誰かと待ちあわせて会うことでしょう？」パンドラは威厳をこめて答えた。

「男女のあいだでは、それ以上の意味があるんだ」彼が淡々と説明する。

彼女はみじめな気持ちで体をくねらせた。「ドリーとミスター・ヘイハーストがこの長椅子の上で何をしていたかなんてどうでもいいの。わたしはただ、早くここから抜け出したいだけ。もう手伝ってもらえない？」

「そうしなくてはならないようだな。見慣れない女性の臀部《デリエール》に話しかけるのにも、そろそろ飽きてきたしね」

パンドラは思わず身をかたくした。彼が身を寄せてくると、心臓が音をたてて跳ねた。

「心配しなくていい、きみに変なまねをするつもりはないから。子どもに興味はないんだ」

「わたしは二一歳よ」彼女はかっとなった。

「本当に？」

「ええ。どうして疑うの？」

「きみのような年齢の女性がこんな窮状に陥るなんて、思ってもいなかったものだから」

「わたしはいつも窮状に陥っているのよ」背中にやさしく手が置かれるのを感じて、パンドラはびくっとした。

「じっとして。きみのドレスは三箇所の渦巻き模様の先に引っかかっている」彼はシルクのドレスのプリーツやフリルを手際よく引っ張りはじめた。「こんな狭い隙間にどうやって体を押し込んだんだ？」

「体を入れるのは簡単だったのよ。このいまいましいぐるまき模様――つまり渦巻き模様が体を戻そうとしたときに釣り針の返しみたいに引っかかるなんて、思ってもいなかったわ」

「生地ははずした。試しに体を引いてみてくれないか」

パンドラはその言葉に従ったが、すぐに木が肌に食い込むのを感じて悲鳴をあげた。「やっぱりだめだわ。もう、なんだってこんなことに――」

「あせるんじゃない。肩をひねるんだ……いや、そっちの方向じゃなく反対に。ちょっと待って」どうやら彼は、この状況がおかしくなってきたらしい。「これではまるで、日本のからくり箱を開けようとしているみたいだな」

「からくり箱？」

「木を組みあわせて作った箱だよ。蓋を開けるには、そのための一連の動きを知らなくちゃだめなんだ」彼はパンドラのむき出しの肩にあたたかい手のひらを置いて、そっと向きを変えた。

その感触に、彼女の体に奇妙な衝撃が走った。鋭く息を吸うと、熱くなった肺の中にひんやりとした空気が流れ込んだ。

「力を抜いて。すぐにきみを自由にしてあげるから」

パンドラの声がうわずる。「そんなところに手を置かれたら、力を抜くなんて無理よ」

「協力してくれたら、早く終わるんだが」

「協力しようとはしているわ。こんな格好をしていては難しいけれど」

「そんな格好をしているのはきみの責任だ。ぼくのせいじゃない」彼が指摘した。

「ええ、でも——痛っ！」渦巻き模様の先が、彼女の腕を引っかいた。状況はますます耐えがたいものになっていく。彼に対する警戒心がふくれあがり、パンドラは透かし彫りの木の隙間にはさまれたまま、落ちつきなく体を動かした。「ああ、なんてぞっとひどいことになっちゃったのかしら」

「落ちついて。ぼくが手を添えてきみの頭を動かすから」

そのときあずまやのすぐ外からしわがれた大声が聞こえてきて、ふたりは凍りついたように動きを止めた。「いったいこれは何事だ？」

パンドラの上に身をかがめていた男が静かに悪態をつく。彼女にはその言葉の意味はわからなかったが、さっき自分が言った〝くそいまいましい〟よりもさらに汚い言葉だという気がした。

頭に血をのぼらせた何者かが、さらに続けた。「とんでもないまねを！　いくらなんでも、こんなことをするとは思っていなかった。か弱い女性を無理やりものにして、この慈善舞踏会を開いたわたしの顔に泥を塗るとは！」

「失礼ですが、まったくの誤解です」パンドラのうしろにいる男がそっけなく言い返す。

「いや、誤解だなんてありえない。いますぐその女性から手を離せ」

「でも、まだわたしはここから抜け出せていないんですけど」彼女は悲しくなって訴えた。

「こんなまねをしているところを見つかるなんて、とんでもなく恥ずべきことだ」怒りに震える年配の男は、どうやら連れの男に憤りを吐き出しているらしい。

困惑しているパンドラの顔を傷がつかないように手でかばいながら、男がようやく彼女を椅子の背の隙間から引っ張り出した。その手つきはやさしいのに、彼女はなぜか気持ちがざわつき、体がじんわりとあたたかくなって震えた。椅子から自由になったパンドラはあわてて立ちあがったが、ずっとさげていた頭を急にあげたために、めまいがして転びそうになった。かたわらの男がとっさに抱き寄せて支えてくれたものの、その手が離れる前の一瞬、彼のかたい胸板と体を覆っている引きしまった筋肉を感じた。めまいが増したと思いながらパンドラが下を向くと、ゆるんだまとめ髪ががくんと前にずれ、額にかかった。しかも目に入った自分の姿は……スカートは汚れてくしゃくしゃになっているし、肩や腕には赤いすり傷がいくつもできている。

「なんてことだ、いったいきみは誰なんだ？」彼女の前に立っている男が毒づいた。

「レディ・パンドラ・レイヴネルよ。わたしがあの人たちにちゃんと説明するわ……」そう言いながら目をあげると、ギリシャ神話に登場する傲慢な若い神を思わせる男性が目に入って、パンドラは口をつぐんだ。長身でたくましい彼は、猫科の猛獣のように優雅だった。きちんと刈り込まれた金褐色の豊かな髪に天井からさがっているランプの光が当たり、太陽の光を受けているようにきらめいている。目は冬のごとく冴え冴えとした青色で、頬骨はまっすぐで高く、顎は大理石から鑿《のみ》で彫り出したみたいに輪郭が鋭い。そして、そんな古典的で整ったほかの部分と不釣りあいなほど、唇は豊かで官能的だった。彼をひと目見ただけで、パンドラは空気の薄い高地にのぼったかのように息が苦しくなった。こんなふうに人間とは思えないほど美しいというのは、男性の性格にどんな影響を及ぼすのだろう？　いい影響のはずがない。

衝撃から立ち直れないまま、パンドラはドレスの隠しポケットの中にイヤリングをそっと落とした。「不適切なことは何もなかったと、あの人たちに言うわ。だって本当にそうなんだもの」

「真実がどうかなんて関係ないのさ」男がそっけなく返す。

彼はあずまやから先に出るよう、パンドラを促した。外で待ち構えていたのは、今夜の舞踏会の主催者であり屋敷の主人であるチャワース卿だった。パンドラはバーウィック卿夫妻の友人である彼にこんな状況で出くわしたくなかったが、しかたがない。チャワース卿のかたわらには、はじめて見る黒い髪の男が立っていた。

背が低くてずんぐりしたチャワース卿は、リンゴにつまようじを二本刺したような体形だ。頬と顎を包む白いひげが、彼がしゃべるたびに揺れる。「花火の準備を見に伯爵と一緒に川辺へ向かおうとしたら、助けを求める若い女性の叫びが聞こえたんだ」

「わたしは叫んでいません」パンドラは訂正した。

「さっきぼくも川辺に行って、現場監督と話しました」彼女の横に並んだ若い男が言う。

「そして屋敷に戻ろうとしたら、レディ・パンドラが長椅子の背にはまり込んで、ドレスが引っかかってしまっていたんです。ぼくはそれを助けてあげようとしていただけですよ」

雪のように白いもじゃもじゃした眉毛を髪の生え際まであげて、チャワース卿がパンドラに尋ねる。「そうなのかね？」

「ええ、彼の言うとおりです」

「ではきくが、そもそもなぜこんな場所にいたんだね？」

ドリーに不利なことをしゃべりたくなくて、パンドラはためらった。「新鮮な空気を吸いに来たんです。舞踏会はなんていうか……退屈だったので」

「退屈だった？」チャワース卿が怒って繰り返す。「二〇人編成の楽団が音楽を奏でる中で、部屋いっぱいの望ましい独身男性の誰とでも踊れるというのに？」

「誰にも誘われなかったものですから」パンドラはもごもごと言い訳をした。

「こんなところで悪名高い放蕩者と過ごしたりしていなければ、誘われただろうに！」

「チャワース、わたしにもちょっと言わせてほしい」激高している男の隣に立っている黒い髪の男性が、静かに割って入った。

彼は野性的な魅力に満ちていた。戸外で多くの時間を過ごしているらしく肌は日に焼け、荒々しい雰囲気の容貌をしている。けれども若いわけではなく、黒髪にはたくさんの銀色の筋が交じっているし、目尻の笑いじわや鼻の脇から口の端に続くほうれい線は年月を経て深くなっている。それでも彼を年寄りとは呼べなかった。全身から発散されている壮健な雰囲気と、大きな権力を持つ男性特有の貫禄《かんろく》を目の当たりにしては。

「彼のことは生まれたその日から知っている」深く響く、かすかにしゃがれた声だ。「きみも知ってのとおり、彼の父親と親しいのでね。だから彼の人間性についても、彼の主張についても、わたしが保証するよ。そこのお嬢さんのためにもこの件については口外せず、慎重に処理しないか？」

「わたしも彼の父親とはつきあいがある」チャワース卿が嚙みつくように言い返した。「あの男は若い頃、多くの女性を堕落させていた。おおかた、息子も父親と同じような人間に成長したんだろう。だからウェストクリフ、わたしはこの件に目をつぶるつもりはない。彼は自分の行動の責任をきちんと取るべきだ」

ウェストクリフ？　パンドラは警戒しつつも、新たな興味を覚えて男性を見つめた。ウェストクリフ伯爵といえばこの国ではノーフォーク公爵の次に由緒ある血筋で、みなから尊敬されている。ハンプシャーに所有している広大な領地、ストーニークロスパークは、釣りや狩りや射撃を楽しめる場所として名高い。

パンドラの視線を受け止める彼には、衝撃を受けている様子も非難している様子もなかった。「お父上は亡くなられたトレニア卿かな？」彼がきいた。

「はい、そうです」

「存じあげていたよ。わたしの領地に何度か狩りに来られたのでね。ご家族も一緒にどうかと勧めたのだが、ひとりで来るほうを好まれていた」

そう聞いてもパンドラは驚かなかった。彼女の父親は三人の娘を厄介者としか考えていなかったのだ。さらに言えば母親も、娘たちにはほとんど興味がなかった。だからパンドラとカサンドラと姉のヘレンは何カ月も両親の顔を見ない環境で育ったのだが、意外にもそんな子ども時代を思い出すといまでもパンドラの胸は痛んだ。

「父は娘たちとはなるべく関わりたくないと考えていました。厄介な存在としか見なしていなかったので」彼女は言葉を飾らずに言い、顔を伏せた。「こんなことになってしまい、それが正しかったと証明してしまいましたわ」

「わたしなら、そんなふうには言わないな」面白がりながらも同情を感じさせるウェストクリフ伯爵の声は、あたたかかった。「善意と活気にあふれた若い女性はときどき苦境に陥ってしまうものだと、わたし自身、一度ならず娘たちに思い知らされているのでね」

チャワース卿が口をはさんだ。「この〝苦境〟はさっさと処理する必要がある。とりあえず、レディ・パンドラをシャペロンのもとに返そう」次に彼は、彼女の隣に立っている男に向き直った。「きみは即刻レイヴネル家に向かい、彼女のご家族と今後の段取りを決めるべきだ」

「どんな段取りですか？」パンドラはきいた。

「ぼくたちは結婚すべきだと、彼は言っているのさ」若い男が感情を交えない冷たい目で説明する。

パンドラの体は一瞬で冷たくなった。「なんですって？　結婚なんて、まさか。どんな理由があろうと結婚などしないわ」彼に対する攻撃だと受け取られかねないと気づいて、彼女は声をやわらげた。「あなただからというわけではないのよ。わたしは誰とも結婚するつもりがないというだけなの」

チャワース卿がもったいぶって彼女に言う。「きみの目の前にいる男がセントヴィンセント卿ガブリエルで未来の公爵だと知れば、きみの気持ちも変わるのではないかな」

パンドラは首を横に振った。「貴族の妻におさまるくらいなら、掃除婦にでもなるほうがましです」

セントヴィンセント卿はパンドラの肩のすり傷や破れたドレスに冷静に目を走らせたあと、こわばった彼女の顔にゆっくりと視線を戻した。「要するに、きみが舞踏室からあまりにも長く姿を消していたせいで、おかしいと思う人間が出てきてしまったんだよ」

自分が適当な説明や金銭や家族の影響力をもってしてもやり過ごせない本当に厄介な状況に陥ってしまったのだと、パンドラはようやく理解しはじめた。耳の奥で血が脈打ちながら流れる音が、太鼓を叩いているみたいに大きく響く。「いますぐ戻らせてもらえれば大丈夫よ。わたしがずっとあそこにいたかどうかなんて、誰も気にしないわ」

「とてもそうとは思えないが」

セントヴィンセント卿の声から、褒め言葉として言ったのではないとわかる。

「でも本当なの」彼を納得させようと懸命に頭をめぐらせながら、早口で説得した。「わたしは壁の花だもの。社交界にデビューすることを承知したのは、カサンドラがひとりでは心細いだろうと思ったからよ。カサンドラとは双子なんだけど、彼女のほうがわたしよりきれいだし、性格もいいわ。それにあなたのような夫が欲しいと思ってる。カサンドラを呼びに行かせてくれたら、好きなだけ彼女と仲よくしてかまわないわ。そうしたら、わたしはお役ごめんになるから」よくわからないという顔をしている彼のために、パンドラはつけ加えた。「世間の人たちだって、あなたにわたしたち姉妹の両方と結婚することは期待しないでしょう？」

「残念ながら、ぼくは誘惑するのはひと晩にひとりと決めている。男といえども、一定の節度は必要だからね」セントヴィンセント卿の言葉は丁寧だが、冷ややかだ。

パンドラは攻め方を変えることにした。「あなただって、わたしと結婚などしたくないはずよ。わたしはきっと最低の妻になるわ。大事なことはすぐに忘れるし、頑固だし、五分以上じっとしていられないんだもの。それに、いつもするべきではないことをしているのよ。人の話を盗み聞きするし、人前で大声を出したり走ったりするし、ダンスが下手なの。人間性をさげるような不健全な本を読みあさっているし」そこで言葉を切って息を吸ったものの、セントヴィンセント卿が思ったほどひるんでいないことに気づいた。「あとは、脚ががりがりなの。コウノトリみたいに」

レディなら人前で決して言及するべきではない体の部分に彼女が平然と触れたので、チャワース卿は音をたてて息をのみ、ウェストクリフ伯爵は急に近くのキャベッジ・ローズに興味を持って、まじまじと見つめはじめた。

セントヴィンセント卿はおかしさをこらえきれないように、口元をぴくぴくさせている。「正直に打ち明けてくれて感謝するよ」しばらくして彼はそう言うと、チャワース卿に冷たい視線を向けた。「だが正義感あふれるチャワース卿がこれほど強く主張していることを考えると、きみのご家族に会って、どうするのが一番いいか話しあうしかないようだ」

「それはいつ？」パンドラは心配になって質問した。

「今夜だよ」セントヴィンセント卿が彼女に近づいて顔を寄せる。「きみはチャワース卿と行くんだ。そしてぼくがすぐにレイヴネル家へ向かうと言っていたと、シャペロンに伝えてほしい。あとは頼むから、その姿を人に見られないようにしてくれ。女性を誘惑するのにそんな手際の悪い仕事をしたと人に思われたら、ぼくはとても耐えられない」彼は口をつぐんだあと、低い声で続けた。「ドリーのイヤリングについてだが、早く返したほうがいいだろう。使用人に言って、届けさせるんだ」

パンドラは視線をあげるという間違いを犯した。天使と見まがうばかりの顔をこんなふうに近づけられて、どきどきしない女性がいるとは思えない。社交界にデビューしてから出会った若い男性はみな、貴族らしく冷静で自信に満ちた男になろうと努力している様子が見えた。けれどそのうちの誰も、いま彼女の目の前にいるくらくらするほど魅力的な男性の足元にも及ばなかった。この人はこれまでずっと、まわりから甘やかされ、賞賛されてきたに違いない。

「あなたとは結婚できません。結婚などしたら、すべてを失ってしまうから」セントヴィンセント卿に圧倒されたまま、それでもパンドラはなんとか言うべきことを言った。彼とウェストクリフ伯爵に背を向け、チャワース卿の腕を取って屋敷のほうへ引き返す。

チャワース卿がうれしそうに笑った。腹立たしいほど満足げだ。「レディ・バーウィックにこのことを話すのが楽しみだよ」

「きっと、わたしはその場で殺されてしまいますわ」みじめな思いに襲われて絶望したパンドラは、声を絞り出した。

「いったいどうしてかな？」老紳士が信じられないという声を出す。

「評判を落とすようなまねをしてしまったんですもの」

チャワース卿が大声で笑った。「いやいや、きみ、レディ・バーウィックがジグでも踊りださなかったら驚くね。わたしのおかげで、このシーズン一の結婚がまとまったのだから！」

2

ガブリエル・シャロンは悪態をついて、拳をポケットに突っ込んだ。

「残念だよ。チャワースさえいなければ――」ウェストクリフ伯爵が心から残念そうに言う。

「わかっています」ガブリエルはあずまやの前を、檻《おり》の中のトラみたいに行ったり来たりした。こんなことになるなんて信じられなかった。いままで結婚につながる巧妙な罠をすべて難なく回避してきたのに、とうとうつかまってしまったのだ。それも誘惑の手管を身につけた世慣れた女性や、花嫁学校で磨きあげられた社交界の花形ではなく、変わり者の壁の花に。パンドラは伯爵の娘。それはつまり、入院が必要なほど彼女の頭がどうかしていても――その可能性は捨てきれない――名誉を守らなければならないということを意味する。

パンドラの印象は強烈だった。スタートの旗が振られるのを待つサラブレッドのような、生き生きとしたあふれんばかりの活力。ちょっとした動きでさえ、何かとんでもないことをしでかすのではないかという意外性に満ちていた。そんな彼女のそばにいると穏やかに落ちついてはいられないが、同時に、どう燃え広がるかわからない野生の火をとらえ、ふたりでその熱さをとことん楽しみたいという気にもさせられた。パンドラが彼の下で、疲れきって動けなくなるまで。彼女と結婚したら、夫婦の営みについてはなんの問題もないだろう。問題になるのは、そのほかの全部だ。

顔をしかめて考え込みながら、ガブリエルはあずまやに背を向け、外側の柱に寄りかかった。「結婚したらすべてを失うと彼女は言っていたが、どういう意味なんだろう」彼は疑問を声に出した。「愛しあっている男がいるのかもしれない。もしそうなら――」

「夫を見つけること以外の目標を持っている若い女性も、世の中にはいる」ウェストクリフが冷静に指摘する。

ガブリエルは胸の前で腕を組み、皮肉っぽい視線を向けた。「そうなんですか？　ぼくはひとりも会ったことがありませんが」

「では、はじめて会ったというわけだな」伯爵はパンドラが去っていったほうに目を向けた。「壁の花か」彼の唇に何かを思い出しているような、かすかな笑みが浮かぶ。

ガブリエルにとってウェストクリフは、父親の次に信頼しているおじのような存在だった。この伯爵はそうするのがどんなに困難なときも、良心に照らした判断をする。

「ぼくがどうすべきか、あなたの意見はわかっています」ガブリエルは小声で言った。

「評判が損なわれた女性は世間の荒波にさらされる。きみは紳士としての義務を心得ているだろう」

信じられない展開に、ガブリエルは笑いながら頭を振った。「ぼくに彼女と結婚しろと？

洗練されているとはとても言えない娘なのに？」パンドラは彼の生活に絶対なじめないだろう。いまにきっと、ふたりは憎みあうようになる。

「レディ・パンドラは社交界のやり方になじむほど、この世界に長く身を置いていないようだ」ウェストクリフも認めた。

松明《たいまつ》の火に引き寄せられ、あずまやをかすめて飛んでいく黄色い蛾《が》をガブリエルは見つめた。「彼女は社交界のしきたりなど、まるで気にしないでしょう」彼は断言した。蛾は火を相手にダンスをしているように円を描いてまわりを飛び、その半径はどんどん小さくなっている。「レイヴネル家の人たちについて、何かご存じですか？」

「尊敬されている由緒正しい家柄だが、財産はずいぶん前にかなり減ってしまっている。レディ・パンドラにはテオという兄がいて、彼らの父親が死んだときに伯爵の称号を継いだものの、そのあとすぐ不幸にも乗馬中の事故で亡くなった」

「彼には会ったことがあります」ガブリエルは顔をしかめて考え込んだ。「二年——いや、三年前かな。〈ジェナーズ〉で」

ガブリエルの家族は会員制の賭博場、すなわち紳士クラブを所有していて、王族や貴族、有力な地位にある男たちが通ってきている。彼の父親のセバスチャンは公爵の称号を継ぐ前にこのクラブを個人的に運営し、ロンドン一の流行の賭博場に育てあげた。

ここ何年かで一族の事業は少しずつガブリエルの管理下に移されており、そこには〈ジェナーズ〉も含まれている。そしてこの賭博場は父にとって特別に愛着のあるものだとわかっていたので、ガブリエルもつねに注意を払ってきた。ある晩、当時トレニア伯爵だったテオがやってきた。金髪碧眼《へきがん》の彼はたくましくて見目のいい男だったが、魅力的な外見の下にいつ爆発するかわからない荒っぽい気性を秘めていた。

「たまたまぼくがクラブにいた晩に、彼が友人たち何人かと連れ立って来ました。ほとんどずっとハザードのテーブルで過ごしていましたが、彼には向いていませんでしたよ。ほどほどでやめられずに、深追いしてしまう質《たち》でしたから。それなのに帰るときに会員になりたいと言いだして、困った支配人がぼくのところに来たんです。特権階級に属する彼は下手に扱えないから、ぼくに応対してほしいと」

「彼を拒否したのか？」ウェストクリフが、まずいなというように顔を曇らせている。

ガブリエルはうなずいた。「とにかく評判が悪かったですし、領地も借金で破綻寸前でした。それで彼とふたりだけになって、ぼくが直接断りました。できるだけ穏やかに。でも……」当時の状況を思い出して首を横に振る。

「怒り狂ったというわけか」伯爵が推測した。

「クローバーの山を前にした雄牛みたいに、泡を吹いていました」ガブリエルはむっつりと打ち明けた。「テオは予告もなく飛びかかってきたのだ。「殴りかかってきてやめようとしないので、床に押さえつけなければならなかったんですよ。とくに酔っぱらったときなどに怒りを抑えられなくなる男は、よくいます。だが、あんなふうに一瞬でわれを忘れる男ははじめて見ました」

「レイヴネルは怒りっぽい気性で有名な一族だからな」

「教えてくれてありがとうございます」ガブリエルは苦々しい声で返した。「将来生まれてくるわが子に角と尻尾が生えていたとしても、不思議じゃないってことですね」

ウェストクリフは笑みを浮かべた。「わたしの経験では、子どもがどうなるかはきみの育て方次第だ」伯爵は潑剌《はつらつ》とした妻にやんちゃな子どもたちという元気のよすぎる家族を束ねる、冷静で頼れる扇のかなめなのだ。

そしてパンドラは、伯爵の家族の顔色を失わせそうなほど威勢がいい。

「ぼくにはそんな我慢強さはありません」鼻の付け根をつまんだガブリエルは、火の誘惑にとらわれていた黄色い蛾がとうとう限界を超えたことに気づいた。繊細な羽に火がついて、蛾が一瞬でくすぶる煙と化す。「新しいトレニア伯爵について、何かご存じですか?」

「名前はデヴォン・レイヴネル。人づてに聞いただけだが、ハンプシャーでは誰からも好かれているし、領地もうまく運営しているそうだ」ウェストクリフは一瞬口をつぐんだあとに続けた。「そしてどうやら彼は、亡くなった伯爵のうら若き未亡人を妻に迎えたらしい。別に法に反するわけではないが、眉をひそめる者もいた」

「その女性はきっと、相当な額の寡婦給与財産を受け取っていたんでしょう」ガブリエルは皮肉めかして言った。

「かもしれないな。まあ、何にせよ、トレニア伯爵がきみとレディ・パンドラの結婚に反対するとは思えない」

ガブリエルは唇をゆがめた。「彼女の面倒を見なくてよくなり、大喜びするでしょうね」

メイフェア中心部の洗練された地区であるサウスオードリーに立ち並ぶ屋敷には、柱が何本も並んだジョージアン様式のデザインが多い。けれどもレイヴネル・ハウスは三階建てのバルコニーと寄せ棟屋根に細い煙突が何本も立っているのが特徴的な、ジャコビアン様式の建物だった。

大広間の壁にはびっしりと彫刻を施したオーク材の羽目板が張りめぐらされ、白い漆喰《しっくい》を塗った天井には神話の登場人物が描かれている。壁は豪華なタペストリーで飾られており、フランス製のシノワズリーの花瓶には切り花があふれんばかりに生けられていた。屋敷内の静かな雰囲気からして、パンドラはまだ戻っていないのだろう。

執事が居心地よくしつらえられた応接間にガブリエルを案内して、主人に客人の来訪を告げた。ガブリエルが部屋に入って会釈をすると、デヴォン・レイヴネルも立ちあがって挨拶を返した。

新しいトレニア伯爵は肩幅の広い細身の男で、年齢はせいぜい三〇というところだろうか。黒い髪をした彼の視線は鋭く警戒しているのがわかるが、友好的な雰囲気は崩していない。無造作でありながら自信に満ちた相手の様子に、ガブリエルはすぐに好感を抱いた。

トレニア卿の妻であるレディ・トレニアことケイトリンが、ソファに座ったまま声をかけてきた。「ようこそいらっしゃいました」ひと目見ただけで、トレニア卿が彼女と結婚したのは財産が目当てではないとわかった。少なくとも、それだけが理由ではない。少しつりあがった琥珀《こはく》色の目をした彼女は、猫のように繊細で優雅な印象の魅力的な女性だった。ようやくピンで押さえているといった感じの豊かで張りのある鳶《とび》色の巻き毛を見て、ガブリエルは自分の母親や姉を思い出した。

「おくつろぎのところ、申し訳ありません」彼は口を開いた。

「いや、かまわない。わざわざ訪ねてもらえてうれしいよ」トレニア卿が気さくに言う。

「ぼくがここへ来た理由を知れば、そう思っていただけないかもしれません」問いかけるようにふたりに見つめられて、ガブリエルは顔に血がのぼるのを感じた。茶番劇のようにこんな状況へ追い込まれてしまった自分に驚きと怒りを覚えながら、内心の葛藤を抑えて続ける。「こちらへはチャワース家の舞踏会から直接うかがいました。じつはそこで予想外の出来事……それも急いで対処しなければならないことが起こりまして――」彼は言葉を切って咳払いをした。「どうやら、ぼくはレディ・パンドラの名誉を汚してしまったようです」

室内が静まり返る。

ほかのときだったら、ガブリエルは目の前のふたりのぽかんとした表情をおかしく思っただろう。レディ・トレニアが夫よりも先に口を開いた。「〝名誉を汚してしまった〟というのはどういうことです？　パンドラと親密な会話をしているところを人に聞かれてしまったとか？　不適切なことを話題にしているところを？」

「彼女とふたりだけでいるとき、人に見られてしまいました。屋敷の裏庭にあるあずまやで」

ふたたび室内が静まり返ったあと、今度はトレニア卿が尋ねた。「何をしていたのかな?」

「長椅子から立とうとする彼女に手を貸していました」

レディ・トレニアが、ますますわけがわからないという顔になる。「それはご親切に。でも、だったらどうして——」

「手を貸したというか、正確には引っ張り出したんです。彼女は彫刻を施してある椅子の背後の隙間になぜかはまり込んでいて、ドレスを破かずには体を戻せなくなっていたので」

トレニア卿は額をこすったあと、手のひらの付け根で目の上を押さえた。「それはなんともパンドラらしい。失礼して、ブランデーを運ばせよう」

「グラスは三つにしてね」レディ・トレニアは夫に頼んだあと、ガブリエルに心配そうな視線を向けた。「セントヴィンセント卿、こちらに来て座って、もっと詳しく聞かせてください」ガブリエルが従うと、彼女は指ぬきや糸や布を集め、気もそぞろといった様子で足元に置いてあるバスケットに突っ込んだ。

彼はできるだけ簡潔にその晩の出来事を説明した。ただしドリーのイヤリングには触れずに。ドリーの秘密を守る義務などないのはわかっていたが、パンドラは黙っていてほしいだろうと思ったからだ。

トレニア卿も妻の横に座り、じっと耳を傾けていた。従僕がブランデーをのせたトレイを持って入ってきて、人数分のグラスに注ぎ分け、ひとつをガブリエルに渡す。

気持ちを落ちつけてくれる液体を喉に流し込むと、喉の奥がかっと熱くなった。「チャワース卿がことを荒立てなかったとしても、レディ・パンドラの評判はすでにめちゃくちゃでした。そもそも彼女は舞踏室から出るべきではありませんでした」

レディ・トレニアが少女のようにしょんぼりと肩を落とす。「わたしがいけなかったのよ。社交界にデビューしたほうがいいって、パンドラを説得したから」

「自分を責めるのはやめなさい」トレニア卿がやさしく言い、顔をあげた妻と目を合わせた。「すべての責任を負う必要はないんだ、きみはそうしたいようだが。社交界にデビューするべきだと、ぼくたちみんなでパンドラを説得した。そうしないとカサンドラが舞踏会やパーティーに出かけているあいだ、パンドラはひとりで残ることになるから」

「無理やり結婚させたら、あの子はあの子らしく生きられなくなってしまうわ」

トレニア卿は妻の小さな手を取り、彼の手を握るように促した。「彼女に何かを無理じいするようなまねは誰にもさせない。何が起ころうと、彼女とカサンドラはぼくが守る」

レディ・トレニアは愛情をたたえた琥珀色の目を輝かせて、夫に微笑みかけた。「ありがとう。あなたは何も迷うことなくあの子を受け入れてくれるのね」

「もちろんさ」

パンドラに結婚しないという選択肢があるかのようなふたりの会話を聞いて、ガブリエルは当惑した。このまま彼女の名誉を回復させなければ家族にも影響が及ぶと、こちらが説明しなければならないのだろうか？　レイヴネル家の人々が社交界ではぐくんできた友情やつながりは、おそらく失われてしまうと？　パンドラの双子の片割れは、ちゃんとした結婚ができなくなってしまうだろうと？

レディ・トレニアがガブリエルに注意を戻し、彼が戸惑っている様子を見て言葉を選びながら説明した。「パンドラはふつうの娘ではないの。自由な精神と、誰とも違う独自の心を持っているのよ。それにもうおわかりだと思うけれど、少し衝動的なところがあって」

この国において理想とされている花嫁像とあまりにもかけ離れた描写に、ガブリエルは気分が重く沈んでいくのを感じた。

「パンドラたち姉妹は、田舎の領地の孤立した環境で育ったの。きちんと教育は受けているけれど、世間というものをまったく知らないわ。彼女たちの兄のテオと結婚する日にはじめて会ったとき、三人とも森に棲《す》む妖精か木の精みたいだった。おとぎばなしからそのまま抜け出してきたんじゃないかと思ったくらい。一番上のヘレンは物静かで内気だったけれど、双子は付き添いもなしに領地の中を好き勝手に走りまわっていたのよ」

「ご両親はなぜそんなことを許されていたのでしょう？」ガブリエルは尋ねた。

トレニア卿が静かに答える。「ふたりとも娘は役に立たないと考え、息子だけを大切にしていたんだ」

「つまりわたしが言いたいのは、パンドラは伝統的な妻を求めている夫のもとに嫁いだら、絶対に幸せになれないということなの。彼女には、人とは違う彼女らしさを大切にしてくれる男性が必要なのよ」

ガブリエルはグラスを揺らして中のブランデーをまわし、冷たくなった胃をあたためようと大きくふた口で飲み干した。

だが、効果はなかった。

いきなり最悪の事態に陥ってしまった気分をよくできるものなど、何もないのだ。

自分の両親のような結婚ができるとは期待していなかった。そんな幸運に恵まれる人間は、ごくわずかだ。だが、少なくとも社交界でうまくやっていけるだけのたしなみを身につけたきちんとした女性と結婚したいと望んでいた。屋敷を賢く切りまわし、行儀のよい子どもたちを育てられる女性と。

けれども、どうやらガブリエルは独自の心を持った森の妖精と結婚する運命だったらしい。領地や小作人や使用人に関してさまざまな問題が起こるさまが、彼の頭に浮かんだ。子どもたちに関しては考えるまでもない。子どもの育て方など、パンドラは見当もつかないだろう。

ガブリエルは空になったグラスを横に置くと、あとは家に戻ってから飲むことにした。あるいは愛人と会ってもいいかもしれない。彼女の腕の中で、ほんのひとときでもすべてを忘れるのだ。どんなことであれ、このままここにいて、たった一〇分で彼の人生を台なしにしてしまった奇妙な若い女性について話しあうよりはましだ。

「トレニア卿、もしあなたが結婚以外の解決策を見つけてくださったら、ぼくはセントポール寺院の階段の上でバイオリンを伴奏にジグでもなんでも踊りますよ。だがそうではなく、ウエディングマーチに合わせて祭壇の前まで歩いていかなければならない可能性が高いようです」ガブリエルは暗い声でそう言うと、上着の内ポケットからカードを取り出した。「ロンドンの屋敷であなたの決定を待っていますので、連絡してください」

突然、部屋の入り口から反抗的な声が響いた。「決定するのはわたしだし、すでにお断りしたはずよ」

パンドラが足早に部屋の中へ入ってくるのを、ガブリエルは無意識に立ちあがって迎えた。トレニア卿もそうしている。彼女のうしろには双子の片割れと思われる金髪の美しい女性と、レディ・バーウィックことエレノアがいた。

パンドラのドレスは乱れたままで、ボディスはゆがんでいるし、手袋はつけていなかった。おまけにドレスからのぞいている肩には赤いすり傷がいくつもできていて、髪は馬車に揺られているあいだにピンが抜けて完全に崩れ、黒褐色の奔流が波打ちながらウエストまで落ちている。子馬のようにほっそりとした彼女は捕獲された野生動物さながらに身を震わせているが、そこから一種の活力みたいなものが伝わってきた。ガブリエルはパンドラとのあいだの空間が電気を帯びたようにびりびりと震えるのを感じた。体じゅうの毛が逆立ち、すべての神経が彼女を意識して熱くうなりをあげている。

なんてことだ。彼は魅入られたようにパンドラに吸い寄せられていた視線を引きはがし、レディ・バーウィックに会釈して、なんとか声を出した。「伯爵夫人、いつもながら、お会いできて光栄です」

「セントヴィンセント卿」レディ・バーウィックの目は明らかな満足感で輝いている。容易につかまらない独身男性として名をはせていた彼が、とうとうつかまったのだ。「レディ・パンドラとはどうやらすでに知りあわれていたようですわね。こちらはその双子の片割れのレディ・カサンドラ」レディ・バーウィックは金髪の娘を押し出した。

カサンドラが何度も練習したらしい優雅なお辞儀をした。「はじめまして」彼女は美しくて慎み深く、その姿にはどこにも乱れたところがなかった。視線は控えめに伏せたままで、ガブリエルの首元のボタンより上には決して向けない。魅力的な娘だ。けれども彼は、まったく興味が持てなかった。

パンドラがふつうの貴族の娘なら絶対に見せない断固とした足取りで、ガブリエルにまっすぐ近づいてきた。彼女は黒い縁取りのある青い瞳という変わった目をしている。そのサファイアのまわりを黒く焦がしたような目の上には、形のいい黒褐色の眉がスノードロップのような白い肌に映えていた。彼女からは夜の大気や白い花の香りがして、女らしい汗のにおいがかすかに混じっている。それをかぐと彼は気持ちが高ぶり、全身の筋肉が弓の弦のように張りつめた。

「あなたが正しいことをしようとしてくれているのはわかるわ。でも、わたしの評判を救ってくれる必要はないの。どうかこのまま帰って」

「お黙りなさい」レディ・バーウィックが脅しつけるような低い声を出す。「良識をどこかに置き忘れてきてしまったの?」

パンドラが振り返ってレディ・バーウィックを見た。「わたしは間違ったことは何もしていません。少なくとも、結婚しなければならないようなひどいことは」

「これからどうするべきかは、あなたではなく年長の人間が話しあって決めるのですよ」レディ・バーウィックが厳しい声で告げる。

「でも、わたしの将来ですもの」パンドラがガブリエルに視線を戻した。彼女の声にせっぱ詰まった響きが加わる。「お願い、このまま帰ってちょうだい」

彼女は懸命に自分が望む方向にことをおさめようとしているが、それは勢いよく走っている機関車を止めようとするようなものだと理解していないか、あるいは理解していても受け入れられないのだろう。

どう返せばいいのか、ガブリエルにはわからなかった。愛情あふれる母親にふたりの女きょうだいとともに育てられたから、男としてはこれ以上ないほど女性というものを理解している。それでもパンドラは彼の経験を超えた存在だった。

「では帰ろう。だがぼくたちふたりとも、この状況をそう長くは無視していられないよ」彼はトレニア卿にカードを差し出した。「どうやらこれからご家族内で話しあいが必要なようですね。結論が出たら、いつでも連絡をください。レディ・パンドラへの結婚の申し込みは、いつまでも有効です」

ところがトレニア卿が手を伸ばす前に、ガブリエルの差し出したカードをパンドラが奪い取った。「あなたと結婚するつもりはないと言ってるでしょう！　そうするくらいなら、大砲の弾になって太陽に撃ち込まれたほうがましよ」そう言うと、彼女はカードをびりびりに引き裂いた。

「パンドラ！」小さな紙切れがひらひらと落ちていくさまを見て、レディ・バーウィックが険しい表情で叫んだ。

パンドラもガブリエルも、その声を無視した。ふたりの視線が絡みあい、周囲の景色が遠ざかっていく。

「これでわかった？　結婚は選択肢にないのよ」パンドラがきびきびと告げた。

〝これでわかった？〟だって？　ガブリエルは腹を立てればいいのか、笑えばいいのかわからなかった。まるで使い走りの少年に話しかけているような口調ではないか。

「結婚したいと思ったことは一度もないの」彼女が続ける。「わたしを知っている人なら誰でも、それが本当だと教えてくれるはずよ。子どもの頃、王子さまに助けてもらえるのを待っているお姫さまの話は全然好きじゃなかった。流れ星にお願いをしたことはないし、〝好き、嫌い、好き、嫌い〟と言いながら花びらを一枚ずつむしったこともない。兄の結婚式では薄く切り分けたウエディングケーキが未婚の女性全員に配られて、それを枕の下に入れて寝れば夢に未来の旦那さまが出てくるという話だったんだけど、わたしはすぐにケーキを食べてしまったわ。ひとかけらも残さずに。それに誰かの妻にはならずに人生を送るための計画を、すでに立てているの」

「どんな計画だい？」ガブリエルはきいた。パンドラのような身分の美しい娘が、結婚せずにどうやって生きていくつもりなのだろう？

「あなたには関係ないわ」彼女は生意気にもそう返した。

「それならいい。では、あとひとつだけ質問させてほしい。もし本当に結婚したくないなら、そもそもなぜ舞踏会に来たのかな？」

「家にひとりで残るより、少しは退屈が紛れるかと思ったからよ」

「きみのように結婚を断固として拒否している女性は、社交界にデビューして催しに参加する資格はない」

「舞踏会に来ている娘が全員シンデレラになりたがっているわけじゃないわ」

「ライチョウにも社交シーズンがあるとして、きみはライチョウたちが集まっている原野でライチョウの群れの中にいるとする。そんな状態で、狩りをしている人間に、きみだけけライチョウではないと思ってくれと頼むなんて、少し誠実さに欠けると思わないか？」

「男の人たちはそんなふうに考えているのね？　だからわたしは舞踏会が嫌いなのよ」パンドラは軽蔑したように言った。「あなたが楽しい狩りをしている縄張りに侵入してしまって、本当にごめんなさい」

「ぼくは妻をつかまえに行っていたわけじゃない。きみと同じくらい、ぼくも結婚には興味がないんだ」ガブリエルはかっとなって言い返した。

「じゃあ、あなたこそ、どうして舞踏会に行ったの？」

「花火を見るためさ！」

電気をはらんでいるようなぴりぴりした沈黙が一瞬落ちたあと、パンドラが頭をがくりと落とした。その肩が震えはじめたのを見て、ガブリエルは彼女が泣きだしたのかと思ってぞっとした。けれどもやがてくすくすと小さな音が聞こえてきて、そうではないとわかった。まさか……彼女は笑っているのか？

「だったら、それは成功したようね」パンドラが小声で言う。ガブリエルは自分が何をしているのか意識する前に、手を伸ばして彼女の顎を持ちあげていた。パンドラは面白がっているのを隠そうとしているが、ちっとも隠せていない。ときおりハタネズミの鳴き声のように短くしゃくりあげながら声をひそめておかしそうに笑い、空で恥ずかしげに瞬く星みたいに青い目をきらめかせている。そのほころんだ顔を見ていると、ガブリエルは楽しくなってきた。

なんてことだ。

彼の中から先ほどまでのいらだちが嘘《うそ》のように消え、代わりに体が熱くなって喜びがあふれた。パンドラとふたりきりになりたくて、心臓がどくどくと重く打ちはじめる。あの生き生きと息づいている活力の内側に入りたい。いつもは抑え込んでいる向こう見ずで自分勝手な欲望に火がつき、彼女を求めてかがり火のように燃えあがった。だが、そんなことはおかしい。彼は経験を積んだ大人の男で、もっと洗練された女性が好みなはずだ。パンドラみたいな女性に惹《ひ》かれるなんてありえない。でも、〝パンドラみたいな女性〟とはどんな女性なのだろう？

なんとしてもそれを見つけ出したいという激しい思いが、意思に反してこみあげてくる。

楽しそうだったパンドラが真顔になった。ガブリエルの視線から何かを感じたのか、彼女の顔が急に赤く染まる。彼の手の下の肌が熱くなった。

名残惜しさを覚えながら、ガブリエルは手を引いた。「ぼくはきみの敵じゃない」懸命に声を出す。

「婚約者でもないわ」

「いまはまだ」

「この先も絶対に」

ガブリエルは、いまこの場でパンドラに飛びかかりたかった。腕の中に閉じ込め、何も考えずキスに没頭したい。だが、彼は静かに言った。「何日かしてもきみの口から同じ言葉を聞いたら、ぼくも信じるかもしれない。だからとりあえずいまは、これをトレニア卿に渡しておこう」上着の内側に手を入れて、自分の名が記されたカードをふたたび取り出す。

そしてわざとからかうように彼女を見つめながら、カードを掲げた。こういう目をすると、ガブリエルの姉妹は必ず怒り狂うのだ。

そして予想どおりパンドラは、彼の挑戦にあらがえなかった。

カードをつかもうと彼女が手を伸ばす。その瞬間を狙って、ガブリエルはカードを煙のようにその場から消してみせた。少年の頃に〈ジェナーズ〉で、熟練の詐欺師たちから教わった手品だ。

パンドラが目を丸くした。「いまの、どうやったの?」

ガブリエルは今度は巧妙にカードを出してみせた。「感じのいい頼み方を覚えたら、そのうち教えてあげよう」

彼女が顔をしかめる。「いえ、いいわ。興味がないもの」

それは嘘だと彼にはわかっていた。パンドラの目を見れば明らかだ。懸命に抑えようとしているが、彼女は興味をそそられている。

そして困ったことに、それはガブリエルも同じだった。

3

チャワース家での舞踏会から二日後の晩、ガブリエルは〈ジェナーズ〉の階上にある部屋でビリヤードの練習をしていた。贅沢《ぜいたく》にしつらえられているそこは彼の両親が結婚して間もない頃に住んでいた場所で、いまはシャロン家の人間が折に触れて使っている。とくにガブリエルの弟のラファエルはふだんこのクラブを住処《すみか》にしているのだが、いまはアメリカに行っていた。シャロン家が所有している鉄道建設会社のために、大量のパイン材を産地へ直接買いつけに行っているのだ。丈夫で弾性が高いアメリカ産のパイン材は線路の枕木にうってつけで、国産の材木が不足しているいま、需要が高まっている。

快活なラファエルがいないとクラブがまるで別の場所のように感じられるものの、ここでひとりで過ごすほうが、何もかもきちんとして静まり返っているクイーンズゲートのテラスハウスにいるよりましだった。いかにも男っぽい部屋の雰囲気に包まれて、ガブリエルはくつろいでいた。高価な酒、葉巻の煙、つやつやに磨き込まれたソファのモロッコ革、目にも鮮やかなビリヤード台の緑色の布。これらが渾然《こんぜん》一体となったにおいをかぐと、彼の脳裏に昔父親に連れられてここへ来ていた頃の記憶がよみがえる。

キングストン公爵はずっと毎週のように〈ジェナーズ〉を訪れ、支配人たちと会い、帳簿の確認を行っていた。彼の妻のエヴィーがプロの拳闘家だった父親のアイヴォウ・ジェナーから引き継いだこのクラブは高い利益をあげつづけており、そのおかげで公爵は領地の農業経営を改善したり、さまざまな方面への投資を充実させたりして、資産を築くことができた。賭博はもちろん違法だが、国会議員の半分が〈ジェナーズ〉の会員なので、事実上ここは治外法権になっている。

世間から守られて育った少年にとって、父親とともに〈ジェナーズ〉を訪れるのはわくわくする経験だった。ここで会う男たちは有能な使用人や領地の小作人たちとはまったく違い、いつ来ても新たに学ぶことがあった。クラブでは客も従業員も乱暴な言葉を使って、卑猥《ひわい》な冗談を言う。そしてガブリエルにカードの手品やいろいろな技を教えてくれた。ときどき彼はハザードが行われている円テーブルのそばの背の高いスツールに座って、高い賭け金のかかったゲームを眺めた。無造作に肩にまわされた父親の腕の中で安全に守られながら、男たちがさいころの目に運命を左右され、ときにはひと晩で全財産を失うさまを見つめたものだった。

ガブリエルが成長すると、ディーラーたちはゲームのときに役立つ確率計算の方法、細工をしたさいころや印をつけたカードを見つけ出す方法を教えてくれた。やがて彼はウインクや小さなうなずきや肩をすくめるといった仕草から、共謀したいかさま行為を見抜けるようになり、そのほかのさまざまな手管にも精通していった。いまのガブリエルは、ありとあらゆるいかさまの方法を知っている。そしてクラブに通う日々は、知らず知らずのうちに人間の本質について学ぶ日々でもあった。

ガブリエルが父親の真意に気づいたのは大人になってからだ。父親は息子を〈ジェナーズ〉に連れてくることで少しでも世間を見せ、将来彼に近づいてくるであろうさまざまな人間に備えさせたのだ。そして実際、このレッスンは大いに役立った。大人になって家族の家という守られた環境から出ると、ガブリエルはキングストン公爵の跡継ぎとして自分は格好の獲物にされる存在なのだといやおうなく気づかされた。

彼はヘッドスポットに白い玉を五つ並べると、それらを反対の隅にまっすぐ入れられる位置に赤い手玉を置いて、手際よくひとつずつネット製のポケットに落としていった。ビリヤードは昔から好きだった。的確に玉を落とすための角度や撞《つ》き方を無心で見きわめるうちに雑念が消え、集中して考え事ができるようになる。

最後の玉を落とし終えると、ガブリエルは入り口にたたずむ人影に気づいた。台の上に身を乗り出したまま視線をあげ、生き生きとした表情を浮かべた父親と目を合わせる。父が唇の端をあげた。「いつ気づいてくれるのかと思ったよ」

キングストン公爵セバスチャンは、一見いつもとなんら変わらない様子で部屋に入ってきた。しかし彼は、ロンドンで起こることをいつでもすべて把握しているようなのだ。一年のうち何カ月もサセックスで過ごしているというのに。「いまのところ、三通りの話を聞いている」

「一番ひどいのを選んでくれたら、それが正しいと保証しますよ」ガブリエルは皮肉めかして言い、キューを横に置いた。父は彼の心を落ちつけて必要な力を与えてくれる存在で、顔を見られてうれしかった。がっちり握手をして、空いた手を互いの背中にまわして抱きあう。貴族の父子《おやこ》がこんなふうにあからさまに愛情を見せあうのは珍しいが、彼らは伝統に従うばかりの堅苦しい家族ではなかった。

背中を何度か叩いたあと、セバスチャンは体を引いて息子を気遣うような視線を向けた。その様子はガブリエルが子どもだった頃と変わらない。父は彼の顔に疲労を見て取り、少年にそうするように頭を軽く撫でた。「寝ていないんだろう」

「朝方まで友人と酒を飲んでいたんです。みんなでべろんべろんになるまで酔っぱらって、解散しました」

セバスチャンはにやりとすると、仕立てのいい上着を脱いで近くの椅子に放った。「独身生活が終わりに近づいて、羽目をはずしているというわけか？」

「おぼれかけているネズミみたいに、必死でもがいていると言ったほうが正しいですね」

「同じことだ」セバスチャンはシャツのカフスをゆるめて、袖をまくりあげた。サセックスの領地、ヘロンズポイントで活動的な生活を送っているため、彼は半分の年齢の男より引きしまった柔軟な体をしていた。しょっちゅう浴びている太陽の光のおかげで髪は金色に変わり、肌が焼けて、明るく輝く水色の瞳が際立っている。

セバスチャンくらいの年齢になると、ふつうはもっと落ちついて枯れた雰囲気を漂わせているものだが、彼は以前と変わらず活気にあふれ若々しかった。おそらく、末の息子がまだ七歳ということもあるのだろう。妻のエヴィーはとっくに子育ては終わったものと考えていたときに突然妊娠したので、その上の子であるセラフィーナとは七つも離れている。妻の状態は自分の子作りの能力を示すものだと夫がうれしげにからかったこともあり、最初エヴィーはかなり当惑していた。そして実際セバスチャンは妻が妊娠中、そこはかとなく得意気な雰囲気を漂わせていた。

彼らの五人目の子どもは、アイリッシュセッターを思わせるこっくりした赤褐色の髪のハンサムな男の子だった。マイケル・アイヴォウと名づけられたが、マイケルよりも好戦的な印象のミドルネームのほうがぴったりで、元気いっぱいの快活な少年アイヴォウは、いまでは父親が行くところにくっついてまわっている。

「おまえから撞いてくれ。わたしにはハンデが必要だ」セバスチャンがキュー置き場からお気に入りの一本を取りあげて促した。

「まさか、そんなことはないでしょう」ガブリエルは穏やかに返し、ゲームの準備を始めた。

「父上がこの前ぼくに負けたのは、アイヴォウに何度も代わりに撞かせたからですよ」

「負けそうだと思ったから、言い訳ができるようにあの子にやらせたんだ」

「アイヴォウはどこにいるんです？　女ばかりの中に置いていかれるのをあいつが納得したなんて、信じられませんが」

「もう少しでかんしゃくを起こすところだったよ」セバスチャンが残念そうに言う。「だがいまのおまえにはわたしが必要で、あの子に気を散らされるわけにはいかないのだと言って聞かせた。さあ、いつもどおり、なんでも話を聞こう」

「まったく、どうすればいいんだか」ガブリエルは台の上に身を乗り出して、ブレイクショットの体勢を整えた。体を低くしたまま手玉を撞き、黄色い玉に当ててポケットに落とす。二点だ。続けて赤い玉も落とした。

「いいぞ、なかなかやるな」

ガブリエルは鼻を鳴らした。「二日前の舞踏会でのぼくを見たら、そんなことは言えなかったはずです。世間知らずの娘にまんまと結婚に追い込まれてしまうなんて、とんでもないばか者だと言ったでしょう」

「しかしどんな雄牛でも、永遠にくびきから逃れられるわけではないからな」セバスチャンは台をまわり込み、自分の番に備えてキューを構えた。玉を撞くと、手玉がポケットに落ちた。「彼女の名前は？」

「レディ・パンドラ・レイヴネルです」ゲームを続けながら、ガブリエルはむっつりと説明した。「そもそも舞踏会など行きたくなかったのに、チャワース卿は自称〝花火職人〟にひと財産注ぎ込んだらしいと友人たちに説得されたんです。舞踏会の最後にすばらしいショーが見られるぞ、と。でも舞踏会そのものには興味がなかったので、打ちあげ花火の準備をしている様子を眺めに川辺へ行ったんです。そうしたら、そこから戻る途中であずまやから女性が毒づく声が聞こえて」彼は言葉を切ってキャロムを決めた。手玉を二個の的玉に続けて当てるこのショットは三点入る。「中をのぞいてみると、彼女は長椅子の上で尻を突き出し、上半身を椅子の背の隙間にはさんでしまっていました。彫刻の渦巻き模様の先端にドレスが引っかかり、はずれなくなっていたんです」

父親の目がおかしそうに光る。「なんとも巧妙な罠だな。抵抗できる男はいないだろう」

「間抜けなぼくは、のこのこと助けに行きました。そして彼女を首尾よく引っ張り出す前に、チャワース卿とウェストクリフ卿が通りかかってしまったというわけです。もちろんウェストクリフ卿は黙っていてくれると言ったんですが、チャワース卿がぼくに責任を取らせようと躍起になって」父親を責めるようにちらりと見る。「仕返しでもしたいのか、ずいぶんと執拗《しつよう》でしたよ」

セバスチャンがすまなそうな表情を浮かべた。「そういえば、彼の奥方とちょっと親しくしていたことがあったな。もちろん、おまえの母親と結婚する前の話だが」

集中力を欠いたままガブリエルが撞いた手玉は、どの的玉にも当たらずに台の上を転がった。「レディ・パンドラの評判が損なわれてしまった以上、ぼくが彼女と結婚するしかなくなりました。それなのに結婚を申し込んだら、大声で拒否されたんです」

「なぜだ?」

「おそらく彼女はぼくが好きになれなかったんでしょう。想像がつくと思いますが、そのときのぼくの態度は魅力的とは言いがたかったので」

「いや、わたしがきいているのは、おまえが彼女と結婚しなければならない理由だよ」

「なぜなら、それが名誉を重んじる大人の行動だからです」ガブリエルは一瞬口をつぐんでから続けた。「父上もぼくがそうするのを望んでいるんじゃないんですか？」

「いや、まったく。おまえの母親ならそう望むだろうが、わたしはおまえがうまく逃れられるのなら、それが不名誉でもなんでもかまわない」セバスチャンは台の上に身を伏せ、目を細めて玉筋を測ってから、手玉を撞いて的確に赤い玉を沈めた。「もちろん、誰かがその娘と結婚しなくてはならない。だが、それがおまえである必要はないさ」さらりと言うと、赤い玉をポケットから取り出して、それをまたヘッドスポットに置いた。「彼女のために夫を買ってやればいい。最近は由緒ある一族でも借金にあえいでいることがある。それなりの金を出せば、喜んで血筋の正しい跡継ぎを夫として差し出すだろう」

ガブリエルは父親を見つめながら、その提案を検討した。パンドラを別の男に押しつけて、自分は知らん顔をすることができるのだ。彼女はつまはじきにされずにすむし、彼はこれまでどおりの暮らしを続けられる。

それなのに……。

まるで耳障りな音楽が鳴りつづけているみたいに、パンドラがずっと頭の中に居座って離れない。彼女が気になるあまり、愛人のもとを訪ねようという気にもなれなかった。ノラが持っているさまざまな手管をもってしても、パンドラを忘れられないとわかっていたからだ。

「で、どうする？」父親がきいた。

ガブリエルはしばらく考え込んだ。「その考えにも利点はありますね」

セバスチャンは息子に問いかけるような視線を向けた。「てっきりおまえは〝好きでもない娘に一生縛りつけられずにすむなら、なんでもします〟と言うと思っていたんだが」

「彼女を好きになれないとは言っていません」むっとして言い返した。

セバスチャンはかすかな笑みを浮かべ、しばらくして尋ねた。「その娘は美しいのか？」

ガブリエルはサイドボードまで行って、ブランデーをグラスに注いだ。「ええ、とても」

父はますます興味をそそられた様子になった。「では、彼女にどんな問題があるんだ？」

「とんでもないはねっかえりなんですよ。自由奔放な性格で、言いたいことをなんでも口にします。それにかなり変わっていて、舞踏会に来ているのに一度も踊らずに隅で座っていました。昨日一緒に飲みに行った友人のうちふたりは彼女をワルツに誘ったことがあると言っていましたが、ひとりは最近馬車を引く馬に足を踏まれたと言って断られ、もうひとりは執事に間違って扉を脚に叩きつけられたから無理だと言われたそうです」ガブリエルはブランデーをひと口飲んでから締めくくった。「そんなふうなので、壁の花でもまったく不思議じゃない」

途中から笑いだしていたセバスチャンは、最後の言葉を聞いてはっとした顔になった。

「ああ、なるほど。それで説明がつく」口をつぐみ、楽しい記憶に思いをはせているような表情になる。「壁の花というのは危険な生き物なんだ。近づくときはじゅうぶんに警戒しなくてはいけない。隅っこでひとり寂しそうにしていると油断すれば、ふらふらと引き寄せられて破滅する。いつ心を盗まれたのか、気づきもしないうちに。そうなったら、盗まれた心は一生彼女のものだ。壁の花は二度と返してくれやしない」

「楽しい思い出の世界から、そろそろ帰ってきてもらえませんか？　ぼくには解決しなければならない現実の問題があるので」心ここにあらずという様子になった父親に我慢できなくなり、ガブリエルは言った。

セバスチャンが笑みを浮かべたままチョークを取って、キューの先にこすりつける。

「悪かった。壁の花という言葉に、少し感傷的になってしまってね。先を続けてくれ」

「現実的に考えると、パンドラはぼくにとってベッドの中でしか役に立ちそうにありません。しかもいまは彼女の目新しさに惹かれていますが、珍しさが薄れたら一週間で退屈するようになるでしょう。はっきり言って、彼女の性格はぼくの妻には向かない。いや、誰の妻でもだめですよ」ガブリエルはブランデーを飲み干し、しゃがれた声で続けた。「それなのにぼくは……ほかのやつに彼女を渡したくない」台の端に両手をついて、緑色の布をぼんやりと見つめる。

だが、父親の声は意外にも明るかった。「それならきくが、おまえはレディ・パンドラがこれから成長するということを考えに入れたのか？」

「成長したら驚きますよ」彼女の珍しい色合いの青い目を思い出しながら、ガブリエルは小声で言った。

「おまえはそう言うが、必ずそうなる。女性はつねに予想の上を行く能力を発揮して、われわれを驚かせるんだ。一生かけて彼女の心をわき立たせるものを突き止めようとしても、そのすべてを知ることは絶対にできない。必ず未知の部分が残るんだ。われわれにとって、女性はみな謎だよ。そしてその謎は解明すべきものではなく、楽しむべきものなんだ」セバスチャンはビリヤードの玉を取りあげると、空中に放って器用に受け止めた。「おまえのレディ・パンドラは若い。だが、時が彼女を成熟させてくれるだろう。処女だという点は――簡単に解決できる。それからおまえの心配している結婚後の倦怠《けんたい》については、傲慢のきわみというものだよ。すまない、血筋だな。わたしの若い頃にそっくりだ。しかし聞いた感じだと、その娘は退屈にはほど遠いようだ。少しでも機会を与えられれば、おまえをミセス・ブラック以上に楽しませてくれるかもしれない」

ガブリエルは父親に警告の視線を送った。

セバスチャンはガブリエルがアメリカ大使の妻を愛人としていることに賛成ではないと、はっきり態度で示してきた。元北軍将校であるアメリカ大使は戦争で負ったけががもとで美しい妻を寝室で満足させられず、ミセス・ノラ・ブラックは家の外でその満足感を得ているのだ。

この二年間、ノラはガブリエルのどんな欲望も満足させてきた。ふたりの逢瀬《おうせ》はいかなる道徳観や抑制にも縛られないもので、彼女は限界を押し広げるべきときを絶妙のタイミングで見抜いては、彼の興味をそそり複雑な欲望を満足させる新しい技を思いつく。とはいえ、ガブリエルは既婚女性との関係をよいものとは思っていなかったし、ノラの激しい気性と所有欲の強さには辟易《へきえき》していた。それに最近、彼女との情事が自分の最悪の面を引き出していることに気づきはじめてもいた。

だが、それでもガブリエルはさらなる欲望を求め、結局彼女のもとに舞い戻ってしまう。

「ミセス・ブラック以上にぼくを満足させられる女性はいません。それが問題なんです」

苦々しさに口ごもりながら言う。

セバスチャンは表情を変えずに、キューをゆっくりと台の上に置いた。「彼女を愛しているとおまえは思っているのか？」

「いいえ、それはありません。ただぼくは、その……」ガブリエルは頭を垂れ、いたたまれなさにうずく首のうしろをこすった。父親とはさまざまなことについて自由に話せる関係だが、いままで性生活を話題にしたことはない。幸いセバスチャンは、息子の個人的な領域にまで口を出すような性格ではなかったのだ。

自分の中にある暗い面について人に説明するのは難しいし、それに真正面から向きあうのもガブリエルは気が進まなかった。シャロン家の長男として、彼はこれまでずっと自分や他人の高い期待に応えるべく努力してきた。富と影響力を持つ由緒ある家柄に生まれた彼の失敗を見たがっている人間は多いと、早くから気づいていたのだ。自らの能力を証明しようとかたく心に決めたガブリエルは、イートン校でもオックスフォード大学でもいい成績を取ってきた。喧嘩《けんか》やスポーツで彼を蹴落とそうとする少年が次々に挑戦してくるたびに受けて立ち、おのれの弱い部分を見つければ、それを克服しようと努力した。大学を卒業したあとは一族の財務運営に能力を発揮して貢献し、個人的にも確実に利益があがると見込める新規事業に投資してきた。つまり彼は生活のほぼすべての局面において自己を抑制し、勤勉に過ごしてきたのだ。課せられた責任を真剣に受け止める男として。

しかし、ガブリエルには別の面もあった。完璧でいることに飽き飽きし、抑制を解き放って貪欲《どんよく》に性交にふけるもうひとりの彼だ。自分にこんな暗い側面があると考えただけで、うしろめたい気分になる。

ガブリエルはまだ、天使と悪魔とでも言うべき自らの相反する部分に折りあいをつける方法を見つけられずにいた。そんなものが見つかる日が来るのかどうかもわからない。いまたしかなのは、彼が望むことをノラ・ブラックはなんでもしてくれるということだけだ。しかも喜んで。どれだけ頻繁に求めても。同じだけの解放感を与えてくれる女はほかにいない。

顔を赤くしたまま、ガブリエルは下劣なだけの人間だと思われないように、どうにかして心の中の葛藤を父親に説明しようとした。「問題なのは、ぼくには彼女の与えてくれるものが必要だということで……つまり……彼女なら……」どうしても続けられず、しゃがれた声で悪態をつく。

「誰にでも、それぞれの好みがある。おまえの好みがそれほど衝撃的なものかどうかは疑わしいな」セバスチャンが助け船を出した。

「父上の世代とぼくの世代では、衝撃的だと感じることに隔たりがあるのかもしれません」

少し気を悪くしたような短い間が空いた。ふたたび口を開いたセバスチャンの声はそっけなかった。「化石のように年老いたわたしの干からびた脳みそでも、おまえの言わんとしていることは理解できる。おまえはみだらな肉欲にあまりにも長いあいだふけっていたせいで、鈍感になってしまった。だからほかの男なら興奮するささやかなことに、もはや興味を持てなくなっている。恥じらう処女の青くさい魅力が、おまえの愛人の圧倒的な手練手管にかなうはずがないというわけだ」

ガブリエルは驚いて顔をあげた。

父親は皮肉っぽい表情を浮かべている。「わかっていないようだが、性的放蕩はおまえが生まれるはるか以前からこの世に存在する。わたしの祖父の時代の放蕩者は、好色な精霊サテュロスも赤面するような行為にふけっていた。それにわが一族の男たちは、生まれつきより多くの快楽を追い求める。わたしも結婚するまでは聖人とは言えなかったし、一生ひとりの女性で満足できるとは思っていなかった。しかしわたしは、おまえの母親の腕の中に満足を見いだした。おまえにも同じことが起こらないともかぎらない」

「そうかもしれません」

「そうなのだよ」しばし間を置いたあと、セバスチャンはふたたび口を開いた。「レイヴネル家の人たちに、ヘロンズポイントに一週間滞在してもらうというのはどうだ？　そうすればおまえが最終的に心を決める前に彼女に公正な機会を与え、よく知りあうこともできる」

「そのために彼女の家族全員をサセックスに招待する必要はありませんよ。このままロンドンにいて、彼女を訪問するほうが簡単です」

セバスチャンが首を横に振った。「おまえには愛人から離れて考える時間が必要だ。舌の肥えた人間は、目移りする料理がそばにないほうが次の料理を楽しめる」

ガブリエルは台の端に手をついたまま眉根を寄せ、父親の提案を検討した。日を追うごとに醜聞を聞きつける人間が増え、執拗に追及されるようになっている。とくにノラは、噂が本当か詰問する手紙をすでに六通もよこしていた。レイヴネル家の人々も状況は同じだろうから、ロンドンを離れられる機会を歓迎するかもしれない。自然のままの海岸線と広大な森、それに農地からなるヘロンズポイントでは、噂好きな人々に悩まされずにすむ。

責める様子のまるでない父親を見て、ガブリエルはいぶかしさに目を細めた。「なぜこんなに協力的なんですか？　ふつうなら孫の母親になるかもしれない女性を選ぶのに、あれこれ口出ししたくなるものでしょう？」

「おまえは二八歳で、まだ跡継ぎをもうけていない。それなのにおまえの妻選びにあれこれ余計な口をはさんで、ことをややこしくするつもりはないよ。わたしやおまえの母親が赤ん坊を抱っこする元気がなくなる前に、孫を作ってほしいとだけ思っている」

ガブリエルは父親に向かって苦笑した。「レディ・パンドラがその望みをかなえてくれるとは思わないでください。彼女によれば、ぼくとの結婚は彼女の人生で最悪の出来事らしいですから」

セバスチャンは笑みを浮かべた。「女性にとってはたいてい、結婚は最悪の出来事だ。だが幸い、それで彼女たちが結婚しなくなるわけではない」

4

パンドラはカサンドラを連れずにひとりで書斎へ来るようにというデヴォンからの伝言を受け取ったとき、悪い知らせを聞くことになるのだとわかった。しかも、いつもはデヴォンとのあいだに立ってくれるケイトリンがいまはいない。この午後は、一〇日ほど前に健康な男の子を産んだばかりのヘレンを訪ねているのだ。タロンと名づけられた元気いっぱいの黒髪の赤ん坊は、父親によく似ている。〝ただし、ありがたいことにもっとかわいい〟と、ミスター・ウィンターボーンはうれしそうに笑った。タロンというのはウェールズ語で雷という意味で、その名前がぴったりであることを、彼はおなかがすくたびにいやというほどまわりに知らしめている。

ヘレンはミスター・ウィンターボーンが所有している百貨店の産業医であるドクター・ガレット・ギブソンの介助で出産に臨んだ。内科と外科両方の資格を持つはじめての女性医師のひとりであるドクター・ギブソンは現代的な医療技術に精通していて、難産で多くの血を失い軽い貧血の症状があるヘレンの面倒をよく見てくれている。ヘレンはドクター・ギブソンに鉄剤を処方され、通常よりも長い安静期間を指示されたものの、順調に回復していた。

それなのに過保護なミスター・ウィンターボーンは妻のそばにくっついて離れず、百貨店の仕事が山積みになっていても無視している。もう産褥熱《さんじょくねつ》の心配もないし、深刻な状態ではないのだといくらヘレンが説得しても、ベッドの横に張りついて離れない。だから、ここしばらくヘレンは彼に見守られながら本を読んだり、赤ん坊の世話をしたり、半分血のつながった妹のカリスと静かなゲームをしたりして時間を過ごしていた。

けれどもヘレンはとうとう今朝になってケイトリンに手紙をよこし、ミスター・ウィンターボーンが百貨店に行って急ぎの仕事を片づけられるよう、彼女に来てほしいと頼んできた。ヘレンによれば、百貨店の従業員たちはボスがちっとも来ないので頭がどうかなりそうになっているし、彼女は夫がずっとそばにいるので頭がどうかなりそうなのだという。

パンドラはデヴォンの書斎に向かったが、屋敷はいつになくしんとしていた。オーク材の羽目板張りの壁のくぼみにはめ込まれた格子窓から、午後の太陽の光が斜めに差し込んでいる。

彼女が書斎に足を踏み入れると、デヴォンが立ちあがった。「知らせがある」彼は机のそばの椅子に腰かけるよう、身振りで促した。「セントヴィンセント卿に関係したことだから、誰よりも先にきみに知らせるべきだと思ってね」

その名前を聞いたとたん、パンドラの鼓動が乱れた。椅子に座り、膝の上で両手を握る。「知らせって何かしら。彼が結婚の申し込みを引っ込めたとか?」

「その反対だよ」デヴォンも座って、彼女と目を合わせた。「彼はサセックスにある一族の領地に、われわれ家族全員を招待してくれた。だから一週間滞在する。そうすれば双方の家族が知りあえるし――」

「いやよ、そんなことできないわ」パンドラは跳ねるように立ちあがった。体じゅうの神経が大声で警告を発している。

デヴォンがけげんそうに顔をしかめて、彼女を見つめた。「だが、これはあちらの家族と知りあういい機会だ」

パンドラにとっては、それこそが一番恐れていたことだった。キングストン公爵夫妻や彼らのお高くとまった子どもたちは、優雅な鼻をつんとあげて彼女を見下すだろう。礼儀上あからさまには見せないだろうけれど、じつは軽蔑しているのがありありとわかるに決まっている。彼らのする質問は、すべてパンドラを試すためのもの。彼女の犯した失敗は、あとで引用できるように何もかも記録されるのだ。

パンドラがいらいらしながら歩きまわったので、空気をはらんだスカートに舞いあげられた埃《ほこり》がきらきらと光を反射して室内を漂った。引き出しが太い脚代わりになっている重い机の横を彼女が通り過ぎるたびに、積んである書類の端が抗議するようにはたはたと揺れる。

「あの人たちの質問攻撃が終わる頃には、わたしはフライパンで焼かれる直前のマスみたいにぐったりしてしまうわ」

「客として招待しておきながら、なぜ彼らがきみに意地の悪いまねをする？」デヴォンがきいた。

「セントヴィンセント卿の求婚を、こちらから断らせるためよ。そうしたら、彼は申し込みを引っ込めるなんていう紳士らしくないまねをしなくてすむもの」

「彼らはただ、知りあいになりたいだけさ。それ以上でも、それ以下でもない」デヴォンがどこまでも我慢強くパンドラを諭そうとするので、彼女は熱しすぎたプディングのように爆発しそうになった。

パンドラは足を止めた。胸の中で心臓が、かごに閉じ込められた野生の鳥みたいに激しく動いている。「ケイトリンは知ってるの?」

「まだだ。だが彼女も、この訪問が必要だということに賛成するだろう。はっきり言って、いまは家族全員が、きみとセントヴィンセント卿について質問攻めにされずには外を歩けなくなっている。もしかしたらこの件が解決するまでロンドンを離れたほうがいいかもしれないと、昨夜ケイトリンと話しあっていたところだ」

「それなら、わたしがエヴァースビー・プライオリーに戻るわ。サセックスではなくて。どうしても行かせたいなら、無理やり馬車に放り込むしかないわよ。そうしたとしても――」

「パンドラ、こっちに来なさい。ほら、意地を張るんじゃない。きみと話したいだけだ。さあ、早く」デヴォンが断固として椅子を指さした。

デヴォンが一族の長としての権威をかざして命令してくるのははじめてで、パンドラは自分がどう感じているのかわからなかった。権威なんてものは大嫌いだが、デヴォンはいつも公正な態度で接してくれている。彼を信用してはならないと思わせることは、これまで何ひとつしていない。パンドラはのろのろと従って椅子に座り、肘掛けを爪が白くなるまできつくつかんだ。いつものいやらしい耳鳴りが左耳の奥で始まる。そこで手のひらを丸くぼませて左耳に軽く当て、人差し指の先で後頭部を何度か叩いた。こうすれば耳鳴りがやむときもあるのだ。今回もそれが効いて、パンドラはほっとした。

椅子の上でデヴォンが身を乗り出し、彼女と同じ青い目でじっと見つめた。「きみが何を恐れているのか、わかる気がするよ」ゆっくりと言う。「すべてとは言えないとしても。だがきみのほうは、ぼくがどんな心づもりでいるのか、わかっていないと思う。お父さんもお兄さんもいないいま、きみの保護者はぼくだけだ。しかしぼくはきみやみんなが思っているのとは違って、セントヴィンセント卿との結婚を無理やり進めるつもりはない。それどころか、もしきみが望んだとしても、賛成するかどうかわからない」

パンドラは戸惑った。「レディ・バーウィックは、ほかに選択肢がないと言っていたわ。結婚しないなら、一番近い活火山の火口に身を投げるしかないって。それがどこにあるかは知らないけど」

「アイスランドだよ。きみがセントヴィンセント卿と結婚するとしたら、それは火山よりも彼のほうがいいと思っているると、ぼくを納得させた場合だけだ」

「だけど、わたしの評判は……」

「悪い評判を立てられるよりも悪いことが、女性の身には起こりうるんだよ」

パンドラは驚きに打たれてデヴォンを見つめながら、緊張が解けていくのを感じた。興奮してささくれだっていた神経が、ゆっくりと落ちつきを取り戻していく。彼は味方なのだとパンドラは理解した。ほかの男性だったら、ためらいもなく無理やり結婚させるだろう。

「きみは家族だ。きみが幸せになれるという確信のないまま、よく知らない男に嫁がせたら、家族としての責任を果たしたとは言えない。ぼくは自分の持っているすべての力で、ケイトリンがきみのお兄さんと結婚したときのような間違いを防ぎたいんだ」

パンドラはびっくりして沈黙した。レイヴネル家ではテオのことは避けたい話題となっていて、名前を聞く機会はほとんどない。

「ケイトリンは結婚するまで、テオについて何も知らなかった。彼が本当はどういう男かを知ったのは、結婚したあとなんだよ。きみのお兄さんは酒癖が悪くて、酔っぱらうと暴力を振るった。クラブやほかの店から放り出されたこともある。彼のそんな性癖は、友人や知りあいのあいだでは秘密でもなんでもなかった」

「まあ、ひどい」パンドラはつぶやき、顔が熱くなった。

「ああ。だがテオはケイトリンに求婚しているあいだ、自分の粗暴な面を慎重に隠していた。バーウィック卿夫妻も彼についての噂をまったく耳にしていなかったとは考えられないが、ケイトリンには教えなかった。教えるべきだったのに」デヴォンが表情を険しくする。

「どうして何も言わなかったのかしら？」

「結婚すれば男は変わると信じている人間は多い。でも、ばかげている。そんなことはありえない。ヒョウをいくら愛しても、斑点模様が変わったりしないのと同じさ」デヴォンは言葉を切った。「テオが生きていたら、ケイトリンの人生はひどいものになっていただろう。ぼくはきみを、虐待するような夫のもとに送り込みたくないんだよ」

「だけどわたしが結婚しなかったら、家族全員が悪い噂の影響を受けるわ。とくにカサンドラは」

「いいかい、パンドラ、きみが夫に虐待されているのに、ほかの家族が幸せでいられると思うのか？　ぼくか弟のウェストがそいつを殺す以外になくなるのが落ちだ」

デヴォンに対する感謝の念がこみあげて、パンドラは涙がこぼれそうになった。両親も兄も死んでいなくなってしまったいま、こんなふうに家族のきずなを実感するなんて皮肉なものだ。

「セントヴィンセント卿がわたしに暴力を振るうとは思えないわ。冷淡でよそよそしい夫になるんじゃないかしら。それはそれでみじめな結婚生活でしょうけれど、耐えられると思う」

「決定を下す前に、セントヴィンセント卿がどんな男か知っておいたほうがいい」

「一週間でそれができるというの？」パンドラにはうまくいくと思えなかった。

「たしかに、本当に深い部分まで知ることはできないだろう」デヴォンは認めた。「だが家族と一緒のところを見れば、その人間についていろいろわかるものだ。あとは知りあいにも、彼がどんな男かきいてみるつもりだよ。じつはウィンターボーンも彼とは知りあいでね。ふたりとも、水圧機器を製造する会社の役員になっている」

ウェールズ人の食料雑貨店主の息子と公爵の息子が話している場面が、パンドラはうまく想像できなかった。「ミスター・ウィンターボーンは彼に好意を持っているのかしら？」

「そのようだ。セントヴィンセント卿は頭がよく実際的で、偉ぶったところがないと言っていた。ウィンターボーンにしては、かなりの褒め言葉だよ」

「ミスター・ウィンターボーンとヘレンもヘロンズポイントに行くの？」パンドラは希望をこめてきいた。家族全員が一緒に行ってくれたら、ずいぶん心強い。

「出産してまだ日が浅いから、それは無理だ」デヴォンがやさしく諭した。「ヘレンは完全に健康を取り戻してからじゃないと旅行はできない。それより、レディ・バーウィックには来てもらわないつもりだよ。きみにはシャペロンの厳しい監視の目を気にせず、セントヴィンセント卿とふたりきりで会う機会を持ってほしい」

パンドラはぽかんと口を開けた。過保護のきらいがあるデヴォンがそんなことを言うなんて、とても信じられなかった。

彼が少し居心地悪そうにしながら先を続ける。「正式な求婚がどんなふうに行われるべきかは、ぼくにもわかっている。だがケイトリンは結婚するまでテオとふたりきりで会うことを許されず、その結果は最悪だった。女性は夫となるかもしれない男とふたりきりで話して、相手をよく知ったほうがいい。きみにその機会を与えなかったら、ぼくは自分を許せないよ」

「でも、変な感じだわ」パンドラは言った。「いままで、そんな不適切な行為を許されたことがなかったから」

デヴォンが笑みを浮かべた。「では、みんなでヘロンズポイントに一週間滞在して、実地調査をするということでいいかな？」

「そうね、それがいいと思う。だけど、もしセントヴィンセント卿がひどい男だとわかったら？」

「そうしたら、きみは彼と結婚しない」

「家族に及ぶ影響はどうするの？」

「それはぼくが心配することだ」デヴォンはきっぱりと言った。「きみはセントヴィンセント卿とよく知りあえるよう、努力してほしい。そのうえで彼とは結婚したくないと思ったら、それがどんな理由からであれ、結婚する必要はない」

話が終わって立ちあがると、パンドラは衝動的に彼に抱きついて胸に顔をうずめた。そんな行動に、彼女自身と同じくらいデヴォンも驚いているのがわかった。パンドラはふだん、そんな気安く人に触れないのだ。「ありがとう。わたしの気持ちを気にかけてくれているとわかって、本当にうれしいわ」

「もちろん気にかけているよ」デヴォンは彼女を勇気づけるように一瞬抱きしめ、体を引いて見おろした。「レイヴネル家の紋章の銘を知っているかい？」

「〝ロイヤルテ・ヌ・リ〟」

「意味は？」

「〝わたしたちを怒らせるな〟かしら」パンドラが冗談を言うと、彼は低い声で笑った。「本当はちゃんと知っているわ。〝忠誠がわれらを縛る〟」

「そのとおりだ。何があっても、レイヴネル家の者は互いに対して忠実でありつづける。ほかの人間のためにひとりを犠牲にすることは絶対にない」

5

パンドラはレイヴネル・ハウスの二階の居間の床に座り、家族で一〇年間飼っている黒いスパニエル犬二匹の背中にブラシをかけていた。パンドラがやわらかい毛のブラシを垂れた耳の上に滑らせているあいだ、ジョゼフィーヌはおとなしく座っている。もう一匹のナポレオンはそのかたわらで、前脚のあいだの床に顎を置いてのんびりと寝そべっていた。

「準備はできた？」部屋の入り口にカサンドラが現れた。「列車に遅れるわけにはいかないのよ。まあ、そんなことをするのはやめて、犬の毛が体じゅうについちゃうじゃない！　公爵ご夫妻と会うときに、きちんとしていなくてはいけないでしょう？　もちろんセントヴィンセント卿もいらっしゃるし」

「別にきちんとしてる必要なんてないわ」パンドラは立ちあがった。「あの人たちがわたしをどう思うかなんて、もうわかってるもの」そう言いながらもパンドラは、カサンドラが彼女のまわりをくるくると動いてスカートをはたき、黒い毛を宙に巻きあげるあいだ、おとなしく立っていた。

「みんな、あなたが好きになるわよ――」パン、パン、パン。「感じよくしてさえいればね」パン、パン。

　パンドラは木の葉のような緑色をしたウールのバチスト生地で作った旅行用ドレスの上に、袖なしの上着を重ねていた。体にぴったり沿ったボディスには、レースのフリルの襟が首のうしろから扇状に広がって立っている。このおしゃれで洗練されたアンサンブルに合わせて、羽根付きのエメラルド色のベルベットの小さな帽子をかぶっているが、これはウエストに巻いたサッシュと色をそろえてあった。カサンドラは同じような形の水色のドレスを着ていて、帽子はサファイア色だ。

「もちろん、これ以上ないほど感じよくするつもりよ。でも、エヴァースビー・プライオリーでガチョウがハクチョウの縄張りの中に巣を作ったときのことを覚えていない？　自分はハクチョウと似てるから大丈夫だと、ガチョウは思ったんでしょうね。首は短すぎるし、脚は長すぎるし、翼の模様は違うのに。だけど、もちろんハクチョウたちは違いに気づいて、ガチョウを襲った末に追い出したわ」

「あなたはガチョウじゃないもの」

　パンドラは口をゆがめた。「じゃあ、わたしは欠点だらけのハクチョウよ」

　カサンドラがため息をつき、パンドラを引き寄せた。「わたしのためにセントヴィンセント卿と結婚しちゃだめよ」彼女はもう一〇〇回もそう言っている。

　パンドラは双子の片割れの肩にゆっくりと頭をのせた。「わたしが犯した失敗のせいであなたがつらい思いをするなんて、絶対に耐えられない」

「つらい思いなんてしないわ」

「わたしが世間からつまはじきにされたら、ちゃんとした紳士はあなたと結婚しようと思わなくなるわよ」

「それでも幸せになれるもの」カサンドラは勇敢にもそう言った。

「いいえ、無理。あなたはいつか結婚して、家庭と子どもを持ちたいと思っているから」パンドラはため息をついた。「あなたがセントヴィンセント卿の妻になれればいいのに。それなら完璧な組みあわせよ」

「セントヴィンセント卿は、わたしには見向きもしなかったじゃない。彼はあなただけを見つめていたわ」

「ぞっとしながらね」

「ぞっとしていたのはあなたでしょう? 彼は一生懸命、状況を受け入れようとしていたもの」カサンドラはパンドラの髪をそっと撫でつけた。「彼はみんなが狙っている大人気の独身男性らしいわ。去年、レディ・バーウィックも彼の目をドリーに向けさせようとしたみたいよ。うまくいかなかったけど」

カサンドラの手が少しだけ耳に近寄りすぎて、パンドラはびくっとして体を引いた。彼女の耳は、内側にも外側にもひどく敏感な部分がある。「どうしてそんなことを知っているの? ドリーはわたしには何も話してくれなかったわ」

「舞踏会での噂話よ。それにドリーは悔しかったはずだから、自分からは話さないわ」

「なぜもっと前に教えてくれなかったの？」

「いままではわたしたちふたりともセントヴィンセント卿に会ったことがなかったから、あなたが興味を持つとは思わなかったのよ。それに、有望な独身男性の話なんて聞きたくないって言ってたでしょう？」

「いまは聞きたいのよ！　彼について知っていることは、全部教えてちょうだい」

カサンドラは部屋の入り口に目をやって誰もいないことを確認すると、声をひそめて言った。「彼には愛人がいるらしいの」

パンドラは思わず目を見開いて、カサンドラを見つめた。「そんな話を舞踏室で聞いたの？　形式張ったダンスのあいだに？」

「別に大っぴらに話していたわけじゃないわ。声は抑えていたのよ。ダンスをしているときに、みんなが何を話してると思っていたの？」

「天気のこととか」

「天気の話なんて噂話とは言えないわ。大きな声では言えないような話だからこそ、噂なんじゃない」

恐ろしく退屈だと思っていた舞踏会でそんな面白い情報を聞き逃していたと知って、パンドラは憤慨した。「それで、愛人って誰？」

「それが名前は誰も言ってなかったのよ」

パンドラは胸の前で腕を組み、厳しい口調で断言した。「彼はあの病気を持っているに違いないわ」

カサンドラが当惑した顔になる。「なんですって？」

「賭けてもいい。だって放蕩者なんでしょう？　歌と同じよ」パンドラはむっつりと言った。

パンドラがどの歌を指しているのかを悟ったカサンドラは、息をのんで首を横に振った。ふたりは一度、馬丁が仲間を楽しませようとして《運の悪い放蕩者》というバラードを歌うのを聞いてしまったのだ。放蕩者が評判の悪い女と関係を持ったあと、ある病気にかかって死んでしまうという下品な内容の歌だ。

パンドラとカサンドラは謎の病気の正体が知りたくて、いとこのウェストン――ウェストを追いまわし、しぶる彼から梅毒だと聞き出した。発疹《ほっしん》が出るが天然痘でも水ぼうそうでもなく、性的に乱れた男女だけに感染する特別な病気。罹患《りかん》すれば最後には頭がどうかなって鼻が落ちてしまうというその病気は、別名フランス病ともイングランド病ともいう。ウェストはその情報を自分から聞いたと絶対に口外しないよう、ふたりに言い含めた。そうでないとケイトリンに殺されてしまう、と。

「セントヴィンセント卿があんな病気にかかっているはずないわ。この前の晩に来たときは、鼻になんの異常もなかったもの」

「そのうちかかるわよ、いまはまだかかっていないとしても。そしてわたしにうつすんだわ」パンドラは暗い声で主張した。

「大げさよ。放蕩者が全員、あの病気にかかるわけじゃないし」

「梅毒にかかっているか、彼にきいてみる」

「パンドラ、だめよ！　それこそ、ぞっとされちゃう！」

「わたしだって自分が鼻を失うような事態になったら、ぞっとするわ」

レイヴネル家の人々が一等車の個室に乗り込んだ列車はロンドンからブライトン、サウスコーストの海岸線沿いに進んだが、目的地が近づくにつれて、パンドラの緊張は高まった。ヘロンズポイントじゃなくて別の場所に向かっているのならいいのに、と心の中で何度も繰り返す。

自分が何を一番心配しているのか、パンドラにはわからなかった。シャロン家の人々に対してちゃんとふるまえないかもしれないことなのか、それとも彼らがパンドラに対してどんな態度を取るのかわからないことなのか。少なくとも、セントヴィンセント卿が自分をこんな状況に陥れたパンドラに腹を立てているのは間違いない。彼女がわざとやったわけではないとしても。

パンドラはしょっちゅうトラブルを引き起こし、そのたびに罪悪感に襲われる。けれどもそんな自分に、いいかげん嫌気が差していた。これからは誰からも尊敬されるように、ちゃんとしたレディらしくふるまうのだ。そうしたら、みんなは彼女の自制心と威厳あふれるたたずまいに感嘆する。もしかしたら、彼女を心配する人も出てくるかもしれない。〝パンドラは大丈夫なのかしら？　ずいぶん静かだけど〟と。レディ・バーウィックは誇りに胸をふくらませ、若い娘たちにパンドラの驚くほど控えめな態度を見習うよう助言するだろう。手本にすべき女性として、彼女は有名になるのだ。

窓際の席でパンドラは外を流れていく景色を見つめ、ときどきケイトリンに目をやった。彼女は向かいの席で、幼いウィリアムを膝の上にのせている。子守役のメイドも同行しているが、ケイトリンはなるべく自分で面倒を見るのを好んでいた。黒っぽい髪をした赤ん坊は、ひもでつなげた糸巻きで熱心に遊んでいる。さまざまな大きさや材質の違いを、口に入れてしゃぶることで感じ取っているのだ。妻子の横に座っているデヴォンは座席の背に腕をかけ、息子の仕草を楽しそうに見つめている。

カサンドラは室内履きにベルリン刺繍を施すのに没頭しているので、パンドラは鞄《かばん》を探って日誌を取り出した。背表紙をつけないコプト式で製本された革製の日誌はずしりと重く、麻紙のページには切り抜き、スケッチ、押し花、チケット、はがきなど、彼女の興味を引いたありとあらゆるものが貼りつけられており、少なくとも半分のスペースはボードゲームのアイデアやそのスケッチで埋まっている。日誌には先に銀色のシャープペンシルが取りつけてあるひもがついているので、それを巻きつけて開かないようにしてあった。

パンドラはひもをほどいて、うしろのほうの何も記入していないページを開いた。シャープペンシルの下半分をひねって芯を出す。

ヘロンズポイントへの旅

あるいは
レディ・パンドラ・レイヴネルの身に迫る結婚という運命

事実と分析

1　名誉を汚されたと世間に見なされたら、実際に名誉を汚されたのとまったく違いはない。ただし本人は現実に経験したわけではないので、何も知らないままである。

2　名誉を汚された場合、選択肢は死と結婚のふたつしかない。

3　わたしは健康そのものなので、ひとつ目の選択肢は現実的ではないだろう。

4　とはいえ、アイスランドにおける自己犠牲の精神に満ちた行動も考慮に入れるべきか。

5　レディ・バーウィックは結婚を勧め、セントヴィンセント卿は〝非の打ちどころのない最高の物件〟だと言う。でも彼女は夫と一緒に買った種馬についても同じことを言っていたので、セントヴィンセント卿の口の中ものぞいて調べたのかどうか知りたい。

6　セントヴィンセント卿には愛人がいるらしい。

7　愛人を意味する〝ミストレス〟は、間違いという意味のミスとマットレスをくっつけたような言葉だ。

「サセックスに入ったわよ。案内書を見て予想していたより、もっとすてきな場所ね」カサンドラが声をあげる。彼女が駅の売店で『ヘロンズポイントの一般向け案内及び観光客向け指南書』を買い、旅の最初の一時間は声を出してそれを読もうと主張したので、一同はヘロンズポイントの予備知識を仕入れていた。

〝健康にいい地〟として知られているサセックスはイングランドでもっとも日照時間が長く、石灰岩でできた土地の地下深くからこのうえなく清浄な水がわく。そして案内書によれば、八〇キロメートルにわたる海岸線があるらしい。旅行者は温暖な気候とおいしい空気、それに海で泳いだり温泉に入ったりすることによる癒しの効果を求めて、ヘロンズポイントにやってくる。

その案内書はキングストン公爵に捧げられていた。彼は海岸を浸食から守るために護岸工事を行っただけでなく、ホテルや遊歩道、三〇〇メートルほどもある公共の桟橋といったものを作ったそうだ。桟橋にはレジャー用の蒸気船や釣り船、彼が個人的に所有しているヨットなどがひしめいているらしい。

8　地元で作成された案内書には、ヘロンズポイントの欠点がひとつも記されていない。きっとここは世界一完璧な町なのだ。

9　あるいはもしかしたら著者が、サセックスの半分を所有しているシャロン一族にこびへつらっているのだろうか。

10　そうだとしたら、とんでもなく鼻持ちならない人たちだ。

パンドラが列車の窓の外に目をやると、統一の取れた動きで空を渡っていくムクドリの群れが見えた。水のしずくが散るみたいに群れが分解したあと、今度は流れるような動きでリボンを思わせる長い形にまとまって飛びつづけている。

列車はがたごとと音をたて、魅力的な村々や木組みの家が並ぶ羊毛の町、絵のように美しい教会、青々と広がる畑、ヒースの紫色の花が絨毯《じゅうたん》さながらに地表を覆い尽くしているなだらかな起伏の丘陵地帯を窓の外に見せながら、走っていく。晴れ渡ったやさしい水色の空には、真っ白に洗いあげたみたいなふわふわの雲が浮かんでいた。

11　サセックスには絵のように美しい景色があちこちにある。

12　景色をただ見ているのは退屈だ。

列車が駅に近づいて、給水設備、奥まった場所にかたまっている店々、郵便局、一列に並んだ小さな倉庫、乳製品や農産物を各地に出荷する直前まで冷やしておく集積場といったものが次々に現れた。

「あれがシャロン家のお屋敷ね」カサンドラがつぶやいた。

パンドラが彼女の視線を追うと、岬の向こうにある遠くの丘の上に、海を見おろして白い屋敷が立っているのが見えた。大理石で造られた堂々とした建物は、お高くとまった貴族にぴったりだ。

とうとう列車が駅に滑り込んで動きを止めた。熱くてアイロンがけのにおいのする大気には、鳴り響く鐘の音、信号手や保線作業員の声、扉が開く音、運搬人たちが手押し車を転がしながらプラットフォームを進んでいく音などが雑然と満ちている。レイヴネル家の人々がホームにおり立つと、感じのいい表情を浮かべているきびきびとした物腰の中年男性が待っていた。彼は公爵家の領地管理人をしているカスバートだと自己紹介をしたあと、運搬人や従僕たちに指示してレイヴネル家の人々の荷物を運ばせた。その中にはもちろん、ウィリアムをのせる立派な籐《とう》製の乳母車もある。

「ミスター・カスバート、ここは一年じゅう、こんなに暑いんですか？」アーチ型の天井の下を通って駅の反対側へと彼らを導いていく領地管理人に、ケイトリンが尋ねた。
カスバートがきれいにたたんだ白いハンカチで額に光る汗を拭きながら答える。「いいえ、奥さま。ヘロンズポイントでも、今日は季節はずれの暑さです。乾燥した日が続いたあと大陸から南風が吹き込んで、涼しい海風を食い止めてしまっているんですよ。それに加えて、あの岬が――」彼は高い崖になっている場所を指さした。「この町特有の気候にひと役買っています」

レイヴネル家の人々と彼らの連れてきた使用人たちが駅の時計塔の脇にある馬車乗り場まで進むと、そこにはキングストン公爵が用意したつややかな黒い馬車が三台待っていた。豪華な内装で、象牙色のやわらかいモロッコ革と紫檀《したん》材で仕上げられている。サイズを合わせて作られた間仕切りのあるトレイや、扉の横の受け口に差し込むようになっている傘、折りたたみ式の肘掛けの横に収納されている長方形の革のケースといったものを、パンドラは観察した。ケースの中を見ると、双眼鏡が入っている。オペラ観劇で女性が使うような小さなものではなく、野外で使える倍率の高いものだ。

あとから来て馬車の扉を開けたミスター・カスバートに双眼鏡を手に取っているところを見つかり、パンドラはびくっとした。「ごめんなさい――」

「それについては、ぜひご説明させていただこうと思っていたんですよ」領地管理人に気を悪くした様子はまったくなかった。「シャロン家の領地までの道中は、ほとんどずっと海が見えるんです。そのアルミ製の双眼鏡は最新のものでして、真鍮《しんちゅう》製のものよりかなり軽くなっていますし、六・五キロの距離までのものを鮮明に見ることができます。ですから海鳥や、ときには小型のイルカの群れなどをごらんいただけますので、どうぞお楽しみください」

パンドラはわくわくして、双眼鏡を目に当てた。景色をただ見るのは退屈だけれど、文明の利器の助けを借りればずっと楽しくなる。

「真ん中にまわせる部分がありますから、それで調節してください」ミスター・カスバートが笑顔で助言した。「セントヴィンセント卿が、お嬢さまならきっとこれがお気に召すと考えられましてね」

ピントが合わないままレンズの向こうに領地管理人の顔がぼんやりしたピンク色の染みみたいに見えていた双眼鏡を、パンドラはあわてておろした。「彼がわたしのために用意してくれたの？」

「そのとおりです」

領地管理人が行ってしまうと、パンドラは顔をしかめて双眼鏡をカサンドラに渡した。

「どうしてセントヴィンセント卿は、わたしがこんなものを使いたがると思ったのかしら。わたしには何か退屈しのぎの気晴らしがいると思ったってこと？　ウィリアムに糸巻きをつなげたおもちゃが必要なように？」

「気を遣ってくださっただけよ」カサンドラが穏やかにとりなした。

これまでのパンドラだったら、喜んで双眼鏡を使っただろう。けれども新たに生まれ変わった、威厳に満ちてみんなから尊敬されるパンドラは、静かに思索にふけって時間を過ごすのだ。レディらしく。

　ところで、レディはどんなことを考えるのだろう？　慈善事業の立ちあげとか、小作人への訪問とか、ブラマンジェのレシピとか？　そう、レディたちはいつだってブラマンジェを持って誰かを訪問している。それにしても、ブラマンジェとはいったいなんなのか。とくに際立った香りもしないし、色もついていない。せいぜいプディングのまがいものといったところだ。上に何かをかけたり飾ったりしたら、それはもうブラマンジェとは呼べないのだろうか？　たとえばベリーとかレモンソースとか——。

　あらぬ方向に考えがそれているのに気づいて、パンドラはカサンドラとの会話に注意を戻した。

「つまり、わたしには退屈を紛らわせるようなおもちゃは必要ないと言いたいのよ」彼女は双子の姉妹に重々しく伝えた。

　カサンドラは双眼鏡を開いた窓の外に向けている。「道を横切って飛んでいく蝶《ちょう》が見えるわ。指に止まっているみたいにはっきり見える！」彼女は感嘆した。

　パンドラはすぐに体を起こした。「わたしにも見せて」

　カサンドラがにやりとして、双眼鏡をパンドラの手の届かないところにすばやく遠ざける。

「必要ないんだと思ったけど」

「いまはいるの。返してったら！」

「わたしはまだ見終わってないもの」腹立たしいことにカサンドラは、競りにかけて海賊たちに売り渡すわよと脅すまで、少なくとも五分間は双眼鏡を返さなかった。

パンドラがようやく取り返したときには、馬車は丘をのぼるゆるやかな長い坂をあがりはじめていた。それでもカモメが喧嘩をする様子や岬のまわりをまわる漁船、セイヨウネズの茂みの下に走り込む野ウサギといったものをなんとか目にすることができた。開いた窓からときおり涼しい海風が入ってきて、暑さを一瞬やわらげてくれる。コルセットの下に汗がたまって流れ落ち、旅行着の軽いウール地がちくちくと肌を刺す。暑さにうんざりし、外を見るのにも飽きてきて、パンドラは双眼鏡を革のケースに戻した。

「まるで夏みたい。到着する頃には、ゆでたハムみたいに赤くなっちゃうわ」長い袖を使って、額の汗をぬぐう。

「わたしはもうなってる」カサンドラは案内書を扇代わりにして顔をあおいだ。

「もうすぐよ。着いたら、もっと涼しいドレスに着替えられるわ」ケイトリンが言い、眠そうなウィリアムの熱い体を肩にうつぶせに抱えた。

ケイトリンがパンドラを気遣うように、あたたかい視線を向ける。「そんなに心配しなくていいのよ。きっと楽しい時間を過ごせるから」

「チャワース家の舞踏会に行く前にも、同じことを言ったわ」

「あら、そうだった？　ときどきは間違っちゃうってことね」ケイトリンは微笑んだ。いったん口をつぐんだあと、やさしく続ける。「安全な家の中にこもっていたいのはわかるわ。でも、あなたが来ると言ってくれて、うれしいの」

パンドラはうなずき、肌に張りつく旅行用ドレスの袖を引っ張ってはがそうと、落ちつきなく体を動かした。「わたしみたいな人間は新しい経験を避けるべきなのよ、いつもいいほうには転ばないんだから」

「そんなこと言わないで」カサンドラが抗議する。

デヴォンが穏やかな声で口をはさんだ。「誰にだって欠点はあるんだよ、パンドラ。そう自分に厳しくするものじゃない。きみとカサンドラは長いあいだ隔絶された環境で育ったから、最初のうちだけほかの人より出遅れたかもしれない。だがきみたちふたりとも、どんどん学んでいるじゃないか」ケイトリンを見おろして続ける。「ぼくも身をもって経験しているから断言できるが、間違いを犯すことは学んでいく過程の一部なんだよ」

馬車が入り口の門を通過すると屋敷が見えてきた。パンドラの予想とは違って、冷たい威圧感はない。優雅なその建物は二階建ての低い造りで、感じよく周囲と調和している。古典的な建物の輪郭は白い漆喰塗りの正面の壁を覆うつやつやしたツタの葉や、中庭へのアーチ型の入り口に絡んで楽しげに咲き乱れているピンクのバラでやわらげられていた。左右の翼棟がカーブしながら前庭を囲んでいるさまは、まるで屋敷が両腕に花束でも抱えているかのようだ。屋敷のすぐそばには、おとぎばなしに登場しそうな濃い緑色の森が、一面に降り注ぐ太陽の光を浴びながら傾斜しつつ広がっている。

パンドラは屋敷に向かって近づいてきているひとりの男に興味を引かれた。幼い少年を肩車していて、かたわらにはもうひとり、少し年上の赤褐色の髪の少年が一緒に歩いている。

息子たちを連れた小作人だろうか？　けれども前庭の芝生の上を、あれほど堂々と歩いているのが腑《ふ》に落ちない。

男はシャツとズボンの上に前を開けたベストを重ねているだけで、帽子もネクタイもつけていなかった。いかにも戸外で過ごし慣れている人間らしく、ゆったりとした優雅な足の運びだ。簡素な服がゆるやかに包んでいる引きしまった強靭《きょうじん》な体は、まさに健康そのもの。肩にのせている子の重みなど、まったく感じている様子はない。

カサンドラが身を寄せてきて、パンドラの側の窓から外を見た。「あれは小作人？　農民かしら」

「そうだと思うわ。あの格好からして――」馬車が大きく弧を描く私道に入って男の姿がさらに近づいたので、パンドラは言葉を切った。男の髪は、彼女がかつて一度だけ見たことのある独特の金褐色だ。パンドラはおなかの中で椅子取りゲームでも始まったかのような、落ちつかない気分になった。

玄関ポーチの前で馬車が止まると、男はそこにやってきた。御者が男に何か言い、彼が涼やかな深いバリトンでゆったりとそれに返す。

男はセントヴィンセント卿だった。

6

肩にのせていた子どもを軽々と地面におろすと、セントヴィンセント卿はパンドラの側の馬車の扉を開けた。真昼の強い陽光が彼の完璧な姿を金色に染め、金褐色の髪をまぶしく輝かせている。

〝13〟の項目を、彼女はすぐにも書き込みたかった。〝セントヴィンセント卿は後光を背負って歩いている〟と。

この男性はすべてを手にしている。すばらしい容貌も、富も、知性も、由緒正しい血筋も、雄々しさあふれる健康も。

パンドラは心の中で、〝14〟の項目を記入した。〝この世は公平な場所ではないと証明する人間が存在する〟

「ヘロンズポイントへようこそ」セントヴィンセント卿がそう言って、みなをぐるりと見まわした。「申し訳ありません――みなさんがいらっしゃるまでには戻っているつもりだったんですが、新しく作った凧《たこ》を揚げに弟と海辺へ行っていて、思ったよりも時間がかかってしまいました」

「お気になさらないでくださいな」ケイトリンが明るく返す。

「それよりも、凧がよく揚がったかどうか聞きたいね」デヴォンも言った。

すると赤い髪の少年が歩み寄った。赤い布切れと糸でまとめた細長い骨組みの束を差し出して、デヴォンに見せる。「空中で壊れちゃったんです。これから設計を考え直さなくちゃいけません」

「弟のマイケル卿です。ぼくたちはミドルネームで呼んでいます、アイヴォウと」セントヴィンセント卿が説明した。

アイヴォウは濃い赤褐色の髪に水色の目をした一〇歳か一一歳くらいのハンサムな少年で、人の心をとりこにする笑顔を持っていた。ぐんぐん伸びていく手足の長さを持て余しているような成長期の少年に特有のぎこちなさで、彼はお辞儀をした。

「ぼくは、ぼくは?」セントヴィンセント卿をはさんで反対側に立っている裸足の男の子が、待ちきれないとばかりに促す。黒っぽい髪にピンク色の頬をした体格のいい子で、せいぜい四歳というところだろう。アイヴォウと同じ、ウエストのところで半ズボンにつながった水泳用のチュニックを着ている。

セントヴィンセント卿は楽しそうに口角をあげて、少年を見おろした。「きみはぼくの甥だ」重々しく説明する。

「知ってるもん!」男の子が憤慨して声をあげた。「あの人たちに言ってくれなくちゃ!」

セントヴィンセント卿が完璧な真顔を作って、レイヴネル家の人々に向き直る。「甥のジャスティンをご紹介しましょう、クレア卿です」

馬車の中から挨拶の声が次々にあがった。反対側の扉が開けられ、レイヴネル家の人々は従僕ふたりの手を借りながら順番に馬車をおりた。

パンドラはセントヴィンセント卿と目が合って、びくっとした。彼の目はまっすぐに地上まで届く星の光のごとく明るく輝いているが、何を考えているかはまったくわからない。

彼は黙ってパンドラに手を差し出した。

頭が真っ白になって息苦しくなり、彼女はあわてて手袋を探した。けれども、しまってあるはずの鞄がどこにも見えない。ケイトリンとカサンドラが従僕の手につかまって反対側の出口から外に出ているのを見て、パンドラはセントヴィンセント卿に向き直った。ためらいつつも彼の手を取り、馬車の踏み段をおりる。

彼は記憶していたよりもさらに背が高く、広い肩をしていた。この前見たときは黒と白の正装で、どこから見ても完璧に洗練されていた。でもいまはこれ以上ないほどくつろいだ装いで、上着も帽子も身につけていないうえ、シャツは喉元が開いている。段を入れながら次第に短くなっている髪は無造作に乱れ、首筋に沿っている部分は汗で湿って濃い色に変わっていた。前にもかいだ日向と森のにおいの混じった心地いい香りに、いまは潮っぽい海風のにおいも感じられる。

屋敷の前の私道は、残りの馬車からおりた使用人たちや荷物をおろしている従僕たちでにぎわっていた。パンドラの視界の端にすでに屋敷へと向かっている家族の姿が映ったが、セントヴィンセント卿には彼女を急いで連れていこうとする気配はない。

「申し訳なかった」彼はパンドラを見つめ、静かに謝った。「きちんとした服装で、ちゃんと出迎えるつもりだったんだ。きみたちの訪問を軽く見ていると思われたくない」

「でも実際、それほどたいしたものじゃないもの」パンドラはぎこちなく返した。「ファンファーレで迎えてもらえるなんて、期待していなかったわ。ここで待っている必要も、服を着ている必要もなかったのよ。あ、つまりきちんとした服は、ってことだけど。もちろん服は着ていてくれなくちゃ困るわ」しゃべればしゃべるほど下手なことを言ってしまうようで、顔が火を噴いたみたいに熱くなり、彼女は下を向いた。「もう!」

彼のやわらかい笑い声が聞こえて、パンドラは汗ばんだ腕に鳥肌が立つのを感じた。

アイヴォウが恥じ入った表情で言う。「遅れたのはぼくの責任です。凧の残骸を全部見つけなくちゃならなかったので」

「どうしてばらばらになってしまったの?」パンドラはきいた。

「糊《のり》がよくなかったみたいです」

彼女はそれまでボードゲームの試作品を作るのにさまざまな糊の配合を試し、多くの知識を得ていたので、どんな糊を使ったのか尋ねようとした。

ところが口を開く前に、ジャスティンが話しはじめた。「ぼくのせいでもあるの。靴をなくしちゃって、みんなで探さなくちゃいけなかったんだ」

小さな男の子に心を引かれたパンドラは、彼と目線を合わせようと、スカートが埃っぽい砂利につくのもかまわずしゃがんだ。「見つからなかったの?」裸足の足に目を向けながら、同情して尋ねる。

ジャスティンはうなずき、さまざまな悩みを抱えた大人のようにため息をついた。「ママが知ったら怒るだろうな」

「靴はどこに行っちゃったんだと思う?」

「砂浜の上に置いておいたら、いつのまにか消えてたんだ」

「タコが盗んだのかも」そう言ったとたん、パンドラは後悔した。これこそレディ・バーウィックが激しく非難する、突飛な発言だ。

けれどもセントヴィンセント卿は、真剣に考え込むように眉間にしわを寄せた。「タコのしわざだとすると、八個集めるまでやめないだろうな」

どう反応すればいいかわからず、パンドラはあやふやな笑みを浮かべて彼を見あげた。

「でも、ぼく、そんなにたくさん靴を持ってないよ」ジャスティンが声をあげる。「どうしたら止められるの?」

「タコよけの薬を作るのはどうかしら」パンドラは提案した。

「どうやって?」子どもの目が興味を持ったように光る。

「そうね。まず、いるものは——きゃっ!」馬車の横をまわって弾むように駆けてきた生き物に驚いて、彼女は叫んだ。垂れさがった耳と楽しそうに輝く茶色い目が視界いっぱいに広がると同時に、犬が彼女に飛びついてくる。しゃがんでいたパンドラはうしろに押されてバランスを崩した。尻もちをついた衝撃で、帽子が地面に落ちる。乱れた髪が顔にかかった状態で、彼女はまわりを飛び跳ねている黒と茶のぶちのレトリーバーの子犬を見つめた。犬の荒い息が耳元で聞こえ、頬をぺろりと舐《な》められる。

「エイジャックス、だめだよ！」アイヴォウが叫ぶのが聞こえた。

自分がめちゃくちゃな状態になってしまったことを悟って、パンドラは絶望に駆られた。けれども絶望はすぐにあきらめに変わった。間抜けな大道芸人みたいに地面の上を転げまわったあと公爵夫妻に会わなければならなくなるなんて、いかにも彼女らしい。犬にぐいぐい顔を押しつけられながら、彼女はあまりのことにくすくす笑いだした。

ところが次の瞬間、パンドラは引っ張りあげられてかたいものに抱き寄せられた。すぐにはバランスが取れなくてよろめきながら相手につかまると、セントヴィンセント卿が彼女の背中に腕をまわし、しっかりと支えてくれた。

「伏せだ、エイジャックス」彼が命じると犬はおとなしく座って、うれしそうにハアハアと息をした。

「きっと玄関から抜け出したんだ」アイヴォウが言う。

セントヴィンセント卿はパンドラの顔に落ちかかっている髪をうしろに撫でつけた。「けがはなかったかい？」彼女の全身にすばやく視線を走らせて尋ねる。

「ええ……大丈夫よ」緊張が解けたパンドラは、くすくす笑いが止まらなくなった。彼の肩に顔を押しつけ、軽薄な音が口からもれるのをなんとか止めようとする。「レディらしくしようって……すごく頑張ったのに……」

セントヴィンセント卿の口からも小さな笑いがもれた。彼はパンドラをなだめるように、背中の上のほうを円を描くように撫でている。「突然犬に襲われたら、レディらしくしているのは難しいだろうね」

「旦那さま、お嬢さまにおけがはありませんでしたか？」すぐそばから、従僕の心配そうな声がした。

胸の中で激しく打っている心臓の音がうるさすぎて、パンドラはセントヴィンセント卿の返事がよく聞こえなかった。こんなふうに彼と身を寄せあい、守るように腕をまわされてやさしく背中を撫でられているうちに……彼女の中のどこか深いところでずっと眠っていた何かが目を覚ました。はじめて感じる奇妙な喜びが体じゅうに広がり、あらゆる神経の末端がずらりと並んだ誕生日用の小さなろうそくのようにあたたかく輝きはじめる。パンドラは彼のシャツの前に視線を落とした。ハンカチのようなごく軽い上質の生地で作られているシャツは、しっかりとした筋肉が描く曲線や平面を隠すどころか忠実に浮き立たせている。シャツの前立てが開いている部分から金褐色の巻き毛がほんの少しのぞいているのが見えると、彼女は困惑に赤面して身を縮めた。

乱れ具合を確かめようと自分の髪に手をやって、思わずつぶやく。「帽子がない……」振り返って探すと、興味を引く羽根の束がついた小さなベルベットの帽子をエイジャックスが見つけたところだった。犬が羽根をくわえて、楽しそうに振りまわしはじめる。

「エイジャックス、こっちに来い」セントヴィンセント卿がすぐに命じたが、聞き分けのないレトリーバーははしゃいで跳ねまわり、彼の手の届くところには来ない。

アイヴォウがゆっくりと犬に近づいた。「エイジャックス、そいつをぼくによこせ。さあ、こっちにおいで……」なだめるような声に犬はくるりと背を向けて、すぐさま走りだした。

「ぼくが取り戻してくるからね」アイヴォウは約束すると、犬のあとを追って駆けていった。

「ぼくも取り戻す！」ジャスティンが短い脚を懸命に動かしてアイヴォウに続く。「きっとよだれでびしょびしょだと思うけど！」彼は肩越しに振り返り、悲惨な見通しを律儀に伝えた。

セントヴィンセント卿は頭を振りながら、芝生の上を駆けていくレトリーバーを見送った。「ぼくの責任だ。きみには新しい帽子を贈らせてもらわなければ。盗られたものは、きっとずたずたになって戻ってくる」

「かまわないわ。エイジャックスはまだ子犬ですもの」

「あの犬は生まれつき、ああなんだ。ものを投げて取ってこいと言っても取ってこないし、命令には従わない。絨毯に穴を掘ろうとするし、ぼくの見るかぎり、まっすぐに歩くことすらできない」

パンドラは思わず笑ってしまった。「わたしもなかなかまっすぐに歩けないの。目的地だけを見て進まずに、何か見逃しているんじゃないかってきょろきょろしてしまうから。それで新しい場所に行こうとするといつも、ぐるりとまわって気がつくともとの場所にいるというわけ」

セントヴィンセント卿が体をまわして彼女と向きあった。涼やかな青色をした美しい目で探るように見つめる。「きみはどこへ行きたいのかな？」

その質問に驚いて、パンドラはまばたきをした。いまのは、ほかの人間なら聞き流すようなくだらないおしゃべりだ。「別にどこでも関係ないのよ。いつももとの場所に戻ってしまって、目的地には絶対に行きつけないんだから」

セントヴィンセント卿は彼女の顔から目を離さない。「その円をもっと大きくすればいい」

その答えは鋭く洞察力に富んでいると同時に気が利いていて、もしかしたら彼ならパンドラの心がどんなふうに動くかを理解してくれるのではないかという気がした。それとも、からかわれただけなのだろうか？

空になった馬車と荷馬車がいなくなると、セントヴィンセント卿はパンドラを連れて屋敷の玄関に向かった。「道中はどうだった？」彼が尋ねる。

「気を遣って、わざわざおしゃべりしてくれなくてもいいのよ。そういう儀礼的なおしゃべりは好きじゃないし、得意でもないから」

ふたりはポーチの屋根の下に入って足を止めた。かたわらにあるバラのアーチから、甘い香りが漂ってくる。セントヴィンセント卿はクリーム色に塗られているアーチの枠に、さりげなく寄りかかった。

「レディ・バーウィックにおしゃべりの仕方を教わらなかったのかい？」

「教えようとはしてくれたわ。でも、天気の話をするのは大嫌いなの。気温がどれくらいあるかなんて、本当は誰も興味がないでしょう？　わたしが話したいのは、なんていうか、もっと……そうね、たとえば……」

「たとえば？」ためらっている彼女を、セントヴィンセント卿が促す。

「ダーウィンについて。それから女性の参政権、救貧院、戦争、わたしたちはなぜ生きているのか、降霊会や霊を信じるか、音楽を聴いて泣いたことがあるか、どの野菜が一番嫌いか……」パンドラは肩をすくめた。いつものごとく、目の前の男性の顔にもいますぐ逃げ出したいという表情が浮かんでいるのを予想して見あげる。けれども彼は、食い入るようにパンドラを見つめていた。ふたりのあいだに沈黙が落ちる。

しばらくして、セントヴィンセント卿が静かに言った。「ニンジン」

パンドラは困惑して、彼の言葉の意味を懸命に理解しようとした。「一番嫌いな野菜？　火を通してあるもの？」

「ニンジンなら、どんなものでも」

「全部の野菜の中で？」セントヴィンセント卿がうなずくと、彼女はさらに問いかけた。

「ニンジンケーキはどう？」

「嫌いだ」

「でも、ケーキなのよ？」

彼の唇にちらりと笑みが浮かぶ。「でも、ニンジンだ」

パンドラは芽キャベツのようなぞっとする野菜よりもニンジンのほうがずっとおいしいと反論しようとしたが、突然なめらかな男性の声が割って入った。

「ああ、ここにいたのか。わたしはきみたちを探しに送り出されてきたんだよ」

優雅な足取りで歩いてくる長身の男性を見て、パンドラはびくっとした。その男性はセントヴィンセント卿に驚くほどそっくりで、父親だとひと目でわかる。日に焼けた肌は息子と比べてわずかに張りがないし、青い瞳の目尻には笑いじわができているけれど、金褐色の髪はふさふさしていて、サイドとこめかみの部分が白くなっているのがかえってすてきだった。かつては放蕩者として悪評が高かったという噂を聞いていたので、いかにもそういう感じのいやらしい目つきの人物を予想していたのだが、まさかこんなふうにまわりを畏怖させるオーラを優美な服みたいにまとった男性だとは思いも寄らなかった。

「これほど魅力的なお嬢さんを暑い戸外に引き止めておくなんて、わが息子ながら気が利かないね。ところで、なぜ彼女はいささか乱れた格好になってしまっているのかな？　何かあったのか？」

「襲われて、地面に押し倒されたんですよ」セントヴィンセント卿が説明を始める。

「そんなまねをするほど、おまえはまだ彼女とのつきあいを深めていないだろう」

「襲ったのは犬ですよ。父上がちゃんとしつけていないからじゃないですか」セントヴィンセント卿はとげとげしい声を出した。

「しつけを担当しているのはアイヴォウだ」父親が即座に言い返す。

遠くで赤褐色の髪の少年がふざけて走りまわる犬を追いかけている光景に、セントヴィンセント卿は視線を向けた。「犬のほうがアイヴォウをしつけているように見えますね」

キングストン公爵はにやりとしてうなずき、息子に同意した。公爵がパンドラに注意を戻す。

彼女は必死に礼儀作法を思い出そうとしながら、膝を曲げてお辞儀をした。「はじめまして、公爵閣下」

彼の目尻のしわがわずかに深くなる。「どうやらあなたには手助けが必要なようだ。どら息子は置いて、わたしと一緒に屋敷に入りましょう。妻が待ちわびています」怖《お》じ気《け》づいてためらうパンドラを、公爵は説得した。「わたしは信用のおける男ですよ。天使のようだと言っていい。あなたにも、すぐに好きになってもらえるでしょう」

「注意したほうがいい。ぼくの父はだまされやすい女性を集めてさらう、笛吹きのようなものだからね」セントヴィンセント卿は皮肉めかして忠告しながら、ベストのボタンを留めた。

「いや、違うな」公爵が言う。「だまされやすくない女性もついてくる」

パンドラはくすくす笑いださずにはいられなかった。快活でユーモアがあふれている銀色がかった青い目を見あげる。キングストン公爵にはどこか、一緒にいると安心できるところがあった。彼は心から女性が好きなのだろう。

パンドラとカサンドラは子どもの頃、愛情と助言を惜しみなく与えてくれるハンサムな父親を想像したものだった。子どもを適度に甘やかしてくれる父親、足の上に娘をのせ、ダンスを教えてくれるような父親を。当時パンドラが思い浮かべていた父親に、目の前の男性はとても似ている。

彼女は公爵に近づいて、その腕に手をかけた。

「ここまでの旅はどうだったかな、お嬢さん?」屋敷へと歩きだしながら、公爵が尋ねる。ところがパンドラが答える前に、セントヴィンセント卿がうしろから口をはさんだ。「レディ・パンドラは意味のないおしゃべりが嫌いなんですよ。ダーウィンや女性参政権といった話題について議論するほうが好きなんだそうです」

「知的な若い女性は当然、意味のないおしゃべりなどしたくはないだろう」そう言ってキングストン公爵が好意的な視線を向けたので、パンドラは真っ赤になった。公爵が考え込みながら続ける。「だがほとんどの人間は、初対面でいきなり自分の意見を披露したりしない。その人間と率直に話しても大丈夫だという安心感を、まず得ようとするものだ。物事には順序と段階がある。オペラには前奏が、ソネットには始まりの四行連句があるようにね。意味がないように思える儀礼的なやりとりも、はじめて会う人間にきみを信用してもらう役に立つ。ふたりの意見が合う部分を、ささいなところから見つけていくことで」

「誰もそんなふうに説明してくれませんでした」彼女は感嘆して言った。「たしかにそう考えると筋が通りますわ。でもどうして最初の話題が、お天気でなくてはならないのかしら。お天気以外にも意見の合う話題がありそうなのに。たとえば先割れスプーンとか。これならみんな、楽しくおしゃべりできると思うわ。あとはお茶の時間についてでもいいし、アヒルの餌やりでもいいし……」

「青いインク、満足した猫が出す声、夏の嵐——ああ、また天気に戻ってしまった」

「閣下となら、天気の話をするのもかまいません」パンドラは率直に言った。

公爵がやさしく笑う。「なんと好ましいお嬢さんだ」

ふたりは玄関を抜けて広間に入った。漆喰塗りの広々とした明るい空間で、オーク材の床はよく磨かれている。左右から二階へと延びている柱の並んだ階段は、幅の広い手すりが滑りおりるのにちょうどよさそうだ。あたりに満ちている新鮮な空気には、蜜蠟《みつろう》の香りと装飾柱の上の花瓶に生けてある大ぶりの白いクチナシの花の芳香がほのかに混じってる。

驚いたことに、キングストン公爵夫人は広間で待っていた。金色のそばかすが散った肌を持ち、あかがね色の豊かな髪を頭の上にピンでまとめあげた彼女は、ひんやりとした白い場所で炎のように輝いている。青いモスリンのドレスに身を包んだ姿は官能的なのにこざっぱりとしていて、ほっそりしたウエストにはリボンのベルトがきちんと結ばれていた。そのあたたかくやわらかな雰囲気から、パンドラを歓迎してくれていることが伝わってきた。

公爵が妻のそばに行き、背中に手を置いた。妻と一緒にいる彼は、大きな猫のようにゆったりとくつろいでいる。「ダーリン、こちらがレディ・パンドラだよ」

「やっと来てくれたのね、ど、どうしてしまったのかと心配していたのよ」公爵夫人が明るい声をあげて、パンドラの両手をやさしく握った。

きちんとお辞儀をして挨拶をすべきなのに、公爵夫人はまだ手を放してくれない。それでも、このままお辞儀をするべきなのだろうか？

「なぜ彼女をなかなか中に連れてこなかったの、ガブリエル？」公爵夫人は息子に問いかけたあと、パンドラの手をぎゅっと握ってから放した。パンドラはあわてて遅くなったお辞儀のために身をかがめ、泥に足を取られたアヒルのようによたよたと体を起こした。

エイジャックスに突き倒されたのだと、セントヴィンセント卿がしつけのなっていない犬の行動を面白おかしく強調して説明する。

公爵夫人が楽しそうに笑った。「まあ、災難だったわね。さあ、〝夏の間〟に行って、つ冷たいレモネードを飲んでくつろぎましょう。わたしが一番好きな部屋なのよ。海からの風が網戸にした窓を通って、き、気持ちよく吹き込んでくるの」リズミカルな口調がときどきつかえるが、ほんのわずかだし、本人も気にしている様子はない。

「はい、ぜひそうさせてください」失敗をしてはならないと、パンドラはがちがちになってささやいた。この魅力的な公爵夫人の前では完璧にふるまいたかった。

ふたりが階段のある広間を横切って屋敷の奥に向かうと、男たちも従った。「ここで居心地よく過ごせるように、何かあればすぐに教えてちょうだい」公爵夫人がパンドラに言う。「部屋にはバラの花を飾ったのだけど、ほかの花にも替えられるわ。末娘のセラフィーナがあなたのために選んで置いておいた本も、図書室にもっと読みたい本があったら、すぐに取り替えますからね」

パンドラは黙ってうなずいた。懸命に考えた末、ようやくレディらしい台詞を思いついた。

「すてきなお屋敷ですね」

公爵夫人がうれしそうに微笑む。「よかったら、午後に案内するわ。とてもいい美術品がいくつかあるし、興味深い古い家具もあるの。それに上の階からの景色はすばらしいのよ」

「そうしていただけたら、とても――」パンドラは言いかけたが、セントヴィンセント卿がうしろからさえぎったのでむっとした。

「今日の午後はレディ・パンドラを外に連れ出す計画を立てていますから」

パンドラは振り返り、彼にすばやく顔をしかめてみせた。「公爵夫人にお屋敷を案内していただくほうがいいわ」

「慣れていない家具のそばに、きみを近寄らせるわけにはいかないな。ひどいことになるかもしれないからね。戸棚や、もしかしたら食器棚から引っ張り出さなくてはならなくなったらどうする？」

はじめて会ったときのことを蒸し返されて動揺したパンドラは、こわばった声で返した。

「シャペロンもなしにあなたと出かけるのは適切な行為とは言えないもの」

「まさか名誉を汚されることを心配しているんじゃないだろうね。もうぼくが汚してしまったから、そんな必要はない」

レディらしく落ちついた態度を取ろうと決心していたのを忘れて、パンドラは腹の立つ男に向き直った。「いいえ、あなたはそんなことはしていないわ。わたしは長椅子に名誉を汚されたのよ。あなたはたまたまその場にいただけ」

どうやらセントヴィンセント卿は、憤慨している彼女を見て楽しんでいるようだ。「どちらにしても、きみにはもう失うものはない」

「ガブリエル――」公爵夫人はたしなめようとしたが、息子にいたずらっぽい視線をちらりと向けられて口をつぐんだ。

キングストン公爵が息子に疑わしげなまなざしを向ける。「彼女に魅力的なところを見せようとしているつもりなら、うまくいっていないと言わざるをえないな」

「わざわざそんなところを見せる必要などありませんよ。レディ・パンドラは興味がないふりをしているだけで、本当は無関心どころか、ぼくに夢中なんですから」

パンドラはかっとなった。「なんていうとんでもない、い、い、うぬぼれ男なの!」言葉が口から飛び出したとたん、彼女はセントヴィンセント卿の目に浮かぶ笑いに気づいた。彼はパンドラをからかったのだ。当惑して頬が熱くなり、彼女は顔を伏せた。ヘロンズポイントに着いてものの数分で尻もちをつき、帽子をなくし、かっとしてわれを忘れ、勝手に作った言葉を使ってしまった。レディ・バーウィックが来ていなくてよかった。もしいたら、彼女は頭の血管が切れて倒れていただろう。

黙って足を運んでいると、セントヴィンセント卿が隣に来た。公爵夫人の隣には公爵が並んでいる。「とんでもうぬぼれ男っていうのは気に入ったな」笑みを含んだ声で、セントヴィンセント卿が言った。

「からかわないでくれたらよかったのに。そうでなくても、レディらしくするのは大変なんだから」

「レディらしくする必要はない」

パンドラはため息をついた。腹立ちが消え、あきらめが広がる。「必要はないけれど、頑張るつもりよ。なかなかうまくいかなくても、大事なのはやりつづけることだもの」

その言葉は自分の限界を心得ていながら、それに打ち負かされまいとしている女性の決意表明だった。ガブリエルは両親のほうを見なくても、彼らがパンドラに完全に魅了されているのがわかった。そしてガブリエルはといえば……。

あまりにも自分らしくない反応に戸惑っていた。生き生きと活力にあふれているパンドラは、秋霜がおりている中で鮮やかに咲き誇っているヒマワリのようだ。ロンドン社交界の結婚市場に群れている無気力で自信なさげな若い娘たちとは、まったく別の人種と言っていい。覚えていたとおりとても美しく、その行動は予測がつかない。屋敷の前で犬に押し倒されて楽しそうに笑っていたが、同じ立場のほかの女性だったら、怒るか恥をかかされたと思うかしただろう。ニンジンについてやりとりしていたときは、どこか涼しくて暗くて静かな場所にパンドラを連れていき、彼だけのものにしたいという思いで頭がいっぱいになった。

しかし彼女がどんなにあらがいがたい魅力を持っていようと、ガブリエルが提供できる唯一の暮らしになじめないのは明らかだ。彼が生まれながらにして定められている暮らしに。シ爵位は返上できないし、彼に頼っている家族や使用人たちに背を向けることもできない。シャロン家が代々受け継いできた土地を守り、資産を維持し、次の世代へと受け渡すのはガブリエルの責務だ。彼の妻は複数の屋敷を管理して、宮廷での務めを果たし、慈善組織の委員会や資金集めのパーティーに出席しなければならない。

パンドラはそんな生活がいやでたまらなくなるだろう。そんな生活の何もかもが。貴族として生まれたのだから、そうした役割を果たせるように育てられたはずだが、彼女が無理なくなじめるかどうかは別の話だ。

〝夏の間〟に入ると、レイヴネル家の人々がガブリエルの姉のフィービー、妹のセラフィーナと話していた。

フィービーはシャロン家のきょうだいの中で一番年長で、母親の愛情深くてあたたかい気質と父親の辛辣なユーモアのセンスを受け継いでいた。五年前に子どもの頃から愛していたクレア卿ヘンリーと結婚したものの、彼は幼いときから慢性の病を患っており、結婚後もそれは徐々に悪化して、やがてかつての彼の影のような男へと変わり果てた。そしてフィービーがふたり目の子どもを身ごもっているときに、とうとう死に屈した。喪の一年は過ぎたが、フィービーはまだもとの彼女に戻っていない。ほとんど外に出ないのでそばかすが消えて青白くやせ細り、目には夫を亡くした悲しみが色濃く残っている。

赤みがかった金髪をした一八歳の快活なセラフィーナが、カサンドラと話している。セラフィーナはすでに社交界にデビューしていてもおかしくない年齢だが、両親にもう一年待つように説得されて従っていた。彼女のようにやさしい性格で、しかも美しく巨額の持参金付きとくれば、ヨーロッパじゅうの独身男性が群がってくる。セラフィーナがロンドン社交界にデビューすれば、大変な騒ぎになるだろう。だから、それを見越してあらゆる準備を整えておくに越したことはない。

紹介が終わると、レモネードのグラスを受け取ったパンドラはまわりの会話に耳を傾けるだけで静かに座っていた。そしてみなの話題がヘロンズポイントの経済、すなわち観光業と漁業に移り変わると、彼女がまったく別のことを考えはじめたのがガブリエルにはわかった。あの活発に働く頭の中で、何を考えているのだろう？

パンドラに近づいて、彼は静かに声をかけた。「これまで砂浜に行ったことはあるかい？海に足を浸して歩き、足の裏に砂を感じたことは？」

視線をあげた彼女の顔からは、ぼんやりとした表情がかき消えている。「ないわ――ここには砂浜があるの？　砂利の海岸だと思っていたけれど」

「わが家の領地には人の来ない小さな入り江があって、砂浜が広がっている。そこへはくぼみ道《ホロウェイ》を通っていくんだよ」

「ホロウェイってなあに？」

「地面が削れて低くくぼんでいる道を、南のこのあたりの地方ではそう呼ぶんだ」パンドラが声を出さずに唇でそっと言葉を形作る様子に、ガブリエルは見とれた。彼女はキャンディを口の中で転がすように言葉を味わっている。彼はそばに立っているセラフィーナに目を向けた。「今日の午後、レディ・パンドラを連れて入り江に行く。アイヴォウも来るだろうが、おまえはどうする？」

パンドラは眉をひそめた。「わたし――」

「行きたいわ」セラフィーナがうれしそうに答えて、カサンドラに向き直った。「あなたもぜひ来てちょうだい。こういう暑い日は海で水遊びをすると気持ちがいいのよ」

「ごめんなさい、わたしは昼寝をするほうがいいわ」カサンドラが申し訳なさそうに言った。

「どうして昼寝なんかしたいの？　今日はずっと座っていて、何もしていないじゃない」パンドラが信じられないというように口をはさんだ。

カサンドラが言い訳をする。「何もしないのって疲れるのよ。また何もしないでいるのに備えて、午後は休む必要があるの」

パンドラはいらだった様子でガブリエルのほうを向いた。「わたしも行けないわ。水着がないもの」

「わたしのを貸してあげるわ」セラフィーナが申し出る。

「ありがとう、でもシャペロンがいないから――」

「フィービーがシャペロンを務めてくれるそうだよ」ガブリエルはたたみかけた。

彼らのやりとりを黙って聞いていた姉が眉をあげ、冷静に問い返す。「そうだったかしら？」

ガブリエルは姉に目で合図をした。「今朝、話したじゃないか。覚えていないのかい？」

フィービーが灰色の目を細める。「ええ、覚えていないわ」

「最近は家の中にずっといるから、外に出て新鮮な空気を吸う必要があるって、姉上は言っていたじゃないか」

「まあ、わたしったら、あなたを相手にずいぶんおしゃべりをしたものね」フィービーは辛辣な口調で言い、あとでお返しをしてもらうと視線で告げたものの、弟の言葉を否定はしなかった。

パンドラが不満そうな顔をしているのを見て、ガブリエルはにやりとした。「意地を張らないでくれ」声を抑えて説得する。「きっと楽しめるよ、約束する。それにもし楽しめなかったとしても、ぼくが間違っていたと証明できて、きみは満足感に浸れるさ」

7

繊細なピンク色の壁に海を見渡せる広い窓のついた部屋に案内されたパンドラは、セラフィーナのメイドが持ってきた水着に着替えた。水着は短いパフスリーブに衝撃的なほど短いスカートのドレスと、その下にはくトルコ風のズボンという組みあわせになっていた。水色のフランネルに白いひもで縁取りをした水着は、軽くゆったりとした着心地がすばらしい。

「女性がいつもこういう服装をしていられたらいいのに」パンドラはうれしくなってそう言い、試しにまわってみた。バランスを失って、そのまま大げさに背中からベッドに倒れる。白いストッキングに包まれた脚を上にあげた格好は、ひっくり返ったティーテーブルのようだ。「ぎいぎいきしむ古いコルセットから解放されて、すごく自由になった気分よ」

恰幅《かっぷく》のいい金髪のメイド、アイダがうさんくさそうにパンドラを見つめる。「レディは弱々しい背中を支えるために、コルセットが必要なんですよ」

「わたしの背中は弱々しくなんかないもの」

「弱々しいふりをなさらなくては。紳士はか弱いご婦人が好きなんですからね」これまでレディのファッションが載った雑誌を何百冊も眺めて研究を重ねてきたアイダが、自信たっぷりに続ける。「浜辺で気絶してください。セントヴィンセント卿に抱き止めていただけるように」

「どんな理由で気絶するの？」

「カニが怖かったというのはどうですか？」

ベッドに転がったまま、パンドラは笑いだした。「それって、いまのわたしの格好を見て思いついたんでしょう！」大きな声で言い、両手でカニのはさみの形を作って動かす。

「そんな声で笑うのはやめてください、トランペット隊長みたいですよ」

パンドラは肘をついて体を起こし、ちょっと意地の悪い笑みを浮かべてアイダを見つめた。社交界にデビューするに当たって双子にはそれぞれのメイドが必要だという話になり、アイダともうひとりのメイドが雇われた。そして新しいメイドはふたりとも、パンドラよりずっと素直な性格をしている美しい金髪のカサンドラ付きになりたがった。

ところがカサンドラはもうひとりのメイドであるメグを選んだため、しかたなくパンドラのメイドになったアイダは失望を隠そうともしなかった。しかも彼女はそれ以来、礼儀作法を無視して、形ばかりの敬意すら見せずに無愛想な態度を取りつづけているので、パンドラはおかしくてならなかった。事実、まわりに人がいないふたりだけのとき、アイダの言動は侮辱とも言えるほど辛辣になる。それでもアイダは有能かつ勤勉で、自分の仕事を果たそうと熱心に働く。パンドラの服をいつも完璧な状態に保つためにあらゆる努力を惜しまないし、彼女の重くてつるつる滑る髪を結いあげ、きちんとした髪型にまとめる熟練した腕も持っていた。

「あなたの声にはわたしに対する敬意が感じられないわね、アイダ」

「お嬢さまがセントヴィンセント卿に結婚を決意させられたら、あふれんばかりの敬意を捧げますとも。ここの使用人たちの話では、お嬢さまがセントヴィンセント卿に見あう結婚相手と認められない場合、シャロン家で別の花婿を手配する予定のようですよ」

パンドラはいやな気分になってベッドをおり、水着をきちんと直した。「パーティーのプレゼント交換みたいに、わたしを隣の人にまわすっていうの?」

「セントヴィンセント卿がそうおっしゃったわけじゃありません、使用人たちが噂しているだけですから」アイダはなだめ、フードのついたローブを取りあげた。

「どうしてあなたが、ここの使用人たちが噂していることを知っているのよ。ここに着いて、まだ一時間しか経ってないのに」腹立ち紛れに、パンドラはローブに腕を突っ込んだ。

「使用人たちはいま、そのことしか話していないんですよ」アイダはローブのひもをウエストで縛った。ローブはすでに身につけている水着とセットになっていて、これを着るとちゃんとしたドレスに見えるようになっている。「さあ、これで人前に出られるようになりました」メイドがひざまずいて、パンドラの足に小さなキャンバス地の靴を履かせた。「お出かけ中に、大きな声を出してはしゃぎまわったりしてはだめですよ。お姉さまや妹さんが、気づいたことはすべて公爵ご夫妻にご報告なさるのですから」

「面倒ね、行かなくてすめばいいのに」パンドラはこぼし、つばの広い麦わら帽子をかぶって部屋を出た。

セントヴィンセント卿、セラフィーナ、アイヴォウ、フィービーとその息子のジャスティン、パンドラ、そしてエイジャックスからなる一行は浜辺に向かった。エイジャックスは弾むような足取りで先に立って進み、ときおり急げと促すように吠《ほ》える。少年たちは錫《すず》製のバケツとシャベル、それに凧を持って、元気いっぱいだ。

ホロウェイは小さな荷馬車が一台やっと通れるくらいの幅しかなく、くぼみ具合は両横の地面がパンドラの背丈より高い位置にあるところもときどきある。くすんだ緑色のマーラム草が土壁にところどころ生えていて、それ以外にも茎の長い花やとがった葉の茂みに鮮やかなオレンジ色の実がびっしりついたクロウメモドキなどがあった。空に目を向けると、白と灰色のセグロカモメが翼を広げ、海風に乗ってやわらかい水色の空を切り裂くように旋回しているのが見えた。

自分は試されているのだという考えが頭を離れず、パンドラは最低限しかしゃべらなかった。セントヴィンセント卿は彼女が妻としてふさわしいかを見きわめ、おそらくはほかの男に押しつけるつもりなのだ。それなのにみんながパンドラと彼をふたりきりにしようとわざと離れているようなので、彼女は困惑した。フィービーはふたりを監視するふりすらせず、ずっと前のほうでジャスティンと手をつないで歩いている。

パンドラはセントヴィンセント卿のゆったりとした足取りに合わせるしかなく、みんなとのあいだは開いていくばかりだった。「ほかの人たちと離れないようにするべきじゃない？」

それでも彼はいっこうに足を速めようとしない。「ぼくたちがいつかは追いつくとわかっているから大丈夫さ」

彼女は眉をひそめた。「レディ・クレアはシャペロンが何をすべきかご存じなのかしら。わたしたちのほうをまったく見ていないけれど」

「厳しい監視をつけたら意味がないとわかっているんだよ。今回の目的は、ぼくたちがお互いによく知りあうことなんだから」

「でも、それって時間の無駄じゃない？　あなたの計画を考えたら」パンドラはそう言わずにはいられなかった。

セントヴィンセント卿がけげんそうな目を向ける。「計画って？」

「別の男にわたしを押しつける計画よ、あなたが結婚しなくてすむように」

彼がホロウェイの真ん中でいきなり立ち止まったので、パンドラもしかたなくそうした。

「どこでそれを聞いた？」

「屋敷内の噂話。もしそれが本当なら――」

「本当じゃない」

「あなたが結婚しなくてすむように、わざわざ気の進まない花婿を探し出して、無理やりわたしと結婚させてくれなくていいわ。結婚したくないならしなくていいって、いとこのデヴォンが言ってくれたの。そしてわたしは結婚したくない。ここにいるあいだ、あなたに気に入られようと無駄な努力をしたくないし。だから――」

セントヴィンセント卿があっというまに二歩の距離を詰めて目の前に立ったので、パンドラは驚いて言葉を切った。思わずあとずさりすると、肩がホロウェイの壁にぶつかった。

彼は土壁から露出している木の根に片手をかけた。「ぼくはきみを別の男にやるつもりはない。いくら頭をひねっても、きみを扱えそうな男は思いつかないからね」

彼女は目を細めた。「あなたなら扱えると言いたいの?」

セントヴィンセント卿は答えなかったが、黙っていてもわかるだろうと言わんばかりに唇をゆがめた。けれどもパンドラがローブの襞《ひだ》の陰で拳を握っているのに気づくと、表情をやわらげた。「きみがここに来たのは、ぼくに気に入られるように頑張るためじゃない。ぼくはきみをもっとよく知りたいから招待したんだ」

「それなら、たいして時間はかからないわ」問いかけるような彼の目を見て、パンドラは説明した。「わたしはこれまでどこにも行ったことがないし、夢見てきたことを何もしていない。まだ自分という人間を作り終えていないのよ。だからもしこのままあなたと結婚したら、晩餐会で招待客をどういう席順にすればいいかちっとも理解できない、妙に早口でしゃべる変わり者の妻にしかなれなくなってしまう」彼女は顔を伏せ、喉が締めつけられるのを感じながらつばをのみ込んだ。

セントヴィンセント卿はしばらく黙って考え込んでいた。それから優雅な長い指を彼女の顎に添えて上を向かせると、やさしく提案した。「どうだろう、休戦しないか? しばらくのあいだだけでも」

決まり悪くなって視線をそらしたパンドラは、地面に張りつくように生えている蔓《つる》性の茎にカップのような形をした花がついていることに気づいた。大きなピンク色の花の中央は、星のような形に白くなっている。「この花はなんていうの？」

「ハマヒルガオだよ」セントヴィンセント卿が彼女の顔を自分のほうに戻した。「ぼくの気をそらそうとしているのかい？　それとも、たまたまその質問が頭に浮かんだのかな？」

「両方かしら？」おずおずと言った。

彼の口の片端が、面白がるようにぴくりとあがる。「どうしたらきみの注意をぼくだけに引きつけておけるんだろう」

指先で顎の線をたどられて、パンドラは身をかたくした。セントヴィンセント卿の指が触れたところが、じわじわとあたたかくなる。まるで蜂蜜を飲んだときのように、喉が張りついた。「ちゃんとあなたに注意を向けているわ」

「完全にじゃない」

「いいえ、そんなことない。あなたを見ているし――」チャワース卿が目の前の男性を悪名高い放蕩者と呼んだことを思い出して、彼女は震える息を吐いた。「ああ、やめて。まさかあなた、わたしにキスしようとなんかしていないわよね」

セントヴィンセント卿が片方の眉をあげる。「キスしてほしいのかい？」

「いいえ」パンドラはあわてて否定した。「いいえ、悪いけどしてほしくないわ。やめて」

彼が静かに笑った。「否定するのは一回でいいよ、ダーリン」指の背で、パンドラの喉元の激しく脈打っている部分を撫でる。「ひとつだけはっきりさせておこう。ぼくたちは今週の終わりまでに、どうするか決めなくてはならないんだ」

「一週間も必要ないわ。いま返事ができるもの」

「いや、きみは何を拒否するのかきちんと把握しないうちは、決定を下すべきじゃない。つまり、ふつうは六カ月かけてする求婚を六日でしなければならないということだ」パンドラの表情を見て、彼は悲しげな笑みを浮かべてため息をついた。「手術が必要だと告げられた患者みたいな顔だね」

「わたしは求婚してくれないほうがいいんだけど」

「そのわけを、もっと詳しく説明してくれないか?」セントヴィンセント卿はあくまでも辛抱強く、穏やかな態度を崩さない。

「うまくいかないとわかっているんですもの。だって……」パンドラはためらった。自分の中に好きになれないけれど変えることもできない部分があるということを、どうやって彼に説明すればいいのかわからない。その部分は親密さを脅威と感じ、人に支配されることを恐れている。巧みに操られ、彼女という人格を損なわれてしまうのが怖いのだ。「わたしをこれ以上深く知ってほしくないのよ。わたしはだめなところだらけなの。いままで一度だって、ほかの女の子たちと同じように考えたり、行動したりできたことがないわ。双子のカサンドラとも違ってる。世間の人たちはわたしたち双子を乱暴だと言うけれど、実際はわたしだけが乱暴なの。暴走しないように、なんらかの枷《かせ》が必要なくらい。カサンドラはわたしと一緒にいてくれただけなのに、悪く言われてしまって……」みじめな思いに喉が引きつった。「そしてわたしはまた醜聞を起こしてしまった。そのためにカサンドラの評判までめちゃくちゃになって、オールドミスになってしまうかもしれない。それに、ほかの家族にも影響が及んでしまう。すべてわたしのせいで。どうしてこんなことになってしまったのかしら。もし――」

「しいっ、落ちついて。そんなに自分を責める必要はないんだ。こっちにおいで」何が起きたのかわからないうちに彼女はセントヴィンセント卿の腕に包まれ、あたたかくて力強い体に抱き寄せられていた。彼がパンドラの頭をそっと押して自分の肩にのせたので、帽子が落ちて地面に転がる。衝撃を受けて戸惑いながら男性の体を全身で感じていると、体じゅうを駆けめぐる血が全力で警戒信号を発しはじめた。彼は何をしているのだろう？ どうして自分は彼にこんなふるまいを許しているの？

けれども低くなだめるような声でしゃべりつづけるセントヴィンセント卿の声を聞いているうちに気持ちが落ちついて、張りつめていた神経が太陽の光を浴びた氷のようにゆるやかにほどけていった。「きみの家族はきみが考えているほど弱くない。トレニア卿は家族の面倒をじゅうぶんに見られる人だし、カサンドラは由緒ある血を引く魅力的な女性で、持参金もちゃんとある。たとえ家族の醜聞という重荷を背負っても、結婚できないはずがない」催眠術をかけるようにゆっくりと背中を撫でられているうちに、パンドラは猫みたいにごろごろと喉を鳴らしたくなった。彼のベストのなめらかな生地に頬を預け、そろそろと力を抜く。洗濯石鹸《せっけん》のかすかなにおいや男性の熱い肌にのせられたコロンから立ちのぼるすがすがしい樹脂香を吸い込むと、まぶたが重くなってきた。

「もちろんきみはロンドンの社交界になじめないだろう」セントヴィンセント卿が話している。「ほとんどの人たちには、そこらにいる羊と同じ程度の創造力や独創性しかないからね。彼らに理解できるのは表面的なことだけだ。だからどんなに腹が立ち、ばかばかしいと思っても、彼らが心地いいと感じるルールや儀礼に一定の敬意を払うしかない。社交界の一員として暮らすのがどんなにいやだと思っても、そこからはじき出されるのはもっとつらい。だからきみには、舞踏会の夜に長椅子にはまり込んでしまったときと同じように、ぼくを信頼してすべてを任せるという選択肢も考えてみてほしいんだ」

「その選択肢は結婚を指しているのかしら」彼の肩に顔を伏せているので、パンドラの声はくぐもっていた。「それならしたくないわ。あなたの知らない理由があるの」

セントヴィンセント卿は半分隠れている彼女の顔をじっと見つめた。「その理由を聞かせてもらえないかな」パンドラのこめかみにくるりと巻いて張りついているおくれ毛にそっと触れ、きちんと撫でつける。「これからはファーストネームで呼びあうことにしよう。ぼくたちは短いあいだにたくさんのことを話さなくてはならない。互いに対して正直で率直であるほど、話しあいはうまくいく。秘密や言い逃れはなしだ。どうだい、この条件は？」

パンドラはのろのろと顔をあげ、疑いに満ちた視線を彼に向けた。「わたしだけが正直に話すんだったら、いやよ。あなたはいろいろ隠すつもりなら」

セントヴィンセント卿――ガブリエルの口の端がわずかにあがった。「なんでも正直に言うと約束しよう」

「話したことは、お互い誰にも話さないとも約束してくれる？」

「こっちこそ、そうしてほしいよ。ぼくの秘密はきみのよりはるかに衝撃的だからね」

パンドラは彼の言葉を疑おうとは思わなかった。ガブリエルは彼女よりも多くの経験を重ね、それに応じた自信を身につけた男性で、世の中については悪徳に満ちた部分まで含めて精通しているはずだ。彼にはすぐにかっとなったパンドラの父親や兄とは正反対の驚くほど成熟した雰囲気があり、信頼してもいいという気にさせられる。

何日も罪悪感に苦しんできた彼女は、舞踏会の夜以来はじめて気持ちが楽になった。こうして大きくてたくましいガブリエルの体に身をゆだねていると、安心できる場所を見つけた野生動物みたいな気分になる。ほっとして吐いた息が震えて子どもっぽい音をたててしまうと、彼がふたたび背中を撫でてくれた。「よしよし、大丈夫だ。つらかっただろう。もう何も心配しなくていい」

その言葉を信じたわけではなかったけれど、こんなふうにやさしく甘やかされるのはこのうえなくいい気持ちで、パンドラはあとから思い出せるよう大切に味わった。

ガブリエルの肌はひげの剃《そ》り跡がざらざらしているところを除いて、どこもかしこもなめらかだ。首の付け根の鎖骨と鎖骨のあいだに、興味をそそられる三角形のくぼみがある。しっかりした筋肉と骨でできている力強い首の中で、唯一弱さを感じさせる場所。

そこにキスしたらどんな感じかしら、とばかげた疑問が頭に浮かんだ。

唇に感じるそこはきっとシルクのようになめらかで、彼から漂う香りがすばらしいのと同じくらい、すてきな味がするに違いない。

パンドラの口の中につばがわいた。

誘惑がどんどん大きく、無視できないほどになってくる。ときどき、こういうふうになってしまうのだ。何かをしたいという衝動があまりにも強くなって、その衝動に従わなければ死んでしまいそうな気分になる。うっすらと影になったくぼみに目が吸いついて離れない。そこはパンドラを誘惑するようにちらちらと動いている。気がつくと、彼女は伸びあがっていた。

どうすればいいの? 大きすぎる衝動に抵抗できない。パンドラは目をつぶり、誘惑の源に向かって顔を寄せた。思いきって口をつけると、その感触は予想以上にすばらしく、彼のあたたかい肌が脈打っているのを唇に感じた。

ガブリエルがぴくっとして、鋭く息を吸った。パンドラの後頭部を支えて頭をもたれさせ、大きく見開いた目で問いかけるように見おろす。彼は口を開き、なんとか言葉を押し出そうとした。

恥ずかしさで、彼女は顔が燃えるように熱くなった。「ごめんなさい」

「いや、ぼくは……かまわないよ。ただ……驚いただけだ」彼はパンドラと同じくらい息が苦しそうだ。

「わたし、衝動が抑えられないの。こんなことをしてしまったのは、わたしの責任じゃないわ。精神が不安定なのよ」

「精神が不安定」ガブリエルは繰り返し、唇を噛んで笑うのをこらえている。少年のような彼の様子に、パンドラは心臓が止まりそうになった。「それは医者に言い渡された正式な診断結果なのかな？」

「いいえ。だけど前に『神経系疾患における各種の症状』という本を読んで、自分が知覚過敏か躁病《そうびょう》の可能性が高いってわかったのよ。もしかしたら両方かもしれない」彼女は顔をしかめて言葉を切った。「どうして笑っているの？　ほかの人の病気を笑うなんて、感じがいいとは言えないと思うけど」

「ぼくたちが出会った夜のことを思い出していたんだよ。不健全な本を読んでいるって、きみは言っていただろう？」彼は片手をパンドラの背中に当て、もう一方の手で首のうしろをそっとつかんだ。「キスされたことは？」

体が急降下したように胃がふわりと浮き、パンドラは黙って彼を見あげた。頭の中にたくさん詰まっていたはずの言葉が、ひとつも出てこなくなる。

口がきけないほど驚いている彼女を見て、ガブリエルが小さく微笑んだ。「それはないということだと受け取るよ」まつげを伏せて、パンドラの唇に視線を落とす。「息を吸って。でないと酸素不足で気絶して、せっかくの経験を覚えていられなくなってしまう」

その言葉にパンドラはぎくしゃくと従った。〝今日わたしは、なぜシャペロンという〝15〟の項目にあとでこう書き込もうと彼女は考えた。〝今日わたしは、なぜシャペロンというものが必要なのかを知った〟

不安そうな息遣いを聞いて、ガブリエルが彼女の首のうしろをやさしく揉《も》んだ。「怖がらなくていい。きみが望まないなら、いまはキスをしないから」

ようやく声が出た。「いいえ……いつかはすることなら、いまやってしまってほしいわ。そうすれば、いつ来るかとびくびくしなくてすむもの」自分の言葉がどう響いたかに気づいて、あわてて言い足す。「あなたのキスは怖がるようなものじゃないとわかってはいるのよ。だってきっと、ふつうの男性よりはるかに上手なはずですもの。あなたにキスされると知ったら、喜ぶ女性はたくさんいるんでしょうね」

パンドラは、ガブリエルの体を笑いがさざなみのように駆け抜けるのを感じた。「ぼくはふつうの男よりキスがうまい」彼は認めた。「だが〝はるかに〟というのは言いすぎだ。それでは過大評価になってしまう。ぼくはきみにがっかりされたくない」

またからかわれているのではないかと疑いながら、彼女はガブリエルを見あげた。けれども彼の表情にそんな気配はない。「大丈夫、がっかりなんかしないと思う」そう言って心を落ちつける。「心の準備はできたわ。じゃあ、お願い」パンドラは雄々しく言った。

ところがガブリエルは、すぐにキスしようとはしなかった。「そういえば、きみはチャールズ・ダーウィンに興味があるみたいだね。彼の最新作は読んだのかな？」

「いいえ」どうして本の話なんか始めたのだろう？　緊張に体が震えているパンドラは、こんなふうにことを引き延ばす彼に少しむっとした。

「ダーウィンは『人及び動物の表情について』で、キスは人間の本能的な行動ではないと言っている。キスの習慣がない文化もあるからだ。たとえばニュージーランドでは、キスの代わりに鼻をこすりつけあう。その本には、相手の顔にそっと息を吹きかけて挨拶をする部族社会についても記されているんだ。きみが望むなら、キスの代わりにそういうのにしてもいい」ガブリエルは下心などないというように、わざと無邪気な顔で彼女を見た。

パンドラはなんと答えればいいのかわからなかった。「からかっているの？」

彼の目に笑みが躍っている。「パンドラ、こういう言葉の戯れも恋愛の一部だと知らないのかい？」

「知らないわ。わたしにわかるのは、あなたが面白いものでも見るような目をわたしに向けているということだけよ。よく仕込まれたサルがタンバリンを叩いているのを見つけたみたいに」

ガブリエルはパンドラの首のうしろに手を当てたまま、しわが寄っている彼女の額に唇をつけた。「男女間の戯れはゲームのようなものだ。守るか守らないかわからない約束さ。意味ありげな視線や笑みを向けたり……指先でさりげなく触れたり……人には聞こえないようにささやきかけたりする」彼の顔があまりにも近くにあって、羽根のようなまつげの金褐色の先端までよく見える。「どうする？　鼻をこすりつけあうかい？」

パンドラは首を横に振ったが、急にガブリエルをからかいたくなった。不意を突いて、彼を驚かせたい。そこで唇を突き出し、彼の顎にそっと息を吹きかけた。

ガブリエルが驚いたようにすばやく二回まばたきをしたので、彼女は満足した。彼の頬に血がのぼり、目が熱を帯びてきらりと光る。その輝きから、パンドラの反応に感嘆し、楽しんでいるのが伝わってきた。「きみの勝ちだ」彼女の顎を手で包み、親指で円を描くように頬を撫でる。

ガブリエルの顔がおりてきて、パンドラは緊張した。彼の唇がシルクの布かそよ風が通り過ぎるように、彼女の唇をさっとかすめる。ためらいがちとも言えるくらい、押しつけがましさのまるでないキスだった。彼の唇はパンドラの口の輪郭を確かめるように、触れるか触れないかの位置を保って動いていく。その官能的な感触に、いつもはうるさいほど忙しく働いている彼女の頭の中はだんだん静かになっていった。ぼうっとしたまま、パンドラもおずおずと押し返す。それでもガブリエルがゆっくりとからかうような動きを止めないので、彼女は次第にわれを忘れていった。気を散らす余計な考えも、時の流れも、すべて消え去った。ここには過去も未来もなく、いまこの瞬間しか存在しない。甘い香りを放つ乾いた草とハマヒルガオに覆われた陽光の降り注ぐこのホロウェイで、時間の止まった世界にふたりだけが立っている。

ガブリエルがパンドラの下唇と上唇を順に唇ではさみ、そのやさしい愛撫の衝撃に彼女は身震いした。彼の唇の圧力が強くなって思わず口を開くと、はじめて感じる香りと味がパンドラを包んだ。清潔でやわらかく、それでいてどこか彼女を駆りたてる香りと味。ガブリエルの舌の先を感じたパンドラは、これまでは自分だけのものだった場所に侵入してきた熱を帯びた物体にうろたえ、驚きに震えながらも、さらに口を開いて彼を受け入れた。

ガブリエルが首のうしろに当てていた手を広げて頭をしっかりとつかみ、キスをやめて唇を喉に移す。敏感な肌をたどられていく感触に、パンドラの息は浅くなった。まるで濡れたベルベットが滑っていくようで、ざわりと鳥肌が立つ。彼女は骨がなくなったみたいにぐったりと体を預け、胃のあたりに溶けた太陽のごとく熱い歓びが広がっていくのを感じた。

首と肩の境目まで到達すると、ガブリエルは唇を止めて舌でそこに触れた。そして軽く歯を立てたので、パンドラの体はまた震えはじめた。彼がそっと探るようなキスを繰り返しながらふたたび首筋を引き返して唇まで戻ったときには、彼女はもどかしさに小さくうめいていた。ようやくしっかりと唇を押し当てられ、安堵《あんど》感が体を走り抜ける。パンドラは彼の首に腕をまわし、頭を引きおろしてさらに激しいキスを求めた。そして自分がされたのと同じようにガブリエルの口の中を探索しはじめると、彼は喉の奥から低い声をもらした。シルクのようななめらかさとすばらしい味に夢中になり、パンドラは彼の顔を両手ではさんでむさぼった。どうしても自分を抑えられず、ガブリエルの甘い口の中を味わおうとひたすらキスを深める。

彼が唇を合わせたまま笑いだし、パンドラの頭をつかんでいる手に力を入れて自分の顔を引いた。ふたりとも息が切れている。「パンドラ、きみは海賊みたいにキスをするね」ガブリエルの目には、熱っぽさとおかしさが入り混じっていた。

なんと言われてもかまわない。パンドラは、ただ彼が欲しかった。もっともっと。手足をはじめ、体のあらゆる場所が脈打っていて、とても耐えられそうにない。これほどの渇望をどうやって満たせばいいのだろう？　ガブリエルの両肩をつかみ、かたく男らしい体に身を押しつけて、ふたたび伸びあがる。まだ足りない。地面に押し倒され、重い体にのしかかられたい。

ガブリエルが軽いキスで彼女をなだめようとした。「落ちついて、ぼくの元気なお嬢さん」彼はささやいた。それでもパンドラが静まらず、興奮に身を震わせていると、ガブリエルは彼女が求めているものを与えてくれた。激しく唇を合わせ、甘く官能的な動きで彼女から歓びを吸いあげる。

「もう、何をやっているの？」女性のいらだった声が数メートル離れたところから聞こえ、パンドラは頭から冷水を浴びせられたように驚いた。

フィービーだった。ふたりがちっとも来ないので、ホロウェイを引き返してきたのだ。すでにローブは脱いでいて、ほっそりしたウエストの両脇に手を当て、水着だけで立っている。「砂浜まで来る気はあるの？　それとも道の真ん中で、かわいそうなその子を誘惑するつもり？」

狼狽《ろうばい》していたパンドラは、足元にじゃれついてくるものを感じた。同じく引き返してきたエイジャックスが彼らのまわりを跳ねまわり、パンドラのローブのスカートと戯れているのだ。

ガブリエルはまだ震えている彼女を抱き寄せたまま、自分の息が切れて胸がせわしく上下しているのを姉に悟られないよう、落ちついた静かな声で返した。「フィービー、シャペロンをやってくれと言ったのは、やらなくていいという意味だとわかっているだろう?」

「わたしだって、シャペロンなんてやりたくないわ。だけど子どもたちに、どうしてあなたたちがなかなか来ないのかきかれたんだもの。あなたは好色漢なんだって、どう説明したらいいかわからなかったのよ」

「そうだな、そんな説明をしたら、姉上ががちがちの堅苦しいおばさんに見えてしまう」

鋭い言葉の応酬のあと、ふたりが愛情に満ちた笑みをすばやく交わしたのを見て、パンドラはキツネにつままれたような気分になった。

フィービーがあきれたように目をぐるりとまわし、来た道を引き返しはじめると、エイジャックスが勢いよく追いかけていった。パンドラの帽子をくわえている。

「あの犬のせいで、ぼくは帽子に大金をはたく羽目になりそうだ」ガブリエルが真顔で言った。彼はパンドラの鼓動がもとに戻るまで、背中と首を撫でつづけた。

彼女がまたしゃべれるようになるのに、三〇秒ほどかかった。「お姉さまは見たのかしら、わたしたちが――その――」

「心配しなくていい、姉は誰にも何も言わないよ。ぼくと姉はただ、あんなふうにからかいあうのが好きなだけなんだ。さあ、行こう」ガブリエルはパンドラの顎を持ちあげて最後に一度すばやくキスをすると、彼女を連れて歩きはじめた。

8

ホロウェイを抜けると、パンドラがそれまで写真や版画でしか見たことのなかった風景が広がっていた。白っぽい砂浜が延びている向こうに白く泡立った海が広がり、その上には抜けるように青い空がどこまでも広がっている。渚《なぎさ》のうしろには砂丘が連なり、ところどころにこんもりとした草の茂みや、花の咲いているとがった葉の植物が見えた。西に行くと砂は次第に砂利に変わり、石灰岩の崖になっている岬へと続いている。あたりには波が寄せては砕けて砂の上に広がるリズミカルな音が満ちており、三羽のセグロカモメが細く鋭い鳴き声をあげながら、食べ物を取りあっていた。

ハンプシャーやロンドンとはまったく違う景色だった。同じイングランドとは思えない。

フィービーとふたりの少年たちは浜辺のもう少し先のほうにいて、凧のひもをほどいている。足首の深さの水の中を歩いていたセラフィーナが、パンドラとガブリエルに気づいて駆け寄ってきた。靴も靴下も脱いでいて、水着のズボンは膝から下が濡れている。赤みがかった金髪はゆるく一本に編んで、片方の肩から垂らしていた。

「わたしたちの入り江はどう？　気に入った？」セラフィーナが両腕を広げてきく。

パンドラはうなずいて、広い海と浜辺を畏怖の念に打たれながら見まわした。

「ローブを置ける場所に案内するわ」セラフィーナはパンドラを砂丘のそばに置いてある移動更衣室に連れていった。小さな小屋に大きな車輪のついたもので、少し高いところに扉があり、そこまで階段であがる。外壁にはフック付きの梯子《はしご》も取りつけられていた。

「写真でなら見たことがあるけど、中に入るのははじめて」パンドラは珍妙な装置に疑いの目を向けた。

「いつもは使わないのよ。どうしても使いたいっていうお客さまがいると、馬をつないで腰の深さの水中まで引っ張っていかせるの。レディが入り口とは反対側の扉から階段をおりて、誰にも見られずに海へ入れるようにね。でも、それってすごく手間がかかるし、なんだかばかみたいでしょう？　だって、水着はふつうのドレスと同じだけ体を覆っているんですもの」セラフィーナは移動更衣室の扉を開けた。「ここで水着以外のものを脱いでね」

中に入ると棚と一列に並んだフックがあったので、パンドラはローブと靴下とキャンバス地の靴を脱いだ。短いスカートとズボンという水着姿になって外へ出ると、むき出しの足と足首のせいで裸をさらしているような気分になり、恥ずかしさに赤面した。幸いガブリエルは凧揚げを手伝うために少年たちと一緒にいて、近くにはいない。

セラフィーナが笑みを浮かべて、ブリキのバケツを持ちあげてみせた。「貝殻を探しに行きましょう」

水辺に向かって太陽にあたためられた砂の上を歩きながら、パンドラは足を踏み出すたびに砂がするりと滑って足の指のあいだに入ってくる感触に驚いていた。水に近づくにつれ、砂が湿ってかたくなってくる。彼女は振り返り、砂の上に残った足跡を眺めた。試しに片足で跳びながら何メートルか進み、それからもう一度振り返る。

しばらくして、ジャスティンが両手を合わせてボウルのようにした中に何かを入れて駆け寄ってきた。エイジャックスもうしろから駆けてくる。「パンドラ、手を出して！」

「何を持ってるの？」

「ヤドカリだよ！」

恐る恐る手を差し出すと、少年は丸いものをパンドラの手のひらに移した。貝は彼女の親指の先ほどの大きさしかない。やがてゆっくりと小さなはさみが出てきて、続いて糸のように細いひげとピンの頭のような黒い目が現れる。

パンドラは小さな生き物をじっくり観察してから、ジャスティンに返した。「ヤドカリは水の中にたくさんいるの？」一匹ならかわいいけれど、これがうじゃうじゃいる水の中を歩くのは気が進まない。

影がかかって目をあげると、男性のたくましい脚が目に入った。「いや、いないよ。ヤドカリは入り江のもっと奥のほうにある岩場にいるんだ」ガブリエルがパンドラの懸念を払拭した。

「あとで最初にいたところに戻してあげなくちゃだめだって、ママが言ってた。だけどその前に、こいつのための砂の城を作るんだ」ジャスティンが言った。

「わたしも手伝うわ」セラフィーナは元気よく言うと、膝をついてバケツの中に湿った砂を入れはじめた。「移動更衣室まで行って、残りのバケツとシャベルを持ってきて。パンドラ、あなたも一緒に作る？」

「ええ、でも……」水が盛りあがっては砕け、白い泡が砂の上に広がる波打ち際を見る。「その前に、少しこのあたりを見てまわりたいわ。もしかまわなければ」

「もちろんかまわないわ。別にわたしの許可を取る必要なんかないのよ」セラフィーナは両手を使って、せっせと砂をバケツに入れている。

パンドラはざっくばらんなやりとりを楽しく思うと同時に、少し悔しくもあった。「レディ・バーウィックにあれこれ指図されながら一年過ごすうちに、いちいち誰かの許可を取る癖がついちゃったみたい」フィービーに目を向けると、一〇メートル以上離れたところで海を見つめている。パンドラが何をしているか、まったく気にしていないようだ。

ガブリエルが彼女の視線を追った。「フィービーはいちいち口を出したりしないよ。さあ、ぼくも一緒に行こう」

先ほどの出来事にまだ決まり悪さを感じながら、パンドラは彼と連れ立ってひんやりとかたく締まった砂の上を歩きはじめた。いままで見たこともない景色や音や感覚にさらされて、彼女は圧倒されていた。息をするたびにみずみずしく新鮮な空気が肺を満たし、唇についた波しぶきの潮の味がする。海の上では風にあおられて水が大きくうねり、波頭には泡が立っていた。パンドラは立ち止まって広大な海を見つめ、謎めいた海の底にはどんなものが隠されているか想像をめぐらせてみた。難破船やクジラや見たこともない生き物が思い浮かんで、心地よい震えが体を走る。彼女は身をかがめて砂に半分埋まっていた小さな貝殻を拾い、灰色の縞《しま》のあるざらざらした表面を親指でこすった。「これはなんていう貝？」ガブリエルに見せながら尋ねる。

「カサガイだよ」

彼女は次に丸くてうね模様のある貝殻を見つけた。「これは？　ホタテガイかしら」

「ザルガイだ。二枚の殻をつなぐ蝶番《ちょうつがい》みたいな部分を見てごらん。ホタテガイの場合は、両方の殻に三角形の部分がある」

パンドラはさらにエゾバイ、タマビキ、イガイなどの貝殻を拾ってガブリエルに渡した。すると彼はパンドラのためにズボンのポケットに入れておいてくれた。ガブリエルはズボンの裾をまくりあげていて、きらきら輝く金褐色の短い毛に覆われたふくらはぎが半分のぞいている。

「水着は持っているの？」恥ずかしさをこらえて、パンドラはきいた。

「ああ、でも女性が一緒のときに着られるようなものじゃない」彼女が問いかけるように見ると、ガブリエルは説明した。「大人の男性用の水着は、アイヴォウやジャスティンが着ているものとは違う。ウエストをひもで縛るようになっているフランネル地の半ズボンなんだが、濡れると体に張りついて、その下にあるものが想像の余地がないくらい明らかになってしまうんだ。何もはいていないみたいにね。だからここに住む男たちのほとんどは、泳ぐときも最初からそんなものははかない」

「裸で泳ぐってこと？」彼女は動揺するあまり手から力が抜けて、貝殻を落としてしまった。

ガブリエルが身をかがめて代わりに拾った。「もちろん、女性がいるところではそんなことはしないさ」パンドラの赤くなった顔を見て微笑む。「ふだんは朝、泳ぎに行くんだ」

「水が氷みたいに冷たいでしょう？」

「ああ。だが、冷たい海で泳ぐ利点もある。血行がよくなるとか」

ガブリエルが一糸まとわぬ姿で泳いでいると考えただけで、たしかに彼女の血行はよくなった。砂がつやつやと光っている水際まで行くと、砂が水を含みすぎていて足跡が残らない。足をあげたとたん、そこに細かい泥のような砂が流れ込むのだ。押し寄せた波が平らになって足の先まで届き、パンドラは水の冷たさにびくっとした。それでもそのまま二、三歩進んだが、すぐに次の波が来て水面が足首まで来たかと思うと、膝の近くまで持ちあがった。軽く冷たい泡立った水が、一気に膝から下を包む。彼女は小さく悲鳴をあげたあと、はじめての感覚に驚いて笑いだした。波が力を失って、前に進まなくなる。

水が砂を引っ張りながら後退していくと、パンドラはその場にじっと立っているにもかかわらず、うしろに滑っていくような感覚にとらわれた。足の下は、誰かが敷物を引き抜いたみたいに砂が削り取られている。

急に平衡感覚がなくなって地面が傾き、パンドラはよろめいた。目をしばたたくと、ガブリエルがうしろから力強い手が伸びてきて、彼女をつかまえた。

エルのかたくてあたたかい胸に引き寄せられていた。うしろに立っている彼は開いた脚のあいだにパンドラを入れ、しっかりと支えている。彼のバリトンの声の響きが聞こえたが、よくないほうの耳のそばで話しているので、波の音が重なって言葉が聞き取れない。

「な、なんて言ったの？」パンドラは首をねじって顔を横に向けた。

「つかまえたよ、って言ったんだ」ガブリエルが彼女の反対の耳元でつぶやく。彼の唇が繊細な耳の縁をかすめると、電気が走ったような衝撃がパンドラを貫いた。「きみに警告しておくべきだった。波が引いていくとき、じっと立っていても体が動いているように錯覚してしまうことがある」

ふたたび波が押し寄せた。緊張したパンドラは背中をかたい体にきつく押しつけたが、ガブリエルが低い声で笑う振動が伝わってきて、少しむっとした。

「きみを転ばせたりしないよ。力を抜いて」彼がパンドラの体の前に腕をまわす。

波が砕けて脚のまわりに水が押し寄せ、渦巻きながら砂や貝殻を持ちあげた。波が引いていくと、パンドラはもっと高いところに逃げるべきかどうか考えた。けれどもガブリエルのたくましい体にもたれているのがあまりに心地よく、ためらっているうちに次の波が来た。彼の腕をぎゅっと握ると、大丈夫だというように前にまわされた腕に力がこもった。水面があがってクリスタルガラスが粉々になるような音とともに波が砕け、続いて何かをモップでこするみたいなシューという音がする。催眠術にも似たリズミカルな音の繰り返しに耳を傾けているうちに、パンドラの呼吸は次第に落ちつき、深くなっていった。

彼女は夢の中にいるような気がしてきた。水の冷たさ、肌を焼く熱さ、照りつける太陽、砂、さまざまな成分を含んだ塩水のにおい。それらが世界のすべてだった。背中に感じるガブリエルの体は筋肉のついた壁みたいで、彼がわずかなバランスの乱れを修正しようとするたびにぴくりと動く。パンドラを抱きしめ、安全に守ってくれているのだ。毎朝ベッドで眠りと覚醒のはざまにいるときと同じように、脈絡なくいろんな考えが頭をよぎっていく。そよ風がさまざまな音を彼女のもとに運んでくるが、子どもたちの笑い声も、犬の吠え声も、フィービーとセラフィーナの声も、どこか遠い世界のものに思えた。

自分を抑えることを忘れて、パンドラはガブリエルの肩に頭を預けた。「アイヴォウはどんな糊を使っているの？」ゆったりとした口調できく。

「糊？」しばらくして、ガブリエルがきき返した。彼の唇がこめかみをそっとかすめる。

「凧に使っている糊よ」

「ああ」彼は口をつぐみ、引いていく波を見つめた。「たしか〈ジョイナー〉の糊だったな」

「あれでは強度が足りないわ」パンドラはリラックスして、ぼんやりと考え込みながら言葉を継いだ。「クロム接着剤にするべきよ」

「それはどこで手に入る？」ガブリエルの手が彼女の体の脇をやさしく撫でる。

「薬局で作ってもらえるわ。クロム酸塩石灰とゼラチンを一対五の割合で混ぜるの」

彼の声に面白がっているような響きが加わる。「きみの頭は忙しく働くのをやめることはないのか？」

「眠っているときも働いているの」

また波が来て、ガブリエルが彼女を支えた。「なぜ糊についてそんなに詳しいんだ？」

パンドラは心地よくぼうっとしていた状態からはっと覚め、どう返せばいいか考えはじめた。

彼女がなかなか答えないので、ガブリエルが首をかしげて問いかけるような視線を向ける。

「どうやら糊の話題はなかなか複雑らしいね」

いつかは話さなければならないのだから、それがいまでもかまわないはずだとパンドラは結論を出した。

そこで深呼吸をして、思いきって打ち明けた。「わたしはボードゲームの設計と製作をしているの。だから、そのために必要なありとあらゆる糊について調べたのよ。箱を作るための糊だけじゃなく、ボードや蓋にリトグラフを接着するためにはどの糊が最適かということまで。最初に作ったゲームはすでに特許を取っていて、もうすぐふたつ申請するわ」

ガブリエルは驚くほど短時間で、その情報を正確に理解した。「特許をゲーム製造業者に売ることは考えたのかい？」

「いいえ、自分の工場でゲームを作りたいから。すでに生産の計画は立っているのよ。最初のゲームはクリスマスまでに売り出すわ。姉の夫のミスター・ウィンターボーンが、事業計画の作成を手伝ってくれたの。ボードゲームの市場はまだまだ新しいから、わたしの会社はきっと成功すると言ってくれているわ」

「もちろん成功するだろう。だがきみのような身分の若い女性は、自分で生計を立てる必要はないと思うが」

「ひとりで生きていくつもりなら必要よ」

「結婚して安心して過ごせるほうが、自分で事業を経営するなんて重荷を背負うよりいいんじゃないか？」

パンドラは向きを変えて、ガブリエルを正面から見つめた。「〝安心して過ごせる〟っていうのが誰かに所有されることなら、ちっともよくないわ。いまのわたしには好きに働いて、得た収入を自分のものにできる自由がある。だけどあなたと結婚すれば、わたしが持っているものは会社も含めて、すべて無条件にあなたのものになるのよ。つまり、あなたはわたしを支配する権利を持つってこと。わたしが稼いだものは、そのままあなたのところに行く。わたしの手を通過すらしないで。わたしは契約書にサインもできないし、従業員を雇うこともできないし、土地を買うこともできない。法律では夫と妻はひとりの人間と見なされ、そのひとりというのは夫なの。そんな考えには耐えられない。だから絶対に結婚はしたくないのよ」

パンドラの告白は驚くべきものだった。これほど世間の慣習から逸脱した考えを女性から聞くのははじめてだ。ある意味、愛人のこのうえなくみだらな言葉や行動よりも衝撃的だった。

こんな野望を持つことを許すなんて、パンドラの家族は何を考えているのだろう？　たとえば中産階級の未亡人が亡き夫から受け継いだ事業を切りまわすという話なら、たしかに聞いたことがある。あるいは帽子作りや裁縫の腕を持った女性が小さな店を持ちたいというなら、それもいいだろう。しかし貴族の娘となると、とても考えられない。

高潮の波がうしろからパンドラにぶつかり、彼女をガブリエルに向かって押し出した。彼はパンドラのウエストを両手でつかんで支え、水が引くと背中をそっと押して姉と妹が座っているほうに向かった。

「妻は自立を手放す代わりに、夫の庇護《ひご》と支えを手に入れる。それが結婚という取引なんだ」彼の心はパンドラへの疑問と反論でいっぱいだった。

「そんな取引はわたしに損なだけなんだから、同意するのは間抜けでしかないわ」

「損とはどういうことだ？　長時間働き、利益をあげられるかつねに心配しなくてはならない生活には、たしかに自由があるだろう。だがぼくの妻になれば、きみは安心して快適に暮らせる。きみが好きに使える財産を分与しよう。それに加えて自分専用の馬車と御者を持てるし、言いつけどおりに動いてくれる使用人付きの屋敷に住める。どんな女性でもうらやむ生活だ。法的な解釈なんていうささいなことで、大局を見誤らないでほしい」

「危機にさらされるのがあなたの法的権利なら、ささいなことだと言って片づけたりしないでしょうね」

「でも、きみは女だ」

「だから男より下だと？」

「そうじゃない」ガブリエルはすぐに否定した。彼は父親と同様に母親の権威も尊重する家庭で、女性の知性に敬意を払うように育てられている。「女は劣っていると信じて侮っている男は、ばかだと思う。それでも自然は、女性に子どもを産むという役割を与えた。男が結婚生活において妻を支配する権利は、当然ないとしても」

「だけど男性はその権利を持っているのよ。法律では、夫は妻に対して好きなようにふるまっていいんですもの」

「ちゃんとした男はみな、妻を対等の相手として扱っているよ。ぼくの両親のようにね」

「それはきっとそうなんだと思うわ。でも、それはそれぞれの家庭での方針にすぎないのよ。法的な現実とは違う。あなたのお父さまがお母さまに不当な仕打ちをしようと決めたとしても、誰にも止められない」

ガブリエルはいらだちで、顎の筋肉がぴくりと動くのを感じた。「そうなったら、ぼくが止めるさ」

「だとしても、どうしてお母さまの幸せが、お父さまやあなたの出方次第でなくちゃいけないの？　どんなふうに扱われたいか決める権利を、お母さま自身が持ってはならない理由は何？」

ガブリエルは反論したかった。そんなかたくなな考え方は現実的ではないと。それに世の中の多くの女性は、パンドラがこんなにも不快と見なしている結婚という結びつきに喜んで身を捧げていると。

だが、反論できない。認めるのはしゃくだが、彼女の言うことには一理ある。

「きみの意見は……間違っているとは言えない」つかえそうになりながら、なんとか口にした。「しかし法には関係なく、どの結婚も結局は相手を信頼できるかどうかの問題だ」

「でもあなたが言っているのは、わたしは夫が一生わたしの望みどおりの決定を下しつづけてくれると信頼するべきだってことでしょう？　わたしは自分の決定は自分で下したいのに。どうしてわたしはそんなことをしなくちゃならないの？」

「なぜなら、結婚は単なる法律上の取り決め以上のものだからだ。いろんな要素が詰まっているんだよ。もちろん身体的、経済的な安全性の確保という側面もあるが、人間としての結びつきとか欲望とか愛とか、法律では片づけられないさまざまな要素もある。この中で、どれかひとつでもきみにとって意味があると思えるものはないのか？」

「もちろんあるわ。わたしだって、そういうものは大事だと思ってる」パンドラは視線を落として地面を見つめた。「でも、だからこそ結婚したくないの。男性の所有物になってしまったら、そういうものを彼に対しては感じることができないと思うから」

くそっ、逆効果だった。

彼女が結婚に対して抱いている反感は、ガブリエルが最初に考えたよりも根が深かった。ただ慣習に反感を覚えているだけかと思ったが、パンドラは体制を変えたいという筋金入りの女権論者だったのだ。

フィービーとセラフィーナが座っている場所は、もうすぐそこだった。アイヴォウとジャスティンが湿った砂を集めに行ってしまったので、ふたりしかいない。

「なんの話をしているの？」セラフィーナがガブリエルに声をかけてきた。

「なんでもない」彼はそっけなく返した。

フィービーがセラフィーナに顔を寄せて、ひそひそと言う。「わが弟は彼女に啓蒙《けいもう》されていたみたいよ」

「あら、そうなの？」セラフィーナは珍しい生き物が卵の殻をくちばしで割って出てくるところを観察するように、ガブリエルを見つめた。

彼は姉と妹をにらみつけてから、パンドラの頑固な顔に視線を戻した。彼女の肘をそっと取り、少し離れたところに引っ張っていく。「法的にどんな選択肢があるのか調べてみるよ。結婚した女性が自分の会社の所有権や権限を夫に渡さず、保持しつづけられるような抜け穴を見つけられるかもしれない」

けれども残念ながらパンドラは彼の申し出に感謝するどころか、自分がどれほどの譲歩を引き出したかにも気づかず、その返事はにべもなかった。「抜け穴なんてないわ。たとえそんなものがあったとしても、結婚したほうが不自由なことには変わりないし」

それからの一時間はみんなで砂の城作りにいそしんだので、パンドラのボードゲーム事業の話は話題にのぼらなかった。ときどき休憩を入れ、屋敷から持ってきた水筒から水やレモネードをごくごくと飲んだ。パンドラはジャスティンと相談しつつ、城作りに熱心に取り組んだ。ジャスティンは堀、四角い塔、跳ね橋と守衛小屋、銃眼付きの城壁がすべてそろった城にすると決めた。銃眼は、熱湯や熱したタールを進軍してきた敵兵士たちの上に落とすための穴だ。

堀作りを任されたガブリエルは、一〇人分の活力を放出しているパンドラに何度も目をやらずにはいられなかった。エイジャックスからなんとか取り戻したひしゃげた麦わら帽子の下で、彼女の顔は生き生きと輝いている。汗と砂にまみれ、結いあげた髪からは巻き毛がこぼれて首筋や背中に落ちていた。過激な考えと野心を持つ彼女が、子どもみたいに屈託なく砂で遊んでいる。パンドラは美しく、複雑な内面を持っていて、彼の思いどおりにはなってくれない。これほど自分らしさにこだわり、それを貫く意志の強さを持った女性に会ったのははじめてだった。

いったい彼女をどうすればいいのだろう？

「お城を貝殻と海藻で飾りたいわ」セラフィーナが主張した。

「それじゃあ、女の子のお城になっちゃうよ」ジャスティンが抗議する。

「あなたの持ってるヤドカリは女の子かもしれないわよ」セラフィーナが指摘した。思ってもみなかったことを言われて、ジャスティンは衝撃を受けたようだ。「違うもん！女の子じゃないもん！」

幼い甥がかんしゃくを起こしそうになっているのを見て、アイヴォウがあわてて割って入った。「姉上、こいつは雄だよ」

「どうしてわかるの？」セラフィーナが問い返す。

「だって……その……」アイヴォウは言葉に詰まった。

「それはね」パンドラが内緒話をするように声をひそめて口をはさんだ。「わたしたちがどんなお城にするか計画を立てていたとき、このヤドカリが喫煙室を作ってくれって、こっそり頼んできたからよ。煙草を吸うなんて悪い習慣に染まるほど年がいっていると思っていなかったから、わたしはちょっと驚いたわ。でもとにかく、そんな習慣があるからには男性であることに疑いはないわね」

ジャスティンがパンドラをうっとりと見つめた。「ねえ、ほかにも何か言ってなかった？　名前はなんていうの？　このお城が気に入ったかな？　お堀はどう？」

そこでパンドラは、ヤドカリから聞いたことをみんなに教えた。名前はシェリー。これは有名な詩人にちなんでいる。旅好きで、遠い土地へはエビやカニじゃなくてヘーゼルナッツやパンくずが好きなセグロカモメのピンクの脚につかまって行くらしい。ある日エリザベス朝時代の舞台俳優の生まれ変わりであるそのセグロカモメに連れられて、シェリーはドルリー・レーン劇場に『ハムレット』を観に行った。上演中の舞台の上におり立った一羽と一匹は二幕目のあいだじゅう、城のガーゴイルになっていたという。シェリーはその経験を楽しんだが、それ以上舞台での芸歴を追求する気にはなれなかった。照明が熱すぎて、危うくフリカッセになりかけたからだ。

ガブリエルは砂を掘る手を止めて、パンドラの話に耳を傾けた。斬新で驚異的な彼女の想像力に魅了されずにいられない。彼女は何もないところから、魔法の世界を作りあげた。小さな生き物がしゃべり、不可能と思えることが可能な世界を。彼は理屈ではなく、ただパンドラという存在に引きつけられていた。砂まみれで髪の乱れた、おとぎばなしを語る人魚。彼女はもうガブリエルのものとしか思えないのに、そうなることを全力で拒否している。彼の心臓は新しいメトロノームに合わせるように、奇妙なリズムで打ちはじめた。

いったい自分に何が起こっているのだろう？

ずっと従ってきた論理的なルールがひっくり返され、いまではパンドラと結婚することしか考えられない。これまで出会った女たちとはまるで違うこの女性に対して、いまガブリエルをとらえているこの気持ちに対して、どうしても結ばれたいと願うただひとりの女性と一緒になれないかもしれないというあやふやな状態に対して、彼はまるで心の準備ができていなかった。

でも、どうすれば彼女は結婚を受け入れてもいいという気持ちになってくれるんだ？　無理じいするのはいやだし、そもそもそんなことが可能かどうかも怪しい。パンドラの持っている選択肢を奪いたくない。選択肢がある中から、彼との将来を選んでもらいたいのだ。

とはいえ絶望的なほど時間が足りない。彼女がロンドンに戻るときまでに婚約していなければ大変な醜聞になって、レイヴネル家の人々は決定的な対策を取らなくてはならなくなるだろう。おそらくパンドラは国を出て、ゲームを作れる場所に住むことになる。彼女を追いかけてヨーロッパ大陸を横断したり、海を渡ってアメリカまで行く羽目になったりするのはいやだ。だから彼女がここにいるあいだに、どうにかして説得しなければならない。

だが、彼女にとって自由より意味があるものを自分は差し出せるのか？

パンドラがシェリーの話を語り終えると、城もできあがった。ジャスティンは小さなヤドカリを、畏怖の念に満ちた目で見つめている。彼がシェリーとセグロカモメの冒険をもっと聞きたがると、パンドラは笑った。

「彼を見つけたところまで戻しに行くあいだに、もうひとつお話をしてあげるわ。シェリーはきっと、そろそろ家族に会いたくなっていると思うから」ふたりは手をついて立ちあがった。ジャスティンが城の塔の上に鎮座していたヤドカリを、そっと持ちあげる。彼らが水辺へ向かうと、移動更衣室の下の日陰にいたエイジャックスがあとを追った。

パンドラたちが声の届かないところまで行ったあと、アイヴォウが宣言した。「ぼく、あの人が好きだな」

セラフィーナは弟に向かってにやりとした。「先週、もう女の子はいやだって言っていたじゃない」

「パンドラはふつうの女の子とは違うからね。怖がってカエルに触れないような子や、髪型のことばっかり話している子とは」

妹と弟のやりとりをうわの空で聞きながら、ガブリエルは遠ざかっていくパンドラのうしろ姿を見つめていた。彼女はつやつやと輝いている砂の上を高潮が届く線に沿って歩いていたが、ふと貝殻に興味を引かれたらしく身をかがめた。すぐにうしろにもひとつ見つけて拾い、続いて別なのを拾う。ジャスティンが彼女の手を取って歩きださなければ、ずっとそうしていただろう。

なんと、パンドラは本当にふらふらと円を描いて歩くのだ。ガブリエルの中にやさしい気持ちがわきあがり、胸がずきんと痛んだ。

彼女が円を描いて歩いた先がすべて自分につながっていたら、どんなにいいだろう。

「夕食の前に体を洗って着替えたいなら、そろそろ戻らなくちゃ」フィービーが言った。立ちあがったセラフィーナが、砂のついた手や腕を見て顔をしかめる。「砂まみれだし、べたべたするわ。水に入って、できるだけ落としてくる」

「ぼくは凧とバケツを集めるよ」アイヴォウが申し出た。

フィービーは妹と弟が遠ざかるまで待って口を開いた。「パンドラと話しているのを少し聞いてしまったわ、声がここまで届いたから」

ガブリエルは考え込みながら手を伸ばし、姉の帽子のつばを直した。「どう思う、レッドバード?」父親と彼だけが使うあだ名で姉を呼ぶ。

フィービーは手のひらで砂の城の壁を撫でつけ、真剣な顔で考え込んだ。「穏やかな結婚生活や秩序ある家庭を望んでいるなら、ここ何年もあなたの前に花嫁候補として差し出されている育ちはいいけど間抜けな娘たちの中から選ぶべきよ。アイヴォウが言ったとおり、パンドラはふつうの女の子とは違うから。風変わりで、とてもすてきな人だけれど、妻としては――」弟が遠ざかっていくパンドラに目を奪われているのを見て、彼女は言葉を切った。

「もう、あなたったら、聞いてもいないじゃないの。結果がどうなろうと彼女と結婚するって、すでに決めたのね」

「決めるまでもなかった」ガブリエルは途方に暮れ、ぶっきらぼうに言った。「どうしてこんなに彼女が欲しいのか、ちゃんとした理由を何ひとつ思い浮かべられないんだ」

フィービーは微笑んで、海に目をやった。「わたしたちに残された時間がどれほど少ないかわかっていながら求婚したとき、ヘンリーがなんて言ったか話したことがあったかしら。〝結婚みたいに重要なことは、理屈でなんかとても決められない〟と言ったのよ。もちろん彼は正しかったわ」

ガブリエルは太陽であたたまった乾いた砂を手ですくい、指のあいだからさらさらと落とした。「レイヴネル家の人たちは、彼女に結婚を強いるより醜聞が風化するのを待つことを選ぶだろう。そしてたぶん聞こえたと思うけど、彼女はぼくだからいやなんじゃなくて、結婚という制度そのものを嫌っている」

「あなたに抵抗できる女性がいるかしら？」フィービーが半分からかうように、半分本気で言う。

ガブリエルは暗い表情を姉に向けた。「明らかに彼女はぼくに抵抗できるようだ。称号も、財産も、領地も、社会的地位も、彼女にとっては煩わしいだけのものなのさ。そういう重荷がついてくるにもかかわらず、ぼくを選んでもらわなくてはならない」彼は正直な気持ちを打ち明けた。「でもぼくは、そういうものなしでは自分が何者なのかもわからないんだ」

「まあ、ガブリエル……」フィービーはやさしく言った。「あなたはラファエルにスキフ（ヨットの一種）の操り方を教えてあげたじゃない。ジャスティンに靴ひもの結び方を教えたのも、ヘンリーが最後にもう一度釣りがしたいと言ったときにマスのいる川まで運んでくれたのもあなたよ」彼女はごくりとつばをのみ込んで、ため息をついた。踵《かかと》を砂にめり込ませて前に押し出し、溝を二本作る。「あなたのどこが問題なのか言ってもいい？」

「それは質問なのかい？」

「あなたはね、その非の打ちどころのない完璧な外面を維持するのが、あまりにもうますぎるの。欠点を持ったふつうの人間だということを、絶対に人に知られたくないと思っているのね。でもそんなやり方では、彼女の心は手に入れられないわ」フィービーは両手をこすりあわせて砂を払った。「あなたにも欠点があるってところを見せてあげなさい。そうすれば彼女は、いまよりもずっとあなたを好きになるはずよ」

9

翌日もその次の日も、セントヴィンセント卿――もといガブリエルは、パンドラにキスをしようというそぶりを見せなかった。思いやりと敬意をもって完璧な紳士らしくふるまい、ふたりのそばには必ずシャペロンがいるように気を配り、そうでないときはほかの人たちから見える位置にいるようにしている。

彼がそうしてくれて、パンドラはうれしかった。

というより、うれしいはずだった。

34　キスをするのは電気を使った実験に似ている。すばらしい発見をするんだとわくわくしていたのに、途中で感電してマトンチョップみたいにかりかりに焼けちゃったって感じ。

とにかくパンドラは、ガブリエルがどうして最初の日以来キスをしようとしないのか、考えずにいられなかった。

もちろん、そもそもそんなまねを許すべきではなかったというのはわかっている。紳士は女性に不適切な行為を迫り、彼女がどんな反応をするかで相手に対する判断を下すのだとレディ・バーウィックは言っていた。そんな卑怯《ひきょう》なやり方をガブリエルがするとは思えないけれど、その可能性を排除できるほどパンドラは男性というものをよく知らない。

けれどもガブリエルがキスをしようとしない理由として、一番可能性が高いのはパンドラのキスが下手だったせいだ。彼女はキスの仕方をまったく知らない。唇や舌をどう動かせばいいのか見当もつかない。でもあの感覚は信じられないほどすばらしくて、興奮しやすい彼女は夢中になってしまった。正直なところ、ガブリエルに襲いかかったと言っていい。そして彼の〝海賊みたい〟という発言があったわけだが、それがどういうつもりで発せられた言葉なのかは、何度頭をひねってもわからなかった。彼はけなすつもりで言ったのだろうか？　それとも、褒め言葉には聞こえなかったが、そう受け取るべきなのか？

35　理想的な女性が備えているべき美徳のリストに、〝海賊みたいにキスをする〟という項目が含まれているのは見たことがない。

とにかく、あのキスタストロフィ——キス＋大災害《カタストロフィ》——を思い出すたびに悔しい気がして自分を弁護したくなる一方、この二日間のガブリエルがあまりにも魅力的なので、彼と過ごすのを楽しまずにはいられなかった。彼とはずいぶん一緒にいろいろなことをした。おしゃべりをしたり、散歩をしたり、馬に乗ったり、ローンテニスやクロケットといった戸外のゲームをしたりして。ただし、いつも家族の誰かが一緒にいたけれど。

ガブリエルはいろいろな面でデヴォンに似ていて、ふたりはすぐに意気投合した。頭が切れて尊大なほど自信にあふれている彼らは、皮肉っぽく冷めた目で世間を見ることが多い。ただしデヴォンは少し気まぐれなところがあるのに対し、ガブリエルはより注意深く思慮が行き届いている。つまり、どちらかといえばまだ若い部類に入る男性にしては成熟しているのだ。

公爵の長男であるガブリエルはシャロン家の未来を担っており、彼が称号も領地も財産も引き継ぐ。高い教育を受けているので、財務や商売の複雑な仕組みを理解して、適切に領地運営できるだけの知識を蓄えている。いまみたいに技術が進歩して産業が発達した時代には、貴族といえども先祖代々受け継いだ領地からあがる収益だけに頼っていてはやっていけない。古い考え方から抜け出せない貴族が困窮し、領地を放棄して財産を売り払わざるをえない状況にまで追い込まれた話を耳にすることが最近は多くなった。

ガブリエルがどんどん変化していく時代に適応し、うまく対処していけるということに、パンドラは一片の疑いも持っていなかった。知性にあふれ、冷静で明敏な彼は生まれながらにして人の上に立つ人間だ。とはいえ、どんな人間にとっても、それほどの期待と責任を背負って生きていくのは容易ではない。彼でも間違いを犯したり、失敗したりして、みなに笑われることを心配するのだろうか？

パンドラがヘロンズポイントに来て三日目の午後、ふたりはカサンドラとアイヴォウとセラフィーナと一緒にアーチェリー場にいた。やがて夕食のための着替えをしに戻らなければならない時間になり、みんなは横一列に並んだ的から矢を回収しはじめた。的はそれぞれ、草に覆われた盛り土に設置されている。

「あのね、今夜の夕食にはいつもよりもう少しきちんとした格好をしなければだめよ。地元の人たちをふた家族、招待しているから」セラフィーナが忠告した。

「きちんとって、どれくらい？　あなたたちはどんな格好をするの？」カサンドラがすぐに心配そうな声で尋ねた。

「そうだな」自分がきかれたかのように、アイヴォウが考え込みながら答える。「ぼくは黒いベルベットのズボンに、かっこいいボタンのついたベストじゃないかな――」

「アイヴォウ、からかっちゃだめよ。どんなドレスを着るかは、とても重要なんだから」セラフィーナがまじめな顔を装って、弟をたしなめた。

「女の子たちが二、三カ月おきに新しいドレスを作って、そのたびに大騒ぎする理由がわからないよ。男たちはずっと前に会合を開いて、〝服はズボンにする〟って決めたんだ。それ以来、ぼくたちはいつもズボンさ」

「じゃあ、スコットランド人は？」セラフィーナが盲点を突く。

「彼らはキルトをどうしても手放せなかったんだよ」アイヴォウは姉に説明した。「すうすう風が通るのに、すっかり慣れちゃったのさ。ほら、あそこに――」

「おまえが言ってるのは膝まわりのことだろう？」ガブリエルがにやりとして、弟のつやのある赤褐色の髪をくしゃくしゃにした。「おまえの矢は集めておいてやるから、さっさと屋敷に戻ってベルベットのズボンをはいてこい」

　アイヴォウは兄を見あげてうれしそうに笑い、走っていった。

「わたしたちも急いで戻りましょう。そうしたら、わたしのドレスを見せてあげられるわ」セラフィーナがカサンドラを促す。

　カサンドラは自分の使っていた的を心配そうに見た。そこにはまだ回収していない矢がたくさん刺さっている。

「わたしが集めておくわ。夕食のための着替えには、いつも五分もかからないから」パンドラは申し出た。

　カサンドラはうれしそうに笑ってキスを投げると、セラフィーナと一緒に屋敷へ向かって駆けだした。

　双子の片割れの急いでいる様子がおかしくて、パンドラは口の両脇に手を当てると、レディ・バーウィックをまねて叫んだ。「レディは二輪馬車《シェーズ》を引く馬みたいに全速力で走るものではありませんよ！」

　遠ざかっていくカサンドラの声が風に乗って返ってくる。「レディはハゲワシのように笑うものではありません！」

　パンドラが笑いながら振り向くと、ガブリエルがじっと見つめていた。ぼうっと見入っているが、彼女の何にそんなに興味を引かれているのかわからない。パンドラはどぎまぎしながら指先で頬をこすった。顔に泥がついているのかもしれない。

彼はまだ少しまぶしそうな表情で笑みを浮かべ、軽く頭を振りながら言った。「見つめすぎてしまったかな？　すまない。きみが笑っている様子に見とれてしまった」

パンドラは髪の生え際まで真っ赤になった。急いで一番近くの的まで行き、矢を抜きはじめる。「お願いだから、お世辞はやめて」

ガブリエルが隣の的に向かう。「褒められるのが嫌いなのかい？」

「ええ、どうしたらいいかわからなくなるから。本気だとは思えないんですもの」

「きみは本気だと思えなくても、ぼくが本気じゃないということにはならないよ」革製の矢筒に集めた矢を入れると、ガブリエルは彼女のところに来て手伝いはじめた。

「だけど、いまあなたが言ったことは絶対に本気のはずないわ。わたしの笑い声は、さびた門にくっついて揺れながら鳴いているアマガエルみたいだもの」

ガブリエルが微笑んだ。「夏の風に吹かれて鳴っている、銀のウインドチャイムみたいだよ」

「そんなの、ありえないわよ」彼女はあざ笑った。

「でも、ぼくはそんな気分になる」彼の声の親密な響きが、パンドラの体じゅうを走っている神経を震わせた。

ガブリエルを見ないようにして、彼女はキャンバス地の的に刺さった矢の束を指先で探った。何本も刺さっている矢は一箇所に集中しているので、詰め物の麻くずの中で楔《くさび》のように絡みあって抜けないものもある。そしてもちろんこの的は、ガブリエルが使っていたものだった。彼は無頓着に見えるくらいリラックスして矢を放っていたが、そのどれもが中心の金の部分に当たっている。

パンドラはポプラ材の矢が折れないよう、慎重にひねりながら抜いた。そしてようやく最後の一本を抜いてガブリエルに渡すと、次に手袋に取りかかった。手袋は手の甲を縦に走るストラップに指を入れる革の袋がそれぞれついているもので、各ストラップは手首を一周するバンドにつながっている。

「矢を射るのがすごく上手なのね」彼女はバンドの小さくてかたい留め金にてこずりながら言った。

「何年もの練習のたまものさ」ガブリエルが手を伸ばし、彼女の手首の留め金をはずす。

「持って生まれた才能もあるはずよ。あなたって、なんでも完璧にこなすみたい」謙遜しようとする彼に向かって、パンドラは言った。ガブリエルが反対の腕につけているモロッコ革のアームガードにも手を伸ばしてきたので、体をこわばらせる。彼女はためらいがちにつけ加えた。「きっと、みんながそう期待しているのね」

「家族は違う。だが、世間の連中は――」彼が躊躇《ちゅうちょ》する。「ぼくが失敗をしでかさないか、鵜《う》の目鷹《たか》の目で見張っているんだ。そして犯した失敗はいつまでも忘れてくれない」

「だから、なんでも高い水準でこなそうとしているの？　社会的地位と名前に恥じないように？」パンドラは思いきって問いかけた。

ガブリエルがあいまいな視線を向けたので、愚痴を言っていると思われたくないのだと彼女にはわかった。「弱点は人に見せないほうがいいと学んだのさ」

「あなたにも弱点があるってこと？」冗談のつもりで、意外だという顔をしてみせる。

「ああ、たくさんね」ガブリエルが残念そうに言った。彼はパンドラの腕から防具をはずすと、矢筒の横についている袋におさめた。

ガブリエルがあまりにも間近に立っているので、透き通った青い虹彩《こうさい》に銀色の筋が入っているのが見える。「あなたの最悪の秘密を教えて」衝動的な質問が口をついて出た。するとおりにしたような……

するると見たことのない表情が彼の顔に浮かんだ。居心地が悪そうな……というより、恥じ入っているような表情だ。「わかった。だが、それはふたりだけのときにしよう」

パンドラの胃がずしりと重くなる。ひそかに抱いていた最悪の懸念が、本当だったと判明するのだろうか？

「その秘密って……女性と関係があるの？」彼女は懸命に言葉を押し出した。喉元や手首で脈が激しく打っている。

ガブリエルは今度もあいまいな視線を向けた。「そうだ」

ああ、やっぱり。動揺のあまり、パンドラはレディなら言うべきではないことを口にしていた。「そうじゃないかと思っていたのよ。あの病気にかかっているのね」

彼は虚を突かれたような顔になり、矢筒が音をたてて下に落ちた。「なんだって？」

「あなたなら、そういうこともあると思っていたけど」ガブリエルが取り乱している彼女を引っ張って、一番近い的の裏の盛り土のうしろにまわった。ここなら屋敷から見えない。

「いったい何種類かかっているの？　イングランド病に、フランス病に、ブラジル病に、トルコ病に――」

「パンドラ、待ってくれ」彼は注意を引こうとパンドラの体を軽く揺すったが、効果はなかった。

「スペイン病に、ドイツ病に、オーストラリア病に――」

「ぼくは一度もそんな病気にかかったことはない」ガブリエルがさえぎった。

「どれに？」

「全部だ」

彼女は目を大きく見開いた。「全部にかかっているの？」

「くそっ、そんなわけ――」ガブリエルが言葉を切って顔をそむけた。激しく咳《せ》き込んで肩を震わせる。そして片手で両目を覆ったので、彼が泣きだしたのだと思ったパンドラはぞっとした。けれども次の瞬間、ガブリエルは笑っているのだと気づいた。彼女のむっとした顔を何度も見ては、そのたびにこみあげる笑いに息を詰まらせそうになっている。彼が必死で自分を抑えようとしているあいだ、パンドラは笑いの種にされていることに憮然としながら待つ以外になかった。

ようやくガブリエルがなんとか言葉を押し出した。「そのどれにもかかったことはないよ。それに、きみの言っている病気はすべて同じものだ」

安堵したパンドラは、むっとしたのを忘れて尋ねた。「じゃあ、どうしてたくさんの名前があるのかしら」

最後に一度しゃっくりのような息をして、彼の笑いは静まった。涙がにじんだ目頭を拭いて言う。「ぼくたちイングランド人はフランスと戦争をしているときにフランス病と呼びはじめ、あっちはあっちで仕返しにイングランド病と呼びはじめたんだよ。ブラジル病とか、ドイツ病というのははじめて聞いたが、そう呼んでいる人間がいるとしたら、オーストリア人だろうな。とにかく、ぼくはこの病気にはかかっていない。予防措置を取っているから」

「予防措置？」

「避妊具さ。羊の腸から作ったものだ」ガブリエルの声がわずかに辛辣になる。「フランスの手紙《フレンチ・レター》、イングランド人の帽子《イングリッシュ・ハット》、ボードルーシュ。これにもいろいろ呼び方はあるが」

なんとなく聞き覚えのあるフランス語の単語に、パンドラは頭をひねった。「ボードルーシュって、羊の内臓か何かを素材にしたものじゃなかった？　風船に作るときに使うのよね。羊の風船が病気の予防にどんな関係があるの？」

「羊の風船じゃない。説明してあげたいが、それを理解するために必要な人体に関する知識が、いまのきみにはない。その知識を学ぶ準備ができたら教えてあげよう」

「けっこうよ」それ以上当惑する羽目になりたくなくて、彼女はあわてて断った。

ガブリエルが頭を振りながら尋ねる。「それにしても、なぜぼくがそんな病気にかかっていると思ったんだい？」

「だって、あなたは悪名高い放蕩者ですもの」

「いや、そんなことはない」

「チャワース卿がそうだと言っていたわ」

「ぼくの父はそうだった」ガブリエルは憤慨を隠そうともせずに言った。「母と結婚する前の話だが。ぼくは父によく似ているから、汚名を着せられているだけなんだよ。父の古い爵位を受け継いだからというのもある。だが、もしぼくが大勢の女性を征服したいと思っていたとしても――そんなことは思っていないが――時間がない」

「でも、あなたはたくさんの女の人を知っているんでしょう？　性的に」

彼が眉間にしわを寄せる。「たくさんというのは、どのくらいの数を指すのかな？」

「とくに何人って考えていたわけじゃないけれど。だって――」

「数を言ってくれ」

パンドラは目をぐるりとまわし、冗談だとわかるように小さくため息をついて言った。

「二三人」

「ぼくが親密になった女性は二三人より少ない」議論はこれで終わりだというように、ガブリエルが即座に返す。「さあ、もういいだろう。こんなところで話すのにはふさわしくないことを、ちょっと話し込みすぎた。屋敷に戻ろう」

「じゃあ、二二人？」パンドラはその場から動かなかった。

彼の顔に次々といろいろな感情が浮かぶ――いらだち、笑い、欲望、警告。「いや」

「二人？」

一瞬しんと静まり返ったあと、ガブリエルの中で何かが切れたのがわかった。彼がパンドラに飛びかかって激しく唇を重ねる。パンドラは驚いて悲鳴をあげ、逃れようとしたが、ガブリエルはたくましい腕でやすやすと彼女をとらえた。所有欲をむき出しにした乱暴なほどのキスが、だんだんゆったりとした官能的なキスへと変わっていく。パンドラの体は理性が止める間もなく彼の襲撃に屈服し、自ら進んで応えた。男性の体が持つ熱とたくましさが、これまで存在すら知らなかった苦しいほどの渇望を満たす。前にも感じたむずむずするような奇妙な感覚が、今回もパンドラを襲った。これほどガブリエルに近づいているのに、もっともっと近づきたい。彼の服の下に――可能ならば肌の下にまでもぐり込みたいという、当惑するほど強烈な衝動だ。

パンドラはガブリエルの頬と顎、美しい形の耳からなめらかな首筋へと指先を滑らせた。彼が止めようとしないので、満足のため息をつき、豊かな髪に手を差し入れる。彼女の舌を追いかけてガブリエルがからかうように舌を動かすと、心臓が激しく打ちはじめ、この奇妙な空虚さを癒してほしくて甘い痛みが体じゅうに広がった。このままでは自分をまったく抑えられなくなって、気絶するか、彼に襲いかかるかしてしまう。パンドラは懸命に唇を離し、あえぎながら顔をそむけた。

「やめて」弱々しい声で言う。

ガブリエルが乱れた息を吹きかけながら、唇で彼女の顎をたどった。「なぜ？　まだオーストラリア病のことを心配しているのか？」

自分たちがもう立っていないことに、パンドラはうっすらと気づきはじめた。ガブリエルは草の生えた盛り土に背中を預けて座り、パンドラは彼の膝にのっている。彼女は困惑してあたりを見まわした。いつのまにこんなことになっていたのだろう？

「違うわ」不安になりつつ否定する。「わたしが海賊みたいなキスをするってあなたが言ったのを思い出しただけ」

一瞬、彼はけげんそうな表情をした。「ああ、たしかに言った。あれは褒め言葉だよ」

パンドラは顔をしかめた。「わたしが義足でひげを生やしていれば、褒め言葉でしょうけど」

ガブリエルは口元がぴくりと動いてしまわないように引きしめ、彼女の髪をやさしく撫でた。「言葉の選び方が悪かったな。きみが熱意をこめて応えてくれる様子が魅力的だと、ぼくは言いたかったんだ」

「本当に？」彼女は真っ赤になった。ガブリエルの肩に頭をのせて、くぐもった声を出す。「あれからずっと、わたしは間違った反応をしてしまったのかと心配だったの」

「いや、それは絶対にないよ、ダーリン」彼は少し背中を起こして、パンドラをさらにしっかりと抱き寄せた。頬に鼻をすりつけてささやく。「きみのすべてがぼくに喜びを与えてくれていることは、どう考えても明らかだろう？」

「わたしがバイキングみたいに猛然と襲いかかっても?」彼女はむっつりときいた。

「海賊だよ。そして、そうだ、とくにそういうときは」ガブリエルの唇が、彼女の右耳の縁をやわらかく滑っていく。「いいかい、世間にはお行儀のいい、きちんとしたレディが山ほどいる。必要以上にね。それなのに魅力的な海賊は驚くほど少ない。そんな中で、きみはすばらしい略奪の才能を持っている。その才能が必要とされているところを、ぼくたちは見つけたんだよ」

「あなた、わたしをからかっているのね」パンドラはあきらめとともに言い、彼が耳たぶをそっと噛むのを感じて飛びあがった。

ガブリエルが笑みを浮かべて彼女の顔を両手ではさみ、目を合わせた。「きみのキスに、ぼくは信じられないほど興奮したんだ。この先死ぬまで夜が来るたびに、あのホロウェイでの午後を思い出すよ。荒々しい活力にあふれた無数の星のような情熱でぼくをとりこにした、黒褐色の髪の美しい女性のことを。彼女はぼくの何もかもを燃やし尽くした。いつか見る影もなく年老いても、ぼくはこの唇に感じた甘い炎のようなきみの唇の感触を忘れないだろう。そしてつぶやくんだ、〝あれこそキスというものだった〟と」

彼は悪魔みたいに口がうまいと思いながらも、パンドラは顔がほころぶのを抑えられなかった。つい昨日も、ガブリエルが愛情をこめて父親のまねをするのを耳にした。彼の父親はこのうえなく巧妙に言葉を駆使して、言いたいことを人に伝える。そしてその才能は、どうやら息子にも受け継がれているらしい。

ふたりのあいだに距離を置かなければならない気がして、パンドラは彼の膝からおりた。「あなたがあの病気にかかっていないとわかって、よかったわ」立ちあがりながら言い、くしゃくしゃになったスカートを直す。「将来あなたの奥さんになる人も――それが誰かは知らないけれど――きっと同じように思うでしょうね」

その発言の意図を、ガブリエルは間違いなく理解した。皮肉っぽい視線をパンドラに向けながら、彼も無造作に立ちあがる。「そうだな」冷ややかな口調で返してズボンをはたき、すばらしい輝きを放つ髪に指を通して整えた。「羊の風船があって助かったよ」

10

夕食にやってきた家族はどちらも大所帯で、さまざまな年齢の子どもたちがいた。にぎやかな楽しい集まりになり、大人たちの座った長いテーブルには活発に会話が飛び交っていた。小さな子どもたちは二階の子ども部屋で、年上の子どもたちは隣の部屋でテーブルを囲んでいる。地元の楽師たちが奏でるハープとフルートの音色が、雰囲気を盛りあげていた。料理人をはじめシャロン家の厨房で働く者たちは、地元の肉や魚と春野菜を使ってすばらしい料理を作りあげていた。エヴァースビー・プライオリーの料理人も腕がいいが、ヘロンズポイントの料理は一段上だ。細い千切りにした色とりどりの野菜、バターをかけてあぶり焼きにしたやわらかいアーティチョークのつぼみ、白ワインとトリュフのソースで蒸し焼きにしたザリガニ、さくさくしたパン粉をまぶした舌平目。ベーコンの細切りで覆って焼きあげた汁気たっぷりで風味豊かなキジ肉には、ゆでたジャガイモにクリームとバターを加えてふわふわになるように仕上げたとろけるようなマッシュポテトが添えてある。胡椒《こしょう》をまわりにまぶして焼いた牛肉は、金色に焼きあげた小さな肉入りのパイとグリュイエールチーズと一緒に焼いたマカロニを小ぶりなタルトに詰めたものを添え、大皿にのせられていた。

パンドラはほとんどしゃべらずに静かに座っていたが、それは場違いなことを言うのが怖いという理由からだけではなく、目の前のおいしい料理をなるべくたくさんおなかに詰め込みたいと思ったからだった。残念ながら、食べるのが好きな人間にとってコルセットはそれを妨げるものでしかなく、適切な量をひと口でも超えるとたちまちあばらに鋭い痛みが走り、息をするのも苦しくなってしまう。彼女はいま、ボワドローズと呼ばれるくすんだ濃いバラ色をしたシルク地のとっておきのドレスを着ている。白い肌を引き立てるそのドレスは、深いスクエアカットの襟ぐりに、ウエストの線を際立たせるためうしろに向かってきゅっときつめに絞ったスカートという、これ以上ないほど簡素なスタイルだ。

今夜はこれまでの夜とは違ってガブリエルの席はパンドラの隣ではなく、彼女は不満に思っていた。彼は長いテーブルの両端に座った公爵夫妻の公爵に近いほうにいて、その両隣は年配の女性とその娘が占領している。彼女たちはすばらしい男性ふたりの注意を独占し、楽しそうに笑いながらしゃべっていた。

黒い夜会服に白いシルクのベスト、糊のきいた白いネッククロスという正装に身を包んだ細身のガブリエルはとてもハンサムだった。非の打ちどころのないその姿は、冷静で自信に満ちあふれている。ろうそくの光に照らされて金褐色の髪はきらきらと輝き、高い頬骨と力強く豊かな曲線を描く口元は、やわらかく光を反射していた。

63 彼の外見だけでも、結婚しない理由になる。セントヴィンセント卿と結婚すれば、外見だけに惹かれる底の浅い女だと世間は考えるだろう。

ほんの二時間前にはガブリエルとみだらなキスにふけっていたことを思い出して、パンドラは椅子の上で落ちつきなく体を動かし、彼から視線をそらした。

パンドラの席は公爵夫人寄りにあり、彼女より少し年上の若い男性と年配の紳士にはさまれていた。けれども紳士のほうはどう見ても公爵夫人に夢中で、彼女の注意を独占しようと躍起になっているし、向かいに座っているフィービーはどことなくぼんやりした様子でちびちびと料理を口に運んでいるので、彼女との会話は期待できそうにない。

パンドラは残るひとりの落ちついた上品な雰囲気の若い男性をちらりと見て――名前はミスター・アーサーソンだったかアンタートンだったか覚えていない――彼とのおしゃべりに挑戦してみることにした。

「今日はとてもいいお天気でしたね」

彼はナイフとフォークを置き、口の端をナプキンで拭いてから応えた。「ええ、本当に」

勇気を得て、パンドラはさらに尋ねた。「積雲と層積雲ではどちらの雲が好きですか？」

男性がわずかに顔をしかめ、彼女に目を向ける。しばらく黙って見つめたあと、彼は質問を返した。「そのふたつの違いは？」

「そうですね、積雲のほうが丸くてふわふわしているんです。このお皿の上のマッシュポテトみたいに」パンドラはフォークを使ってポテトを伸ばし、かき混ぜたあと、上を軽く叩いた。「層積雲はもっと平らで筋や波のように伸びます――ほら、こんなふうに。それから大きな塊になったり、小さくいくつかに分かれることもあるんですよ」

彼は無表情にパンドラを見つめた。「ぼくは毛布みたいに平らな雲が好きですね」

「高層雲？」彼女は驚いてフォークを置いた。「でも、あれはどうってことのない雲じゃないですか。どうして好きなんですか？」

「あの雲があるときは雨が降ることが多いからです。ぼくは雨が好きなので」

その答えで、ふたりのやりとりは俄然《がぜん》会話らしくなってきた。「わたしも雨の中を歩くのが好きなんです」彼女は声を張りあげた。

「いや、ぼくは雨の中を歩くのは好きじゃありませんよ。家の中にいるのが好きです」そう言ってパンドラの皿に不快そうな視線を向けると、彼は黙々と食べる作業に戻った。

彼女はしゅんとしてそっとため息をつくと、フォークを取りあげてこっそりポテトをもとの状態に戻そうとした。

64 天気の話をしているときに食べ物を使って説明してはならない。男性はそういうのが嫌いだ。

顔をあげるとフィービーがこちらを見ていて、とがめられるのではないかとパンドラは身構えた。

ところがフィービーの声はやさしかった。「一度ヘンリーと、英仏海峡の上にきれいな円柱状の雲ができているのを見たことがあるの。空高く、どこまでも続いていたわ。まるで誰かが巨大な白い絨毯をくるくると巻きあげて、空に向かって突き立てたみたいに」

フィービーが亡き夫の名前を出すのを聞いたのははじめてで、パンドラは恐る恐る尋ねた。

「彼とふたりで、いろんな形に見える雲を探したことはある?」

「ええ、いつもやっていたわ。ヘンリーはすごく上手で、イルカや船や象や雄鶏《おんどり》なんかをよく見つけていた。わたしは彼に言われるまで、ちっとも見つけられなかったのに。でも彼に教えてもらうと、魔法みたいにその形が見えてくるの」フィービーの灰色の目がやさしさから悲しみまで、さまざまな感情を映し出してきらめく。

パンドラも両親と兄を失うという悲しみを経験しているが、フィービーが経験したのははるかに大きな痛みを伴う、まったく別の種類の喪失感なのだ。パンドラの心の中で、フィービーへの同情がわきあがった。「彼は……とてもすてきな人だったみたいね」

フィービーはかすかに微笑み、見つめあうふたりのあいだにあたたかな感情が流れた。

「ええ。いつか彼のことを話すわね」

儀礼的な会話がこんなふうに誰かと心を通わせることにつながるときもあるのだと、パンドラははじめて理解した。

夕食後はふつうなら男女が分かれて過ごすものだが、その晩は全員が二階の家族用の居間に移動した。一階の〝夏の間〟と同じように海に面しているので、風が通るように網戸をつけた窓がたくさん設けられ、広々とした空間のあちこちに椅子とテーブルが置かれている。紅茶のトレイ、甘いものを盛った皿、ポルト酒、ブランデーが運び込まれ、薄暗いバルコニーには男性陣のために葉巻も用意されていた。正式な晩餐会が終わったので、みなの雰囲気は大幅にリラックスしたものに変わっていた。ときおり誰かがアップライトのピアノのところへ行って、メロディーを奏でている。

パンドラは、カサンドラがほかの若い娘たちと座っているところへ行こうと歩きだした。ところがあたたかい男性の指に手首をつかまれて、足を止めざるをえなくなった。

耳元でガブリエルの声がやさしく響く。「あの気取ったアーターソンと何を話していたんだい？　あんなふうに熱心にポテトをかきまわして」

パンドラは振り向き、彼が来てくれたことがこんなにうれしくなければいいのにと思いながら見あげた。「あんな遠くに座っていたのに、どうしてわたしが何をしていたか知っているの？」

「夕食のあいだじゅう、きみが何をやっているのか知りたくて首を伸ばしていたからさ。危うく首を痛めてしまうところだったよ」

笑みを含んだガブリエルの目を見つめていると、パンドラは心の窓が彼に向かって次々と開いていくような気がした。「ポテトを使って雲の形を説明していたの。でも、ミスター・アーターソンはわたしの作った層積雲を評価してくれなかったみたい」

「彼から見ると、ぼくたちはちょっと不まじめすぎるんだろうな」

「そうね。だけど彼を責められないわ。食べ物をあんなふうに扱うなんて、レディらしくないもの。もう二度とああいうことはしないと肝に銘ずるわ」

ガブリエルの目がいたずらっぽく光る。「それは残念。ニンジンには食べる以外にも使い道があると、これからきみに見せてあげようと思っていたのに」

「どんな使い道？」パンドラはたちまち興味を覚えた。

「一緒に来てくれ」

彼女はガブリエルについて部屋の反対側に向かった。するとちょうど子どもたち六人がサイドボードの上に置いてある菓子を取りに来て、ふたりの行く手をふさいだ。

「ニンジンは取らないでくれよ」子どもたちがアーモンドとレーズンを焼き込んだケーキやマルメロのペーストの入ったべたべたするケーキ、雪のように白いさくさくのメレンゲや、小さなチョコレートビスケットにわれ先にと手を伸ばすのを見て、ガブリエルが声をかけた。

アイヴォウがチョコレートビスケットを口いっぱいに頬張って振り向く。「誰もニンジンなんか取らないって。世界じゅうでこんなにニンジンが安全でいられるところはないさ」

「それも長くはないよ」ガブリエルはそう言うと子どもたちの上から手を伸ばし、菓子のトレイの横に置いてある生のニンジンを一本取った。

「あれをやるの？　ぼくたちもここに残って見ていてもいい？」アイヴォウがきく。

「好きにすればいい」

「彼は何をするつもりなの？」パンドラは好奇心ではちきれそうになってアイヴォウに尋ねたが、年配の婦人が近づいてきて菓子のまわりから子どもたちを追い払いはじめたので、アイヴォウは答えるどころではなくなった。

「さっさと出ていきなさい」いらだった母親が叫ぶ。「さあ、早く。ここに並べてあるお菓子はあなたたちには贅沢すぎますよ。夕食の終わりにスポンジケーキをあげたでしょう？」

「でもスポンジケーキなんて、ほとんど空気だよ」子どものひとりが文句を言いながら、アーモンドケーキをポケットに滑り込ませている。

ガブリエルは笑みを抑え、声をひそめて弟を諭した。「アイヴォウ、おまえは小さい子たちの監督役なんじゃないのか？　いまこそリーダーとしての資質を発揮するときだろう」

「発揮してるよ。ぼくがみんなをここに連れてきたんだから」

パンドラは笑いをこらえてガブリエルと視線を交わした。「ぱさぱさのスポンジみたいなケーキが好きな人はいないわよね。スポンジなんて誰も食べたくないもの」彼女はアイヴォウをかばった。

「すぐにみんなを連れて出ていくよ」アイヴォウは約束した。「だけどその前に、トレニア卿を呼んできたいんだ。あの人もニンジンの芸を見たがるはずだから」誰も何も応えないうちに、アイヴォウは行ってしまった。彼は男っぽくてユーモアのセンスがあるデヴォンを気に入ったらしい。

ガブリエルは子どもたちを叱りに来た婦人をなだめたあと、子どもたちには置いてある菓子を食べ尽くさないように言い聞かせてから、部屋の隅の壁際に置いてある細長いテーブルにパンドラを連れていった。

「それはなんのため？」ガブリエルがポケットナイフを出してニンジンの端を切り取るのを見て、彼女はきいた。

「カードを使った芸に必要なんだ」彼はテーブルの上に置いてある銀のろうそく立てにニンジンをはめ込んだ。「ぼくには歌を歌ったり、ピアノを弾いたりといった本物の才能はないから、持っているわずかな技術を磨きあげるしかなかった。そしてぼくは若い頃――」近くのテーブルでほかの紳士たちとホイストに興じている父親に聞こえるよう、少し声を高くする。「父のクラブの常連だった詐欺師や犯罪者たちのあいだに放置されていたからね」

キングストン公爵が振り返って眉をあげる。「世間にはびこる悪徳を直接学べば、おまえにとって役立つだろうと思ったんだよ。将来何を避けなければならないかを、身をもって知ることができるからな」

ガブリエルは楽しげに目を輝かせながら、パンドラに向き直った。「こうしてぼくは放蕩にふける機会を奪われてしまったというわけさ。若気の至りで失ったものを、自らの手で取り戻せるか試す機会をね。何もかもお見通しの父に、すべてをお膳立てされてしまったから」

「それで、ニンジンはどうするつもりなの？」パンドラは待ちきれなくなって促した。

「もう少しだけ待ってくれ」ガブリエルは彼女をなだめ、近くのテーブルの上に積んであるトランプから未使用のひと組《デッキ》を取った。中身を取り出してケースを置き、パンドラに見せつけるようにカードを空中で華麗にシャッフルしたり、滝のように手から手へと落としたりする。

彼女は目を丸くして見とれた。「テーブルの上じゃないところで、よくそんなことができるわね」

「デッキの持ち方が重要なんだよ」ガブリエルは片手でカードをふたつに分け、それをすばやく両方とも返して手の甲にのせた。そして息をのむほどの手際のよさでふたつの山を空中に投げあげると、それぞれがくるりと反転して手のひらの上に着地した。続けてカードを手から手へとなめらかな流れのように飛ばし、さらには半分ずつ両手に持ったカードをきれいな扇状に広げてからぴしゃりと閉じる。すべてがまるで魔法みたいに優雅でよどみがない。

アイヴォウに連れられてやってきたデヴォンがそれを見て口笛を吹く。「彼とカードで勝負を始めそうになっているのを見つけたら、絶対に止めてくれよ」デヴォンはアイヴォウに頼んだ。「ものの数分で全財産を失ってしまう」

「ぼくはたいした腕ではないですよ。せいぜい、こうして人に見せて楽しませる程度です」カードを一枚指先にのせてくるくるとまわしながら、ガブリエルが言う。

デヴォンがパンドラに身を寄せ、大変な秘密を打ち明けるかのように告げた。「カードのいかさまは、自分のほうがうまいと相手に思わせることから始まるんだよ」

彼女はガブリエルの巧みな手さばきに夢中になっていて、その警告をほとんど聞いていなかった。

「最初はうまくいかないかもしれない。いつもはまず少し練習するんだ」ガブリエルが前もって警告する。彼がテーブルから数メートル離れると、近くでホイストをしていた男たちが手を止めて視線を向けた。

ガブリエルはカードを一枚取って人差し指と中指のあいだに隅をはさみ、ボールを振りかぶって投げるときのように腕を引いた。目を細めてニンジンに狙いを定め、すばやく腕を振り出す。最後に手首を利かせるとカードはまっすぐに飛んでいって、あっというまにニンジンが三センチほど切り取られていた。彼が間髪をいれずに二枚目のカードを飛ばす。すると残りのニンジンが真っぷたつになった。

笑いが起こり、ぱらぱらと拍手が寄せられる。サイドボードのまわりにいる子どもたちからは歓声があがった。

「すばらしい」デヴォンがにやりとして、ガブリエルをたたえた。「酒場でこの技を使えたら、飲み代を一生払わずにすむだろう。どれくらい練習したんだ？」

「残念ながら何年もかけて、何十キロもの罪のないニンジンを犠牲にしましたよ」

「だが、その価値はあった」デヴォンは楽しそうに目を輝かせながらパンドラを見た。「さて、ぼくはそろそろホイストに戻ろう。長く席をはずしすぎると追い出されてしまう」

「ええ、どうぞ」

アイヴォウは子どもたちがまだサイドボードから離れていないのを見て、ため息をついた。

「あいつらは本当にどうしようもない。ぼくが行って、どうにかしなくちゃ」彼はパンドラに向かって完璧なお辞儀をした。「今夜はとてもおきれいですね、レディ・パンドラ」

「ありがとう、アイヴォウ」彼女は控えめに礼を言い、アイヴォウが子どもたちを部屋から連れ出しに行ってしまうとにやりとした。「いっぱしの男って感じね」

「名前をもらった祖父が生きていたら、あいつを溺愛しただろうな」ガブリエルが言った。「アイヴォウはシャロン家よりジェナー家の血を色濃く引いている。氷じゃなく火のように熱い気性なんだよ」

「レイヴネル家の血はただ熱いんじゃなくて、一瞬で沸騰するの」パンドラは沈んだ声を出した。

「そう聞いているよ。きみもそうなのかな？」ガブリエルが面白がるように言う。

「ええ。でもわたしは、怒るほうはそれほどでもないの。それより……すぐに興奮してしまうのよ」

「活気のある女性は好きだ」

「そんなふうに言ってくれるのはうれしいけど、わたしの場合はただ活気があるだけじゃないっていうか……」

「ああ、それだけじゃなく美しい」

「違うわ」居心地の悪さから神経質な笑いがもれそうになり、それをのみ込んだ。「お世辞はだめって言ったでしょう。〝ただ活気があるだけじゃない〟と言ったのは、ほかにもいいところがあるという意味じゃないのよ。わたしの場合は活気の度合いがふつうじゃなくて、一緒に暮らすのが難しいくらいだってことなの」

「ぼくは大丈夫さ」

どう返せばいいのかわからず、パンドラはガブリエルを見つめた。彼の声の響きに、胃のあたりがむずむずしてくる。まるで花の種から芽が出て、伸びた蔓が巻きつける場所を探しているかのようだ。

「ホイストをやらないか？」

「ふたりだけで？」

「窓際の小さなテーブルに行こう」彼女がためらっていると、ガブリエルはさらに言った。「ここには二〇人以上も人がいるんだから、何も起こるはずがない」

彼の言うとおり、とくに害はないだろう。「いいわ、でも最初に言っておくわね。わたしはいとこのウェストにホイストを教わって、けっこうな腕前なのよ」

ガブリエルは笑みを浮かべた。「じゃあ、相当巻きあげられてしまいそうだな」

彼は新品のデッキを取ってくると、網戸になっている窓のそばに向かった。日本の盆栽や真珠貝の小さなランタンがつりさげられた仏塔が描かれている、寄せ木細工の小さなテーブルにパンドラを座らせる。

ガブリエルはカードを手際よく切り、一三枚ずつ配った。デッキの残りは伏せて置き、一番上のカードだけ表に返す。ホイストは各プレイヤーが一枚ずつカードを出して、もっとも強いカードを出した者が勝ち、というトリック系のカードゲームで、トリックというのはカードを一枚ずつ場に出して勝ちを決めるという一回一回の流れを指す。このゲームはふたつのステージからなっていて、前半のステージではそれぞれのプレイヤーがなるべくいいカードをそろえ、後半のステージではより多くのトリックに勝つために競う。

パンドラは何枚もの切り札と高位のカードというかなりいい手がそろって、満足した。そしてリスクの高い戦略を取って楽しみながらプレイしたが、ガブリエルのほうはより注意深く控えめにゲームを進めている。ゲームのあいだ、彼は一族の所有する賭博場でのいろいろな出来事を彼女に話して聞かせた。中でも、いつもサンドイッチを注文する客の話は面白かった。その客はいらないカードをサンドイッチのあいだにこっそり隠していたのだが、あるとき別の客がライ麦パンにハムとチーズをはさんだそのサンドイッチにかぶりついたところスペードの2をかじってしまい、いかさまがばれたのだという。

パンドラは大声で笑いすぎないよう、手を口に当てなくてはならなかった。「賭博は違法なんでしょう？　警察の手入れがあったことは一度もないの？」

「ふつう、警察はウエストエンドのちゃんとした賭博場には手を出さない。とくに〈ジェナーズ〉の場合は、国会議員の半分が会員になっているからね。とはいえ、万が一強制捜査が行われた場合に備えて、いろいろと対策はしている」

「どんな対策？」

「証拠を隠すまで中に入られないように金属製の扉にかんぬきをつけてあるし、顔を見られては困る会員のために逃亡用のトンネルを用意してある。それから手入れが行われることになったら事前に教えてもらえるよう、警察内部の何人かに賄賂を渡しているよ」

「警察を買収しているの？」パンドラは驚いて、まわりに聞こえないようにささやいた。

「誰でもやっていることさ」

若いレディにふさわしいとはとても言えない内容の会話は、だからこそパンドラを魅了した。彼女が住んでいるのとはまったく違う世界を、かいま見せてくれたからだ。

「本当のことを教えてくれてありがとう。大人として扱われるって、気持ちがいいものね」

思わず感謝したあと、ぎこちなく笑ってつけ加えた。「わたしがいつも大人らしくふるまっているかといえば、そうじゃないんだけど」

「想像力と遊び心にあふれているからといって、大人じゃないとは言えないよ。きみはより興味深い大人だというだけだ」ガブリエルがやさしく言った。

そんなふうに言ってくれた人間は、これまで誰もいなかった。彼はパンドラの欠点を、美点であるかのように褒めてくれた。本気でそう言ったのだろうか？　彼女は戸惑い、顔を赤らめて、自分のカードに視線を落とした。

ガブリエルはしばらく沈黙したあと、ゆっくりと続けた。「ちょうど〈ジェナーズ〉の話題が出たから、きみに話しておくよ。別に重要なことではないが、一応伝えておいたほうがいいと思う」パンドラが不思議そうな顔をしているので、彼は説明した。「何年か前に一度、ぼくはきみのお兄さんと会っている」

あまりにも驚いて、彼女は黙ったままガブリエルを見つめた。テオが目の前の男性と一緒にいるところを想像してみると、ふたりには共通点があった。どちらも生まれがよく、長身でハンサムだ。けれどもそうした表面的なことの下に隠れている内面は、これ以上ないほど異なっている。

「彼は友人と連れ立ってクラブに来た。そして帰り際に会員になりたいと言いだして、支配人がぼくに助けを求めてきたんだ」ガブリエルはいったん口をつぐんだが、その表情からは何を考えているのかわからなかった。「残念ながら、彼の申し出は拒否しなければならなかったよ」

「財政状況がよくなかったから？」パンドラは少しためらってから続けた。「それとも、かっとなる気性だから？」彼が答えに窮しているようなので、がっくりして言う。「両方なのね。きっとテオは、入会を断られておとなしく引きさがらなかったんでしょう？　言いあいになったの？」

「そんな感じだ」

それはつまり、すぐに切れる彼女の兄はひどいふるまいをしたということだ。

パンドラの顔が恥ずかしさに熱くなる。「ごめんなさい。テオは言葉や態度だけでは脅せない人たちと、しょっちゅうやりあっていたのよ。そしてあなたは、テオが理想とする人物そのものだったんだわ」

「きみにいやな思いをさせるために、この話をしたんじゃないんだ。彼の行動はきみとはまったく関係ない」ガブリエルはカードに手を伸ばすのにかこつけて、彼女の手の甲をそっと撫でた。

「兄は心の中で、自分は詐欺師みたいだって感じていたんだと思う」パンドラは考え込みながら言った。「だから怒りに駆られていたのね。伯爵なのに領地は収益があがるどころか借金の抵当に入っていたし、立て直そうにも、どうすればいいのか見当もつかなかったから」

「彼はそういう話をきみにしていたのか？」

彼女は冷ややかな笑みを浮かべた。「いいえ、テオはわたしとはなんの話もしなかったわ。カサンドラやヘレンとも。わたしの家族はあなたの家族とはまるで違うのよ。どう言えばいいかしら……」言葉を切って考えをめぐらす。「そうだわ、前に本で読んだんだけど――」

「教えてくれ」ガブリエルがそっと促した。

「天文学の本よ。ほとんどの星座はそれを構成している星同士、実際にはなんの関係もないんですって。わたしたちから見ると寄り添っている集団に見えるけど、銀河系の端と端にあったりもするらしいわ。わたしの家族もそんな感じ。同じ集団に属しているようでいて、じつはそれぞれが遠く離れている。もちろん、わたしとカサンドラは別だけど」

「レディ・ヘレンは？」

「ヘレンはわたしたちを愛してくれているし、やさしくもしてくれる。でも、ひとりだけ別の世界に生きていたわ。最近は前よりもずっと近しい関係になったけれどね」パンドラはガブリエルをじっと見つめた。彼女の家族については、何時間説明しても本当のところはわかってもらえないだろう。両親の互いに対する愛情はまるで戦争のように激情と駆け引きに彩られ、派手な美人だったパンドラの母親は田舎の領地ではなくロンドンにいることが多かった。父親は娘たちに暴力を振るうか無関心でいるかで、いつどちらになるか予測がつかなかったし、ヘレンは幽霊みたいにたまにしか姿を見せず、テオは気持ちのこもっていない適当なやさしさをときおり見せるだけだった。

「エヴァースビー・プライオリーでは、外の世界とずいぶん切り離された生活をしていたんだね」ガブリエルが言った。

パンドラはうわの空でうなずいた。「昔は、社交界にデビューする空想によくふけったものよ。友だちが何百人もできて、一緒にいろんな場所へ行き、いろんなものを見るところを。だけど世間からあまりにも長いあいだ遠ざかっていると、その状態が自分の一部になってしまうの。そしていざ変わりたいと思うときが来ても、太陽を見るのと同じ結果になってしまう。まぶしすぎて、長くは耐えられないのよ」

「慣れの問題だよ」彼がやさしく言う。

一回目の勝負はパンドラが勝ったものの、二回目はガブリエルが勝利をおさめ、彼女は快く彼をたたえた。「ここで終わりにして、引き分けということにしない？」

ガブリエルが眉をあげる。「どちらの勝ちか、決めないのかい？」

「わたしはあなたより上手ですもの。あなたが負けて悔しい思いをしなくてすむように、そう言ってあげてるのよ」

彼がにやりとした。「いや、三回目もやるよ。今度はきみがカードを配る番だ」パンドラにカードのデッキを滑らせて渡す。ガブリエルは椅子の背に寄りかかって、カードを切っている彼女を考え込むように見つめた。「負けたほうが罰ゲームをするということにしないか？　そうしたら勝負がもっと面白くなる」

「どんな罰ゲーム？」

「勝ったほうが決める」

パンドラは唇を噛み、どんなものがいいか考えをめぐらせた。ようやくひとつに決めて、いたずらっぽい笑みを彼に向ける。「前に言っていたけど、本当に歌が下手なの？」

「ぼくの歌は空気の無駄遣いだ」

「じゃあ、もしわたしが勝ったら、玄関広間の真ん中で国歌を斉唱して」

「ぼくの声が四方に響き渡る、あの場所で？」ガブリエルはからかうように警告の視線を向けた。「なんてこった。きみがそんな非情な人間だったとは」

「海賊だもの」パンドラは恨みがましく言うと、カードを配った。

彼が自分のカードを集めて手に持つ。「ぼくはもっとやさしい罰ゲームにしようと思っていたが、それを聞いたからには厳しくしないといけないな」

「好きなだけ知恵を絞ってちょうだい。わたしはみんなの前で恥をかくのには慣れているもの。何をしろと言われてもへっちゃらよ」パンドラは快活に言った。

けれどもそう簡単にはいかないと、予想しておくべきだった。

手札からゆっくりと顔をあげたガブリエルの目の輝きに、彼女のうなじの毛が逆立った。

「ぼくが勝ったら、夜中の一二時半にここまで会いに来てくれ。きみひとりで」

パンドラはぎょっとして尋ねた。「なんのために?」

「真夜中のランデヴーさ」

彼女は理解できずにガブリエルを見つめた。

「きみがランデヴーを身をもって体験したいだろうと思って」

最初に会った晩、ドリーとミスター・ヘイハーストのランデヴーについてガブリエルと議論したことをパンドラは思い出した。頰に血がのぼって熱くなる。このところ彼がずっと紳士らしい態度を取ってくれていたので、パンドラもずいぶんくつろげるようになっていた。それなのに突然、ちゃんとした女性なら誰もが侮辱と受け取るような提案をしてくるなんて予想外だ。

「あなたは紳士らしくふるまうはずでしょう?」鋭い声でささやく。

ガブリエルは申し訳なさそうな顔をしようとして失敗した。「それがうまくいかないときもあるんだ」

「まさか、わたしが同意するなんて思っていないでしょうね」

腹立たしいことに、彼は生まれたてのひなを見るような目でパンドラを見た。「わかるよ、もちろんそうだろう」

彼女は目を細めた。「何がわかるのよ?」

「きみは怖がっているんだ」

「まさか！」ありったけの威厳をかき集めて、つけ加える。「だけど、やっぱり別の罰ゲームにしてほしいわ」

「だめだね」

拒否されたことが信じられず、パンドラは目を見開いて彼を見つめた。暖炉の石炭をかきたてたように、レイヴネル家の激しい気性が燃えあがる。「あなたを好きにならないように、これまで一生懸命頑張ってきたわ。いまようやく、その効果が出てきたみたい」険しい声で言った。

「きみはここで勝負をおりてもいい」ガブリエルが淡々と言う。「だが、もし続けると決めたら――そしてきみが負けたら――ぼくの求める罰ゲームはいま言ったとおりだ」彼は椅子の背にもたれ、懸命に落ちつきを取り戻そうとしているパンドラを見守った。

どうして彼はこんなふうに挑発するのだろう？ そしてなぜ自分はためらっているの？

正気とは思えない衝動がわきあがり、ガブリエルの挑戦から逃げようとするパンドラの気持ちを押しとどめた。理屈ではない。彼女は自分で自分が理解できなかった。尻込みする気持ちと彼の提案に引かれる気持ちが、交互に襲ってくる。ガブリエルに目を向けた彼女は、一見ゆったりとくつろいでいるように見える彼が、じつは鋭い目でこちらの反応をうかがっていることに気づいた。彼にはなぜか、パンドラがこの提案をにべもなく断ることができないとわかっているのだ。

周囲にはさまざまな音が満ちている。ピアノの音や笑い声、ティーカップと受け皿がぶつかる音、クリスタルのデカンターやグラスの鳴る音、近くのホイストのテーブルから聞こえてくるカードを切る音、使用人たちのそつのない受け答え、バルコニーで葉巻を吸った紳士が戻ってくる音。こんなふうにそれぞれの家族に囲まれている部屋の中で、彼とこんな会話をしていることがパンドラは信じられなかった。

ガブリエルの言うとおり、自分は怖いのだ。これは彼女の知らない大人のゲームで、本物の危険と結果が伴う。

網戸の窓から外に目を向けると、バルコニーはひとけがなく薄暗かった。夜のとばりが徐々におり、近くに見える岬も暗闇に包まれようとしている。「ちょっと外に出ない?」パンドラは静かに誘った。

ガブリエルが立ちあがり、彼女に手を差し出す。

ふたりは屋根のあるバルコニーに出た。屋敷の主翼に沿って続いているバルコニーのまわりには格子が取りつけられ、バラを這わせてある。ふたりとも暗黙の了解のもと、家族たちのいる居間の窓からなるべく離れた部分に移動した。打ち寄せる波と群れからはぐれた海鳥の鳴き声を運んできた東風が、かすかな煙草の残り香を吹き払う。

白く塗られた支柱に寄りかかると、パンドラは胸の前できつく腕を組んだ。

その横でガブリエルは反対を向いて立ち、両手を手すりについて海に目をやっている。

「嵐が来る」

「どうしてわかるの？」

「水平線上にある雲が、横風に乗って近づいてきているからだ。いまは暑いが、雨が降って気温がさがるだろう」

パンドラは、沈む間際の太陽の赤い光を受けているガブリエルの横顔を見つめた。彼は若い娘なら誰もが夢見るような男性だが、パンドラの夢には登場しない。ヘロンズポイントに来る前は自分が何を求め、何を求めていないかはっきりわかっていたはずなのに、いまは頭の中がぐちゃぐちゃで何もわからなくなってしまっている。ガブリエルは結婚してもいいと思えるくらいパンドラを好きになれるか確かめようとしているのだと、彼女は思っていた。でもここに来て、彼が家族への責任をどれほど重大に受け止めているかがわかった。ガブリエルが自分で妻を選ぶなら、貴族の妻としての資質に欠ける彼女には目もくれないだろう。彼が結婚を申し出ているのは、そうしなければパンドラの評判がめちゃくちゃになってしまうから、そして自分の紳士としての名誉に関わるからだ。その決意には、彼女が助けられることを望んでいないという事実はまったく考慮されていない。

パンドラは背中を伸ばして胸を張り、まっすぐに彼と向きあった。「わたしを誘惑するつもり？」

あつかましくもガブリエルは、彼女の無遠慮な質問ににっこりしてみせた。「そうするかもしれないな。だが、きみの選択に任せるよ。ぼくに誘惑されて、やめてほしくないと思ってしまうのが怖いんじゃないのか？」

パンドラは笑い飛ばした。「結婚した夫婦のすることをヘレンから聞いたけど、あんなことに自分から同意する女性がいるなんて信じられないわ。だけど不快な行為を少しでもましに思わせられる人間がいるとしたら、きっとあなたね」

「そう思ってもらえて、感謝すべきなんだろうな」

「でも、あなたがどれだけそれを不快ではないものにできるとしても、やっぱりわたしは試してみたくない」

「夫とでも？」ガブリエルが静かに尋ねる。

暗闇が紅潮した顔を隠してくれているように、彼女は祈った。「結婚したら、配偶者としての義務を果たさないという選択肢はないわ。けれど、望んでするなんてありえない」

「そんなふうに断言しないほうがいい。ぼくにはきみの気持ちを変えるだけの技術がある。きみがまだ知らないような」パンドラの表情を見て、彼の唇がぴくりと動く。「中に戻って、勝負を続けるかい？」

「あなたがあらゆる道徳的規範に反する罰ゲームを要求しないなら」

「きみは道徳なんてものを気にしているわけじゃないだろう」ガブリエルが体を寄せ、彼女をやさしく柱に押し戻す。彼のからかうようなささやきが、パンドラの右耳をたなびく煙のごとくかすめた。「ぼくとみだらな行為をして、それを楽しんでしまうのが心配なんだね」

人には見せたことのない体の部分が、次々に目覚めて熱くなっていく。そんな自分に驚いて、彼女は黙ったまま屈辱に震えていた。

「運命に任せよう。きみにとっての最悪のなりゆきは？」

声がかすかに震えたが、パンドラは正直に答えた。「選べる道がほかになくなること」

「純潔は奪わないよ。ただ、いまよりほんの少し無垢《むく》ではなくなるだけだ」ガブリエルの指先が彼女の手首の内側を探り当て、ぴくぴくと動いている脈を感じ取る。「パンドラ、きみは〝双子のお行儀がよくないほう〟という評判どおりの行動をしていない。危険を冒してみるんだ。ぼくと一緒に、ほんの少し冒険しよう」

自分がこんな種類の誘惑にさらされるなど、パンドラは想像したことがなかった。誘惑に抵抗するのがどんなに難しいかも。真夜中にこっそりガブリエルと会うのは彼女のこれまでの行動の中でもっともはしたなく、彼が約束を守るかどうかも確信が持てない。それでも、弱々しく頼りないとはいえ彼女の良心が、盲目的な力を持つ罪深い衝動の防壁になってくれるだろう。渇望と怒りにこれ以上ないほど神経が高ぶった状態で、パンドラは決断を下した。彼女はいつもこうやって、深く考えず衝動的に物事を決める。

「勝負を続けましょう」きびきびと言った。「そして今夜じゅうに、玄関広間にあなたの歌声が響き渡るようにさせてあげるわ。六番まで、すべて」

ガブリエルの目が満足そうに光った。「ぼくは一番しか知らない。だからきみには、一番を六回聞いてもらうよ」

あとになって思い返すと、ホイストの三度目の勝負が最初の二回とまったく違った展開をたどったことにパンドラは驚くべきではなかった。前は慎重だったガブリエルのゲームの進め方はがらりと変わり、攻撃的で非情なものとなった。トリックからトリックへと、信じられないほどやすやすと勝利をおさめていく。

それはもう、虐殺と言っていいほどの情け容赦ない進撃だった。

「カードに印でもつけてあるの?」パンドラはいらいらして尋ね、自分のカードを見せないようにしながらカードの裏を調べようとした。

ガブリエルが侮辱されたと言わんばかりの顔をする。「いや、これは新品のデッキだっただろう? きみも開けるところを見ていたじゃないか。もう一度新しいのを取ってきて、やり直したいかい?」

「けっこうよ」彼女はどちらの勝利でゲームが終わるかをすでに悟っていたが、そのあとは黙々とプレイを続けた。

得点を計算する必要さえなかった。大差がついていたので、そんなことはするだけ無駄だ。

「デヴォンの警告は正しかったんだわ」パンドラは自己嫌悪に駆られてささやいた。「あなたのお芝居にだまされたわたしはとんでもばか間抜けよ。あなたは二流のプレイヤーなんかじゃない、そうでしょう?」

「いいかい、ぼくはまだ半ズボンをはいている頃から、ロンドンでも選《え》りすぐりのいかさま師たちにカードを教わってきたんだよ」

「カードに印はつけなかったと誓ってちょうだい。袖の中に何も隠してないってことも」パンドラは要求した。

ガブリエルが冷静な表情で彼女を見る。「誓うよ」

怒りと苦悩と激しい後悔に襲われて、パンドラは彼が手を差し出すのを待たずに立ちあがった。「いまはもう、ゲームはたくさん。わたしはカサンドラたちのところに行くわ」

「怒らないでくれ、いやなら来なくていいんだ」ガブリエルも立ちあがった。

彼は和解を申し出たのだとわかっていたが、パンドラは侮辱されたという思いが消えなかった。「わたしはいいかげんな気持ちで勝負したつもりはないわ。罰ゲームをちゃんとこなすかどうかは名誉の問題よ。それとも女であるわたしの言葉は、あなたの言葉よりも軽いというの？」

「いや、そんなことはない」彼があわてて言う。

パンドラはガブリエルに冷たい視線を向けた。「じゃあ、あとで会いましょう」そう言って歩きだす。早足になったり、顔がゆがんだりしてしまわないよう懸命に自分を保っていたが、これから自分が何と向きあうことになるのかを考え、心の中は絶望的な恐怖に凍りついていた。

ランデヴー。夜の暗闇の中で、ガブリエルとふたりきりで会う。

ああ、なんということをしてしまったのかしら。

11

ろうそく立てを落とさないように指を輪に通してしっかりと握りながら、パンドラは二階の廊下をゆっくりと歩いていた。床の上を黒い影が滑っていくが、その動きに惑わされてバランスを崩してはいけないので、目を向けないようにする。

まっすぐ立っているために頼りになるのは、ちらちらと揺れるろうそくの火だけだった。明かりはすべて消されていて、中央広間の頭上につりさげられているランプもいまは暗い。遠くの空にときおり見える稲光を除けば、明かりは家族用の居間の扉の下からもれているかすかな光だけだ。

ガブリエルの予測どおり、海から嵐が近づいていた。あたりには荒々しい気配が満ち、激しい風が木を揺さぶり、地面に落ちている小枝や大枝をあらゆる方向に吹き飛ばしている。海辺の気候に耐えられるように低く頑丈に建てられた屋敷は強風に平然と耐え、オークの木で作られた屋根が切れ目なく落ちてくる雨を受け止めている。それでも雷がとどろくたびに、パンドラの体は震えた。

彼女が身につけているのはモスリンのナイトドレスと飾り気のないフランネルの部屋着で、

部屋着は身頃の左右を体の前で巻きつけ、編んだベルトを結んで留めている。本当は昼間用のドレスを着たかったのだが、いつもどおり入浴して髪をおろさなければアイダに疑われるので、この格好で来るしかなかった。

足にはカサンドラが作ってくれたベルリン刺繍の室内履きを履いているものの、型紙の読み間違いのせいで左右の大きさが違っていた。右は完璧なのだけれど、左は大きすぎてぱたぱたしてしまう。でもカサンドラがあまりにも謝るので、パンドラは世界一すばらしい室内履きだと示すために、必ずこれを履くようにしていた。

パンドラは壁際に寄り、ときどき指先で壁に触れながら進んだ。暗ければ暗いほど、彼女の平衡感覚はおかしくなる。体の感覚と頭の中のイメージが一致しなくなるのだ。予想もしないときに床と壁と天井の区別がいきなりつかなくなって、体がふらふらしてしまう。だから夜に出かけなければならないときはいつもカサンドラに助けてもらうのだが、まさか男性との密会についてきてもらうわけにはいかない。

懸命に規則正しく息をして、廊下の先に見える琥珀色のかすかな光に視線を据えて進んだ。パンドラと家族用の居間とをつなぐ絨毯が、黒い海原のように見える。手に持っているろうそくの光さえ遠く感じつつも、彼女は一歩一歩必死で影を渡った。どこかの窓が開いているらしく、雨のにおいのする湿った空気が顔や足首を絶え間なく撫でていく。まるで屋敷が呼吸をしているかのようだ。

壁の花ではない女性たちには、真夜中のランデヴーはロマンティックでわくわくするものなのだろう。でもパンドラにとっては、みじめでつらい試練でしかない。暗闇の中でバランスを保とうとして神経がすり減り、彼女は疲れきっていた。安全なベッドに戻れるなら、なんでも差し出したい気分だ。

そしてとうとう、ゆるいほうの室内履きが踵から大きく浮いたためにつまずいてしまった。膝をつきそうになったのをなんとか踏みとどまったが、ろうそく立てが手から離れて飛んでいく。そして床にぶつかったとたん、火が消えてしまった。

暗闇に包まれ、パンドラは狼狽して息をのんだ。少しでも動く危険を冒せなくて、指を猫のひげのように広げたまま、両手を空中で停止させる。それでも影は渦巻きながら彼女を取り囲み、そっと押してバランスを失わせようとした。

「ああ、どうすればいいの」体をこわばらせてささやく。額に冷たい汗が噴き出たが、最初の動揺はなんとか抑えて懸命に頭をめぐらせた。

壁は左側にあるから手を伸ばせば触れられるはずで、そうすればそれを頼りに平衡を保てる。けれどもそろそろと足を踏み出すと、床ががくんと動いてあたりが大きく傾き、よろめいたパンドラは床に倒れた。それとも倒れ込んだのは床ではなく壁だろうか？ 自分はいま立っているのか、床に倒れているのかさえ、よくわからない。でもしばらくして、壁にもたれているのだと判断した。室内履きの脱げた左足はかたい表面に平らにのっているが、その表面は床に違いない。彼女は湿った頬を壁に押しつけて、自分を囲んでいるものをなんとか把握しようとした。そのあいだにも左耳の奥の耳鳴りはどんどんひどくなっている。

胸の中では心臓が恐ろしい速さで打っていて、息をするのが難しい。必死に息を吸うと、すすり泣きのような音がした。突然大きな黒いものが迫ってきて、彼女は壁に向かって身を縮めた。

「パンドラ」力強い腕が彼女を包んだ。ガブリエルの低い声を聞いた彼女は、たくましい体に身をゆだねて震えはじめた。「どうした、震えているじゃないか。暗い場所が怖いのか？それとも嵐かい？」彼はパンドラの汗ばんだ額に唇をつけ、なだめるようにささやいた。「さあ、力を抜いて。ぼくがいるからもう安全だ。きみを傷つけられるものは何もない」ガブリエルは正装用の黒い上着は脱いで、シャツの喉元のボタンをはずしていた。彼の肌から漂ってくるひげ剃り用の石鹸の香料や、糊づけされたリネンのつんとするにおい、シルクのベストに染み込んだかすかな葉巻のにおいを吸い込む。その男っぽい香りに心が落ちつき、パンドラは安堵に身を震わせた。

「わたし……ろうそくを落としてしまったの」しゃがれた声になってしまう。

「大丈夫」ガブリエルが手で彼女のうなじを包み、やさしく撫でた。「もう何も心配はいらないよ」

早鐘を打っていた心臓は徐々に速度を落として、落ちつきを取り戻した。突然の悪夢の世界が姿を消していく。けれども緊張が解けていくにつれて、一気に恥ずかしさが襲ってきた。こんなふうに真夜中のランデヴーを台なしにできるのは彼女だけだろう。

「気分はよくなったかな？」ガブリエルがパンドラを抱いていた腕を片方おろし、彼女の手を安心させるように握った。「さあ、一緒に居間まで行こう」

パンドラは死んでしまいたかった。彼の言葉に従って動く代わりに重いため息をつく。

「できないわ」彼女は打ち明けた。

「どういうことなのかな？」ガブリエルが静かに尋ねる。

「全然動けないの。暗いところでは、まっすぐに立っていられないから」

彼はパンドラの額に唇をつけ、しばらくそのままじっとしていた。「ぼくの首に両手をまわしてごらん」言われたとおりにすると、ガブリエルは彼女を軽々と抱きあげ、しっかりと胸に抱き寄せた。

彼が廊下を歩いていくあいだ、パンドラはきつく目をつぶっていた。力強く彼女を抱えている体はどこもかしこもなめらかに動き、足取りは猫のように優雅だ。彼女は一瞬、ガブリエルがうらやましくなった。暗い夜でも何も恐れずに自信を持って動けるという感覚がどんなだったか、もう思い出せない。

家族用の居間を照らしている光は、暖炉で燃えている火だけだった。ガブリエルは彼女を抱いたまま、帝政様式のソファに腰をおろした。ふかふかに詰め物をしてあるソファは、肘掛けや背もたれが曲線的なデザインになっている。パンドラのプライドはこうしておびえた子どもみたいに抱きかかえられていることにかすかな抵抗を覚えたが、たくましい胸に抱き寄せられているのは心地よく、彼の手にやさしく撫でられると体の震えは徐々におさまった。

それははじめて経験するすばらしい感覚で、たとえこの数分だけのこととはいえ、彼女がまさに必要としているものだった。

ガブリエルはマホガニー材のソファテーブルに手を伸ばして、濃い色の液体が半分ほど入ったグラスを取りあげた。パンドラに渡したらこぼしてしまうと思ったのか、無言のまま模様の彫られたグラスを彼女の唇に当てる。

パンドラは恐る恐る液体を口に含んだ。トフィーとプラムの香りが豊かに立ちのぼるその液体はとてもおいしく、舌がほんのりあたたかくなった。そこで今度はもう少し多く口に入れ、そろそろと手をあげて彼からグラスを受け取った。「これは何？」

「ポルト酒だ。全部飲んでしまうといい」ガブリエルは彼女の立てた膝を囲むように腕をまわした。

パンドラはポルト酒をちびちびと口に運んだ。あたたかさがつま先まで広がっていくのを感じて、ゆったりと全身の力を抜く。外で吹き荒れている嵐が絶え間なく窓を揺らしているさまは、小さな丘のような波が連なっている海と大声で怒鳴りあっているかのようだ。けれども彼女はガブリエルの腕の中でなんの心配もなく安心して、暖炉で火がぱちぱちとたてる音に耳を傾けている。

彼はベストのポケットから折りたたんだハンカチを取り出して、パンドラの顔や首筋に残っている汗を拭き取った。それからハンカチを置き、彼女の顔にかかった髪を左耳のうしろにそっとかける。「こちらの耳はあまりよく聞こえないみたいだね。バランスが取れないのは、それが理由のひとつなのかな？」彼は静かに尋ねた。

パンドラは驚いて目をしばたたいた。ほんの何日か一緒にいただけで、ガブリエルは彼女が一緒に暮らしている家族さえも知らない事実に気づいたのだ。家族はパンドラがそそっかしいだけだと思っているのに。

彼女はうなずいた。「左耳は反対側の半分くらいしか聞こえないの。そして夜にまわりが暗くなると急に平衡感覚がおかしくなって、どっちが上でどっちが下かもわからなくなってしまうのよ。だから勢いよく向きを変えたりすると、ひっくり返ってしまう。見えない手に押されるみたいで、自分でもどうしようもないの」

ガブリエルは彼女の頬にそっと手を当て、やさしい目で見つめている。パンドラは鼓動が速くなるのを感じた。「だからきみは踊らないんだね」

「ゆっくりしたリズムなら踊れるものもあるわ。でも、ワルツはだめ。あんなふうに体を大きくまわしながら向きを変える踊りは」照れくさくなって視線をそらし、最後に何滴か残ったポルト酒を飲み干す。

彼は空になったグラスを取って、テーブルの上に置いた。「もっと前に打ち明けてくれればよかったのに。そうしたら、夜に会ってくれなんて絶対に言わなかった」

「たいした距離じゃないし、ろうそくを持っていれば平気だと思ったのよ。自分の履いている室内履きにつまずくなんて思ってもいなかったわ」パンドラはフランネルの部屋着のベルトをそわそわといじったあと、裸足になってしまった左足をナイトドレスの下から出して顔をしかめた。「片方なくしちゃった」

「あとで探しておくよ」ガブリエルが彼女の手を取り、口元に持っていく。そして冷たくなった指先に順番にキスをした。「パンドラ……きみの耳がそんなふうになってしまった理由を教えてほしい」

話すことを考えただけで、パンドラの全身が抵抗した。

ガブリエルは彼女の手をひっくり返すと、手のひらにキスをしてから自分の頬に押し当てている。ひげを剃った肌は一方に撫でるとなめらかで、反対向きに撫でるとかすかにざらざらした。まるで猫の舌のようだ。暖炉の火が彼のすべてを金色に染め、両目だけが北極星みたいに澄んだ青い光を放っていた。パンドラが勇気を奮い起こすまで、ガブリエルは辛抱強く待った。

「こんなふうにあなたに触っていたら……ちゃんと話せないわ」パンドラは彼の頬に当てていた手を引いて、膝の上からおりた。さっきからずっと耳の奥で高音の耳鳴りがしている。彼女は手のひらを耳にかぶせて、後頭部を指先で何度か叩いた。それで音がやんだのでほっとする。

「耳鳴りだね」その様子をじっと見ていたガブリエルが言った。「うちの年配の事務弁護士も耳鳴りに悩まされているんだ。しょっちゅう起こるのかい?」

「気が動転したときに、ときどき」

「いまは動転する必要はないんだよ」

パンドラは気もそぞろなまま彼にさっと笑みを向け、手をきつく拳に握った。「こうなったのは自分のせいなの。わたしは盗み聞きをするって言ったのを覚えてる？　いまはそれほどしないけど、子どもの頃は家の中で何が起こっているか知ろうと思ったら、盗み聞きをするしかなかった。カサンドラとわたしはいつも子ども部屋で食事をして、ふたりだけで遊んでいたから。ヘレンと使用人以外の誰にも会わないまま、何週間も経っていることもあったわ。わたしたちにはひと言もなく、母はロンドンに、父は狩りの旅行に、テオは寄宿学校に行ってしまうことが多かったから。両親が家にいるときでさえ、わたしたちに気づいてもらおうと思ったらいたずらをするしかなかった。もちろん首謀者はいつもわたしよ。わたしが計画を立てて、カサンドラを引き込んだの。みんなもそのことはわかっていた。カサンドラはいい子だって。そしてヘレンは、誰の目にも留まらないようにほとんどの時間を静かな場所で本を読んで過ごしていたわ。でもわたしは無視されるより騒ぎを起こすほうが、性に合っていたの」

ガブリエルは耳を傾けながら、パンドラの三つ編みを手に取ってもてあそんだ。

「一二歳のときだった。それとも一一だったかしら。両親が寝室で喧嘩を始めたの。ふたりの喧嘩はいつも激しかった。叫んだり、ものを壊したり。そしてわたしは自分に関係のないことにも首を突っ込みたい性格だから、当然閉じている扉に耳をつけて盗み聞きを始めたのよ。ふたりは母が……関係していた男性について言い争っていた。父は怒鳴っていたわ。ひとつひとつの言葉が、まるでぎざぎざの破片みたいに耳に突き刺さった。カサンドラはわたしを扉から引き離そうとして、一生懸命引っ張っていた。ところがそのとき、父が扉を開けたの。怒りに目をらんらんと光らせて。きっと扉の下の隙間から動きが見えたのね。父はわたしをつかまえると、稲妻のようにすばやく拳を繰り出してわたしの耳を殴ったわ。両方とも。世界が爆発したかと思った。それしか覚えていないの。カサンドラがわたしを子ども部屋に連れて帰ってくれたらしいわ。左耳から血が出ていたと言ってた。そのあと右耳は一日か二日で治ったけど、左耳はほんの少ししか聞こえなかったし、奥のほうに脈打つような痛みがあったわ。それからすぐ熱が出たの。母は耳を殴られたこととは関係ないって言ってたけど、やっぱりそれが原因だったんだと思う」

耳が化膿《かのう》して膿《うみ》が流れ出た不快な様子を説明するのがいやで、パンドラは口をつぐんだ。おずおずとガブリエルと見ると、彼は顔をそむけている。彼女の三つ編みをもてあそぶのをやめて手をきつく握りしめているせいで、腕や手首の筋が浮き出ていた。

「熱がさがっても、聴力は完全には戻らなかった。だけどそれより悪いのは、しょっちゅうバランスを崩すようになったことよ。とりわけ夜に。だから暗闇が怖くなったわ。それからは――」ガブリエルが顔をあげたので、彼女は言葉を切った。

彼の顔は激しい怒りにゆがんでいた。地獄の炎でも燃え盛っているようなその目を見て、パンドラは怒り狂った父親と向かいあったとき以上に震えあがった。

「絶対に許せない。きみの父親がまだ生きていたら、叩きのめしてやるところだ」ガブリエルが低い声で言う。

パンドラは震える手を彼に向かって伸ばした。「いいえ、父が生きていても、そんなことをしてほしいとは思わなかったわ。長いあいだ憎んでいたけど、いまはかわいそうだと思っているの」静かに言う。

ガブリエルは彼女の手をすばやく、そっと握った。傷つきやすい小鳥をつかまえるみたいに。パンドラは彼の見開かれた目の中心に自分が映っているのを見つめた。「なぜ？」長い沈黙を破って、ガブリエルがささやく。

「父は自分の心の痛みを隠すために、わたしを殴るしかなかったからよ」

12

自分をこれほど傷つけた男に対するパンドラの思いやりに、ガブリエルは驚かずにはいられなかった。頭を振りながら、彼女の目をのぞき込む。青いリンドウの野にかかる雲の影のような色をした目を。「そんなのは言い訳にならない」彼は激しい口調で言った。

「そうね、でもそう考えると父を許せたの」

ガブリエルはそんなろくでもない男を許すつもりはまったくなかった。復讐《ふくしゅう》してやりたかった。死体からひと切れずつ肉をはぎ取り、残った骨をさらしものにしてやりたい。パンドラの顔の繊細な輪郭や高く美しい頰骨をたどる彼の指先は、かすかに震えていた。「医者の診断は？　どんな治療をした？」

「お医者さまを呼ぶ必要はなかったから」

その言葉の意味を理解すると、激しい怒りが彼の血管の内側を焼いた。「鼓膜が破れていたはずだ。医者が必要なかったというのは、いったいどういう意味なんだ？」怒鳴らないようになんとかこらえたものの、声はとても冷静とは言えなかった。

パンドラが不安そうに身を震わせ、ほんの少し身を引く。

いまの彼女には、こんなふうに怒りを見せてはならない。そう悟ったガブリエルはパンドラに腕をまわしてふたたび引き寄せ、荒れ狂う感情を抑え込んだ。「いや、離れないでくれ。何があったのか話してほしい」

「熱はさがったわ」しばらくためらっていたものの、彼女はまた話しはじめた。「そして……わかってほしいんだけど、わたしの家族はあなたの家族とは違うの。よくないことが起こると何も起こっていないふりをして、二度とそのことには触れないのよ。父がかっとなってしでかしたことは、とくにそうだった。そしてしばらくすると、どんなことがあったのか本当に忘れてしまう。だからうちの家族の歴史は、数えきれないほど改変されているの」

パンドラはさらに続けた。「でもわたしの耳は、何もなかったふりをしても問題がなくなるわけではなかった。わたしが言われたことを聞き取れなかったり、突然つまずいたり転んだりすると、母はとても腹を立てたわ。わたしがせっかちで不注意だからいけないんだって責めた。聴力に問題があるとは決して認めなかったのよ。そのことについて話しあうのすら拒否した」パンドラは言葉を切って、考え込みながら唇を噛んだ。「こんなふうに言うと母がひどい人だったみたいだけど、そうじゃないの。すごくやさしいときもあったのよ。誰だって、完全な悪人でも完全な善人でもないわ」ふいに彼女がぞっとしたようにガブリエルを見た。「いやだ、まさかわたしを哀れんだりしていないわよね?」

「哀れんではいない」パンドラがそんな目に遭ったことがつらく、腹が立ち、彼は声を平静に保つのが精いっぱいだった。「だからきみは耳のことを秘密にしているのか? 哀れまれるのがいやだから？」

「ええ……それにこれは、わたしにとって恥でしかないから。人には知られたくないわ」

「きみが恥じる必要などない。きみの父親が恥じるべきなんだ」

「でも、そう感じてしまうのよ。そもそもわたしが盗み聞きをしていなければ、父は殴ったりしなかったはずだもの」

「きみは子どもだったんだ、けがをするほど殴った行為に正当性はない。それは虐待だよ」

突然パンドラが不敵な笑みを浮かべるのを見て、ガブリエルは驚いた。その表情は得意そうですらある。「でも、そのあともわたしは盗み聞きをやめなかったのよ。見つからないように、もっと気をつけるようになっただけ」

不屈の魂を持った彼女の様子があまりにも魅力的で、ガブリエルははじめての感情に心がねじれるのを感じた。まるで歓喜と絶望が押しかためられて新しい感情が生まれ、どんどん大きくなって胸を突き破ろうとしているかのようだ。

パンドラは決して自分以外の人間の意志に屈しない。ずっと圧力をかけられたら、限界まで耐えたあと壊れてしまうだろう。ガブリエルは活力に満ちた野心的な女性を世間がどんなふうに扱うか、これまで目の当たりにしてきた。だからパンドラを守らせてほしかった。夫として迎え入れてほしい。だが、どうすれば彼女を説得できるのかわからない。自分なりの信念を持って生きている彼女には、世間的な常識は通用しないのだ。

ガブリエルはパンドラに手を伸ばすと、高鳴っている胸に抱き寄せた。彼女が安心したように力を抜くのを感じて、ぞくぞくするような喜びが体を駆け抜ける。

「ガブリエル？」

「なんだい？」

「最後の勝負はどうやって勝ったの？」

「カードを数えていた」彼は白状した。

「それって、いかさま？」

「いや、違う。公正なやり方とは言えないが」彼はパンドラの額に落ちかかった髪をうしろに撫でつけた。「言い訳になるが、もう何日もきみとふたりきりになりたくてしかたがなかった。だから、ただ運に任せるなんてできなかったんだ」

「紳士らしく高潔な行動を取りたかったからでしょう？」パンドラが真剣な表情で言う。

彼女が何を言わんとしているのかわからず、ガブリエルは眉をあげた。

「あなたはわたしやわたしの家族を醜聞から助けたいと思っているのよね。そしてわたしを誘惑してしまえば、手っ取り早くそれができるようになる」

彼は皮肉っぽい笑みを浮かべた。「この真夜中のランデヴーは高潔な行動とはなんの関係もないと、きみもぼくもよくわかっているじゃないか」パンドラがまったく理解していない様子なので続ける。「男がきみを求めているという明らかな印に、気づいていないふりなどしないでくれ。きみだって、そこまで世間知らずじゃないだろう？」

パンドラがガブリエルをじっと見つめた。自分が何かとても明らかなことを見逃していたと知り、眉間にしわを寄せて考え込んでいる。なんてことだ、彼女はそこまで世間知らずだったのか。男が彼女に性的関心を抱いている印を知ることができるような男女間の戯れを、これまで経験してこなかったのだ。

それをいまパンドラに教えるのは、ガブリエルとしてはなんの問題もなかった。彼は唇を合わせ、やさしくこすりつけた。彼女が唇を震わせて口を開く。ふたりの舌は濡れたシルクのようになめらかに絡みあった。キスを深めれば深めるほど、彼はその甘さにおぼれた。みずみずしく熱意をこめて応えてくるパンドラは無邪気でありながら、このうえなく官能的だ。

ガブリエルはパンドラの首を腕で支えながら、ベルベットのブロケード織りのクッションの上に彼女をやさしく横たえた。服を着ているのが暑くてたまらず、下腹部が窮屈で居心地が悪い。彼は手を伸ばし、その部分の位置を直した。「きみとこうしているだけで、ぼくは発情期の牡鹿《おじか》みたいに熱くなってしまう。それには当然きみも気づいていると思っていた」

パンドラが真っ赤になって彼の肩に顔を伏せ、くぐもった声で言う。「男性がどう感じているかなんて、わたしには全然わからないもの」

ガブリエルは微笑んだ。「じゃあ、きみは幸運だ。ぼくがここにいて、実際に見せてあげられるから」もぞもぞした動きに気づいて見おろすと、パンドラが膝まで持ちあがってしまった部屋着の裾を懸命に引きおろしていた。そしてそれを終えると、彼女は内側でふつふつと高まりつつある欲望を冷静な仮面の下に隠して、じっと横たわった。

彼女の耳に口を近づけて、ガブリエルは静かに話しはじめた。「パンドラ、きみのすべてがぼくを惑わすよ。きみはどこもかしこも活力にあふれ、美しく、魅力的だ。きみと出会った晩、ぼくは電気に打たれたみたいな衝撃を感じた。きみの中の何かが、ぼくの根源的な部分に訴えてくる。きみと何日でもベッドにこもっていたい。火に近づきすぎた蛾が一瞬で燃え尽きてしまうように時が一瞬で過ぎ去るのを忘れ、きみの体を隅々まであがめたい。そしてきみにもぼくに触れてもらいたい。それに――どうかしたかい？」彼女が何か言っているのに気づいて尋ねる。

パンドラがむっとした表情で、ぱたんと背中から倒れた。「あなたは聞こえないほうの耳に向かってしゃべってるって言ったの。何を言っているのか、全然聞こえないわ」

ガブリエルは一瞬呆然《ぼうぜん》と彼女を見つめたあと、頭をうしろに投げ出して息が止まるほど笑いだした。「すまない、気づくべきだったよ」ようやく息を整えて続ける。「だが、かえってよかったかもしれないな。言いたいことを伝える、もっといい方法を思いついたから」彼はソファのクッションに寄りかかっていた体を起こした。パンドラのほっそりした体の下に腕を差し入れ、やすやすと持ちあげる。

「何をしているの？」彼女がもがいた。

答える代わりに、パンドラを腿の上にのせた。

彼女が顔をしかめ、居心地悪そうにもぞもぞする。「どうしてこんなことを――」

ふいにパンドラが目を見開いて、ぴたりと動きを止めた。その顔に次々といろいろな表情が浮かぶ。驚き、好奇心、羞恥……。男の体が高まったときにどう変化するのか、彼女は理解したのだ。

「それなのにきみは、男性がどう感じているのか全然わからないなんて言うんだからな」ガブリエルはやさしくからかった。パンドラはあちこちに体をずらして、ちょうどいい位置を探している。その動きで彼の下腹部は刺激され、興奮がさらに高まった。懸命に自分を抑えたものの、彼女があと少しでも激しく体をくねらせたら、一気に達してしまいそうだ。

「ダーリン、頼むからそんなに……動かないでくれ」

パンドラが憤慨したように彼を見る。「あなたはクリケットのバットの上に座ったことがある？」

ガブリエルはにやりとしそうになるのを我慢し、彼女の体をずらして一方の腿の上に体重がかかるように座らせた。「ぼくの胸にもたれて、もうちょっと……そう、それでいい」パンドラが適切な位置を見つけたのを確認すると、彼は部屋着のベルトをほどいた。「暑そうだよ、脱がせてあげよう」

心配しているような声に、彼女はだまされなかった。「わたしが暑そうに見えるとしたら、あなたに恥ずかしい思いをさせられたからよ。それもわざとね」袖から腕を抜きながら、そう言ってガブリエルをにらむ。

「ぼくはただ、どんなにきみが欲しいかわかってもらおうとしただけだ」

「もうわかったわ」パンドラが赤い顔をして、あわてて言った。

ガブリエルが部屋着を引っ張って横に放ると、彼女はモスリンのナイトドレス姿になった。

これまで何人もの女性と関係を持ってきたが、恥ずかしがる女性と最後にベッドをともにしたのがいつだったかも、女性との親密な場面でばつの悪い思いをしたときにどんな気分だったかも、遠い昔すぎて思い出せない。しかしいまは恥じらうパンドラに初々しい感情を呼び覚まされ、頭がどうかなりそうなほど彼女に魅了されている。すっかりなじんでいるはずの行為なのに、はじめて経験するように新鮮だった。

「お姉さんは男性が興奮すると体がどう変化するのか、教えてくれなかったのか？」

「教えてくれたわ。でも、まさか居間でそんなことが起きるなんて言ってなかったもの」

ガブリエルはにやりとした。「残念ながら、これは場所には関係なく起こるのさ。居間でも、応接間でも、馬車でも……それにあずまやでも」

パンドラが憤慨した表情になる。「じゃあ、あのときドリーとミスター・ヘイハーストがあずまやでしていたのは、こういうことだったというの？」

「明らかにそうだね」彼はナイトドレスのボタンを上からはずしていき、あらわになった喉元の肌に唇をつけた。

だがパンドラはあずまやでのランデヴーについて、まだ質問を終えていなかった。

「でも、ミスター・ヘイハーストが舞踏室に……こんな状態で戻ってこられたはずがないわ。どうやって小さくするの？」

「ぼくの場合は、頭の中で証券取引市場での外国証券の値動きの分析をする。たいていは、てきめんに効果があるよ。それでうまくいかなければ、女王陛下を思い浮かべるね」

「まあ、そうなの？　それじゃあ、アルバート公はどうしていたのか知りたいわ。女王陛下を思い浮かべて、あなたと同じ効果を得られたはずがないもの。九人も子どもがいるんだから」彼女はなおも話しつづけようとしたが、ボタンをはずし終えたガブリエルはかまわずにナイトドレスの前を押し開き、甘やかな胸の谷間にキスをした。パンドラが彼の首のうしろにまわした手の指を落ちつきなく動かす。「アルバート公は教育改革や議会の運営手続きについて思い浮かべたのかしら。それとも――」

「しいっ」ガブリエルは雪花石膏《アラバスター》のように白い肌に青い血管が透けているのを見つけて、舌先でたどった。「ぼくはきみがどんなに美しいかを話すほうがいい。どんなにかぐわしい香りがするかを。どんなにやわらかくて、すばらしい感触かを。ああ、きみは本当にすてきだ……」胸の曲線に唇をさまよわせると、パンドラがびくりとして息を止めた。彼女の中で欲望が目覚めたのを感じて、彼は興奮に身震いした。軽くかすめるように肌をついばみながら胸の上を横切り、ピンク色の頂に到達する。そこに唇をかぶせて吸い込み、舌でもてあそぶうちに、先端がとがってきた。

パンドラをどうやって自分のものにするか、あらゆる欲望をどうやって彼女と一緒に満たしていくか、さまざまな考えが頭に渦巻き、ガブリエルを押し流そうとする。一気にむさぼらずに時間をかけるには、とてつもない自制心が必要だった。だが、彼女にとってはすべてが新たな経験なのだ。これほど親密な行為は驚きの連続だろう。だからどんなにつらくても、我慢してゆっくり進めなければならない。やさしく愛撫を続けているうちに、パンドラの喉の奥から小さくて細いうめき声がもれた。どこに手を置いたらいいのかわからないように、ためらいがちに彼の肩と胸に触れる。

ガブリエルは顔をあげ、激しく唇を重ねた。「パンドラ」唇を離して言う。「どこにでも触ってくれ。好きなようにしてくれていい」

彼女は考え込みながら、しばらくガブリエルを見つめていた。そろそろと手を伸ばし、シャツの襟元から左右に垂れている白いネッククロスをつかむ。それを引っ張ってはずすと、シルクのベストの合わせ目に手を伸ばした。彼も手伝ってベストのボタンをはずし、床に落とす。次にパンドラは、胸の中ほどまでのシャツの前立てのボタンをすべてはずした。そして魅入られたように彼の首元の三角形のくぼみを見つめ、顔を寄せてそこに唇をつけた。

「どうしてそこが好きなんだい？」ガブリエルは尋ねた。彼女の繊細な舌を肌に感じて、あばら骨にぶつかるほど心臓が激しく打ちはじめる。

「わからないわ」彼の肌に向かって、パンドラが微笑んだ。「なんていうか……誘っているみたいだから。キスしてって」

ガブリエルは彼女の髪に手を差し入れ、上を向かせて目を合わせた。「そうだよ、そしてきみだけを誘っているんだ」しゃがれた声で言い、彼女に主導権を譲り渡す。

好奇心にあふれた手が、彼の胸や胴の輪郭を確かめるように動いた。それから肩にかかっているズボンつりの下に指が滑り込み、そっとはずした。パンドラがゆっくりと体を確かめていくあいだ動かずにじっとしているのは、彼にとってはじめて経験する甘い拷問だった。

彼女が首筋にキスをして、胸に生えている毛をもてあそぶ。胸の突起を親指の腹でこすられると、そこはきゅっと縮まってかたくなった。彼女は徐々に大胆になり、生まれたばかりの子馬みたいに懸命にガブリエルにむしゃぶりついている。夢中で身を寄せすぎて膝が下腹部に危険なほど近づいたので、彼は急いでパンドラのウエストをつかんだ。「気をつけてくれ。このあとひと晩じゅう、ぼくが涙目でソファに丸くなっていたらいやだろう?」

「痛い思いをさせちゃった?」彼女が心配そうにきいて、ガブリエルの腿の上に腰を落とした。

「いや、だが男にとってこの部分は……」いきなりパンドラがまたがってきたので、彼は思わず低くうめいた。あまりにも扇情的な感触に体がかっと熱くなり、もう少しで達してしまいそうになる。彼女がそれ以上動けないように手で押さえながら、ガブリエルは目をつぶって小さく毒づいた。あと少しでも動かれたら、はじめて女性と交わる若者みたいに爆発してしまうだろう。たとえ腰をあげて彼から離れるだけの動きでも、いまはまずい。

「まあ」パンドラが小さく声をあげるのが聞こえた。ガブリエルの脚をはさむ彼女の腿に力が入る。「わたし、そんなつもりじゃ――」

「じっとしててくれ。頼む、絶対に動いちゃだめだ」しゃがれた声で言う。

彼女が言われたとおりにしたので、ガブリエルはほっとした。われを忘れそうなほどの欲望で、頭がまともに働かない。全身の筋肉を緊張させて、なんとか踏みとどまっている状態だった。ズボンをはいているのに、パンドラの腿の熱さが生々しく伝わってくる。彼女は自分のものだと、全身を駆けめぐる血が叫んでいた。彼女をわがものにしなくてはならない、なんとかしてひとつになるのだと。ガブリエルは深呼吸をしてつばをのみ込み、身を震わせながら必死で気持ちを落ちつけた。

「女王陛下のことを考えているの？　うまくいってないみたいだけど」ふたりのあいだで脈打つものを懸命に制御しようとしている彼の耳に、パンドラの声が聞こえてきた。

鋭いけれど役に立たない彼女の観察眼に、ガブリエルの唇が引きつる。彼は目を閉じたまま答えた。「そのすてきなナイトドレスを着たきみに座られていては、たとえ正装した近衛《この》兵《えへい》の一団を連れた女王陛下が部屋の中に立っていたとしても効果はないよ」

「女王陛下に叱責されたらどうかしら？　陛下があなたの足に冷たい水をかけたら？」

おかしくなって、ガブリエルは片目だけ開けた。「パンドラ、もしかしてきみは、大きくなったぼくのものを小さくしようとしてくれているのか？」

「近衛兵たちがいっせいに剣を抜いて、あなたに突きつけたら？」

「ぼくは女王陛下にとって危険な存在ではないと、彼らにわかってもらう」

「わたしにとってはどうなの？　わたしは危険な状態に置かれているのかしら？」彼女はためらいがちに尋ねたが、それは半分裸の男の上に座っている処女であれば当然するべき質問だった。

「もちろん危険な状態なんかじゃない」ガブリエルはすぐに否定したが、ふたりのどちらもその答えに納得できたかは怪しかった。「きみにとって世界で一番安全な場所は、ぼくの腕の中だ」彼はパンドラに腕をまわして引き寄せた。パンドラが身を寄せると、高ぶったものが脚の付け根の隙間にすっぽりとはさまって、彼女が息をのむ。そこで彼は安心させようと、ヒップをやさしく叩いて言った。「ぼくがどんなにきみを求めているかわかって、少し不安になっているのかな？　でも、これはきみに歓びを与えるためのものなんだ」下腹部をそっと押し出して、それを示す。

パンドラが疑わしげにその部分を見おろした。「ヘレンはそれ以上のことをすると言ってたわ」

ガブリエルは声を抑えて吹き出した。これほどおかしいのと同時に、これほど激しい欲望を感じるのははじめてだ。「今夜はそういうことはしない」なんとか言葉を口にした。「きみの選択肢を奪うようなまねはしないと約束したからね。きみにした約束は、これからも絶対に守る」

パンドラが信じられないほど美しい青い瞳で彼をじっと見つめ、ほっとしたように力を抜いた。するとさらに圧力を受けたガブリエルの下腹部がぴくりと動いたので、彼女は驚いたように目をしばたたいた。「じゃあ、これからわたしたちは何をするの？」

「きみは何をしたい？」パンドラに見とれながらささやく。

ふたりはじっと動かずに見つめあった。心地よい緊張の中で、互いに対する情熱が着実に温度を増していく。パンドラがとてつもなく危険で不安定な物質を使って実験をしているかのように、そろそろと彼の唇に唇を押し当てた。さまざまに角度を変えて彼を味わい、反応を探りながら、次第に積極的になっていく。

ガブリエルにこんなキスをした女性は、これまでいなかった。ハチの巣から蜜を吸い出すみたいに、ぞくぞくする欲望とやわらかく燃える炎を彼から絞り出した女性は。そしてパンドラは、キスを続ければ続けるほど大胆になっていく。ふたりのうちどちらかが理性を保っていなければならないが、それがパンドラでないのは明らかで、しかもガブリエルがその役を担おうとしても、彼女がどんどん難しくしている。パンドラがまたしても腿の上で体をくねらせたので、彼はうめいた。

ガブリエルは両手でパンドラの顔を包み、唇を離して彼女をなだめようとした。「落ちついて、もっとリラックスするんだ。ぼくはきみになんでもしてあげ――」

けれども言い終わらないうちに、パンドラがふたたび飛びついてきて、情け容赦のない熱意でガブリエルの唇をとらえた。荒く息をつきながら彼のシャツの前立てを探っているが、すでに開いているところより下にボタンはない。このままだとそれ以上胸をあらわにするのは無理だと悟った彼女は、前立ての両側を乱暴に引っ張ってシャツを破こうとした。これがふつうのシャツだったら、彼女の力でも破けただろう。しかし夜の正装用のシャツは布を重ねて分厚くなっているうえ、糊を通常の二倍は使ってなめらかに仕上げてある。

ガブリエルは激しい欲求を募らせながらも、そんな彼女を見ていると笑いがこみあげるのを抑えられなかった。鉄の意志を持った彼の小さな海賊は、シャツを破るのに予想外の困難に直面している。だがこんな場面で彼女の気持ちを傷つけるわけにはいかないので、ガブリエルは必死の思いで笑いをこらえ、背中を起こしてシャツの裾をつかむと頭から一気に引き抜いた。

ようやく邪魔なシャツがなくなると、パンドラは深々と息を吐いて身を寄せ、彼の胸や胴に貪欲に両手を這わせた。ガブリエルはふたたびうしろに寄りかかって、そんな彼女に身をゆだねた。ゆっくりと徐々に盛りあげていくためにペースを配分し、欲望を制御する方法は、また今度教えればいい。いまはしたいようにさせるのが一番だ。パンドラの三つ編みからほつれた長い髪が、暗い水面に広がる波紋に反射する月の光のごとく輝いている。彼女が動くたびにその髪がガブリエルの体をくすぐり、性急な動作を繰り返すヒップが予測のつかない刺激を下腹部に与えた。

台の上に横たえられ、巻きあげ機で手足を引き伸ばされる中世の拷問道具にかけられているみたいに、ガブリエルの体は張りつめて緊張した。ブロケード織りのクッションを、穴が開きそうなほどきつく握りしめる。彼は持てる自制心をすべてかき集め、パンドラが伸びあがったり腰を落としたりしながらキスを続けるあいだ、自らの欲望を暴走させてしまわないように抑え込んだ。

とうとう彼女が唇を離し、へとへとになりながらも陶然とした表情でガブリエルの肩にがくりと顔を伏せた。荒く息をついている様子から、自分が本当は何を求めているのかわかっていないのは明らかだ。歓びを覚えつつも欲求不満が高まっていて、それを解消しようとする行為が逆にますます高める結果になってしまうという、パンドラには理解できない状況に陥っている。

そろそろガブリエルが主導権を取るべきだった。彼女に慰めの言葉をささやきながら大きく上下している背中を撫で、ほどけてしまった髪をひとつにまとめてやる。「きみのためにしてあげたいことがある。しばらくぼくを信用して任せてくれないか？」

13

パンドラは身動きをせずに考え込んだ。満たされない感覚に体じゅうがほてり、神経が張りつめているいまの状態は、おなかがすいていたまらないときのようだ。ただしその感覚はもっと切迫していて、彼女の内側に爪を立てて鋭くかきむしり、体を震えさせる。「何をするつもりなの?」

ガブリエルはからかうように軽く、彼女の体に両手をさまよわせた。「ぼくが決してきみを傷つけないのはわかっているはずだよ」

彼が質問にはっきり答えるのを避けたことに、パンドラはもちろん気づいた。ガブリエルの胸に手をついて体を起こし、彼を見おろす。彼女の下に横たわっているガブリエルは、人間とは思えないほど美しい。引きしまった筋肉を包む肌はつやつやと金色に輝き、その顔はまるで夢から抜け出てきたかのようだ。とはいえ、太陽を浴びすぎたみたいに頬骨の上や鼻が赤くなっていて、いたずらっぽく輝いている青い目は秘密を隠すように濃く長いまつげで半分隠されている。まさにギリシャ神話に登場する美少年アドニスさながらだという考えが浮かび、パンドラは一気に暗い気分にとらわれた。

「ここでやめたほうがいいと思うわ」のろのろと言う。

ガブリエルが当惑したように目を細め、首を横に振った。「まだほとんど始めてもいないじゃないか」

「こんなことをしても、なんにもならないわ。すてきな王子さまは、隅で座っているような娘のものにはならないんですもの。王子さまにはワルツを踊れる娘がふさわしいのよ」

「なぜいきなりワルツが出てくるんだ？」

「たとえ話よ」

「なんのたとえなんだい？」ガブリエルはパンドラを膝の上からおろし、背中を起こして両手を髪に差し入れると、うしろに向かってとかしつけた。金褐色の髪はすぐにまた乱れて落ちたが、無造作に額に垂れている様子がかえって魅力的だ。彼はソファの背に腕をかけ、パンドラの目を見つめた。

筋肉質な彼の上半身や、ふわふわした短い毛に覆われた胸が気になって、パンドラはなかなか答えが出てこなかった。「だって、わたしはできないことだらけだもの。あなたの奥さんはいろんな催しで女主人役を務め、あなたと一緒に舞踏会や夜会に出席しなくてはならないわ。そんなとき、脚にけがをしているのでもなければ、必ず踊るはずよ。でないとみんなが理由をきくでしょう。そうしたら、わたしはなんて答えればいいの？」

「夫のぼくがやきもち焼きなんだと言えばいい。ぼく以外の男の腕に抱かれるのをいやがるんだと」

パンドラは眉間にしわを寄せ、ナイトドレスの前を引っ張って寄せた。踊れない自分が情けなくて自己憐憫《れんびん》すら覚えていたが、そういう感情は彼女が一番軽蔑していることだった。

「そんなの、信じる人はいないわ」

ガブリエルが彼女の二の腕をつかんだ。火がついたマッチみたいに目をらんらんと光らせている。「きみにはぼく以外の男の腕に抱かれてほしくない」

彼女のまわりで世界が一瞬動きを止めた。ガブリエルの言葉にわずかでも真実が含まれているかもしれないと思うと、怖くてたまらなかった。まさか本気のはずがない。彼は言葉でこちらを思いどおりに動かそうとしているだけだ。

パンドラは彼の胸を押しやろうとしたが、石の壁のようにびくともしなかった。「そんなこと言わないで」

「きみはぼくのものだ」

「違うわ」

「きみだって、そう感じているはずだ。ぼくのそばに寄るたびに。きみは――」

彼女はガブリエルの口をキスでふさいだものの、あとから考えれば、もちろんそれは賢い作戦とは言えなかった。彼がすぐに応え、大胆にキスを深めてくる。

そして次の瞬間、パンドラはガブリエルに組み敷かれていた。彼は膝と肘で体を支えているが、パンドラが身動きできないことに変わりはない。体じゅうが焼け焦げそうな熱いキスをされているあいだ、彼女はクッションに押しつけられるままになっているしかなかった。

ガブリエルは何かを証明しようと、かたく決意しているようだ。パンドラはすでにこれほどまで彼を求め、抵抗などできなくなっているというのに。彼女は口を開き、くらくらするようなガブリエルの味を、男らしい体から押し寄せてくる熱を、彼の官能的な舌の動きをあますところなく受け止めた。抑えようもなく両手が持ちあがり、たくましく筋肉のついた彼の背中を撫でまわす。その肌の感触は心地よく、彼女の肌より張りがあってなめらかだ。

ガブリエルが開いたままの口を彼女の首に滑らせ、胸までおろしていく。かたくなった胸の頂を彼の口がとらえると、パンドラは背中をそらした。ガブリエルはそこを舌ではじいたり、軽く歯を立てたりしながら、もう片方の胸を手でもてあそんでいる。やがて彼がウエストから腰にかけての曲線を撫でおろしたあと、腿までまくれあがっていたナイトドレスの裾をウエストまで引きあげたので、パンドラは衝撃を受けて腿をかたく閉じあわせた。

彼がやわらかく笑うのが聞こえて、つま先を丸める。パンドラがどう反応するか、ガブリエルはすべて見抜いているようだ。彼は横向きに寝そべるとパンドラの腹部に指先を滑らせ、真ん中のくぼみのまわりにゆったりと円を描きはじめた。そのあいだも胸へのキスをやめないので、そこがしっとりと湿って耐えられないほど敏感になる。

そのうち指先が腿の付け根のシルクのようにやわらかい巻き毛へとおりていき、そっと撫ではじめた。目の焦点が合わないまま、パンドラは身をよじった。信じられない。自分は本当に、彼にこんなまねを許しているのだろうか？　でも、現実にそうしている。自らに対する疑念に駆られ、恥じ入りながらうめいた彼女は、ガブリエルが手をさらに下へ滑らせて、ひそやかな部分の端まで中指を差し入れていることに気づいた。羽毛のようにふわりと軽く触れられて、思わず息をのむ。パンドラは腿をますますかたく閉じあわせた。

彼が胸にかぶせていた口を離してささやく。「脚を開いて」

パンドラは唇を噛んだが、ガブリエルがあきらめずに何度も指を進めようとしてくると、抵抗する気持ちはどんどん弱まった。心臓が早鐘を打ち、体が熱くなっていく。たしかだと思っていたことがあやふやになり、彼がいま自分にしていること以外、どうでもよくなってしまう。脚が震えて腿を合わせているのが難しくなり、彼女は弱々しく声をあげた。

「パンドラ……開いてくれ」彼の声が誘惑するようにやわらかく響いた。繊細な襞のあいだに指先がわずかに侵入し、くねるように動く。すると白い炎が揺らめくごとく、そこから快感が広がった。「なんて頑固なんだ。ああ、パンドラ、ぼくを誘惑しないでくれ。このままでは、きみにとんでもなくみだらなまねをしてしまいそうだ」ガブリエルが人差し指で、閉じた腿の合わせ目を撫でおろす。「三センチでいい。お願いだ、ぼくのために」笑い声とともに、熱い息が肌にかかった。「三センチでもだめなのかい?」

「こんなの困るわ。あなたはわたしの精神を不安定にさせているのよ」

「ぼくのしていることは、女性の神経を安定させるのに役立つ方法として、よく知られているんだぞ」

「わたしには役に立たないもの。あなたは事態を悪くしているだけよ……あっ!」

ガブリエルは顔をおろすと彼女の肌に口をつけて味わい、唇と歯と舌を使って愛撫した。

パンドラは逃れようとしたが、ウエストの両脇をつかまれて動けない。彼がへそのくぼみのまわりを舌でたどってそこを火のように燃え立たせ、さらに下へと向かう。誰にも見せたことのないひそやかな部分に彼の息を感じて、心臓が痛いくらいに重く打ちはじめた。ガブリエルが巻き毛に鼻をこすりつけ、舌でかき分けながら進んでいくと、通った部分が敏感になってかっと熱くなる。

パンドラは驚いて、彼から体を離そうとした。けれどもガブリエルはそれを許さず、濡れたバラのようなやわらかい部分に舌を差し入れて、左右に割るように侵入してしまった。どうしようもなくなり、彼女は力なく腿を開いた。すると彼の舌がなめらかな襞やひっそりと隠れていた突起を探り当て、円を描くように軽く触れた。そのあいだもずっと、両手で腿をゆっくりとさすっている。

体じゅうに火がつき、あえぐように吐く息ですら熱かった。ガブリエルに触れられている部分に、すべての神経が集中する。彼は暗闇の中で、パンドラに火の魔法をかけているのだ。ガブリエルが舌を当てたまま動きを止める。すると待ちきれないように腰が持ちあがってしまい、彼女は当惑に頬が熱くなった。ガブリエルが喉の奥で低く笑っているのを肌に感じる。彼はパンドラをおもちゃにしていた。彼女に恥ずべきまねをさせようとしているのだ。パンドラは彼の頭をつかんで引きはがそうとしたが、震える手首をつかまれてソファに押しつけられてしまった。ガブリエルはどう刺激すれば彼女の内側で脈打つように快感が高まっていくかを理解していて、的確にそれを繰り返してくる。休む間もなく彼に駆りたてられ、とうとうパンドラの内側は溶岩のように熱く溶けたかと思うと、歓びが体の隅々まで広がっていった。未知の感覚を必死で押しとどめようとしたものの、かえって感度が増して、骨までがたがた揺れるような長く激しい震えに全身を包まれた。何かに抱きつきたいという本能的な衝動に、思わず手足を引き寄せる。

やがて震えがおさまって全身からぐったりと力が抜けると、ガブリエルは体を上に引きあげ、彼女を抱きしめた。パンドラはガブリエルに身をすり寄せ、片脚を彼の脚に絡めた。長い時間眠ったあとのように手足がぐったりと重く、頭は珍しく目まぐるしく働こうとせずにすっきりしている。ガブリエルが何かをささやいているのがわかった。同じ短い言葉が、何度も耳に入ってくる。パンドラは身じろぎをして小さく抗議した。「そっちは悪いほうの耳よ」

ガブリエルの笑みを頬に感じるのと同時に、彼が顔をあげた。「わかっている」

彼はなんとささやいたのだろう？　パンドラはぼんやりと考え込みながら、ガブリエルの胸に手をさまよわせた。きらきらと光を反射している軽やかな胸毛をもてあそび、その下にあるしっかりとした骨やかたい筋肉を感じる。彼の腹部や脇腹はパンドラとはまるで違ってがっちりと力強く、つややかな肌はきれいに磨いた大理石のようだ。

彼の体に魅了されたパンドラは、ズボンの前におずおずと指の背を近づけた。高まったものが黒いブロード地を内側から押しあげているのが、ありありとわかる。彼女は近づけた手をひっくり返し、思いきってその部分をつかんで手を上下させた。こんなふうに触れるのは怖いけれど、信じられないほどわくわくする。ガブリエルの息遣いが荒くなり、腹部に震えが走ると、彼女の期待はさらに高まった。

指の下に感じる彼のものはそれ自体が生命を持っているように脈打ち、ときおりぴくりと動く。パンドラはこの謎に包まれた部分を見てみたくてたまらなかった。触るとどんな感じがするのかも確かめたい。ズボンの前はよくある作りで、前立ての布を両脇に並べたボタンで留めてある。彼女は近いほうのボタンの列に、恐る恐る手を伸ばした。

ガブリエルがパンドラの意図を察して手をつかみ、こめかみに唇を当てて言った。「それはやめておいたほうがいい」

彼女は顔をしかめた。「でも、わたしはもやもやした状態をすっきりさせてもらったのに、あなたはそのままなんて公平じゃないわ」

彼が低く笑っているのが髪に伝わってくる。「ぼくのもやもやした状態をなんとかするのは、また今度にしよう」ガブリエルは彼女を見つめ、短いが激しいキスをした。「いまはきみをベッドまで運ばせてくれ。小さな女の子にするように、上掛けでくるんであげるよ」

「まだいいわ。もう少し、ここであなたといたいもの」パンドラは抵抗した。嵐が本格的に屋敷まで到達し、空から銅貨をばらまいているような大きな音をたてて雨が降っている。あたたかくて心地いいガブリエルの腕の中で、彼女はさらに身をすり寄せた。「それに……アーチェリー場でわたしがした質問に、あなたはまだ答えてくれていないわ」

「どんな質問だったかな？」

「最悪の秘密を教えてくれるはずだったでしょう？」

「それか！　いま、その話をしなくちゃならないのかい？」

「ふたりきりになれる場所で話したいと言ったのはあなたよ。こんな機会がまたあるかどうか、わからないもの」

ガブリエルは顔をしかめて考え込んでいる。おそらく聞いて楽しい話ではないのだろう。どう話せばいいか迷っているに違いない。

「それって、あなたの愛人に関係すること？」パンドラは水を向けてみた。

彼が虚を突かれたような顔をして、眉間にしわを寄せた。「じゃあ、聞いているんだね」

彼女はうなずいた。

ガブリエルが音をたてずにため息をつく。「誇れるような話じゃないのはわかっている。だが娼婦を買ったり、無垢な娘を誘惑したりするより、ましだと思った。ぼくは禁欲生活には向いていないんだ」

「別に、そのことであなたを悪く思っているわけじゃないのよ」パンドラは急いで言った。

「愛人を持っている男性は大勢いるって、レディ・バーウィックが言ってたもの。それでもレディは、何も知らないふりをしなくちゃならないって」

「洗練された夫婦のあり方というわけか」彼はつぶやき、むっつりした表情で続けた。「どちらも結婚していなければ、そういう関係だって別に悪いわけじゃない。だが結婚の誓いを神聖なものと見なしているぼくにとって、ほかの男の妻とベッドに入るというのは……許し

「がたい行為なんだ」

ガブリエルの声は冷静で落ちついているものの、最後の部分だけは自己嫌悪が色濃くにじんでいた。

パンドラは驚いて、一瞬言葉が出てこなかった。輝くようなすばらしい容貌を持つ洗練された彼に、恥じ入るような部分があるなんてとても信じられない。けれどもその驚きは、やがて彼へのやさしい気持ちに変わった。ガブリエルは手の届かない完璧な存在ではなく、人間らしい欠点を持ったひとりの男性なのだ。そしてその発見は、いやなものではない。

「あなたの愛人は既婚者なのね」質問ではなく、事実として口にした。

「彼女はアメリカ大使の妻なんだ」

「じゃあ、どうやって彼女と……」

「会いたいときにいつでも会えるように家を買った」

パンドラはかぎ爪で心臓をつかまれたように胸が苦しくなった。「そこには誰も住んでいないの？　ランデヴーのためだけの家？」

ガブリエルが自嘲するような笑みを向ける。「どこかの夜会で鉢植えのヤシの陰に隠れて行為に及ぶより、いいと思ってね」

「それはそうだわ。でも、家を一軒買うなんて……」自分がこだわりすぎているのはわかっている。けれどもガブリエルが愛人との密会のためにふたりだけの特別な場所を用意していたと考えると、平静ではいられなかった。彼と愛人の家。きっとそこは洗練されたおしゃれな場所なのだろう。弓型の張り出し窓がついた一軒家とか、小さな家庭菜園のあるコテージとか。

「ミセス・ブラックって、どんな感じの人？」パンドラはきいた。

「快活で自信にあふれていて、世慣れている」

「きっと美しい人なんでしょうね」

「とても」

心臓をつかんでいるかぎ爪が、さらに深く食い込んだ。なんていやな感覚だろう。これが……嫉妬なのだろうか？　まさかとは思うが、そうに違いない。自分は嫉妬している。本当に不愉快な感覚だけれど。

「結婚している女性を愛人にするのを不名誉だと思っているのなら、どうして別の女性を探さなかったの？」批判しているように聞こえないように注意しながら尋ねた。

「新聞に募集広告を出すなんてわけにはいかないからね」ガブリエルが淡々と返した。「それに条件のいい人にちょうど惹かれればいいんだが、そううまくはいかない。ノラが結婚しているという事実は気に入らなかったが、それでも彼女を求めずにはいられなかった。とくに――」ガブリエルは口をつぐみ、首のうしろをこすった。陰鬱な表情で口を引き結ぶ。

「とくに、何？　彼女を愛しているとわかったから？」答えを聞きたくなかったが、パンドラは促した。

「いや、違う。彼女に好意は感じているが、それ以上の感情はない」ガブリエルは顔を赤くして先を続けた。「つまり、彼女とはベッドでの相性がとてもいいとわかったんだ。彼女みたいにぼくを満足させてくれる女性はめったにいない。だから彼女が既婚女性だという事実を無視することにした」彼は口をゆがめた。「要するに、ぼくは性的満足を得るためなら罪の意識なんて二の次にできる人間だってことだよ」

パンドラは戸惑った。「どうしてほかの女性ではあなたを満足させられないの？　あなたは女性にどんなことを求めるの？」

大胆な質問に、暗く沈んでいたガブリエルがわれに返った。口元を引きしめ、彼女と目を合わせる。「ぼくはただ、女性に自ら進んで相手をしてほしいだけだ……自分を抑えたりせずに」彼はパンドラのナイトドレスの前に視線を落とし、一心にボタンを留めはじめた。「残念ながらほとんどの女性は、性的行為は子どもを作るためのもので、楽しむものではないと教えられている」

「でも、あなたは女性も楽しむべきだと考えているのね？」

「いまの世の中では、当然与えられるべき歓びを与えられている女性は少ない。だが相手から一方的に快感を得るだけで自分は何も与えないような男は、身勝手な大ばか者だ。相手が歓びを感じれば、自らの歓びも増すというのに。ぼくは女性も性的行為を楽しむべきだと思う。過激な意見に聞こえるかもしれないが。その点、ノラは自分を抑えることをしない。だから彼女は特別で、ぼくにとってとても魅力のある女性なんだ」

「わたしも自分を抑えたりしないわ」パンドラは負けん気に駆られて思わずそう口にしたが、

ガブリエルが面白がるように目を輝かせるのを見て、すぐに後悔した。

「それはうれしいね」彼がやさしい声で返す。「紳士なら、妻に決して求めるべきではないとされていることがある。だがぼくたちが結婚したら、そういうこともぼくはきみに求めるだろう」

「もしわたしたちが結婚したら、そうされてもかまわないと思うわ。だけど結婚はしないから――」こらえきれずにあくびが出てしまい、彼女はしかたなく言葉を切って、手で口を覆った。

ガブリエルが笑みを浮かべ、パンドラのすべての感触を吸収しようとするかのように抱き寄せた。彼女は逆らわず、彼のなめらかな肌のぬくもりに静かに体を預けた。石鹸の残り香と、葉巻のスパイシーなにおいがかすかに混じるさわやかな香りが彼女を包む。ここへ来てまだ何日も経っていないのに、パンドラは彼の香りにすっかりなじんでいた。ここを離れたら、きっと寂しく思うだろう。この香りをもうかげないことも、こんなふうに抱いてもらえなくなることも。

ロンドンに戻ったガブリエルが愛人とのランデヴーのために買った愛の巣へ行くところを想像して、パンドラは胸が刺されるような嫉妬を感じた。その家では、香水をつけて美しい部屋着をまとったミセス・ブラックが彼を待っている。ガブリエルは彼女をベッドに連れていき、みだらなことをするのだろう。それがどんなことかは見当もつかないけれど、彼と何時間もベッドで過ごすのはどんな感じだろうと考えずにはいられない。そしてそんな想像をしたただけで、パンドラは無数の蝶が体の中で飛びまわっているような落ちつかない気分になった。

「ガブリエル」確信が持てないまま呼びかける。「さっき話したのは本当のこととは言えないわ」

彼はパンドラの髪に差し入れた手を探るように動かした。「なんのことだい？」

「わたしも自分を抑えたりしないってこと。ほとんどのときはそうだけど、そうじゃないときもあるの。それがどんなときなのかは、自分でもまだわからないんだけど」

官能的な低いささやきが、彼女の耳に入ってくる。「見つけるのを手伝ってあげるよ」

外で吹き荒れている嵐よりも激しく、パンドラの心臓が打ちはじめた。こんなふうにガブリエルを求めるのは、自分の信念を裏切ることだという気がする。それでもパンドラは彼を求めずにはいられなかった。

ガブリエルが抱擁を解き、床に落ちている彼女の部屋着を拾いあげた。「もうきみをベッドまで運んでいくよ、パンドラ」残念そうに言う。「そうしなければ、真夜中のランデヴーが夜を徹しての背徳的な行為に変わってしまう」

14

「どこかお加減が悪いのですか、お嬢さま？」翌朝、ベッドのそばでアイダの声がした。

心地よい眠りから無理やり引きずり出され、パンドラは薄目を開けてメイドを見あげた。

「暗い部屋でベッドに横になっていて」パンドラは不機嫌に言った。「枕に頭をのせて、目を閉じているのよ。人間は眠っているとき、そうするものじゃないかしら」

「毎朝この時間には部屋を飛びまわって、鶏小屋にいるコオロギみたいに甲高い声でおしゃべりされているので」

パンドラは寝返りを打ってメイドに背中を向けた。「ゆうべはあまり眠れなかったの」

「みなさまはもうお目覚めです。三〇分ほどで身支度をすませなければ、朝食をとり損ねてしまいますよ」

「かまわないわ。わたしはどうしたのかときかれたら、まだ休んでいると伝えてちょうだい」

「家政婦はどうしますか？　もうじきこの部屋の掃除に来るはずですが」

「こんなに片づいているじゃないの」

「そんなことはありません。絨毯をきれいに掃いて……まあ、どうしてベッドの足元に部屋着が？　衣装戸棚にかけておいたはずなのに」

パンドラは顔を赤らめ、上掛けを引っ張りあげて中にもぐり込んだ。ゆうべはガブリエルに部屋まで運んでもらい、ベッドに寝かされたことを思い出したのだ。室内が真っ暗だったので、彼女はほとんど何も見えなかったが、彼は暗闇でも目が利くようだった。

〝腕は上掛けの中に？　それとも外に？〟手際よく上掛けを直し、ガブリエルは言った。

〝外よ〟戸惑いつつも、パンドラは楽しんでいた。〝知らなかったわ、あなたが人を寝かしつけるのが上手だなんて〟

〝いままでは小さな子どもだけさ。ジャスティンからは、いつも文句を言われるよ。上掛けのかけ方が雑すぎるって〟ガブリエルの体の重みでベッドが沈んだかと思うと、彼がベッドに片手をついて身をかがめた。額にそっとキスをされ、パンドラは彼の首に腕をまわして唇を求めた。ガブリエルが一瞬ためらい、小さく笑う。〝今夜はもうじゅうぶんだよ〟

〝あと一度だけ〟

彼はパンドラの願いを聞き入れた。それからどれだけ唇を重ねていただろう。パンドラも夢中でキスに応えた。しばらくすると、ガブリエルは彼女のもとを離れ、猫のように足音を忍ばせながら暗闇の中に消えた。

室内履きを入れておくブリキの箱の蓋が開けられる音が聞こえて、パンドラは甘い記憶から意識を引き戻した。

「片方しかありませんね」アイダのけげんそうな声がする。「もう片方はどこに？」

「わからないわ」

「なぜベッドから抜け出したのですか？」

「本を探しに行ったのよ、眠れなかったから」不安で胸がいっぱいになり、思わずとげのある口調になった。落とした室内履きを、ガブリエルが廊下から拾ってくるのを忘れていたら？　ろうそく立てのほうは？　もし使用人が先に見つけてしまったら……。

「この部屋のどこかにあるはずですね」アイダがやきもきしながら、しゃがんでベッドの下をのぞき込む。「お嬢さまはどうしてすぐにものをなくされるんでしょうね。手袋、ハンカチ、ヘアピン――」

「あなたのおしゃべりのせいで頭が冴えてきたわ。わたしが正体もなく眠りこけているほうが、あなたは喜ぶはずでしょう？」

「ええ、そうですね」アイダが言い返す。「でも午前中ずっと〝レディ・朝寝坊〟を待つ以外にも、わたしにはやるべきことがたくさんあるんです」彼女はむっとした様子で立ちあがると、部屋を出て扉を閉めた。

パンドラは枕をふくらませて、頭から飛び込んだ。「そのうち気立てのいいメイドを雇ってやるわ」ぶつぶつと文句を言う。「わたしをおかしな名前で呼んだり、朝早くにがみがみ小言を言ったりしないメイドを」しきりに寝返りを打ち、寝心地のいい姿勢を見つけようとしたが無駄だった。もうすっかり目覚めていた。アイダを呼び戻し、身支度を整え、朝食をとったほうがいいだろうか？　いえ、とても急ぐ気分にはなれない。それどころか、自分がどんな気分なのかもわからない。緊張、興奮、悲哀、切望……さまざまな感情が胸に渦巻いている。ヘロンズポイントで過ごせるのは明日までだ。でも、ここを離れるのは気が進まない。話さなければならないことが、まだたくさんある。

そのとき、扉が静かにノックされた。パンドラの心臓が飛び跳ねた。なくなった室内履きを、ガブリエルが返しに来たのだろうか？「どうぞ」声をひそめて応じる。

ケイトリンが部屋に入ってきた。薄明かりの中でも、鳶色の髪がつややかに輝いている。

「邪魔をしてごめんなさい」彼女はやさしい声で言い、ベッドに近づいてきた。「気分はどうかと思って。具合が悪いの？」

「いいえ、なんだか頭が疲れちゃって」パンドラがマットレスの端に寄ると、ケイトリンが彼女の顔から髪を払いのけ、ひんやりした手で額にさっと触れた。ケイトリンもまだ若いにもかかわらず、同じ屋敷で暮らすことになった瞬間から、パンドラにとって彼女は母親に一番近い存在だ。

「考えるべきことがたくさんあるものね」ケイトリンが同情のこもった顔でささやいた。

「どんな決断を下しても、間違っているような気分になりそう」喉が締めつけられた。「いっそのこと、セントヴィンセント卿がいぼだらけのおしゃべりな老人ならよかった。そうすればあれこれ悩まずにすんだもの。彼は憎らしいほどハンサムで魅力的だわ。わたしの人生をわざわざ厄介にしようとしているみたいに。悪魔はどうして、角とかぎ爪と二股に分かれた尻尾のあるおぞましい獣だと考えられているのかしら。そんな姿では、誰も心を動かされないのに」

「セントヴィンセント卿が人間に化けた悪魔だと言いたいの？」ケイトリンはどことなく面白がっている口調だ。

「そう言っても差し支えないわね」パンドラはむっつりとして言った。「彼が事態をややこしくしているのよ。まるで小鳥になった気分だわ。〝まあ、なんてすてきな鳥かごなんでしょう。金の柵、居心地よさそうなベルベットの止まり木、お皿には粟粒《あわつぶ》。あんな鳥かごで暮らせるのなら、翼を切られてもかまわないかも〟なんて思っていたら、そのうち扉が閉まると同時に掛け金までかけられて、手遅れになるに違いないわ」

ケイトリンがなだめるようにパンドラの背中を撫でた。「誰も翼を切られたりしないわ。あなたがどんな決断を下そうと、わたしが力になるから」

安心する言葉をかけられたのに、心が慰められるどころか、なぜか恐ろしさを感じた。

「もし彼と結婚しなかったら、うちの一族の評判は地に堕《お》ちてしまうの？　そうしたらカサンドラはどうなるの？」

「そんなことにはならないわ。しばらくのあいだは噂話の種にされるでしょうけど、世間の関心も徐々に薄れてくるはずだし、評判に汚点がつくとしても、せいぜいディナーの席で好奇の目を向けられる程度よ。それにカサンドラには、理想的な結婚相手を見つけると約束するから」ケイトリンは一瞬、言葉に詰まった。「ただし、あなたがこの先誰かと結婚したいと思ったときに、今回の件が問題になる可能性は否定できないわね。すべての男性が気にするわけではないでしょうけれど、中には深刻にとらえる男性もいるかもしれない」

「女性にも選挙権が認められて、法のもとで公平に扱われるようにならないかぎり、わたしは結婚なんてしないわ。つまり一生しないということよ」パンドラは枕に顔をうずめた。「何しろ女王陛下でさえ、女性の参政権に反対しているんだから」くぐもった声で言い添える。

ケイトリンにやさしく頭を撫でられた。「人の考え方を変えるには時間と忍耐が必要なのよ。女性の平等を求めて声をあげている男性が大勢いることも忘れないで。たとえば首相のミスター・ディズレーリとか」

パンドラはあおむけになり、ケイトリンを見あげた。「もう少し大きな声をあげてくれたらいいのに」

「人々に聞こえるような声で話さなければ意味がないのよ」ケイトリンは思いやりに満ちた目でパンドラを見た。「いずれにせよ、これから二日間で法律が変わるはずはないし、あなたは決断を迫られているのよ。セントヴィンセント卿は、あなたのボードゲームの事業をあと押ししてくれそうにないの？」

「そうね、あと押しはしてくれると思うわ、男性が妻の趣味をあと押しするようなやり方で。でも、つねにほかのあらゆることを優先して、ボードゲームの事業は二の次にしなければならなくなるんじゃないかしら。妻が晩餐会の計画も立てずに工場に足を運んでばかりでは、何かと不都合が生じるでしょうから。彼と結婚したら、結局は次から次へと妥協せざるをえなくなるような気がするの。そして、あちこちよそ見をしているあいだに、わたしの夢がついえてしまうんじゃないかって」

「わかるわ」

「本当に？」パンドラは真剣なまなざしできいた。「でもお義姉《ねえ》さまなら、わたしと同じ選択をしようとは思わないでしょう？」

「わたしの場合は恐れているものも求めているものも、あなたとは違うから」

「ケイトリンお義姉さま……テオお兄さまにひどい仕打ちを受けたのに、なぜそのいとこのデヴォンと結婚したの？　怖くなかったの？」

「いいえ、とっても怖かったわ」

「だったらどうして？」

「彼なしでは生きていけないほど、デヴォンを愛していたからよ。それに大事な決断を恐怖に左右されるわけにはいかないと気づいたの」

心に影が差したように憂鬱な気分になり、パンドラは視線をそらした。

ケイトリンは上掛けのしわを伸ばした。「公爵夫人とわたしとで、女の子たちを連れて海辺の町へ散歩に行くことにしたの。お店を見てまわったり、フルーツのアイスクリームを食べたりするつもりよ。あなたも一緒に来ない？　身支度がすむまで待っていてあげる」

パンドラは短いため息をつき、やわらかなリネンのシーツを頭の上まで引きあげた。

したくないの」
「わたしは遠慮しておくわ。ひたすらだらけていたい気分のときに、はしゃいでいるふりは

ケイトリンはシーツの端を折りたたみ、パンドラに微笑みかけた。「好きなように過ごしなさい。みんなあちこちに散らばっていて、屋敷の中は静まり返っているわ。デヴォンは公爵とアイヴォウと一緒に、桟橋につないであるヨットが嵐でどんな被害を受けたか確かめに行っているし、レディ・クレアはお子さんたちと散歩に出かけたわ」

「セントヴィンセント卿は？　どこにいるのかしら？」

「書斎で仕事をしているんじゃないかしら、目を通さなければならない手紙があると言っていたから」ケイトリンがパンドラの額にキスをすると、バラとミントのかすかな香りが広がった。「あなたにひとつだけ伝えておきたいの。人生において、次から次へと妥協しないでいい局面なんてほとんどないってことを。どんな道を選ぼうと、完璧な選択なんてありえないのよ」

「〝それからずっと幸せに暮らしましたとさ〟なんて、どだい無理な話なのね」パンドラは顔をしかめた。

ケイトリンが笑みを浮かべる。「でもね、ずっと幸せな人生なんて退屈だと思わない？　困難や問題が起こったほうが人生は面白いのよ」

しばらくすると、パンドラはラベンダー色のドレスに着替え、思いきって階下におりるこ

とにした。厚手のシルクを何層にも重ねた白いペチコートをはいているので、歩くたびにスカートがふわふわと揺れている。先ほどは不機嫌な態度を見せていたにもかかわらず、アイダは紅茶とトーストを運んできて、ひどく苦労しながらパンドラの髪型を整えてくれた。熱したこてを使って長い髪の房をカールさせてから、慎重にピンで留めながら頭の上でまとめる。パンドラの髪はさらさらしていて巻き毛がすぐに崩れてしまうので、アイダはクインスシードから作られた整髪料を吹きつけ、鋼のばねのようにしっかりとかためた。最後の仕上げに真珠のついたピンをいくつかあしらう。

「ありがとう、アイダ」手鏡を使って合わせ鏡をし、見事な出来栄えを確認すると、パンドラは言った。「やっぱり、わたしの髪を手なずけられるのはあなただけね」ひと呼吸置いてから、かしこまってさらに言う。「ものをなくしてばかりでごめんなさい。わたしの世話をしなければならない人は、さぞかし頭に来るでしょうね」

「それがわたしの仕事ですから」アイダが悟りきった口調で言った。「でもだからといって、謝ってはいけません、お嬢さま。使用人に向かって〝ごめんなさい〟だなんて、口が裂けても言ったらだめですよ。物事の秩序が乱れてしまいます」

「それじゃあ、口に出して謝らずにはいられないほど申し訳ないと思ったときはどうすればいいの？」

「だめなものはだめです」

「いいえ、そんなことはないわ。あなたの目を見て、三本の指で額を軽く叩いたときは——

そう、こんなふうに――それが〝ごめんなさい〟の合図よ」その考えに夢中になり、パンドラはさらに言った。「ほかの合図も考え出せるわ。わたしたちだけに通じる言葉よ！」

「お嬢さま、どうかお願いですから、おかしなことをおっしゃるのはやめてください」

嵐が去り、屋敷の中に明るい太陽の光が差し込んでいた。人の姿は見えないけれど、廊下を進んでいくと、そこかしこの部屋から使用人たちが忙しそうに立ち働く音が聞こえてくる。石炭バケツを運ぶ音、絨毯をほうきで掃く音、暖炉の道具を紙やすりで磨く音。周囲の人たちが勤勉に働いているのを感じると、パンドラは早く自宅に戻り、ボードゲームの仕事を再開させたくてうずうずした。そろそろ小さな工場の候補地を訪ね、印刷業者に会い、従業員の面接を行わなければならない。

書斎の扉は開いていた。近づくと鼓動が速まり、喉元と手首と膝の血がどくどくと脈打ちはじめた。昨夜あんなことがあったあとで、どんな顔でガブリエルに会えばいいのかよくわからない。足を止め、戸枠から顔をのぞかせて、室内の様子をそっとうかがう。

ガブリエルはクルミ材の机の前に座っていた。陽光を受け、横顔に影が差している。わずかに顔をしかめながら、何かの文書に熱心に目を通し、ときおり便箋にメモを書き留めていた。昼用の正装に身を包み、髪はとかして整えてあり、ひげもきれいに剃られている。鋳造されたばかりのソブリン金貨のように輝いて見えた。

パンドラは身動きもせず、物音ひとつたてていないのに、ガブリエルがこちらにちらりと視線を向けた。その顔にゆっくりと笑みが浮かぶのを見て、彼女は頭がくらくらした。

「入ってくれ」彼が机から立ちあがる。

パンドラは頬を赤らめ、気おくれしながら近づいていった。

「ちょっと行くところがあって——あ、いえ、うろうろしていただけなんだけど——室内履きのことをききたくて。見つけてくれたのかしら？　あなたが持っているの？」

ガブリエルが熱っぽい目で彼女を見つめた。その瞬間、彼女はドレスに隠れた肌を炎に舐められたような感覚に襲われた。「ああ、ぼくが持っている」

「ああ、よかった。メイドがいまにもロンドン警視庁《スコットランドヤード》に通報しそうな剣幕になっているの」

「あいにくだが、あの室内履きはぼくが持っておくことに決めたよ」

「それは困るわ。繊細なガラスの靴ならともかく、毛羽立った毛糸で編んだ大きすぎる室内履きなんだから、返してもらわないと」

「考えておくよ」扉のほうへ視線を走らせ、誰にも見られていないことを確認すると、ガブリエルは身をかがめてすばやく唇を重ねた。「少し話せるかい？　それとも一緒に歩こうか。相談したい大事な話があるんだ」

パンドラの胃がひっくり返る。「結婚を申し込んだりしないわよね？」

彼の唇が引きつった。「いまはそのつもりはないよ」

「それならいいわ、一緒に歩きましょう」

「外へ出ないか？　庭園を散歩しよう」

彼女はうなずいた。

ふたりは屋敷の横手から外へ出ると、細かい砂利を敷きつめた小道を歩きだした。ガブリエルはゆったりと構え、あくまでも無表情を保っているが、眉間には隠しようのないかすかなしわが寄っている。

「相談したいことって?」パンドラはきいた。

「今朝、ミスター・チェスター・リッチフィールドという人物から手紙をもらったんだ。彼はブライトンで事務弁護士をしていてね。フィービーが亡き夫の遺言の条件に関することで義理の両親と係争中なんだが、彼がその訴訟の弁護を引き受けている。彼は財産法に精通しているから、きみからボードゲームの事業の話を聞いて、すぐに手紙で問いあわせてみたんだ。女性が結婚後も、自分の会社を管理する権利を法的に維持できる方法があるかどうか」

驚きと不安を覚え、パンドラは道の端に寄ると、ツバキほどの大きさの白い花を咲かせている低木に興味を引かれたふりをした。「それでミスター・リッチフィールドの答えは?」

ガブリエルが背後から近づいてくる。「きみが望んでいるような答えは得られなかったよ」

パンドラはわずかに肩を落としたが、黙ったまま彼の話に耳を傾けた。

「リッチフィールドが言うには」ガブリエルは先を続けた。「女性は結婚すると、いわば〝民法上は死亡〟するようなものらしい。法的には誰とも契約を結ぶことができなくなり、仮に自分の土地を所有していたとしても、誰かに貸与したり、その土地に家屋を建てたりしてはいけないそうだ。その土地が妻の特有財産だと保証されていたとしても、法律上の権利や利益は夫が得る。政府の見解としては、女性が夫と別個に何かを所有しようとした場合は、基本的には夫のものを盗んだと見なすらしい」

「そのことなら知っているわ」彼女は道の反対側へ歩いていくと、黄色いプリムラの花壇をぼんやりと見つめた。プリムラの花言葉はなんだった？　純潔？　いいえ、それはたしかオレンジの花だったような……それじゃあ、節操？

ガブリエルがさらに続けた。「リッチフィールドの考えでは、今後も財産法は改正されつづけるそうだ。しかし現状では結婚の誓いを立てた瞬間に、きみは法律上の独立も、事業を管理する権利も失う。とはいえ――」いったん言葉を切る。「ほかのことに気を取られないでくれ。次の部分が重要なんだ」

「ほかのことに気を取られているわけではないの。ただ、プリムラの花言葉がどうしても思い出せなくて。無邪気？　いいえ、それはヒナギクだった？　それとも――」

「永遠の愛」

パンドラはさっと振り向き、目を見開いた。

「プリムラの花言葉だよ」淡々とした口調だった。

「どうして知っているの？」

ガブリエルがしかめっ面をした。「姉と妹は何かというと、花言葉を話題に出すんだ。どれだけ聞き流そうとしても、頭に染み込んでいるのさ。さあ、リッチフィールドの件に話を戻そう。彼の話では、少し前に改正された既婚婦人財産法によれば、きみが自分で稼いだ給料についてはきみのものになるそうだ」

パンドラは目をしばたたき、話に集中しようとした。「いくら稼いでも？」

「報酬に見あうだけの仕事をきちんとしてさえいればね」

「どういうこと？」

「きみの場合は、会社の経営に積極的に関わらなければならないということさ。そうすれば、年一回の賞与も保有できる。売上手数料や手当についても保持できるかもしれないな。リッチフィールドに確認しておこう。つまり、こういうことなんだ――ぼくたちが結婚することによって、きみの事業の所有権は無条件にぼくに譲渡されるが、ぼくはきみを信頼して、社長として雇う」

「でも……法的な契約はどうなるの？　誰とも契約を結べないのなら、取引業者や小売業者との契約はどうすればいいの？　それどころか従業員を雇うことさえ――」

「きみに力を貸してくれる支配人を雇えばいい。必ずきみの意向に従うという条件で」

「会社の利益はどうなるの？　すべてあなたのものになるってこと？」

「利益が出ているかぎりはそうなるな」

パンドラはガブリエルをじっと見つめ、その案を検討してみた。どんな未来が待っていて、自分はどんなふうに感じるだろう？

その方法ならば、法律が既婚女性に認めている以上の自立と権限が手に入る。だがそれでもまだ従業員の雇用と解雇を行ったり、小切手にサインをしたり、自ら決定を下したりはできない。契約を結んで商取引を行うのに、いちいち男性の支配人に代わりを頼まなければならないのだ。まるでよちよち歩きの子どもみたいに。そんな状態では、商品やサービスの交渉が困難になってしまう。なぜなら最高権力を持っているのはパンドラではなく、夫のほうだとみんなが知っているから。

そんなのは社長とは呼べない。ただの見せかけにすぎない。偽りだと誰もが知っているのに、ティアラをつけて王族のふりをするようなものだ。

パンドラはいらだちに震え、ガブリエルから視線を引きはがした。「どうして男性と同じように、自分で会社を所有することができないの？　そうすれば誰にも横取りされないでしょう？」

「誰にも横取りなどさせはしない」

「そういう意味じゃないのよ。複雑すぎると言いたいの。単なる妥協案でしかないわ」

「たしかに完璧とは言えない」彼が静かな声で同意する。

パンドラは円を描くように同じ場所をぐるぐる歩きまわった。「わたしがボードゲームを好きな理由を知りたい？　ルールが道理にかなっていて、万人に適用されるからよ。プレイヤーはみな平等だからなの」

「人生はそうはいかないんだ」

「女性にとってはね」とげのある口調で返す。

「パンドラ……ぼくたち独自のルールを設けよう。ぼくは絶対に、きみを見下すような扱いはしない」

「あなたを信じるわ。でも世間の人たちにとっては、わたしは法的に存在しなくなるのよ」

ガブリエルが手を伸ばしてパンドラの両腕をそっとつかみ、歩きまわるのをやめさせた。縫い目のほどけた裾のように、彼の冷静さもほつれはじめたようだ。「きみは大好きな仕事ができるし、裕福にもなれる。尊敬と愛情にも恵まれるだろう。それから――くそっ、物乞いみたいに懇願してどうするんだ――なあ、一番望むものを手に入れられる方法があるのに、それでもまだ足りないというのか？」

「もし逆の立場だったら？」彼女は返した。「法的な権利を手放して、所有しているものすべてをわたしにゆだねる気になれる？　わたしの許しがなければ、あなたは自分のお金に触れることさえできないのよ。ねえ、想像してみて、ガブリエル。婚姻前夫婦財産契約書を最後に、あなたはもう二度と契約書にサインできなくなるの。わたしとの結婚にそれだけの価値を見いだせる？」

「そんなたとえ話はばかげている」彼がむっとして言った。

「女性はすべてを手放すのだから、男性の場合も同じだと言っているのよ」

ガブリエルの目に危険な光が宿った。「きみは何ひとつ得るものがないのか？　ぼくの妻として生きることになんの魅力も感じないと？」彼はパンドラの両手を取り、自分のほうに引き寄せた。「ぼくが欲しくないのか？　ゆうべのようなことは、もう求めていないのかい？」

全身の血管が脈打ちはじめ、パンドラは顔を赤らめた。いまこの瞬間にもガブリエルの胸にもたれかかり、彼の頭を引き寄せ、われを忘れてしまうほど情熱的なキスをしたくてたまらない。けれども胸の内では、負けん気の強さと反抗心がくすぶっている。

「わたしはあなたに従わなければならないの?」無意識のうちに尋ねていた。

彼がまつげを伏せ、パンドラの頭のうしろに手を当てた。「ベッドの中でだけだ」低い声でささやく。「ベッドの外では……その必要はないよ」

パンドラは震える息をのみ込んだ。奇妙なうずきを覚え、全身が熱くほてりはじめる。

「わたしが決めたことに干渉しないと約束してくれる? もしいつか、仕事がわたしに不都合をもたらしていると思っても——健康に悪いとか、もっと言えば身の安全が脅かされているとか——働くのを禁じたりしない?」

ガブリエルがぱっと彼女を放した。「ばかな、パンドラ、きみを守らないという約束はできないぞ」

「守ることとは支配することにもなるのよ」

「誰も完全な自由など手に入らないんだよ。このぼくでさえね」

「でも、あなたは多くの自由を手にしているわ。もともと少ししか持っていない者は、失わないようにするのに必死なのよ」泣きそうになり、彼女は顔を伏せた。「異論があるみたいね。ここで言い争ったとしても、あなたに言い負かされて、自分が駄々をこねているような気分になりそう。ともかく、わたしたちは一緒にいても幸せになれないわ。解決できない問題があるんですもの。わたしにはどうしても譲れないものがあるの。わたしと結婚すれば、あなたも次から次へと妥協せざるをえなくなるわ」

「パンドラ――」

ガブリエルの呼びかけには耳も貸さず、彼女は足早にその場を立ち去った。

自分の部屋に戻ると、パンドラはドレスを着たままベッドに入り、それから何時間もじっと横になっていた。

安堵を覚えるべきなのに、なぜか何も感じない。最悪の気分になるより、なおさら始末が悪い。

ふだんなら楽しい気分になれることを考えても、まったく効果がなかった。独立と自由を手に入れ、自ら開発したボードゲームが大量に店頭に並んでいる光景を想像してもだめだった。何も楽しいと思えないし、もう喜びを感じられない。

薬をのんだほうがいいような気がする。ひどい寒気を感じるのは、熱があるからだろうか？

そろそろケイトリンたちが散歩から戻ってくる頃だ。とはいえ、誰かに慰めを求める気にもなれなかった。双子の片割れであるカサンドラにさえ。カサンドラなら解決策を提案したり、元気づけるような言葉をかけたりしてくれるだろうけれど、結局は余計な心配をかけないように、気分が晴れたふりをする羽目になるだろう。

胸と喉がつかえている。泣くことができれば、気持ちが楽になるのかもしれないのに。

けれども涙は出てこなかった。凍《い》てついた心の中に封じ込められていた。

こんな気持ちになるのは生まれてはじめてだ。なんだか本気で心配になってきた。この状態がいつまで続くのだろう？　このままでは石像になってしまいそうだ。大理石の台座の上に立っていたら、そのうち頭に鳥が何羽も止まって――。

ノックの音が聞こえ、寝室の扉がわずかに開いた。「お嬢さま？」

アイダの声だった。

メイドが小さな丸いトレイを持って、薄暗い部屋に入ってくる。「お茶をお持ちしました」

「また朝なの？」パンドラはぼうっとした頭で尋ねた。

「いいえ、午後三時ですよ」アイダがベッドのそばに近づいてくる。

「お茶はいらないわ」

「閣下からです」

「セントヴィンセント卿のこと？」

「閣下からお嬢さまをお連れするように仰せつかりました。お嬢さまはお休みになっているとお伝えしたところ、〝お茶を運んでいって、必要ならば喉に流し込め〟と。それからお手紙もお預かりしています」

まったく、しゃくに障る人だ。なんて強引なのだろう。生々しい感情が無気力を焼き焦がした。気だるさを覚えつつも、パンドラはどうにか身を起こした。

アイダは紅茶の入ったカップを手渡すと、部屋のカーテンを開けた。太陽の光のまぶしさに、パンドラは思わずたじろいだ。

紅茶は熱そうだが、香りはしない。彼女は思いきって喉に流し込み、焼けるように痛む目を指の背でこすった。

「これをどうぞ、お嬢さま」アイダは封印された封筒を差し出すと、空になったカップをパンドラの手から受け取った。

一族の精緻な紋章が押された赤い封蠟を、パンドラはぼんやりと見つめた。何かいいことが書いてあるのなら読みたくない。よくないことが書いてあるとしても読みたくない。

「さあ」アイダが声を張りあげる。「早くお開けくださいな!」

パンドラはしかたなく従った。折りたたまれた手紙を封筒から取り出した拍子に、けばけばの小さい物体が出てきた。虫だと思い、思わず甲高い声をあげる。ところがもう一度よく見ると、小さな布のようなものだと気づいた。そっと指でつまみあげてみる。見覚えがあった。行方不明になっているベルリン刺繍の室内履きについているフェルトの葉の飾りだ。どうやらはさみで慎重に切り取られたらしい。

〝お嬢さん

室内履きは預かった。返してほしければ、ひとりで応接室に来ること。遅れたら、一時間ごとに飾りを切り取られることを覚悟するべし。

セントヴィンセント〟

　パンドラは憤慨した。どうしてこんなくだらないことを？　また言い争いに引き込もうという魂胆なの？

「手紙にはなんと？」アイダが尋ねる。

「人質解放の交渉のために階下《した》へ行かないと」パンドラは手短に説明した。「身なりを整えるのを手伝ってくれる？」

「かしこまりました、お嬢さま」

　ラベンダー色のシルクのドレスはしわくちゃになってしまったため、平織りのファイユ生地の黄色い昼用ドレスに着替えなければならなかった。ラベンダー色のドレスほど上等ではないものの、何層にも重ねたペチコートをはく必要がないので軽くて着心地がよかった。幸い、凝った髪型は崩れておらず、少しの手直しですみそうだ。

「真珠のヘアピンははずしてもらえる？」パンドラは言った。「このドレスには仰々しすぎるわ」

「でも、すごくおきれいですよ」アイダが反対する。

「きれいに見せたくないのよ」

「閣下から求婚されたらどうするんですか？」

「それはないはずよ。もし求婚されたら断るとはっきり伝えてあるから」

　アイダが信じられないというように愕然《がくぜん》とした。「お嬢さま……でも……なぜですか？」

メイドがそんなことをきくのは明らかに出すぎたふるまいだが、パンドラは答えた。

「誰かの妻になったら、ボードゲームの会社をあきらめなくてはならないからよ」

アイダの指からヘアブラシが滑り落ちる。鏡越しに視線が合うと、メイドは大きく目を見開いた。「キングストン公爵の後継者との結婚を拒否されるんですか？　仕事なんかのために？」

「仕事が好きなの」ぶっきらぼうに答える。

「そんなことが言えるのは、年がら年じゅう働く必要がないからですよ！」アイダの丸い顔が怒りにゆがんだ。「お嬢さまが愚かなことをおっしゃるのを、いままでさんざん聞かされてきましたけど、今回はこれまでの中でも最悪です。頭がどうかなさったんですか？　あんなにすばらしい男性を拒絶するなんて――いったいどういうおつもりなんです？　お相手はこの世のものとは思えないほどハンサムで……お若くて、溌剌とした男性ですよ。しかも王立造幣局にも負けないほど裕福な方です。そんな男性との結婚を拒否するのは、ロバみたいなおばかさんだけですよ！」

「あなたの忠告を聞くつもりはないわ」パンドラは言った。

「ええ、そうでしょうとも、わたしはものの道理を説いているんですから！」アイダは震えるため息をつき、唇を噛んだ。「お嬢さまのお考えがさっぱり理解できません」

横柄なメイドが感情を爆発させても、パンドラの気分はいっこうに晴れなかった。胃の中にれんがが入っているように重苦しい気分のまま、彼女は階下へおりた。そもそもガブリエルに出会わなければ、こんな事態に直面せずにすんだのだ。ドリーの頼みを聞かなければ。長椅子にはまり込んだりしなければ、ドリーがイヤリングをなくしたのがいけないのだ。舞踏会なんかに行かなければよかった。そもそも、そもそも、そもそも……。

応接室まで来ると、閉じられた扉の向こうからピアノの音が聞こえた。ガブリエル？　彼はピアノを弾けるのだろうか？　パンドラは当惑しながら両開きの扉の片方を開け、室内に足を踏み入れた。

応接室は豪華で広々としていた。複雑な寄せ木細工が施された床、乳白色に塗られた羽目板張りの壁。ずらりと並ぶ窓は、透けるシルク地の襞のある淡い色のカーテンで覆われている。絨毯は巻かれ、部屋の向こう側に置かれていた。

ガブリエルはマホガニー材のグランドピアノのそばに立ち、ぱらぱらと楽譜をめくっていた。鍵盤の前には姉のフィービーが座っている。「今度はこの曲を弾いてみてくれ」そう言って、ガブリエルは一枚の楽譜を姉に手渡した。扉が閉まる音に気づいた彼がこちらを向いた瞬間、ふたりの視線が合った。

「何をしているの？」パンドラはきいた。慎重に歩みを進めると、駆けだす寸前の馬のように神経が張りつめてくる。「どうしてわたしを呼んだの？　なぜレディ・クレアもここに？」

「姉に手を貸してほしいと頼んだら、快く引き受けてくれたんだ」ガブリエルが愛想よく答えた。

「強要されたのよ」フィービーが訂正する。

混乱して、パンドラは頭を振った。「手を貸すって？」

ガブリエルが近づいてきて、フィービーのいる場所から見えないように視界をさえぎった。彼は声を落とした。「きみとワルツを踊りたい」

パンドラは胸が締めつけられる思いがした。まるで理髪店の看板柱《サインポール》のように、自分の顔が真っ白になり、恥ずかしさで真っ赤になって、また真っ白になるのを感じる。こんな意地悪ないたずらができる人だなんて思ってもみなかった。「知っているでしょう、わたしがワルツを踊れないことを」どうにか口を開いた。「どうしてそんなことを言うの？」

「とにかくぼくと踊ってみてほしい」ガブリエルが説得にかかる。「ずっと考えていたんだが、きみがワルツを踊りやすくなる方法があると思うんだ」

「いいえ、無理よ」彼女は小声で鋭く返した。「わたしが抱えている問題をお姉さまに話したのね」

「話したのは、きみがダンスで苦労しているということだけだ。理由については何も言っていない」

「まあ、ご親切にどうも。それなら単に不器用な人間だと思われているわけね」

「がらんとした広い部屋にいるのだから、ひそひそ声で話しても無意味だわ」ピアノのほうからフィービーの声がした。「あなたたちの話は筒抜けよ」

パンドラが向きを変えて立ち去ろうとすると、ガブリエルが行く手に立ちふさがった。

「一緒に試してみよう」

「ねえ、どうしちゃったの？」パンドラは問いかけた。「いまみたいな不安定な精神状態のときに、わたしがもっとも不愉快で、恥ずかしくて、いらだたしく思うことをわざわざ見つけようとしているのなら教えてあげる。それはワルツよ」彼女は怒りに駆られ、フィービーを見つめて手のひらを上に向けてみせた。こんな人はもう手に負えない、という気持ちをこめて。

フィービーが同情のまなざしを向けてくる。「あんなに立派な両親に育てられたのに、弟がなぜこんなふうになったのかさっぱりわからないの」

「ぼくの両親がどうやってワルツの踊り方を覚えたのか、きみに教えてあげたいんだ」ガブリエルが言った。「いまの流行よりもゆっくりとしたテンポの曲で優雅に踊っていたらしい。ターンの回数も少ないし、跳ねるようなステップではなく、滑るような動きだったそうだ」

「ターンの回数は問題じゃないわ。一度だってまわれないんだから」

ガブリエルは断固とした表情を浮かべている。彼の言うとおりにするまでは、この部屋から出ていかせるつもりはないらしい。

99　男性はチョコレートボンボンに似ている。見た目が美しいものほど中身は最悪だ。

「無理じいするつもりはないんだ」ガブリエルがやさしい口調で言った。

「もう無理じいしてるじゃない！」パンドラはいつのまにか怒りに震えていた。「何が望みなの？」食いしばった歯のあいだから尋ねる。

彼の静かな声が聞こえないほど、耳の奥で血がどくどくと脈打っていた。「ぼくの言うことを信じてほしい」

恐ろしいことに、さっきは出てこなかった涙がどっと目にあふれてきた。何度もつばをのみ込み、必死に涙をこらえているとウエストにそっとガブリエルの手が添えられ、パンドラは身をこわばらせた。「わたしの言うことは信じてくれないの？」嚙みつくように言う。「こういうことは無理だと打ち明けていたのに、わざわざ身をもって証明してみせなければならないのね。いいわ。人前で恥をかくのは、もう慣れっこだもの。何しろロンドンの社交シーズンを三カ月間も耐え抜いてきたんだから。これであなたを追い払えるのなら、よろよろとよろけながらワルツを踊ってあげる。せいぜい楽しめばいいわ」

パンドラはフィービーに視線を向けた。「あなたにも伝えておいたほうがいいわね。わたしは幼い頃、父から横っ面を殴られたせいで片耳がほとんど聞こえないの。しかも平衡感覚まで失ってしまったみたいなのよ」

フィービーは心配そうな顔をしたものの、哀れむような表情ではなかったので、パンドラはほっとした。「大変な目に遭ったのね」

「わたしが頭のどうかしたタコみたいに踊る理由を知っておいてほしかったの」

フィービーは安心させるように微笑んだ。「わたしはあなたが大好きよ、パンドラ。何があろうと変わらないわ」

息苦しくなるような羞恥心がいくらか薄れ、パンドラは深呼吸した。「ありがとう」釈然としない気持ちで、ガブリエルのほうに向き直る。彼は申し訳ないとはこれっぽっちも思っていないらしく、口元に励ますような笑みを浮かべて手を差し出した。

「微笑みかけないで」パンドラは言った。「わたしはあなたに腹を立てているのよ」

「ああ、わかっている」やさしい口調だった。「すまない」

「あなたの胸ぐらをつかんだら、もっと申し訳なさそうな顔をしてくれるのかしら」

「いちかばちか、やってみる価値はあるかもしれないな」ガブリエルが彼女の左の肩甲骨に右手を滑らせ、長い指を背中に添えた。パンドラも恐る恐る彼の腕に左手を置き、これまで教えられてきたとおりのワルツの姿勢を取った。

「そうではなく、ぼくの肩に左手を置いてくれ」パンドラがためらうと、彼はさらに言った。「そのほうが、きみの体をしっかり支えられる」

言われたとおりに姿勢を変え、右手でガブリエルの左手を握った。こうしてふたりで向かいあうと、ゆうべ暗い廊下で迷子になったときのことを思い出さずにはいられない。彼はパンドラをしっかりと抱きしめ、耳元でこうささやいたのだ。〝もう何も心配はいらないよ〟あれほどやさしかった男性が、どうしてこんなに血も涙もない人間に変わってしまったのだろう？

「もっと離れたほうがいいんじゃない？」彼女はみじめな気分でガブリエルの胸元を見つめた。

「この様式のワルツはこれでいいんだ。さあ、最初のカウントでターンを始めよう。右足を踏み出すと、ちょうどぼくの脚のあいだに来るはずだ」

「でも、あなたを転ばせちゃうわ」

「ぼくのリードに合わせていれば大丈夫さ」彼はピアノの演奏を始めるようフィービーに向かってうなずくと、まずは体を回転《ローテーション》させてパンドラをリードした。「ワン、ツー、スリーという規則正しいカウントではなく、三拍目はこうやって足を滑らせるんだ」

ぎこちない身のこなしでどうにかガブリエルの動きに合わせようとした次の瞬間、彼の足を踏んでしまい、パンドラはいらだちの声をあげた。「あなたに重傷を負わせそう」

「もう一度やってみよう」

ガブリエルがリードするワルツのパターンは、繰り返し円を描く典型的なワルツとはまるで違っていた。第一小節で四分の三だけ回転し、次の小節でクローズドチェンジをしたあと、今度は反対方向に四分の三回転する。正しくステップを踏めれば、さぞかし優雅に見えるだろう。ところがターンに入ったとたん、パンドラは上下の感覚を失った。部屋がぐるぐるとまわりだし、あわてて彼にしがみつく。

ガブリエルが足を止め、彼女の体を支えた。

「ほら、わかったでしょう？」パンドラは息を切らしながら言った。「何もかもが傾いて見えて、真っ逆さまに落ちていきそうになるの」

「きみは落ちてなどいないよ、そういうふうに感じるだけで」彼はパンドラの手をさらにしつかりと自分の肩に押しつけさせた。「これでどうだい？　きみの背中を手で支えているし、両腕で体を抱きかかえているだろう？　平衡感覚のことは気にせず、ぼくを利用すればいい。ぼくの体は頑丈だから、絶対にきみを落としたりしない」

「自分の感覚を無視するのは不可能だわ、たとえ間違っているとしても」

ガブリエルはさらに何小節かパンドラをリードした。ぐらぐらと傾く世界の中で、信頼できるのは彼の存在だけだった。いままで教わったどのワルツよりも上品で落ちついているにもかかわらず、彼女の体の中の回転儀《ジャイロスコープ》は四分の三回転でさえ乗りきれなかった。まもなく冷や汗が出て、吐き気が襲ってきた。

「気分が悪いわ」パンドラは肩であえいだ。

ガブリエルがぴたりと動きを止め、彼女を抱き寄せた。たくましい腕の中で、必死に胸のむかつきを抑えようとしているうちに、徐々に吐き気がおさまってくる。

「あなたにわかりやすいように言い換えると」汗に濡れた額を彼の肩に預けたまま、パンドラはようやく口を開いた。「ワルツはわたしのニンジンなのよ」

「もう少し辛抱できたら、きみの目の前でニンジンを丸ごと食べてみせよう」

彼女は目を細めてガブリエルを見あげた。「どのニンジンにするか、わたしが決めてもいいの？」

彼の胸から低い笑い声が響いてくる。「ああ、いいよ」

「それなら頑張りがいがありそう」パンドラはガブリエルの胸から離れると、彼の肩にふたたび手を置き、ワルツの姿勢を取った。

「この部屋のどこかに視点を定めて、ターンをしているあいだ、できるだけ長くそこを見つめていれば――」

「以前にもそうしてみたことがあるけど、わたしには効果がなかったの」

「だったら周囲に焦点を合わせようとせずに、ぼくの顔をじっと見ていればいい。ぼくに視線を定めるんだ」

ガブリエルのリードでふたたび踊りはじめると、自分の位置を確認しようとするのをやめて彼の顔だけに焦点を定めていれば、それほど気分が悪くならないことをしぶしぶ認めないわけにはいかなかった。彼はどこまでも忍耐強く、パンドラの言動のひとつひとつに注意を払いながら、ターンやステップをリードしている。「足の親指の付け根をそんなに高くあげないほうがいい」途中で彼は助言をした。さらにターンの終わりでパンドラが危なっかしくよろめいたときには、こう告げた。「こういうときは任せてくれ。ぼくが体勢を立て直してあげよう」

問題は本能と闘うことだった。平衡感覚を失うたびに――つまりほとんどの時間――体を傾けるのはそっちではないと本能が大声で叫んでくるからだ。次のターンが終わるとき、パンドラは緊張のあまり前につんのめりそうになり、どうにか自力で姿勢を立て直そうとしたものの、結局ガブリエルの足につまずいた。床が目前に迫ってきたと思ったそのとき、彼がやすやすとパンドラを抱き止めた。

「大丈夫だ」ガブリエルはささやいた。「ぼくが抱きかかえている」

「もういやよ」彼女はいらだちをあらわにした。

「ぼくを信頼していないからさ」

「だけど、どうしても――」

「身を任せてくれないことにはどうしようもないんだ」彼の手がパンドラの背中をさすった。

「ぼくにはきみの体の動きが読み取れる。きみがバランスを崩す直前に察知できるし、体勢の立て直し方も教えられる」ガブリエルは視線を落とし、空いているほうの手で彼女の頬を撫でた。「ぼくと一緒に動くんだ」やわらかな声だ。「ぼくが出す合図を感じてくれ。つまり互いの体の意思を伝えあうんだよ。体の力を抜いて、試してみてくれないか？」

肌に触れられる感覚……ベルベットのように心地よく響く低い声……ぴんと張りつめたものがほぐれてくる気がした。恐怖や怒りが溶け、胸にあたたかいものが流れ込んでくる。改めてワルツの姿勢を取ると、今度は同じ目標に向かってふたりで力を合わせているような気分になれた。

まるで対等なパートナーみたいに。

ワルツを踊りながら、ふたりはさまざまな困難を次々と切り抜けていった。あちこちへターンをするのは、こんなに簡単だっただろうか？　もっとステップを大きく踏んだほうがいい？　それとも、もっと小さくするべき？　気のせいかもしれないけれど、ターンをしても最初のときほど目がまわったり、方向感覚を失ったりしない。回数を重ねていくたびに、体が慣れてくるようだ。

しゃくに障るのは、ことあるごとに〝よし、いい子だ……そう、完璧だ……〟とガブリエルに褒められることだ。さらに厄介にも、褒め言葉をもらうたびにうれしさで頬が上気する。だがパンドラはいつのまにか彼に身を任せ、手や腕で触れられる感覚に集中するようになっていた。ふたりのステップがぴたりと合い、非常に満足のいく瞬間もあれば、パンドラが拍子をはずしてしまい、彼がリズムに合わせてくれなかったらあわや大惨事という瞬間もあった。ガブリエルがダンスの名手なのは言うまでもないけれど、パートナーをうまく操り、ステップのタイミングを合わせるのも巧みなのだ。「体の力を抜いて」ときおり、彼はささやいた。「ゆったりと」

心がだんだん落ちついてくると、パンドラはぐるぐるまわりながら流れていく景色や、絶えず襲ってくる落下しそうな感覚に無理やり逆らおうとするのをやめた。とにかくガブリエルを信頼しよう。ダンスを完全に楽しんでいるわけではないものの、制御不能な状況にいながらも安全だとわかっているのは新鮮な感覚だった。

ガブリエルがステップの速度をゆるめた。やがてふたりは足を止め、互いの手を握ったまま下におろした。いつのまにか音楽もやんでいた。

見あげると、彼の目にはにこやかな表情が浮かんでいた。「どうして止まったの？」

「ダンスが終わったからさ。三分間のワルツを無事に踊りきったんだよ」ガブリエルが彼女を抱き寄せる。「舞踏会でずっと壁際に座っている新たな言い訳を考えなければならないな」よく聞こえるほうの耳元で、彼は言った。「何しろ、きみはワルツを踊れるんだからね」一瞬置いて、さらに続ける。「とはいえ、まだ室内履きを返すつもりはないぞ」

パンドラは身じろぎもせずに立っていた。状況がのみ込めず、言葉が何も出てこない。巨大な重いカーテンが開いたら、そこに別世界が広がっていて、存在することすら知らなかった風景が見えたかのようだった。

黙り込んでいると、ガブリエルが困惑した様子で、腕の力をゆるめてパンドラを見おろした。金褐色の髪が彼の額に落ちかかり、瞳は冬の朝のように澄み渡っている。

その瞬間、パンドラははっきりと悟った。ガブリエルが欲しくてたまらない。胸が張り裂けそうなほどに。彼がそばにいてくれたら、新しい自分になれる気がする。いえ、ふたりで一緒に変わっていくのだ。予期していたものとはまったく違う人生になるかもしれない。けれどもケイトリンの言うとおり――どんな道を選ぼうと、完璧な選択などありえない。何かを手放さなければならないこともある。

もっとも、ほかの何をあきらめるにしても、この男性だけは手放すわけにはいかない。

彼女はこらえきれずに泣きだした。女性らしい上品な泣き方ではなく、顔を真っ赤にして、しゃくりあげながら。パンドラの知るかぎり、もっとも恐ろしく、美しく、すばらしい感情が波のように押し寄せ、その波に彼女はおぼれていた。

ガブリエルが上着のポケットを手探りしてハンカチを取り出した。「いや……何もそんな……ああ、パンドラ、よしてくれ。いったいどうしたんだ?」彼が涙に濡れたパンドラの顔を拭く。彼女はガブリエルの手からハンカチを奪い取り、肩を震わせてはなをかんだ。彼が心配そうにあれこれ問いかけていると、フィービーがピアノの前を離れてふたりのそばにやってきた。

ガブリエルはパンドラを胸に抱き寄せたまま、取り乱した様子で姉に目を向けた。「どうしたのかさっぱりわからないんだ」もごもごと言う。

フィービーは首を横に振り、いとおしげに弟の髪をくしゃくしゃにした。「どうもしていないわ、おばかさん。いきなりあなたが人生に入り込んできたものだから、彼女は雷に打たれたみたいな衝撃を受けているの。誰だって、胸が熱くなるものなのよ」

フィービーが応接室から出ていったのが、パンドラにもぼんやりとわかった。せきを切ったようにあふれ出た涙がようやく引き、思いきってガブリエルを見あげると、彼はじっとパンドラを見つめていた。

「ぼくと結婚したいから泣いているのか？　そうなのか？」

「いいえ」彼女はしゃくりあげた。「あなたと結婚したくないわけではないから泣いているのよ」

ガブリエルがはっと息をのむ。そして次の瞬間、痛いほど激しく唇を重ねてきた。彼は興奮に体を震わせながら、むさぼるようにパンドラの口の中を探った。

彼女はキスをやめると両手でガブリエルの頬をはさみ、悲しみに満ちた目で見つめた。「ま、まともな女性なら、あなたのような見た目の人を夫にしたいとは思わないでしょうね」

またしても荒々しく唇を奪われた。パンドラは目を閉じ、気が遠くなりそうなほどの歓喜に身をゆだねた。

やがてガブリエルが顔をあげ、かすれる声できいた。「ぼくの見た目の何が問題なんだい？」

「尋ねるまでもないでしょう？　あなたはハンサムすぎるのよ。ほかの女性たちがあなたに色目を使って、なんとか気を引こうと一生追いかけまわすに違いないわ」

「どうせ昔から、ずっとそうだったんだ」彼はパンドラの両頬に、顎に、喉にキスを浴びせた。「いまさら気にもかけないさ」

彼女は身をよじり、熱烈な唇から逃れた。「でも、わたしはいやでたまらなくなるはずよ。それに来る日も来る日も、たまらなく魅力的な人を眺めて暮らすなんて単調すぎるわ。せめて太る努力はしてもらわないと。そうでなければ、耳から毛が生えてくるとか、前歯が抜けるとか――いいえ、それでもまだハンサムすぎる」

「額の生え際は後退するかもしれないが」

パンドラは一瞬考え込み、光の加減で金色に見える髪の房をガブリエルの額から払いのけた。「あなたの一族の中に額のはげあがった人はいらっしゃる？　両家のどちらかに」

「ぼくの知るかぎりではいないな」

彼女は顔をしかめた。「だったら、むなしい期待を抱かせないでちょうだい。素直に認めればいいのよ、あなたはこの先もずっとハンサムなままだって。つまり、わたしはなんとかしてその事実を受け入れる方法を見つけなければいけないわけね」

ガブリエルが腕に力をこめたので、彼女は必死に身を離そうとした。「パンドラ」彼はささやき、パンドラをしっかりと抱きしめた。「パンドラ」

恐ろしさとすばらしさが一気に押し寄せてこなければいいのに。熱さ、寒さ、幸せ、不安。自分の身に何が起きているのか、さっぱり理解できない。ガブリエルが心地よい言葉を耳にささやきかけてくる。「きみは本当にきれいだ……ぼくのいとしい人。ぼくに降伏しろと言っているのではなく、ぼくがきみに降伏を申し出ているんだよ。きみのためならなんでもする。きみでなければだめなんだ、パンドラ……もうきみしかいない……この先もずっと。結婚しよう……頼むから、ぼくと結婚すると言ってくれ」

ガブリエルはまた唇を重ね、いくら触れても満足できないというようにパンドラの体に手を這わせた。体をさらにぴったりと合わせようとして彼が腕の位置を変えるたびに、たくましい筋肉が緊張したり弛緩《しかん》したりしている。やがて彼はパンドラの喉に唇を当てたまま黙り込んだ。もう言葉は必要ないと悟ったようだ。顔の片側に押しつけられた彼のつややかな髪から、太陽と潮のにおいがする。彼女はガブリエルの香りに満たされ、あたたかさに包まれていた。彼は驚くほど辛抱強く、パンドラの答えを待っている。

「わかったわ」彼女はかすれる声で答えた。

ガブリエルが息を止め、顔をさっとあげた。「本当にぼくと結婚してくれるのかい？」誤解が生じないように彼が念を押す。

「ええ」それだけ言うのがやっとだった。

日焼けした彼の顔に赤みが差し、ゆっくりと笑みが広がった。目がくらみそうなほどまぶしい笑みが。「レディ・パンドラ・レイヴネル……ぼくがきみを幸せにするよ。お金や自由や法的な存在を失うことさえ、気にならなくなるほど」

パンドラは低くうめいた。「そんなことは冗談でも言わないで。条件があるわ。それもたくさん」

「ああ、すべての条件に応じよう」

「そうね、まずは……自分専用の寝室が欲しいわ」

「それだけはお断りだ」

「ひとりの時間が必要なのよ。それもたっぷりと。屋敷の中に自分だけの部屋がないと困るの」

「ひとりで過ごせる部屋をいくつか持てばいい。大きな屋敷を手に入れよう。だが、ベッドだけは一緒でなければだめだ」

ベッドの件はあとで話をつければいい。「重要なのは、あなたに従うつもりはないということなの。これは比喩でもなんでもなくて、本当にできないのよ。〝従う〟という言葉を結婚の誓いから削除してもらわないと」

「了解した」彼が即座に応じる。

パンドラは驚いて目を丸くした。「本当に？」

「何か別の言葉に置き換えなければならないだろうけどね」ガブリエルは身をかがめ、鼻先を彼女の鼻にすり寄せた。「ふさわしい言葉に」

彼の唇がすぐそばにあるせいで、うまく頭が働かない。

「〝かわいがる〟はどう？」パンドラは息を切らしながら提案した。

「それがきみの望みならば」ガブリエルがまた唇を重ねようとしたので、彼女は首をそらした。

「待って、もうひとつ条件があるの。あなたの愛人のことなんだけど」彼がぴたりと動きを止め、身じろぎもせずにパンドラを見る。「認められそうにないわ――つまりね、どうしてもいやなのよ」彼女は歯がゆさを覚えて言葉を切ったあと、やっとのことで言葉を絞り出した。「あなたを誰かと共有するなんて」

心の奥で炎が燃えあがったかのように、ガブリエルの目がぱっと輝いた。「言っただろう、〝きみしかいない〟って。その言葉に嘘はないよ」彼がまつげを伏せ、唇を重ねてきた。

その瞬間、ようやくふたりの話しあいが終わった。

その日の残りの時間は、多彩な色に満ちたおぼろげな記憶しかなかった。夢見心地のパンドラがはっきりと覚えているのは、ほんのわずかだけだった。まず、ふたりでレイヴネル家の人々に結婚の意思を伝えたところ、みな飛びあがらんばかりに大喜びしてくれた。ケイトリンとカサンドラが順番にガブリエルと抱擁を交わし、矢継ぎ早に質問を浴びせはじめると、デヴォンがパンドラを脇へ呼んだ。

「本当にいいんだな？」彼はやさしく尋ね、パンドラとそっくりの、黒に縁取られた青い瞳で見おろした。

「ええ」迷いなく答えたことに、彼女は自分自身でも驚いた。「いいわ」

「今日の午後、セントヴィンセント卿が事務弁護士の手紙の内容をぼくに伝えに来たんだ。結婚するようきみを説得できたら、事業の助けになることはなんでもするし、決して邪魔はしないと彼は言っていた。きみにとって仕事がどれほど大切なのか、理解しているようだったよ」デヴォンはいったん言葉を切ると、なおもケイトリンとカサンドラと話をしているガブリエルを一瞥《いちべつ》してから低い声で続けた。「シャロン家の男たちには、紳士は約束を守るべきだという伝統が染みついている。一世紀も前に握手だけで交わした借地人との契約を、彼らはいまだに守っているほどなんだ」

「じゃあ、彼の約束を信頼してもいいということ？」

「ああ。それにもし約束を破ったら、両脚をへし折ってやると伝えておいた」

パンドラは微笑み、デヴォンの胸に頭を預けた。

「ええ、すぐにでもそうしたいと思っています」ガブリエルがケイトリンに向かって話す声が聞こえた。

「しかし、準備しなければならないことが山積みですからね――嫁入り支度、結婚式、披露宴、新婚旅行、そして言うまでもなく、装花や花嫁介添人のドレスも――」

「わたしが手伝うわ」カサンドラが声を張りあげた。

「全部は無理よ」パンドラは不安に駆られ、彼らのほうを振り返って思わず叫んだ。「いいえ、それどころか、ひとつだってできそうにないわ。あと二件の特許を申請して、印刷業者と打ちあわせをして、工場用の借地も探さなければならないのよ。それから……ああ、やっぱりだめ。対処すべき重要なことを、結婚式なんかに邪魔されたくないわ」

結婚式とボードゲーム会社のどちらが重要かを比較されて、ガブリエルが唇を引きつらせた。

「いっそのこと駆け落ちしたいぐらい。そうすれば、すぐに仕事に戻れるもの」パンドラはさらに言った。「新婚旅行なんて、時間とお金の無駄もいいところよ」

もちろん上流階級や中産階級の新婚夫婦にとって、新婚旅行が伝統になっていることは重々承知している。けれども新しい生活にのみ込まれ、さまざまな夢や計画を志なかばで挫折しそうで怖かった。やるべきことがたくさん待ち受けていると思うと、旅行を楽しむ気分にはなれそうもない。

「ねえ、パンドラ――」ケイトリンが口を開いた。

「とにかく、その件はあとで話しあおう」ガブリエルがのんびりした口調で言い、安心させるように微笑んだ。

デヴォンのほうに向き直り、パンドラは小声で言った。「わかったでしょう？　彼は早くもわたしを操ろうとしているの。こういうことはお手のものなのよ」

「その気持ちはよくわかるよ」デヴォンが断言し、いたずらっぽく目を輝かせてケイトリンを見る。

夕食の前に、シャロン家とレイヴネル家の人々が家族用の居間に集まった。シャンパンがふるまわれ、ふたりの婚約と両家が結ばれたことを祝して乾杯した。ガブリエルの家族全員が婚約の知らせをあたたかい心ですんなり受け入れてくれたので、パンドラはいささか面食らった。

キングストン公爵はパンドラの肩を軽くつかんで微笑むと、身をかがめて額にやさしくキスをした。「ようこそわが一族へ、パンドラ。これからは妻もわたしも、きみをわが子だと思うことにする。したがって、きみは甘やかされることになるだろう」

「ぼくは甘やかされてなんかいないよ」そばに立っていたアイヴォウが抗議の声をあげる。

「お母さまはぼくを宝石だと思ってるんだ」

「お母さまにかかれば、誰だって宝石になってしまうのよ」フィービーが皮肉めかして言った。さらにセラフィーナも大声で会話に加わる。

「ラファエルお兄さまに大至急電報を打たないと。そうすれば結婚式に間に合うようにアメリカから戻ってこられるわ。結婚式に出席しそびれるなんて、あってはならないことだもの」

「その点については心配いらないはずよ」フィービーが言う。「このぐらい盛大な結婚式になると、準備に何カ月もかかるものだから」

姉妹がぺちゃくちゃおしゃべりを始めたので、パンドラは気まずさを覚えて黙り込んだ。とても現実のこととは思えない。わずか一週間で人生ががらりと変わってしまった。頭の中がざわついている。どこか静かな場所へ行き、頭の中を整理したくてたまらない。そのとき、背後からそっと肩を抱かれ、彼女は身をかたくした。

キングストン公爵夫人だった。きらきら輝く青い目に、思いやりとかすかな心配の色がにじんでいる。相手と近づきになってわずか数日で、人生でもっとも重要な決断を下すのがどんなに恐ろしいことかを察しているような表情だ。とはいえ、見知らぬ他人も同然の相手と結婚するというのがどんなものか、この女性には決してわからないだろう。

公爵夫人は無言のままパンドラの腕を取ると、両開きの扉を抜けてバルコニーへ連れていった。ほかの人たちもいるときに一緒に時間を過ごしたことはあるものの、これまではふたりきりで話す機会がなかった。とにかく公爵夫人はつねに誰かから必要とされているからだ。幼い孫から夫の公爵にいたるまで、誰もが彼女の関心を引こうとする。公爵夫人は控えめなやり方で、地所全体の中心的な役割を果たしていた。

バルコニーは暗かった。海風が吹き抜け、パンドラは肌寒さにぶるっと身震いした。何かとがめるようなことを言うために、ここへ連れてこられたのでなければいいけれど。〝あなたは学ぶべきことがたくさんあるようね〟とか、〝あなたはガブリエルにふさわしいとは思えないけど、なんとかうまくやっていくしかないわね〟といった具合に。

ふたりはバルコニーの手すりの前に並んで立つと、暗い海を見つめた。公爵夫人が肩に巻いていたショールを広げ、ふたりの肩にかける。パンドラは驚きのあまり、身じろぎもできなかった。軽くてあたたかいカシミヤのショールは、ライラック水とタルカムパウダーの香りがした。ふたりはヨタカのキョキョキョという心地よい鳴き声や、サヨナキドリの歌うようなさえずりに耳を傾けた。パンドラは公爵夫人の隣に立ったまま、口も利けなかった。

「ガブリエルが、いまのアイヴォウと同じぐらいの年の頃にね」公爵夫人が濃い紫色の海を眺め、夢見るような口調で言った。「親を失った二匹の子ギツネを森で見つけたの。ハンプシャーの領主館《マナーハウス》に滞在していたときのことよ。あの子、あなたにこの話をした？」

パンドラは首を横に振り、目を見開いた。

公爵夫人のふっくらした唇に、昔を懐かしむような笑みが浮かんだ。「二匹とも雌で、耳が大きくて、目は黒いボタンみたいに輝いていたわ。鳴き声はまるで小鳥のようだった。母ギツネは密猟者の罠にかかって死んでしまったらしくて、ガブリエルがそのかわいそうなこ子ギツネたちを上着にくるんで連れて帰ってきたの。まだ小さいから、自力では生きてはいけないだろうって。もちろん、あの子は子ギツネたちを飼わせてほしいと懇願したわ。あの子の父親は、狩猟番の管理下で世話をして、大きくなったら、も、森へ返すと約束するなら育ててもいいと言った。ガブリエルは何週間ものあいだ、肉のペーストとミルクを混ぜたものをスプーンで与えつづけたわ。そしてしばらくすると屋外の囲いで、獲物に忍び寄って仕留める方法を教えはじめたの」

「どんなふうに教えたんですか？」パンドラは興味津々で尋ねた。

年配の女性はパンドラをちらりと見ると、意外にもいたずらっぽくにやりとした。「死んだネズミにひもをつけて、囲いの中を引きずってまわったのよ」

「まあ、恐ろしい」パンドラは思わず叫んだあと、笑い声をあげた。

「ええ、そうなの」公爵夫人もくすくす笑いをもらす。「ガブリエルは平気なふりをしていたけれど、内心ではとってもいやだったでしょうね。でも、子ギツネたちはどうしても学ぶ必要があった」公爵夫人はいったん口をつぐみ、考え込むような顔をして先を続けた。「ガブリエルにとって何より難しかったのは、どれほど愛していても、子ギツネたちと距離を置かなければならなかったことでしょうね。な、撫でることも、抱きしめることもできないばかりか、名前をつけることさえ許されなかったの。子ギツネたちが人間への恐怖感を失ってしまったら、生き延びられなくなるから。あの子は狩猟番から言われていたのよ――子ギツネたちを飼い慣らすのは、殺すのと同じようなものだと。ガブリエルはひどく苦しんでいたわ。あの子はとにかく子ギツネたちを抱きしめたくてたまらなかったのよ」

「かわいそうに」

「ええ。でも結果的に森へ返したら、子ギツネたちは一目散に走り去っていった。自力で狩りをして、自由に生きられるようになったのよ。あの経験はガブリエルにとって、いい教訓になったわ」

「どんな教訓ですか？」パンドラは真顔になってきいた。「いずれ失うとわかっているものは、決して愛さないということですか？」

公爵夫人は励ますようなやさしいまなざしをパンドラに向け、首を横に振った。「いいえ、パンドラ。あの子は相手を変えようとせずに愛することを学んだのよ。あるがままを受け入れることをね」

15

「やっぱり新婚旅行については譲らなければよかったわ」パンドラが不満の声をもらし、外輪蒸気船のデッキの手すりに頭をもたせかけた。

ガブリエルは手袋をはずして上着のポケットにしまうと、彼女の首のうしろをそっと揉んだ。「鼻から息を吸って、口から吐き出すんだ」

ふたりはわずか二週間の婚約期間を経て、今朝結婚したばかりだった。そしていまは、イングランド本土とワイト島のあいだを走るソレント海峡を渡っている。ポーツマスから港町ライドまではせいぜい二五分程度の短い船旅だ。ところが残念ながら、パンドラは船酔いしやすい体質のようだった。

「もうじき到着だ」ガブリエルは小声で告げた。「頭をあげてごらん。埠頭《ふとう》が見えてきた」

彼女は意を決したように、徐々に近づいてくるライド港の景色にちらりと目をくれた。立ち並ぶ白い家々、木の生い茂る海岸や入り江から突き出たように見える優美な尖塔《せんとう》の数々。

パンドラはまた頭を垂れた。「こんなことなら、エヴァースビー・プライオリーに滞在すればよかった」

「きみが子どもの頃から使っているベッドで新婚初夜を過ごすのかい？」ガブリエルはけげんな顔で尋ねた。「近親者が一堂に会している屋敷の中で？」

「わたしの部屋を気に入ったと言っていたでしょう？」

「たしかに魅力的な部屋だったよ。だが、ぼくが考えている行為にふさわしい場所とは言えないな」パンドラの寝室の様子を思い出し、彼はかすかに微笑んだ。とても古風な額に入った刺繍見本《サンプラー》、かわいがりすぎたせいで髪がもつれ、ガラスの目玉が片方なくなっている蠟人形、ぼろぼろになるまで読み古された小説が並ぶ本棚。「それに、あのベッドはぼくには小さすぎて、足がはみ出してしまう」

「あなたのテラスハウスには大きなベッドがあるんでしょうね」

ガブリエルは彼女のうなじの細い髪を指でもてあそんだ。「奥さま」そっとささやく。「わいわれのテラスハウスには、ものすごく大きなベッドがございますよ」

ケンジントン・アンド・チェルシー王室特別区のクイーンズゲートにある自宅へは、パンドラをまだ案内していなかった。たとえシャペロンが一緒でも、結婚前に独身男性の住まいを訪ねるのは不謹慎だと見なされるのはもちろんだが、結婚式の準備に追われてそれどころではなかったのだ。

なぜなら、結婚の誓いから〝従う〟という言葉を取り除く方法を見つけるのに、丸二週間近くもかかったから。結婚式で花嫁が夫への服従を誓わなければ、教会裁判所はその結婚を違法と判断するだろうとロンドン主教から告げられたのだった。そこでガブリエルはカンタベリー大主教のもとを訪ねた。大司教はしぶしぶ同意してくれた――一定の条件を満たせば、特例中の特例として免除を与えよう、と。その条件の中には、〝個人的な心づけ〟という名目の多額の賄賂も含まれていた。

〝免除を受ければ、ぼくたちの結婚は合法と認められるんだ〟ガブリエルはパンドラに説明した。〝ただし、牧師さまは妻としての服従の必要性を説かなければならない〟

パンドラは眉をひそめた。〝どういうこと？〟

〝きみはその場にじっと立ち、牧師さまが夫に従うべき理由を説明するのを、ただ聞いているふりをしていればいい。反論さえしなければ、きみは同意したと見なされる〟

〝でも、服従を誓わなくていいの？　誓いの言葉を口に出して言う必要はないのね？〟

〝ああ〟

パンドラは喜びと後悔の入り混じった笑みを浮かべた。〝ありがとう。わたしのために大変な思いをさせてしまってごめんなさい〟

ガブリエルは彼女の体に腕をまわし、わざとらしくにやりとしてみせた。〝柄にもないことを言わないでくれ。素直で従順なパンドラなんて、面白くもなんともないぞ〟

どう考えてもまともな求婚期間とは言えなかったものの、とにかく手っ取り早い方法で結婚する必要があった。いっそのこと駆け落ちしようかとも思ったが、ガブリエルはその考えを打ち消した。パンドラはこれから、新しいことや予測もしていないことに立ち向かわなければならないだろう。結婚式の日は、慣れ親しんだ環境で愛する人たちに囲まれていたほうが心強いに違いない。そんなふうに考えていたとき、デヴォンとケイトリンが自分たちの領地のチャペルを使ったらどうかと提案してくれたので、ガブリエルはふたつ返事で承知した。ハンプシャーで結婚式を挙げること自体は筋が通っているし、南岸沖にあるワイト島で新婚旅行もできる。〝イングランドの庭〟とたびたび称されるこの小さな島は、庭園や森林や小さな村々のある風光明媚《めいび》な場所として知られ、宿屋から豪華なホテルまでそろっていた。ところが、その島にまもなく到着しようというのに、せっかちな花嫁にはその魅力がまったく伝わっていないらしい。

「やっぱり新婚旅行なんて必要なかったのよ」パンドラはそう言うと、海面から切り立ったみたいに見える、絵のように美しい町をにらみつけた。「クリスマス休暇に間に合うように、ボードゲームを店頭に並べなければいけないのに」

「ぼくたちみたいな新婚夫婦は、少なくとも一カ月間は新婚旅行をすると相場が決まっているんだ」ガブリエルは指摘した。「ぼくが頼んだのは、たったの一週間だけだぞ」

「でも、何もすることがないわ」

「きみを楽しませるよう努力するよ」彼は真顔で言った。パンドラの背後に立ち、彼女の手のすぐそばの手すりをつかむ。「何日かふたりで一緒に過ごせば、新しい生活にも慣れやすくなるだろう。結婚は大きな変化だ。とくにきみにとっては」ガブリエルは彼女の耳に口を近づけた。「なじみのない場所に暮らし、なじみのない相手がきみの体にとんでもなくなじみのないことをするわけだからね」

「そのとき、あなたはどうなるの？」耳たぶに歯を立てると、パンドラはこらえきれずに小さな悲鳴をあげた。

「それに新婚旅行の途中でもし気が変わったら、ロンドンに戻ることだってできるんだ。ポーツマスハーバー駅行きの気船に乗って、ウォータールー駅行きの直行列車に乗り換えれば、三時間足らずでわが家の玄関前に到着する」

その言葉でパンドラはようやく気が静まったようだ。船がなおも進みつづける中、彼女は左手の手袋をはずし、結婚指輪をうっとりと眺めはじめた。この日、すでに五、六回はそうしているのではないだろうか。シャロン家に代々伝わる宝石の中から選んだサファイアの裸石《ルース》を、ダイヤモンドのちりばめられた金の土台にはめたものだった。ドーム形に整えてなめらかに研磨したセイロン・サファイアは、光の筋が通常の六条ではなく、一二条現れる希少な宝石だ。指輪を渡すと、パンドラは大げさなほど喜んだ。サファイアの表面に走る星形の光にすっかり魅了されているのを見て、ガブリエルは満足を覚えた。この光の効果は〝アステリズム効果〟と呼ばれ、日差しを受けるといっそう輝いて見える。

「どうして星形に光るのかしら？」パンドラがあちこちに手を傾けながらきいた。

ガブリエルは彼女の耳たぶのうしろのやわらかな肌にそっとキスをした。「ごく小さな欠陥がいくつかあるからさ」彼女の耳元でささやく。「だからこそ美しいんだ」

パンドラが向きを変え、彼の胸にぴたりと寄り添った。

三日間にわたって催されたふたりの結婚行事には、シャロン家とレイヴネル家の人々、少数の親しい友人、バーウィック卿夫妻が出席した。残念ながら、弟のラファエルは結婚式に間に合うように出張先のアメリカから戻ってこられなかった。とはいえ、ラファエルから届いた電報には、春の終わり頃に帰国したら、ぜひ一緒に祝いたいと記されていた。

パンドラの案内で領地を見てまわるうちに、彼女と姉妹たちがどれほど世間から隔離されて人生の大半を過ごしてきたのかがわかってきた。彼女たちにとっては、エヴァースビー・プライオリーが世界のすべてだったのだ。やけに広いジャコビアン様式の屋敷は豊かな森林地帯と人里離れた緑の丘に囲まれ、二世紀前からほとんど何も変わっていないように思える。デヴォンは伯爵位を継承して以来、必要に迫られて領地の再建に取り組んできたらしいが、改修工事が完了するのはまだまだ先のようだった。屋敷に近代的な配管設備が整えられたのも、ほんの二年前だという。それ以前は、昼間は屋外のトイレを使い、夜間は寝室に便器を置いていたようで、パンドラはわざとまじめくさった顔で言った。〝わたしは室内犬みたいにしつけられているのよ〟

結婚式では、まだ顔を合わせていなかったレイヴネル家のふたりとも対面できた。デヴォンの弟のウエストンと、パンドラの姉のレディ・ヘレンだ。ガブリエルはウエストンのことをすぐに気に入った。ひねくれ者を装った頭の切れる美男子の放蕩者は、エヴァースビー・プライオリーの小作人や領地の農場に関するさまざまな問題を完璧に把握しているようだった。

夫のミスター・リース・ウィンターボーンに付き添われたヘレンは、双子に比べるとかなり控えめな女性だった。パンドラは元気いっぱいで、まばゆいばかりの輝きを放っているし、カサンドラは陽気で愛らしい。ところがヘレンは穏やかで忍耐強く、きまじめな性格のようだ。銀色がかった淡い金髪と華奢な体つきのせいか、ウィリアム・ブグローの絵から抜け出してきたかのように超然としていた。

あれほど繊細な女性が、ウェールズ人の食料雑貨店主の息子で、黒髪の大柄なリース・ウィンターボーンのような男と結婚するなんて、誰が予想できただろう？　国内最大の百貨店の経営者であるウィンターボーンはかなりの財力を持ち、強引で頑固な性格で知られている。しかし彼は結婚してから以前よりも肩の力が抜け、ずっと満足しているようだった。彼があんなふうににこやかに笑う姿を、ガブリエルはそれまで一度も見たことがなかった。

この四年のあいだに、ガブリエルは油圧機器製造会社の年二回の取締役会で、ウィンターボーンと何度か顔を合わせていた。彼はビジネスにおいて際立った直感力と抜けめのなさを発揮する、地に足のついた実直な男であることを示していた。粗野なところがあるとはいえ、ガブリエルはウェールズ人に好感を持っていた。もっとも、ふたりは出入りする社交場がまったく違うため、ビジネスの会議以外の場で交流したことはなかった。

だがこれからは、ウィンターボーンと頻繁に会うことになりそうだ。非常に結束のかたい一族と結婚したという理由だけでなく、彼はパンドラにとって信頼できる相談相手だから。この一年間、ウィンターボーンはボードゲームの事業に関してパンドラに励ましと助言を与えつづけ、彼の百貨店の店頭に商品を並べることを確約しているという。パンドラは彼への感謝と親愛の情を隠そうともしない。実際、ウィンターボーンの言葉を聞きもらすまいとしっかり耳を傾け、彼の関心が自分に向けられると、うれしそうに顔を紅潮させていた。

ふたりが打ち解けた様子で話すのを見て、ガブリエルは思いも寄らない嫉妬心にさいなまれた。その事実に彼は愕然とした。誰かに嫉妬したり、独占欲に駆られたりしたのは生まれてはじめてだったからだ。自分はその手のつまらない感情とは無縁だとずっと思っていた。ところがパンドラのこととなると、野蛮な未開人も同然になってしまう。彼女のすべてを独占したくてたまらなかった——言葉も、まなざしも、手のぬくもりも、髪の輝きも、口からこぼれる息も何もかも。彼女の肌に触れている空気にさえ嫉妬した。

パンドラが強力な隣国にのみ込まれるのを恐れる小国さながらに、独立を強く求めてくるのも悪いほうに作用していた。彼女は結婚生活の条件を毎日リストに追加していた。まるでガブリエルから身を守ろうとするかのように。

フィービーとふたりきりになったとき、ガブリエルはその件について相談してみた。すると姉はあきれた顔で弟を見た。〝パンドラの貯蔵室には、あなたと出会う前から保存されているいろいろなものが入っているはずだわ。知りあってから二週間しか経っていない女性に、永遠の愛と献身を期待するのがそもそも無理なのよ〟ガブリエルがむっとすると、フィービーはなだめるように笑った。〝あら、うっかりしてた。あなたはガブリエル、セントヴィンセント卿だったわね。期待するのも無理はないわ〟

涼しい風が吹き、パンドラが顔をあげたので、ガブリエルは物思いから現実に引き戻された。

絶え間なく働いている彼女の頭の中で、いったい何が起きているのだろう？　ガブリエルは頬に張りついたパンドラの髪をうしろに撫でつけた。「何を考えているんだ？　結婚式のことかい？　それとも家族のこと？」

「菱形《ひしがた》よ」彼女がうわの空で言う。

ガブリエルは両眉をあげた。「もしかして、四辺の長さが等しくて、四つの角が直角でない四角形のことを言っているのかい？」

「ええ、いとこのウェストが教えてくれたの、ワイト島はほぼ菱形だって。それでふと思ったのよ。〝菱形〟を形容詞にしたらどうなるだろうって……」パンドラは手袋をはめたほうの手を顎に当て、指先で唇をとんとん叩いた。「〝菱形しい〟かしら」

ガブリエルは彼女の帽子についているシルクの花飾りを指でもてあそんだ。「〝菱形恐怖症〟」

遊びに加わる。「菱形が怖くてたまらないんだ」

パンドラが顔をほころばせた。青い瞳が楽しげにくるくると動いている。「〝菱形狂〟菱形に夢中なの」

彼女の美しい頬の線を撫で、ガブリエルはささやいた。「ぼくはきみに夢中だよ」

その声はパンドラの耳にはほとんど届かなかった。まだ言葉遊びで頭がいっぱいなのだろう。ガブリエルは微笑んだ。そのままずっと彼女を抱きしめているうちに、船が船着場に近づいた。

汽船からおりると、ふたりは一キロ半ほど離れたところにあるしゃれた遊歩道へ向かう馬車鉄道に乗り込んだ。そのあいだ、ガブリエルの従者のオークスが運搬人たちに指示を出し、船から荷物をおろさせた。従者はメイドとともに、別々にホテルへ向かうことになっている。五分ほどで遊歩道まで来ると、海に面した豪華な〈エンパイア・ホテル〉に到着した。その立派な宿泊施設には、各階へ荷物を運搬できる水圧式の昇降機や専用浴室付きの特別室など、ありとあらゆる文明の利器が備わっている。

生まれてはじめてホテルに宿泊するパンドラは、贅を尽くした空間にすっかり魅了されているようだ。くるりと体をまわし、大理石の柱や手描きの壁紙やイタリア漆喰などの、青や金や白のきらびやかな装飾のひとつひとつにうっとりと見入っている。彼女が興味津々なことに目ざとく気づいたホテルの支配人が、出入り自由のラウンジの案内を申し出た。

「ありがたい話だが――」ガブリエルは口を開いた。

「ええ、ぜひともお願いしたいわ」パンドラは声をあげると、踵で床を蹴って体を揺らしたが、はっとわれに返り、遅ればせながら体裁を保とうとして動きを止めた。ガブリエルは笑いを噛み殺した。

パンドラが乗り気だと知って大いに気をよくした支配人が、彼女をエスコートして歩きだしたので、ガブリエルもあとに続いた。最初に案内されたのは画廊だった。案内役の支配人はホテルの所有者一族の立派な肖像画や、ウィリアム・ターナーの風景画、犬と子どもたちを描いたオランダの風俗画家ヤン・ステーンの絵を誇らしげに指さした。

次に訪れたホテル内のフランス料理店で、女性たちが個室に追いやられるのではなく、男性に交じって主食堂で食事をしているのを見て、パンドラは驚きと喜びをあらわにした。支配人の説明によれば、パリの高級レストランでは男女が一緒に食事をするのがすでに常識になっているという。支配人がこっそり教えてくれたところでは、あるテーブルにはインドの王子夫妻が座っていて、また別のテーブルでは有名なアメリカ人投資家が妻や娘たちと食事をしていた。

支配人は高いガラス屋根のある屋内庭園の回廊を進みながら、さらにホテルの魅力について事細かに説明しはじめた——飲料水は掘抜き井戸からくみあげていて……潮風の吹き抜ける庭園では毎日午後のお茶が用意され……ヴェローナ産の赤い大理石が床に張られた大きな舞踏室は、ルイ一四世時代のクリスタルシャンデリアの明かりに照らされて……ガブリエルの我慢はいよいよ限界に達しようとしていた。

「案内をありがとう」大階段のそばまで来ると、ガブリエルはとうとう支配人の話をさえぎった。ブリュッセルから輸入したという精巧なブロンズ製の手すりには、ヘラクレスの一二の功業を題材にした装飾が施されている。ひとつひとつの功業について、支配人はいちいち詳しく説明するつもりに違いない。「大変ためになりました。だがレディ・セントヴィンセントとぼくは、ずいぶんあなたの時間を取らせてしまった。そろそろ部屋に引きあげます」

「ですが、閣下……ヘラクレスがレルネの沼に棲む水蛇ヒュドラーを退治した話を、まだお伝えしておりません」支配人が手すりに施された装飾の一場面を手振りで示す。ガブリエルは一瞥を投げて拒絶の意を告げたが、支配人はなおも食いさがった。「ヘラクレスと人食い馬を持っていたトラキア王ディオメデスのお話は？」

パンドラが大階段に切望のまなざしを向けるのに気づかないふりをして、ガブリエルは支配人にふたたび礼を言うと、彼女の腕を引いて階段をのぼりはじめた。

「せっかく十二の功業について話してくれようとしていたのに」パンドラが小声で訴える。

「ああ、わかっている」特別室まで来ると、ガブリエルはようやく足を止めた。部屋の中では従者とメイドがちょうど荷解きを終えたところだった。アイダがパンドラの旅行用ドレスの着替えを手伝うつもりでいるようなので、ガブリエルは追い払うことにした。「レディ・セントヴィンセントの身のまわりの世話はぼくがしよう。きみとオークスはしばらく休むといい」

みだらな言葉を口にしたわけでもないのに、金髪のメイドが丸い顔を真っ赤に染め、膝を曲げてお辞儀をした。そして一瞬立ち止まり、そっけない口調でパンドラに何か告げてから、従者とともに部屋をあとにした。

「彼女はいまなんと？」続き部屋を見てまわるパンドラのあとを追いながら、ガブリエルはきいた。特別室には、居間、控えの間、複数の寝室と浴室、海を見渡せる専用のベランダがついていた。

「ドレスを床に脱ぎ捨てないで、椅子の背にかけておくように言われたの。それから帽子を椅子の上に置いたことで苦情を言われたわ。誰かがその上に座ってしまうかもしれないって」

ガブリエルは眉をひそめた。「彼女のきみへの接し方はなれなれしすぎる。暇を出したほうがいいかもしれないな」

「たしかにアイダはチンギス・ハンみたいなメイドかもしれないわ」パンドラは認めた。「でも、わたしが忘れがちなことを注意したり、なくしたものを見つけたりするのがすごく上手なの」床に大理石のタイルが敷かれた浴室に足を踏み入れたとたん、彼女の声がいくぶん響いた。「それに彼女は以前こう言ったのよ、あなたとの結婚を拒否するのはロバみたいなおばかさんだけだって」

「彼女には今後も仕えてもらおう」ガブリエルはきっぱりと言った。浴室に入ってみると、パンドラが大きな磁器の浴槽にかがみ込み、二種類の蛇口をいじっていた。ひとつは銀めっきが施され、もうひとつはぴかぴかの真鍮製だ。

「どうしてこんなにいろいろなものが備えつけられているの？」パンドラがきく。

「ひとつは真水で入浴するためで、もうひとつは海水が出るようになっているんだ」

「本当？　ここで海水浴ができるってこと？」

「そのとおり」彼女の顔に浮かんだ表情を見て、ガブリエルはにっこりした。「どうだい？これで新婚旅行がいくらかましになりそうかな？」

パンドラは恥ずかしそうに微笑んだ。「ええ、少しは」次の瞬間、彼女がいきなり胸に飛び込んできて、ガブリエルの首に腕を巻きつけた。

ほっそりした体が震えている。愉快な気持ちがすうっと薄れ、ガブリエルは彼女をしっかりと抱きしめた。「なぜ震えているんだ?」

パンドラが彼の胸に顔をうずめたまま答える。「今夜のことが怖いからよ」

無理もない。彼女は新婚初夜を迎える花嫁で、ろくに知らない男と一緒にベッドにもぐり込み、痛みと羞恥を味わわなければならないのだから。思いやりの気持ちがこみあげるのと同時に、れんがを積みあげられたように落胆で胸が重くなった。今夜は目的を達することはできないだろうが、辛抱しなければならない。とりあえず予備段階まで進められれば、おそらく一両日中には彼女も覚悟ができるはず――。

「いっそのこと、いますぐすませてしまいたいわ。そうすれば心配するのをやめられるもの」

頭が真っ白になり、ガブリエルは口も利けなかった。

「クリスマスイブのガチョウみたいにびくびくしているのよ」パンドラがさらに言う。「このままでは夕食も喉を通らないし、読書にしても、ほかのことにしても、何も手につかないわ。たとえひどい苦痛を味わうのだとしても、待たされるよりはましだと思うの」

安堵と欲望で心が躍ったが、彼はゆっくりと息を吐き出した。「苦痛は感じないよ。楽しめると約束しよう」いったん言葉を切り、口元をゆがめて言い添える。「ほとんどの時間は」頭をさげ、喉のやわらかなくぼみを唇で探り当てた瞬間、パンドラがつばをのみ込んだらしく、喉が波打った。「真夜中のランデヴーは楽しかっただろう?」ガブリエルがそっとささやきかけると、彼女はもう一度ごくりとつばをのみ込み、うなずいた。必死に緊張をやわらげ、彼を信頼しようとしているのだ。

唇を重ね、舌でパンドラの唇を開かせる。はじめのうち、彼女は穏やかにキスに応じていたが、ガブリエルのからかうような動きに合わせて、次第に激しく唇を求めはじめた。体の力を抜いて身を預け、彼だけに関心と情熱を注いでいる。興奮でガブリエルのうなじの毛が逆立ち、血が全身を駆けめぐった。彼はやっとの思いでキスをやめ、パンドラの顔を両手で包んで、長いまつげの下のとろんとした青い目を見つめた。

「シャンパンを持ってこさせよう。リラックスできるように」親指で彼女の頬を撫でる。「それと、贈り物を渡したいんだ」

パンドラが眉をひそめた。「本当の贈り物？」

ガブリエルは戸惑いの笑みを浮かべた。「ああ、そうだよ。それ以外に何があるんだ？」

「〝贈り物を渡す〟というのは比喩なのかと思ったの」パンドラが寝室にちらりと目を走らせる。「そういう行為の」

彼は声をあげて笑いだした。「そこまでうぬぼれ屋ではないよ。贈り物になるかどうかは、あとからきみの感想を聞かせてもらわないと」なおも含み笑いをもらしながら、身をかがめて唇を重ねる。

パンドラが好きでたまらない。彼女のような女性はほかにいない。完全に自分のものだと声に出して宣言したいくらいだ。

ガブリエルがいつまでも笑っているせいで、男性にドレスを脱がされるときに感じるはずの気まずさはそれほど感じなかった。ずっと喉を鳴らして笑いつづける彼に、パンドラはたまりかねて尋ねた。「比喩と言ったことをまだ笑っているの？」

その言葉を聞いて、ガブリエルがさらに笑う。「いや」

ほとんどの花嫁は服を脱がされるときに、夫がハイエナのような笑い声をあげるのを快く思わないはずだと指摘しようかと思ったけれど、いまは何を言っても無駄なようだ。コルセットの留め具がはずされ、シュミーズとドロワーズだけになると、パンドラは急いでベッドへあがり、上掛けの下にもぐり込んだ。「ガブリエル？」上掛けを首元まで引っ張りあげる。「シャンパンの代わりに……ポートワインを一杯もらえる？　それとも、男性しか飲んではいけないものかしら」

彼がベッドの脇までやってきて、身をかがめ、そっと唇を合わせた。「ポートワインが好きなら、もちろんかまわないさ」

ガブリエルが呼び鈴を鳴らしに行っているあいだに、パンドラは上掛けの中で下着を脱ぎ、マットレスの端から床に落とすと、枕を重ねて寄りかかった。

彼は数分で戻ってきて、ベッドの端に腰をおろしてパンドラの手を取り、長方形の革のケースを手のひらにのせた。

「宝石？」急にためらいを覚えた。「わざわざ用意してくれなくてもよかったのに」

「結婚式の当日、花婿が花嫁に贈り物を渡すのが習わしになっているんだ」

小さな金の留め金をはずしてからケースを開けてみる。中には赤いベルベットが裏打ちされていて、二連の真珠のネックレスがおさまっていた。パンドラは目を見開き、ネックレスを手に取って、光沢のある乳白色の真珠を指のあいだでそっと転がした。「こんなにすばらしい贈り物だなんて想像もしなかったわ」

「気に入ったかい？」

「ええ、とっても——」パンドラは、きらきら輝くダイヤモンドが埋め込まれた金の留め金にふと目を留めた。組みあわされた渦巻き形のふたつのパーツに、葉の模様の浮き彫りが施されている。「アカンサス文様だわ」口元をゆがめて笑う。「チャワース家の舞踏会で、長椅子に彫られていた模様と同じね」

「ぼくはアカンサス文様に特別な思い入れがあるんだ」彼はパンドラをじっと見つめ、ネックレスを首にかけてくれた。二連のネックレスはとても長く、留め金をはずす必要はなかった。「このネックレスがあれば、いつでもきみをつかまえられる」

彼女はにっこりして、肌の上を滑る真珠の冷たさと重みを堪能した。「つかまるのはあなたのほうじゃないかしら、閣下」

ガブリエルが手を伸ばし、パンドラのむき出しの肩に指先で触れてから、真珠をなぞりながら胸元へと指を滑らせた。「ぼくは死ぬまできみのとりこだよ、奥さま」

パンドラは身を乗り出し、唇を重ねた。彼の唇はあたたかく、ぴたりと吸いつくようだ。

目を閉じて唇を開く。じらすように動く唇となめらかな舌の感触以外、何も感じられなくなった。甘美なキスで頭がくらくらし、熱い霧を吸い込んだみたいに肺が広がっている。いつのまにか上掛けがウエストまでずり落ちて、片方の胸を手で包まれていた。真珠のネックレスと感じやすくなっている胸の先端を、ガブリエルが親指でそっと撫でまわす。パンドラはぶるっと身を震わせた。鼓動が速まり、頬や喉元や胸や手首までが脈打ちはじめる。

彼がゆっくりと唇をむさぼりながら舌を絡みつけてくると、パンドラは甘いうめき声をもらした。ガブリエルにもっと近づきたいということ以外は何も考えられなくなり、もぞもぞと体を動かして、上掛けを振り払おうとした。次の瞬間、彼は服を着たままでパンドラをマットレスに押し倒し、一糸まとわぬ姿の彼女にのしかかった。たくましい体の重みに、パンドラは心地よい満足感と興奮を覚えた。彼の熱いこわばりが下腹部や腿のあいだをかすめるのを感じて身をよじったとたん、体の奥で蝶がひらひらと舞いあがるようなうずきが芽生えはじめる。

ガブリエルは苦しそうに呼吸していた。パンドラの唇を求め、長く情熱的なキスをして、体をまさぐりながら低くささやいた。「きみはとても美しい……しなやかでやわらかくて……なんてきれいな曲線なんだ……ここも……ああ、きみが欲しくてたまらないよ……もっときみに触れたくて、この両手だけでは足りないぐらいだ」

もし息ができたら、二本の手だけでもじゅうぶん危険だと彼に伝えていただろう。じかに肌に触れてみたくなり、パンドラはガブリエルの服を引っ張った。脱がせやすいように彼が体を動かしてくれるものの、キスはやめようとしないので、服を脱がせるのは簡単ではなかった。一枚また一枚と脱いだものをベッドの脇に放り捨てていくと、やがて彼の体があらわになった。黄金色に輝く肌は赤みを帯び、胸と下腹部に縮れた毛が生えている以外はすべすべしている。

思いきってそそり立つものにちらりと目をやり、パンドラはぎょっとした。緊張で胃が締めつけられ、ガブリエルの肩に顔をうずめる。以前、カサンドラとふたりで領地内を散歩していたとき、ふたりの小さな男の子が浅瀬で水遊びをしているのを見かけたことがある。借地人の妻である母親たちが見守る中、水をはねあげて遊ぶ裸の男の子たちは肌がつるつるしていて、大事な部分はほとんど見分けがつかないくらいに小さかった。

けれど、これは……一〇〇メートル近く離れたところからでも見分けがつきそうだ。

ガブリエルが彼女の顎に手を添え、自分のほうに顔を向けさせた。「怖がらないでほしい」

「違うの」すかさず応えた。「びっくりしただけよ……だって……小さな男の子とはまるで違うんだもの」

彼は目をぱちくりさせたあと、さもおかしそうに目尻にしわを寄せた。「ああ、そうだ」

ガブリエルはうなずいた。「ありがたいことにね」

パンドラは深呼吸をして、過敏になった神経をどうにかなだめようとした。彼は自分の夫であり、すばらしい男性だ。体の隅々までいとしく思えるようにならなくては。いくらか威圧的に感じる部分でさえも。それに彼の愛人だった女性は、この部分の扱い方を心得ていたに違いない。パンドラの競争心が目を覚ました。愛人とは別れてほしいとガブリエルに頼んだ以上、自らを愛人の代わりとして物足りない相手だと証明するわけにはいかない。

パンドラは自分から行動を起こし、ガブリエルの肩を押してあおむけに寝かせようとした。けれども彼はびくともせず、けげんそうな視線を向けてきた。

「あなたをよく見てみたいの」そう言って、もう一度彼を押し倒そうとする。

今度はガブリエルが片腕を枕にしてごろりと横になった。その姿は、どこか日光浴をしているライオンを思わせる。パンドラは片肘をついて体を支えると、引きしまった腹部に恐る恐る手を置いた。さらに身を乗り出し、胸に生えているやわらかな毛に鼻をすり寄せる。胸の突起を舌先でなぞると、そこはつんととがり、彼の息遣いが荒くなった。ガブリエルがされるがままになっているので、彼女はそのまま探索を続けた。しなやかな腰の線から脚の付け根へと指の背を滑らせるうち、太陽を思わせる色の肌がシルクみたいになめらかになり、次第に熱を帯びてくる。やわらかな茂みに触れようとして、彼の顔をちらりと見あげた。ガブリエルの顔から笑みが消えていた。頬を上気させ、声が詰まって言葉にならないのか、唇を開いている。

パンドラは内心で苦笑した。ふだんはあんなに雄弁なのに、こういうときにかぎって黙りこくっているなんて。あれこれ教えてくれてもよさそうなものなのに。ところがガブリエルは壊れた蒸気ボイラーさながらの荒い息をして、魔法にかかったようにパンドラの手をじっと見つめている。期待を募らせ、なすすべもなく見守っているようだ。

　彼女の中のいたずら好きな一面が顔をのぞかせて、こんなにたくましい体つきの男性が彼女に触れてもらいたがっているという事実を楽しみはじめた。下腹部の巻き毛にそっと指先を通したとたん、そそり立つものがびくんと跳ねた。頭上からかすかなうめき声が聞こえ、力強い腿の筋肉がみるみる収縮する。パンドラはさらに勇気を出して体の位置をずらし、軽く握ってみた。赤く焼けた鉄のように熱くてかたい。皮膚はなめらかで、熱を帯びた色をしている。ガブリエルがぶるっと震えたということは、ひどく敏感なのだろう。彼女は興味をそそられ、思いきって上下に手を滑らせてみた。

　彼が荒い息を吐く。ガブリエルのその部分は、さわやかな石鹸の香りにぴりっとした塩気がかすかに混じったにおいがした。パンドラは顔を寄せ、魅惑的な香りを深く吸い込んだ。そして衝動のおもむくままに唇をすぼめ、ふうっと息を吹きかけた。

　ガブリエルが言葉にならない声を発し、彼女の頭をつかむ。パンドラはいっそう顔を近づけ、舌で触れて、シュガーキャンディのように下から上へと舐めた。シルクみたいになめらかで、どくどくと脈打っている。いままで感じたことのない舌触りだ。

　脇の下をつかまれて引っ張りあげられ、パンドラは彼の腰にまたがった。かたく張りつめたものが秘所に押しつけられる。「頭がどうかなりそうだ」ガブリエルがささやき、彼女の唇を奪った。彼の片手が後頭部でまとめた髪からピンを引き抜き、もう一方の手がヒップを撫でる。

　パンドラがもぞもぞと体を動かすと、彼がゆったりとしたリズムへ導いてくれた。こすれあう感覚とともに、熱くかたいものが秘めやかな場所を押し広げていく。厚い胸板の毛に胸の先端をくすぐられたとたん、彼女の全身がかっと熱くなった。こすりつけられる感じが次第になめらかになってくる。妙にみだらな感触だ。なんだか熱く潤っているような……。

「いやだ……わたしったら、なんだか濡れて……」パンドラは恥ずかしくなった。

「ああ」彼はまぶたを半分閉じていた。伏せられたまつげの奥の青い目がとろんとしている。パンドラが次の言葉を口にするより早く、ガブリエルは彼女の体を引きあげ、胸の頂を口に含んだ。彼がヒップをつかんでゆっくりリズムを刻みはじめると、パンドラは甘い声をもらした。ガブリエルは張りつめたものをからかうようにこすりつけてくる。しびれるほどの快感がこみあげ、彼女は張りつめる緊張を解き放ちたくてたまらなくなった。

ガブリエルが身を起こしてパンドラに覆いかぶさり、体じゅうにとろけるようなキスを浴びせた。両手で巧みに愛撫され、全身に鳥肌が立つ。彼の指先が腿の内側を這いのぼり、やがて合わせ目にたどりついた。なんてやさしい触れ方なのだろう。ガブリエルの指がそこをそっと押し開き、中に滑り込んでくると、彼女ははっと身をかたくした。熱い痛みから逃れようとするように、自分の内側がぎゅっと締まるのを感じる。彼がパンドラの腹部に向かって何かささやいた。言葉は聞き取れなかったが、その低く響く声に彼女は安心感を覚えた。

指がさらに奥へと侵入してきて敏感な場所を見つけると、パンドラは息をのんだ。ガブリエルは唇を下へ移動させていき、茂みにキスをしてから、やわらかな襞を探りはじめた。彼女の内側を指でもてあそびながら、小さな突起を口に含んで吸っている。鋭い快感を与えておきながら、決して解放させようとはしない。緊張を解きたくてたまらなくなり、パンドラは思わず腰を揺らした。指が引き抜かれたかと思うと、圧迫感がますます強まって、ガブリエルが指をもう一本差し入れたのだと気づいた。抵抗しようとしたが、彼の唇が何かすばらしい感覚をもたらしている。パンドラはあえぎ声をもらし、震える脚を開いた。

ガブリエルは忍耐強く愛撫し、やさしい言葉をささやきながら、力強く舌を動かして彼女の歓びを高めていく。彼女は甘い声をもらして、腰をぐっとあげた。一瞬の静寂ののち、めくるめく快感が押し寄せてきて、一気にのみ込まれた。恥じらいも忘れて夫の腕の中で身をくねらせ、叫び、あえぎ、すすり泣きに似た声をあげる。しばらくして小刻みな震えがようやくおさまったものの、頭がぼうっとして動くこともできない。ガブリエルが指を引き抜いたとたん、中が空っぽになった妙な寂しさを感じると同時に、押し開かれた入り口がずきずきした。

ガブリエルが彼女の脚のあいだに腰をおろし、首のうしろに腕を滑り込ませた。「体の力を抜いていてくれ」彼がささやく。「そう、そのままでいい」

どのみち、どうすることもできなかった。脱ぎ捨てられた手袋みたいに体がぐったりして、力が入らない。

ガラスのようになめらかでかたいものが腿のあいだに当てられ、ゆっくりと円を描いた。先端をぐいと突き入れられた瞬間、焼けるような感覚が走った。それでもガブリエルはどんどん押し入ってくる。内側がありえないほど大きく広げられ、逃れようのない痛みにパンドラは息が止まりそうになった。中がぎゅっと締まり、どくどくと脈動を始める。ガブリエルが動きを止め、心配そうなまなざしを向けてきた。完全に彼を受け入れる準備が整うのを待っているのだ。彼はパンドラの顔にかかった髪をうしろに撫でつけ、額にキスをした。

「待たなくていいのよ」涙で目頭がひりひりして目を閉じる。

彼の唇がそっとまぶたをかすめるのを感じた。「待ちたいんだ。できるだけ長く、きみの中にいたい。きみが与えてくれた歓びは……はじめて経験したよ」官能的なキスをされ、パンドラは胸がどきどきした。ガブリエルが腰を沈めて深くまで入ってくるたびに、彼女の内側が彼のものをぎゅっと締めつける。気づいたときには完全にガブリエルを受け入れていた。不快な痛みをそれほど感じなくなり、とらえにくい快感が徐々に高まっている。

彼の首に両腕をまわして首をのけぞらせると、喉にキスをされた。「わたしはどうすればいいの？」パンドラは息を弾ませてきいた。

ガブリエルが小さなうめき声を発し、苦痛に耐えるように眉間にしわを寄せた。「そのまま抱きしめていてくれ」かすれた声で言う。「ぼくの体がばらばらにならないように。くそっ、こんなのははじめて――」そう言いかけた次の瞬間、彼が腰を突き出しながら身を震わせた。パンドラが体の奥で感じるほどの激しい震えだった。彼女はガブリエルに手足を絡ませ、全身で抱きしめた。

しばらくして震えが止まると、彼は気だるい笑みを浮かべ、パンドラをつぶさないように体の位置をずらした。

彼女は汗に濡れたガブリエルのうなじの毛をもてあそび、耳の輪郭を指先でなぞった。

「あなたと愛を交わせたことが」彼女は告げた。「わたしにとっては贈り物よ」

ガブリエルが笑みを浮かべるのを、パンドラは肩の上で感じた。

16

「ベッドでこんなに長い時間を過ごしたのははじめてよ」四日後にパンドラは言った。カーテンの隙間から昼前の太陽の光が差し込んでいる。「具合の悪いときでさえ、ないわ」古代サクソン人の像を見るために散歩へ出かけたり、ホテルの屋外庭園で午後のお茶を飲んだりした以外は、片手で数えられるほどしか外出していない。ふたりきりで、ずっと特別室にこもっていた。「何か生産的なことをするべきね」

ガブリエルが背後からパンドラの体に腕をまわし、やわらかな毛に覆われたかたい胸にゆっくりと抱き寄せた。ベルベットのような声で、彼女の耳にささやく。「ぼくのほうは、かつてないほど生産的だったよ」

「何か有益なことをするべきだという意味で言ったのよ」

「きみはじつに有益だ」彼の手がパンドラのむき出しのヒップを撫でる。

「どんなふうに？」

「ぼくの欲望を満たしてくれる」

「それはどうかしら。満たされているなら、こんなに何度も愛を交わしたりしないはずだもの」マットレスの上を這ってベッドから逃げ出そうとするとガブリエルが襲いかかってきたので、彼女はくすくす笑った。

「きみがすばらしすぎるから、なおさら求めたくなるんだ」彼はパンドラを抱きすくめて、肩に唇を寄せて軽く歯を立てた。「ぼくはすっかりきみのとりこだよ。甘い唇、巧みで愛らしい手、美しい背中、そしてこの脚も……」

「あなたには何か趣味が必要よ」ヒップに彼の高ぶりが押しつけられるのを感じながら、パンドラはぶっきらぼうな口調で言った。「詩を書いてみたことは？　瓶の中で船を組み立ててみるなんてどう？」

「ぼくの趣味はきみだ」彼がパンドラのうなじに唇を押し当てる。そこがとりわけ感じやすいことを知っているのだ。

ガブリエルは非情なまでに忍耐強く彼女の体を隅々まで探り、やさしく情熱的に愛を交わした。じわじわと期待感を高め、ありとあらゆる方法で欲望を高めていく。気だるい時間を過ごすあいだに、彼はパンドラを何度も絶頂に導いていた。彼女が快感に打ち負かされて体を激しくけいれんさせるまで。ときにはからかうように荒々しく腰を突きあげ、パンドラの興奮を高めて、歓びを与えることもあった。パンドラはのぼりつめたあと、決まって方向感覚を失いかけたが、ガブリエルは彼女が夢も見ないような深い眠りに落ちるまで、ずっと抱きしめていた。そんなふうに朝遅くまで眠りつづけたのは、パンドラにとって生まれてはじめての経験だった。

夜が近づいてくると、いつも特別室に夕食を運ばせた。ふたりの給仕係が足音もたてずにやってきて、居間の円テーブルに染みひとつない真っ白なリネンのテーブルクロスを広げ、磁器や銀やクリスタルの食器を並べる。水の入った小さなボウルにはレモンバーベナの小枝が浮かべてあり、食事のあいだに指を洗えるようになっていた。銀の蓋付きの皿にのせた熱々の料理を運び終えると、給仕係はふたりに給仕を任せて退出する。

夕食のあいだ、ガブリエルはさまざまな話をしてパンドラを楽しませた。彼はどんな話題でも進んで話しあってくれ、パンドラにも率直に話すよう求めて、好きなだけ質問していいと言った。彼女が次から次へと話題を変えても、いやな顔ひとつしなかった。パンドラにどんな欠点があるにせよ、ガブリエルはありのままの彼女も、そうでない彼女も受け入れる覚悟ができているようだった。

食事を終えると、給仕係はテーブルから皿をさげ、小さなカップに入ったトルココーヒーとフランス産チーズの皿、瓶入りのリキュールを運んでくる。パンドラは指ぬきに広がった縁がついたような形の小さなクリスタルグラスで出される、宝石のように色鮮やかなリキュールを気に入った。ところがある晩、三種類のリキュールを試してみるという過ちを犯し、見かけによらず強い酒だったことに気づいた。椅子から立ちあがろうとした瞬間、大きくよろめいて、すかさず手を伸ばしたガブリエルの膝の上にのせられた。

「目がまわってるの」パンドラはろれつのまわらない口調で言った。

ガブリエルが笑みを浮かべる。「クレーム・ド・ノワヨーを飲んだせいだろう」

彼女は体をひねり、グラスに半分ほど残っているアーモンドクリーム色のリキュールに当惑の目を向けた。「でも、まだ飲み終わっていないのよ」なんとか身を乗り出してグラスをつかむと一気に飲み干し、空のグラスをテーブルに戻す。「ほら、これでいいわ」満足して言った。ガブリエルのグラスを盗み見たところ、まだ数口しか飲んでいないようだった。それにも手を伸ばそうとしたとき、彼がパンドラを引き戻し、息が詰まるほど大笑いした。

「もうやめておいたほうがいい。朝起きたとき、頭痛に悩まされたくないだろう？」

彼女はガブリエルの首に腕を巻きつけ、心配そうな目で見つめた。「飲みすぎてしまったのかしら？　だから、お行儀悪くがぶ飲みしたい気分になるの？」ガブリエルが口を開こうとしたので、パンドラは彼に抱きついて、情熱的なキスで封じた。

翌朝目覚めると、椅子に座ったまま、ガブリエルとみだらなことをしたのをおぼろげに思い出した。服を引きおろし、床に脱ぎ捨て……そのうちに彼の膝の上で身をくねらせ、荒々しく唇を奪いながら腰を揺らしはじめたような気がする。なんてこと。恥ずかしくて、穴があったら入りたい気分だ。

それにひどい頭痛がする。

パンドラが気まずい思いをしているのを察したらしく、ありがたいことにガブリエルは茶化したりしなかった。もっとも、唇をぎゅっと引きしめ、笑いをこらえてはいたけれど。パンドラが目を覚ますと、彼はすぐさまグラスに注いだペパーミント水と頭痛薬を持ってきた。そして薬をのんだあとには、彼女をいい香りのするあたたかい風呂に入らせた。

「頭が脱穀機になったみたい」パンドラは低くうめいた。

彼女が浴槽の縁に頭を預けると、ガブリエルはスポンジに石鹸をこすりつけた。「ドイツ語では二日酔いのことを〝カッツェンヤマー〟というんだ。〝猫の嘆き〟という意味だよ」

目を閉じたまま、パンドラはかすかに微笑んだ。「それで気分がよくなるなら、嘆きたい気分だわ」

「二杯目までやめさせるべきだったな。きみの酒の許容量を多く見積もりすぎていたよ」

「レディ・バーウィックにいつも言われているの。レディはワインか蒸留酒をたしなむ程度にして、決して酔ってはいけないと。お行儀が悪いと失望されちゃうわ」

ガブリエルが身を乗り出し、水に濡れた彼女の頬にキスをした。「それなら秘密にしておけばいい」彼がささやく。「きみはお行儀が悪いときほど、すごく楽しそうだ」

入浴をすませると、ガブリエルはふわふわのタオルでパンドラの体を包み、寝室へ運んだ。ベッドに腰をおろし、彼女の髪からべっこうの櫛《くし》をそっと引き抜く。パンドラがたくましい胸に頭を預けると、彼は頭皮を指先でやさしく揉みはじめた。ぞくぞくする感覚がうなじに伝わってくる。けれど、その心地よい感覚をなぜか楽しむことができない。

「何を悩んでいるんだい?」ガブリエルが尋ね、悪いほうの耳のあたりをことのほかやさしく揉んだ。

「心のどこかでロンドンに戻りたくないと思っているの」パンドラは正直に打ち明けた。

彼はなだめるようにマッサージを続けた。「なぜ?」

「ロンドンへ戻ったらすぐに、結婚したことを報告するカードをあちこちに発送して、訪問客を受け入れたり、お返しに訪問したりしなければならないでしょう。それから使用人の名前を覚えたり、家計を把握したり、貯蔵室の在庫と肉屋の請求書が合っているか確認したり……。そしてゆくゆくは、わたしが晩餐会を開かなければならないのよね」

「そんなにいやなのかい?」彼が心配そうにきく。

「ギロチンで処刑されたほうがましだわ」

ガブリエルはパンドラを胸に引き寄せ、髪を撫ではじめた。「少し落ちつくまで、結婚報告のカードを送るのは先延ばしにすればいい。きみの心の準備ができるのを、みんな待ってくれるだろう。使用人の件にしても、最初からすべてを覚えてもらおうとは誰も思わないはずだ。それに何年ものあいだ、家政婦が家をうまく切り盛りしてきたんだ。細かいことにまで首を突っ込みたくないのなら、きみが何かを変えたいと言わないかぎり、いままでどおり彼女に進めてもらえばいいさ」むき出しの背中を指先で何度も撫でられ、背筋に甘い震えが走った。「ボードゲームの事業がいくらか進展したら、もっと気が楽になるんじゃないかな。ロンドンに戻ったら、どこへでも行けるように専用の馬車と御者と専属の従僕をつけてあげよう」

「ありがとう」パンドラは満足して言った。「でも、わざわざもうひとり従僕を雇ってもらわなくても大丈夫よ。必要なときは第二従僕を連れていくわ。ケイトリンお義姉さまもそうしていることだし」

「お抱えの従僕を雇ったほうが何かと便利だし、ぼくも安心できる。じつは心当たりがあるんだ。用心深く有能で、信頼できる男でね。しかも、ちょうど新しい職を探している」

パンドラは眉をひそめた。「どこへ行くにもついてくる従僕を選ぶのだから、わたしにも口出しをする権利はあるんでしょうね」

ガブリエルは微笑み、彼女の頬の線を指でなぞった。「どんな人柄がいいんだい？」

「陽気で目がきらきらしている人がいいわ。そうね、サンタクロースみたいに。やさしくて、ユーモアの感覚がある人。それから辛抱強くて、運動神経もいいほうがいいわね。わたしは散歩中に考え事にふけることが多いから、ものすごい速度で走ってくる馬車にひかれそうになっても、気がつかないかもしれないでしょう？」

彼がかすかに顔色を変え、触れる手に力をこめた。

「心配しないで」パンドラはにっこりした。「馬車の下敷きになって、ぺしゃんこになったことはまだないから」

それでもなお心配そうに、ガブリエルはパンドラを抱きしめている。「ぼくが考えている人物なら、それらの条件をじゅうぶんすぎるほど満たしているよ。きみもきっと気に入るはずだ」

「そうね」彼女は認めた。「何しろ、わたしはあのメイドに耐えているんですもの。その従僕が気に入らないなんてことは絶対にありえないわ」

17

「あんな従僕はありえないわ」ロンドンに戻ってから一週間後、パンドラが大声をあげた。「すぐに代わりを見つけないと」新しい馬車に乗り、はじめての外出から戻ってきたばかりだというのに、どうやら思わしくない結果になったらしい。ガブリエルがベストのボタンをはずしていると、彼女は寝室の扉を閉め、しかめっ面でつかつかと近づいてきた。

「何か問題が起きたのかい？」彼は心配になって尋ねた。ベストを脇に置き、ネクタイの結び目をほどきはじめる。

「問題が起きたかですって？　ええ、問題ならたくさんあるわ。何から何まで問題だらけよ。ヘレンお姉さまと生まれたばかりの赤ちゃんに会いに行ったあとで、ウィンターボーン百貨店に立ち寄ったら――あら、このにおいは何かしら？」彼女は立ち止まり、ガブリエルの胸と喉に鼻を近づけた。「あなたの全身から漂ってくるわ。金属研磨剤のにおいに、貯蔵室で何かが腐ったようなにおいが混じっているみたい」

「スイミングクラブから帰ってきたところだからね」彼はパンドラの表情を見て微笑んだ。「プールの水を清潔に保つために、塩素やらほかの化学薬品やらが加えられているんだ」

パンドラは鼻にしわを寄せた。「もしそうなら、解決しようとする問題自体よりも、解決法のほうがまずいんじゃないかしら」彼女はあとずさりするとベッドに身を投げ出し、ガブリエルが服を脱ぐのを眺めた。

「それで、従僕がどうしたって？」彼は袖口のボタンをはずしながら促した。

ドラゴの件で、パンドラがいくつか不服を唱えるだろうと覚悟はしていた。〈ジェナーズ〉の元従業員のドラゴを従僕にしたのは、たしかに異例の判断と言えるかもしれない。ドラゴは一二歳のときに賭博場で働きはじめ、メッセンジャーボーイから夜間のフロント係へと昇格し、最終的にはメインホールの支配人の地位にまでのぼりつめた男だ。ドラゴには身寄りがなく、彼の名前を記した紙切れとともに孤児院の前に置き去りにされていたという。ドラゴとは長年のつきあいで、妻が街へ出ているあいだの用心棒を任せられる人間は、ロンドンでは彼以外には考えられなかった。それで大金を費やし、ドラゴを従僕として雇うことに決めたというわけだ。

案外、従僕の仕事は誰にでも務まるわけではない。まず、ロンドンによく通じていなければならない。その点では、ドラゴはこの街を隅々まで知り尽くしている。そのうえ大柄で筋骨たくましく、口数が少ない。万が一、パンドラに近づこうとする者がいたとしても、彼に恐れをなすだろう。ユーモアには欠けるものの、何事にも動じない性格で、簡単に挑発に乗ったりしない。人の服装や態度や表情の細かな変化も決して見逃さず、危険や問題を未然に察知するすべを心得ている。

もっとも、ドラゴは従僕になることにしぶしぶ同意したものの、喜んでいないのは一目瞭然だった。

〝レディ・セントヴィンセントは時間に無頓着なんだ〟ガブリエルはドラゴにそう説明していた。〝だから彼女の予定は、おまえが把握しておく必要がある。それから彼女はすぐにものをなくしがちだ。手袋やハンカチや本なんかを、落としたり置き忘れたりしないように目を光らせておいてほしい。彼女は愛すべき性格で、衝動的に行動する女性だ。くれぐれも、ぺてん師だの行商人だの掏摸《すり》だの物乞いだのを近づけないようにしてくれ。それからもうひとつ、彼女はしょっちゅう注意散漫になるんだ。歩道でつまずいて通りに飛び出さないように気をつけてもらいたい〟一瞬ためらってから言い添える。〝じつは、彼女は右耳が聞こえづらいんだ。そのせいで、ときどきめまいを起こすことがある。薄暗い場所にうまく順応できないときはとくに。さらに、この件をおまえに話したと知ったら、ぼくはただではすまないだろう。以上だ。何か質問は？〟

〝はい。わたしは従僕になるはずでは？　それとも子守役になれと？〟

ガブリエルはドラゴをひたと見据えた。〝クラブの仕事に比べれば、格さげになったと思っているんだろうな。だがぼくにとっては、彼女の身の安全が何よりも大切なんだ。レディ・セントヴィンセントは若くて好奇心旺盛で、非常に活動的で、型破りな女性だ。世間について学ぶべきことが、まだまだたくさんある。そして世間も彼女から学ぶべきことが多いだろう。ぼくの妻を守ってくれ、ドラゴ。おまえが思っているほど、この仕事は簡単ではないんだ〟

ドラゴは短くうなずいた。かすかないらだちの表情がすうっと消える。

パンドラの不満の声で、ガブリエルは物思いから現実に引き戻された。

「目がきらきらしたサンタクロースみたいな従僕がいいと言ったはずよ。海賊みたいな目つきの人じゃなくて。第一、従僕はひげをちゃんと剃ってこぎれいにしなければならないものでしょう。名前だってピーターとかジョージのような、感じのいい名前でないと。それなのに、わたしの従僕はしかめっ面のだみ声の黒ひげで、名前がドラゴだなんて。ウィンターボーン百貨店のおもちゃ売り場に立ち寄ったときの様子を、あなたにも見せたかったわ。彼が腕組みをして怖い顔で扉のそばに立っているものだから、子どもたちがおびえて自分の母親を探しはじめたのよ」彼女はガブリエルに疑いの目を向けた。「彼は従僕の仕事がどんなものか知っているの？」

「いや、詳しくは知らない」彼は正直に答えた。「ドラゴはうちの賭博場で、さまざまな職種を経験したんだ。いまは執事の訓練を受けている最中だから、じきに仕事を覚えるだろう」

「なぜほかのレディと同じように、ふつうの従僕をつけてくれないの？」

「なぜなら、きみはほかのレディが行かないような場所に出入りするからだよ」ガブリエルは椅子に腰をおろし、靴下を脱いだ。「きみは工場の候補地を探したり、製造業者や小売業者や卸売業者などと会ったりするわけだろう。ドラゴが付き添っていれば、きみの身は安全だとぼくが安心できるんだ」パンドラが顎をぐいと引きしめたので、作戦を変更することにした。「もちろん、きみが望むなら彼をやめさせてもかまわないが」さりげなく肩をすくめてみせる。「でも、残念だよ。ドラゴには身寄りがなくて、孤児院で育ったんだ。しかも、いままでずっと賭博場の狭苦しい部屋に住み込んでいてね。生まれてはじめて本物の家庭で生活できるのを楽しみにしていたんだ。家庭生活というのはどんなものか、自分の目で見られるって」最後の言葉は単なる臆測にすぎなかったが、どうやら効き目があったようだ。

パンドラはガブリエルをじっと見つめ、ため息をついた。「まあ、そうだったの。それじゃあ、彼に暇を出すわけにはいかないわね。だったら、人を怖がらせないように教育してもらいたいわ」彼女はそう言うと手足を広げ、勢いよくあおむけにベッドに倒れ込んだ。天井を見つめ、浮かない声でつぶやく。「専属の従僕怪物というわけね」

ベッドで大の字になっている華奢な体を見つめているうちに、おかしさと欲望の入り混じった感情がこみあげてきて、ガブリエルは息をのんだ。次の瞬間、彼はパンドラに覆いかぶさり、唇を奪った。

「何をしているの？」彼女が吹き出し、ガブリエルの下で身をよじる。

「きみの誘いに応じたのさ」

「誘いって？」

「ベッドにあおむけになって、誘惑するようなポーズを取ったじゃないか」

「死にかけのマスみたいに、うしろへ倒れ込んだのよ」スカートをまくりあげると、パンド

「ぼくが誘惑にあらがえないことを知っていたんだろう」

「その前にお風呂に入ってきて」彼女が目で訴える。「そんなにおいをさせて屋敷の中にいられたらたまらないわ。あなたを厩舎《きゅうしゃ》へ連れていって、消毒用の石炭酸石鹸で馬みたいにごしごし洗いたいくらいよ」

「まったく、いけない子だ……よし、こうしてやる」ガブリエルはスカートの中でみだらに手をさまよわせた。

パンドラは甲高い声で笑いながら、彼の手から逃れようともがいた。「もうやめてったら、あなたは汚れているのよ！　さあ、浴室へ行きましょう。わたしが洗ってあげる」

ガブリエルは彼女を押さえ込み、動きを封じた。「きみが入浴の付き添いを？　メイドみたいに？」挑発するようにきく。

「どう？　ありがたいでしょう？」

「ああ」彼はささやき、舌先でパンドラの下唇に触れた。

彼女の青い瞳が楽しげに輝く。「あなたをお風呂に入れて差しあげるわ、閣下。でも、いたずらはしないと約束してちょうだい。石像みたいにかちかちにかたまっていてね」

「もうかちかちになっているよ」ガブリエルは高ぶったものを押しつけ、証明してみせた。

パンドラは彼の下から転がり出ると、にっこりして浴室へ向かった。ガブリエルもすぐにあとを追う。

少し前まで、自分を歓ばせてくれるのはノラ・ブラックと、父が言うところの彼女の〝圧倒的な手練手管〟以外にないと信じ込んでいたのを思い起こし、ガブリエルはわれながらあきれた。ノラとはこのうえなく情熱的に交わった瞬間でさえ、いつも言いようのない飢えのようなものが胸に残った。体の関係を超えた親密さに対する渇望だ。互いに心を開こうとするたびに、つまらないことでかっとなり、結局傷つけあう羽目になった。どちらも警戒心が強すぎて、自分の欠点や弱みを打ち明ける勇気を出せなかったのだ。

しかし、パンドラとの関係はまるで違う。パンドラがつねにのびのびと自分らしくふるまっているせいか、彼女と一緒にいると、なぜかガブリエルもうわべを取りつくろうことができなくなる。しかもガブリエルが自らの欠点を認めたり、間違いを犯したりするたびに、彼女はいっそう好感を覚えるらしい。パンドラは恐ろしいほど簡単に彼の心を開いたばかりか、心の鍵を捨て去ってしまったのだ。

ガブリエルはすっかり夢中だった。パンドラは、それまでの性行為で感じたことのない歓びで彼を満たしてくれる。どうりで四六時中、欲望をかきたてられるわけだ。独占欲が強くなり、彼女の姿が見えないだけで心配になるのも無理はない。パンドラにはわからないのだ。ガブリエルが射撃部隊と騎兵隊とスコットランドの弓兵隊と日本のサムライの一団を彼女の護衛につけると言い張らなかっただけ、運がよかったということが。

こんなにも美しく、無邪気で、活発で、世間知らずの妻が外に出ていくなんて、正気の沙汰とは思えない。いとも簡単にぺしゃんこにされてしまうかもしれないのに、それを許さざるをえないとは。そのうち慣れるだろうという幻想は抱けない。この先ずっとパンドラが外出するたびに、大きく開いた心がきりきりと痛みだすだろう。

翌朝、ガブリエルはケンジントンに所有している土地に投機目的の建物を建設する許可を与える件で、建築家と建設業者との打ちあわせに向けて出発する前に、パンドラの目の前に手紙の束を置いた。

彼女が居間の書き物机から顔をあげた。どうやら苦労しながら、レディ・バーウィック宛に手紙を書いていたらしい。「これは?」パンドラがわずかに眉をひそめる。

「招待状だ」彼女の表情を見て、ガブリエルは微笑んだ。「社交シーズンはまだ終わっていない。きみはすべて辞退したいだろうが、もしかしたら興味を引かれるものが、ひとつやふたつはあるかもしれないと思ってね」

彼女はとぐろを巻いた蛇でも見るような目つきで手紙の束を見た。「いつまでも人づきあいを避けているわけにはいかないわね」

「そうこなくちゃ」生気のないパンドラの口調に、彼は思わずにやりとした。「今度、ギルドホールで祝賀会が行われるんだ、皇太子がインドへの公式訪問から無事に帰国したことを祝して」

「そういう催しなら、出席する方向で検討してみようかしら。息の詰まりそうなこぢんまりした夕食会に出席するよりはましだわ。小さなパーティーだと、カーニバルの余興に出てくる〝ひげ女〟でも見るような目でじろじろ見られそうだもの。ひげといえば──どうしてドラゴはひげを剃ろうとしないの？　従僕になったからには、きれいに剃ってもらわないと」

「その交渉には応じてもらえないだろうな」ガブリエルは残念そうに言った。「昔からずっと生やしているんだ。じつのところ、誓いを立てるときに、自らのひげにかけて誓うことさえあるほどでね」

「そんなのばかげているわ。ひげにかけて誓うだなんて。火がついて燃えたらどうするの？」

彼は微笑み、身を乗り出した。「どうしても剃ってほしければ、その件についてはドラゴと直接話しあってくれ。だが、あらかじめ言っておくよ。彼はあのひげに強い愛着を持っているんだ」

「それはそうでしょうね、自分のひげなんだもの」

パンドラの唇に唇が押しつけられた。彼女は口を開き、塩気を含んだ甘美なキスを味わった。からかうように指先で喉をなぞられ、肌がほてりだす。ガブリエルがなめらかな舌を絡みつけてきたとたん、体が目覚め、下腹部がうずきはじめた。頭がくらくらして、パンドラは彼の腕をつかんで体を支えた。最後に彼女の舌を強く吸うと、ガブリエルは名残惜しそうにゆっくりと唇を離した。「いい子にしているんだよ」彼がささやく。

パンドラは頬を赤くして微笑んだ。ガブリエルが部屋を出ていくと、心を落ちつかせようとガラスのペーパーウエイトを手に取った。内部に小さなガラス細工の花が埋め込まれたそれを何気なく両方の手のひらでくるくるとまわしながら、屋敷のあちこちから聞こえてくる音に耳を澄ます。雨戸を開け、埃を払う音。何かを洗ったり磨いたりする音。ブラシをかける音。空気を入れ替え、部屋を片づける音。

そのうちもっと大きな屋敷を見つける必要があるというガブリエルの考えには賛成だが、パンドラはこのテラスハウスを気に入っていた。予想していたほど狭さを感じず、いかにも独身男性の住まいという雰囲気もない。連棟式住宅の一番端にあり、大きな出窓とアーチ型の天井、バルコニーには鋳鉄製の手すりがついている。屋敷の中にはありとあらゆる文明の利器がそろっていて、タイル張りの玄関広間は温水コイル式の暖房設備があり、地階から料理を運ぶための給仕用の昇降機も備わっている。パンドラたちが新婚旅行に行っているあいだに、新しい環境で居心地よく暮らせるようにと、ケイトリンとカサンドラがレイヴネル・ハウスにあったものをいくつか運び込んでくれていた。ニードルポイント刺繍が施されたクッション、四隅に房飾りのついたやわらかい膝掛け、お気に入りの本、ろうそくを浮かべるための色付きガラスの小さな容器のコレクションなど。ヘレンとウィンターボーンから贈られたのは、たくさんの引き出しや仕切りのついた書き物机で、天板には金の時計が作りつけられていた。

テラスハウスは、感じのいい使用人たちによってうまく維持されていた。全体的に見て、エヴァースビー・プライオリーやヘロンズポイントの使用人たちに比べれば、いくぶん若いようだった。彼らはみな、家政婦のミセス・ブリストーを喜ばせるために懸命に働いていた。彼女は使用人たちの日々の業務について効率よく指示を出し、パンドラに対しては親しみと敬意の混じった態度で接した。もっとも、ミセス・ブリストーが当惑するのも無理からぬことだった。何しろ結婚したばかりの新妻は、家の切り盛りにまったく関心を示さないのだから。

とはいえ内心では、パンドラにも口を出したいことがいくつかあった。たとえば午後のお茶だ。お茶の時間は、レイヴネル家が財政難にあったときでさえ、ずっと大事にしてきた習慣だった。午後にはいつも、さまざまな種類のタルトやクリームケーキ、皿に盛ったビスケットやフィンガーロール、スコーン、甘いプディングなどをゆっくりと味わい、いれたての紅茶のポットが定期的に運ばれてきた。

ところがこの家では、バターとジャムを添えた、トーストしたマフィンか干しブドウ入りのロールパンがひとつ出されるのみ。じゅうぶんおいしいとは思うものの、レイヴネル家の豪華でのんびりとしたお茶の時間に比べると退屈で、味もそっけもない。けれど家のことに少しでも口を出せば、やがては深く関わり、より多くの責任を負わなければならなくなるだろう。というわけで、パンドラは黙ってマフィンを食べたほうが賢明だと考えた。それにいまでは自分専用の馬車があるのだから、楽しいお茶の時間を過ごしたくなったら、いつでも好きなときにケイトリンのもとを訪ねればいい。

馬車について考えたら、従僕のことをふと思い出した。

机の上の真鍮製の呼び鈴を手に取り、ためらいながら鳴らす。ドラゴは応じてくれるだろうか？　一分も経たないうちに、従僕が扉に現れた。

「お呼びでしょうか、奥さま」

「ええ、入って、ドラゴ」

ドラゴは長身でたくましい体つきをしている。肩幅が広いので、従僕のお仕着せがよく似合いそうなものなのに、どうしたわけか丈の長い上着に膝丈ズボン《ブリーチズ》とシルクのストッキングという服装がまったく似合っていない。濃紺のベルベットと金のモール刺繡に尊厳を傷つけられたと言わんばかりに、居心地悪そうにしている。毎度のことながら、黒い目には警戒の色が浮かんでいた。よく見ると、左の眉尻から目尻にかけて、三日月形の小さな傷跡が走っている。遠い昔に、一生消えない傷が残るほど危険な経験をしたのだろうか？　問題の黒い顎ひげは、密生したカワウソの毛のように短く手入れされていた。

パンドラはしげしげとドラゴを見つめた。彼は自らにとって厄介な状況の中で、最善を尽くそうとしているのだ。パンドラには彼の気持ちがよく理解できた。しかも、あのひげ……自覚があるのかどうかは知らないけれど、どことなく心を表しているように見える。ドラゴは彼なりの妥協点を伝えているのだろう。パンドラは彼の意図もくみ取った。

「あなたの名前はどう発音すればいいかしら」彼女はきいた。「セントヴィンセント卿は〝ドラーゴ〟と発音するけれど、執事は〝ドレーゴ〟と呼んでいるように聞こえたから」

「どちらも正しくありません」

前日の短時間の気まずい外出でわかったとおり、ドラゴは必要最小限の言葉しか発しなかった。

パンドラはけげんな目で彼を見た。「どうしていままで何も言わなかったの?」

「誰も尋ねてこなかったからです」

「そう、でもわたしは尋ねているわ」

「ドラゴンと同じです、〝ン〟がないだけで」

「まあ」彼女は顔をほころばせた。「そのほうがいいわ。あなたを〝ドラゴン〟と呼ぶことにしましょう」

彼が眉間にしわを寄せた。「ド、ド、ドラゴです」

「ええ。だけど一文字つけ加えれば、つねに正しい発音で呼んでもらえるのよ。それに何より、ドラゴンはみんなに好かれているわ」

「好かれたいとは思いません」

真っ黒な髪、黒い目、そして本当に火を吐きそうな外見。彼にぴったりのすばらしいニックネームだ。「とにかく考えてみるだけでも――」パンドラは言いかけた。

「お断りします」

彼女はドラゴを見つめ、じっと考え込んだ。「ひげを剃ったら、驚くほどハンサムになるかもしれないわね」

急に話題を変えられて、彼は少し動揺したようだ。「お断りします」

「でも、どちらにしても、従僕はひげを生やしてはいけないのよ。たしか法律で決まっていたんじゃないかしら」

「そんな法律はありません」

「しきたりはあるわ」パンドラはわけ知り顔で言った。「しきたりに従わないのは、法律を破るようなものよ」

「御者もひげを生やしています」ドラゴが指摘する。

「ええ、御者はよくても従僕はだめなの。申し訳ないけれど、ひげを剃ってもらわなければならないわ。さもないと……」

彼がすっと目を細めた。とどめの一撃を加えられると思ったらしい。「さもないと?」

「顔に生やしている、その不適切なものを大目に見てほしければ」パンドラは提案した。「あなたをドラゴンと呼ばせてもらうわ。それがいやなら、ひげはあきらめてちょうだい」

「ひげは剃りません」ドラゴがぴしゃりと言う。

「わかったわ」彼女は満足の笑みを浮かべた。「二時に馬車の用意をしてもらえるかしら、ドラゴン。とりあえず用件はそれだけよ」

彼は無愛想にうなずいて立ち去ろうとしたが、パンドラがまた口を開くと、扉の手前で立ち止まった。「もうひとつ、ききたいことがあるの。あなたはそのお仕着せを気に入っている?」ドラゴンがこちらに向き直った。彼がいつまでもじっとしているので、パンドラはさらに言った。「尋ねたのにはわけがあるのよ」

「いいえ、気に入っていません。こうも布がひらひらしていると――」ドラゴンは上着の長い裾を憎々しげにめくってみせた。「正直に申しあげて、きつすぎてまともに腕を動かせません」自分の姿を見おろし、吐き捨てるように言う。「派手な色。金のモール刺繍。まるでクジャクになった気分です」

彼女は同情のまなざしを投げた。「考えてみれば」真顔で続ける。「あなたは本当の意味の従僕ではなく、ときどき従僕の務めを果たす護衛なのよね。屋敷の中で夕食の給仕などで執事の手伝いをするときはお仕着せを身につけるように言われるでしょうけど、わたしの外出に付き添うときは、専属の護衛にふさわしい自分の服を着てもらうほうがいいわ」少し間を置いてから、パンドラは正直なところを打ち明けた。「以前に治安のよくない場所で、お仕着せを着た使用人がごろつきに侮辱されているのを見たことがあるの。あなたにそんな不愉快な思いをさせるわけにはいかないわ」

ドラゴンがわずかに肩の力を抜いた。「かしこまりました、奥さま」彼はくるりと背を向けてその場を離れた。黒々したひげの中に、かすかな笑みが浮かんでいたように見えた。

馬車で外出するパンドラに同行するドラゴンは、窮屈そうなお仕着せ姿の従僕とはまるで別人のようだった。仕立てのいい黒のスーツと濃い灰色のベストを着こなし、身のこなしも伸びやかで堂々としている。従僕にはそぐわないと思っていたひげも、いまはよく似合っていた。こんなに無愛想でなかったら、魅力的だと言う人もいたかもしれない。ただし、ドラゴンは魅力的である必要はない。

「どちらへ行かれるのですか、奥さま?」地面に踏み段をおろし、ドラゴンが尋ねた。

「ファーリンドン・ストリートにある〈オケアー印刷所〉へ」

彼はパンドラに鋭い視線を向けた。「クラーケンウェルの？」

「ええ。〈ファーリンドン・ワークス〉と同じ建物に入っていて、その裏手には——」

「クラーケンウェルには三つも監獄があるんですよ」

「でも花屋やろうそく製造所のように、まっとうな仕事をしている人たちも大勢いるわ。あの界隈《かいわい》も、だんだん治安がよくなってきているのよ」

「窃盗団とアイルランド人ばかりです」パンドラが馬車に乗り込むと、ドラゴンは険しい顔でそう言い、小型の革の旅行鞄を差し出してきた。さまざまな書類やスケッチやゲームの試作品などが詰まったその鞄を、彼女は自分の座席の隣に置いた。ドラゴンは馬車の扉を閉め、高い位置にある御者台に御者とともに座った。

パンドラは印刷業者の一覧表に目を通し、最終的に三つに絞り込んでいた。〈オケアー印刷所〉にとくに関心を持ったのは、夫を亡くして会社を継いだ未亡人が経営者だったからで、働く女性を支援するのはいい考えだと思った。

クラーケンウェルは、ロンドンでもっとも危険な地域というわけではないものの、九年前に監獄で起きた爆破事件のせいで評判は芳しくない。アイルランド独立を目指す秘密結社〈フェニアン団〉の一員が、アイルランド人収容者を解放するために監獄の塀を爆破して失敗し、一二名の死者と多数の負傷者を出す結果となったからだ。それにより、徐々に弱まっていた国民のアイルランド人への反発がふたたび高まった。パンドラに言わせれば、ひどい話だった。ロンドンに暮らす一〇万人のアイルランド生まれの人々が、たった数名が起こした事件によって罰を受けるなんてあってはならないことだ。

暮らし向きが悪くなかったはずの中流階級がつらい時期を迎えると、クラーケンウェルには荒れ果てた地所のあいだに高い建物が密集して建てられるようになった。道路建設が進めば、迷路のように入り組んだ路地もそのうち整備されるはずだが、いまのところは進行中の工事によっていくつもの迂回路《うかいろ》が作られ、ファーリンドン・ストリートに入るのはなかなか厄介なようだ。格子状の敷石の隙間から、地下に埋設されて暗渠《あんきょ》となったフリート川の地下水路の不吉な水音がしてくる――残念ながら、においも。やがて列車の轟音《ごうおん》と汽笛が響き、当座の終着駅であるファーリンドン・ストリート駅と鉄道会社が建てた貨物駅が見えてきた。

赤と黄色のれんが造りの、実用一点張りの倉庫のような建物の前で馬車が止まった。店の入り口の両側には仕切り窓があり、扉の上部には彫刻を施したペディメントがある。パンドラは興奮で胸がどきどきした。ペディメントには凝った装飾の金文字で〝オケアー印刷所〟と書かれている。

ドラゴンがすみやかに馬車の扉を開けた。パンドラの旅行鞄を手に取り、踏み段を引きおろして、スカートが車輪に触れないように注意しながら彼女が馬車からおりるのに手を貸す。彼は手際よく店の扉を開け、パンドラが中に入ると扉が閉められた。ところがドラゴンは従僕らしく店の外で待つのではなく、中に入ってきて隣に立った。

「店の中でわたしを待つ必要はないのよ、ドラゴン」旅行鞄を手渡され、パンドラは小声で言った。「少なくとも一時間はかかるでしょうから、どこかへ行ってエールでも飲んできたらどう？」

彼はパンドラの提案を無視して、その場でじっとしている。

「わたしは印刷業者を訪ねているのよ」彼女は説明せずにはいられなかった。「起こりうる最悪の事態といっても、せいぜい紙で指を切る程度だわ」

反応はない。

パンドラはため息をついて向きを変え、一番手前のカウンターに近づいた。広い店内には何列ものカウンターが並び、売り場がいくつかに分けられている。きらめくガラス製品や宝石や高級品があふれんばかりに並ぶウィンターボーン百貨店を別にすれば、この印刷所はパンドラがいままで足を踏み入れた中でもっとも活気と彩りに満ちた場所だった。壁には風刺画やカード、芝居のビラ、版画、一ペニー新聞、おもちゃの劇場の背景幕などが貼られている。店内には印刷したての紙とインクと糊と化学薬品の混じった、人を酔わせるようなにおいが漂っていた。ペンをさっとつかみ、夢中で何かを描きたくなるようなにおいだ。店の奥のほうから、カタカタ、ガチャンガチャン、と機械が一定のリズムで作動と停止を繰り返す音が響いてくる。印刷工の見習いが手動印刷機を操作しているのだろうか？

頭上に張りめぐらされたひもには、インクを乾かすために何百枚もの印刷物がつるされ、店内のいたるところに厚紙やカードの在庫が柱のように積みあげられている。多種多様な紙がひとつの場所に大量に集められた光景を目にするのははじめてだった。カウンターには文字が彫られた版木の入ったトレイが山積みになっている。ほかにも動物、鳥、人間、星、月、クリスマスの象徴、乗り物、花々など、何千という楽しげな図案があった。

パンドラはこの場所が大いに気に入った。

こぎれいな服を着た若い女性がこちらへやってくる。細身なわりに胸は大きく、巻き毛は茶色で、長いまつげの奥の瞳ははしばみ色だ。「レディ・セントヴィンセントでいらっしゃいますか？」彼女はそう言うと、膝を曲げて深々とお辞儀をした。「ミセス・オケアーです」

「お目にかかれてうれしいわ」パンドラは笑いかけた。

「お手紙を読ませていただきました。こんなに興味をそそられたのははじめてです」ミセス・オケアーは言った。「とてもよくできたボードゲームですね、奥さま」上品な話し方に、音楽のように耳に心地よいアイルランドなまりが混じっている。いかにも快活そうな雰囲気を漂わせた彼女に、パンドラは好感を持った。「あちらでおかけになって、詳しくお話をうかがえますか？」

部屋の隅のひっそりとした一画へ向かい、テーブルの前に座った。それから一時間ほどかけ、パンドラは旅行鞄からスケッチやメモや試作品を取り出してみせながら、ボードゲームに必要な構成要素について相談した。買い物を題材にしたゲームで、プレイヤーは入り組んだ迷路のような百貨店の中を動きまわる。構成要素には、商品カードやおもちゃの紙幣、プレイヤーのゲームの進行を助けたり妨げたりするチャンスカードも含まれていた。

ミセス・オケアーは計画に乗り気らしく、ゲームに使えそうな材料をいろいろ提案してくれた。

「最大の問題はゲーム盤を折りたたむという点ですね。わたしどもの印刷所では、平台印刷機を使って直接ゲーム盤に石版印刷することもできますよ。多色刷りのものをお望みでしたら、金属板で色ごとの版を作って――五色から一〇色程度でじゅうぶんでしょう――インクを盛った版を重ねれば、思い描いていらっしゃるとおりに仕上がると思います」

ミセス・オケアーはパンドラが試作した手描きのゲーム盤をしげしげと見つめた。

「単色で線画だけ印刷して、女性たちを雇って手作業で彩色すれば、費用をかなり安く抑えられます。もっとも、その分時間はかかってしまいますけれど。人気商品になった場合には――もちろんそうなると確信していますが、最初から最後まで機械で製造したほうが、より大きな利益を得られるでしょうね」

「手作業で彩色してもらうほうがいいわ」パンドラは言った。「自活して懸命に家族を養おうとしている女性たちに、割のいい仕事を提供したいの。そのほうが利益よりも大きな意味があるから」

ミセス・オケアーがあたたかい目でパンドラをじっと見つめた。「立派なお考えですわ、奥さま。本当にすばらしいです。あなたのような上流階級の女性の多くは、たとえ貧しい人たちのことを考えるとしても、ストッキングや帽子を編んで慈善団体へ寄付する以上のことはなさらないものだと思っていました。奥さまのビジネスは、編み物よりもはるかに貧しい人々の助けになるでしょう」

「そうだといいけれど。わたしの編み物では、本当に誰の助けにもならないもの」

女性は笑い声をあげた。「わたしはあなたが大好きになりました、奥さま」立ちあがり、両手をこすりあわせる。「よろしければ奥の部屋へどうぞ。山のように見本がありますので、持ち帰ってゆっくりごらんいただけますよ」

パンドラはゲームの書類や資料をかき集め、旅行鞄にしまった。ドラゴンのほうをちらりと振り向くと、扉のすぐそばからこちらを見ていた。パンドラが奥の部屋へ向かおうとしているのに気づき、彼も前に進み出たが、パンドラは首を横に振ってその場で待つよう身振りで伝えた。ドラゴンはわずかに眉をひそめたものの、腕組みをしてそこにとどまった。

ミセス・オケアーのあとについて腰までの高さのカウンターを通り過ぎると、ふたりの若者が何かのページをせっせとまとめていた。左側では印刷工の見習いが歯車やレバーのついた足踏み式活版印刷機を動かしていて、別の男性が操作している大きな銅製のローラーがついた印刷機では、長いロール紙に続けざまに同じ絵が印刷されている。

ミセス・オケアーに案内され、さまざまな見本が陳列してある事務所に足を踏み入れた。彼女は壁に作りつけられた棚や引き出しに沿って進みながら、紙、カード、板、製本用の帆布とモスリン、いろいろな活字見本を集めていく。パンドラはすぐうしろからついていき、見本を受け取っては旅行鞄に放り込んでいった。

そのとき扉をそっとノックする音が聞こえて、ふたりは足を止めた。

「たぶん倉庫番の子ですわ」ミセス・オケアーはそう言って、部屋の反対側へ向かった。パンドラがそのまま陳列棚を見てまわっていると、ミセス・オケアーが少しだけ扉を開けた。すると扉の隙間から、縁なしの帽子を目深にかぶった一〇代とおぼしき若者が顔をのぞかせた。ふたりは小声で短いやりとりをして、ミセス・オケアーがまた扉を閉めた。「奥さま、申し訳ありませんが、配達人に指示を出さなければならないんです。一分ほど、そこでお待ちいただいてもよろしいですか？」

「ええ、もちろん」パンドラは答えた。「わたしなら、ひとりで大丈夫よ」立ち止まってよく見ると、ミセス・オケアーはまだ笑みを浮かべているものの……かすかに不安の色をのぞかせ、顔を引きつらせている。「何かあったの？」パンドラは心配になってきいた。

ミセス・オケアーの顔がすぐに晴れた。「いいえ、奥さま。ただ、わたしは接客中に邪魔をされるのがいやなんです」

「わたしのことは気にしないでちょうだい」

ミセス・オケアーは引き出しに近づき、封をしていない封筒を取り出した。「奥さまが三段跳びをする暇もないうちに戻ってまいりますわ」

彼女が倉庫に続く扉をしっかりと閉めた拍子に、何かがひらひらと床に落ちた。紙片のようだ。

パンドラは眉をひそめ、旅行鞄を置いて小さな紙切れに近づくと拾いあげた。片面は白紙で、裏面には活版印刷の見本のような文字が印刷されているものの、先ほど見せてもらった活字見本ほど文字は整然と並んでいない。ミセス・オケアーが引き出しから取り出した封筒から落ちたのだろうか？　何か大切なもの？

「困ったわね」パンドラはつぶやいて扉を開け、ミセス・オケアーのあとを追いながら名前を呼んだ。返事がないので、薄暗く照らされた廊下を恐る恐る進む。どうやら倉庫の作業場に続いているらしい。屋根の近くに並んでいる油で汚れた仕切り窓から日の光が差し込み、石版石や金属板、ローラーや機械部品、大量のざるや桶《おけ》にわずかな光を投げかけている。やがて油と金属の重苦しいにおいがとぎれ、木の削りくずの好ましいにおいに変わった。

廊下が終わった瞬間、巨大な蒸気印刷機のそばに立つミセス・オケアーの姿が見えた。見るからに頑丈そうな背の高い男性と一緒にいる。角張った顔、こぶ状に割れた顎。金髪で、肌は青白く、眉とまつげは生えていないのかと思うほど色が薄い。目立たない黒い服を着ているにもかかわらず、裕福な紳士しか身につけないようなシルクハットをかぶっている。いずれにせよ、配達人がかぶるような帽子ではない。

「お話し中に失礼します」パンドラはふたりのもとへ歩み寄った。「ちょっとお尋ねしたいことが――」ミセス・オケアーがこちらを振り返ったとたん、パンドラははっとして足を止めた。ミセス・オケアーの目に隠しようのない恐怖が浮かんだからだ。彼女が見知らぬ男性にさっと視線を戻す。彼がコブラを思わせるまつげのない目でこちらを見た瞬間、パンドラは身の毛がよだった。

「こんにちは」パンドラは消え入りそうな声で言った。

男性が一歩前に踏み出した。その動きがなぜか、蜘蛛がすばやく横切ったり、蛇がくねくね動いたりするのを目にしたときに覚える本能的な感覚を引き起こした。

「奥さま」ミセス・オケアーがふたりのあいだに割って入り、パンドラの腕を取った。「倉庫はあなたのような方がいらっしゃる場所では……そのきれいなドレスが……ここは油と埃だらけですから。さあ、事務所に戻りましょう」

「ごめんなさい」パンドラはあわてて言うと、ミセス・オケアーに急《せ》きたてられるまま、そそくさと廊下を引き返した。「お邪魔するつもりはなかったのだけれど――」

「どうかお気になさらずに」ミセス・オケアーはわざとらしい小さな笑い声をたてた。「配達人から注文内容に関して問題があると指摘されていたんです。申し訳ありませんが、すぐに確認しなければならなくて。ご説明も見本も、これぐらいでじゅうぶんでしょうか？」

「ええ。わたし、何かご迷惑をおかけしたかしら？　だとしたら――」

「とんでもありません。ですが、すぐにお引き取りいただいたほうがいいと思います。いまはかなり取り込んでおりますので」ミセス・オケアーは足を止めることなく、旅行鞄の取っ手をつかみ、パンドラを連れて事務所を通り抜けた。「さあ、お鞄をどうぞ、奥さま」

困惑と悔しさを覚えながら、パンドラはミセス・オケアーとともに店の中を通り、ドラゴンが待つ出入り口へ向かった。

「あいにく、どれくらい時間がかかるかわかりませんので」ミセス・オケアーが口を開いた。「注文内容の問題のことです。もし時間に余裕がなくて、奥さまのボードゲームの印刷をお受けできなくなった場合は、ほかの印刷業者をご紹介しますわ。メリルボーンにある〈ピッカーズギルズ〉です。すごく腕のいい印刷業者ですから」

「ありがとう」パンドラは礼を言うと、心配になって相手を見つめた。「わたしが何かいけないことをしてしまったのなら、本当にごめんなさいね」

ミセス・オケアーはかすかに微笑んだものの、依然として緊迫感を漂わせていた。「気をつけてお帰りください、奥さま。ご成功をお祈りしています」そう言うと、ドラゴンの無表情な顔に視線を走らせた。「急いでお帰りになったほうがいいです——道路工事の影響で、夕方近くになると渋滞がひどくなりますから」

ドラゴンが短くうなずいた。パンドラの手から旅行鞄を受け取り、扉を開けて彼女を店の外へ連れ出す。ふたりで板張りの歩道を進み、待たせてある馬車へと向かった。「何があったんです?」朽ちかけた板の穴を避けるようパンドラに手を貸しながら、彼が無愛想にきいた。

「それがね、ドラゴン、なんだか奇妙だったのよ」パンドラは早口で状況を説明した。途中で舌がもつれたが、彼は難なく話を理解したようだった。「わたしが倉庫へ足を向けなければよかったの」後悔をにおわせながら話を終える。「でもね——」

「ええ、そんなことをするべきではありませんでしたね」それは叱責ではなく、あくまでも淡々とした同意だった。

「その男性を見てしまったのがいけなかったんだと思うの。ひょっとしてミセス・オケアーは彼とロマンティックな関係にあって、ふたりともそのことを知られたくなかったのかしら。

だけど、そんなふうには見えなかったのよ」

「ほかに何か見ましたか？　ふつうは倉庫になさそうなものを」

馬車にたどりつくと、パンドラは首を横に振った。「とくに何も思い浮かばないわ」

ドラゴンが馬車の扉を開け、踏み段を地面に引きおろす。「ここで五分ほど御者とお待ちください。しなければならないことがありますので」

「何？」パンドラは尋ね、馬車に乗り込んで彼の手から旅行鞄を受け取った。

「用を足しに」

「従僕はあまり用を足しに行かないものよ。少なくとも、口に出してはいけないことになっているの」

「窓の日よけをおろしたままにしておいてください。扉に鍵をかけて、誰が来ても決して開けないように」

「あなたが戻ってきたら？」

「相手が誰でも開けてはいけません」ドラゴンは重ねて言った。

「秘密の合図を決めておきましょう。ふつうとは違うノックの仕方を――」

パンドラが最後まで言い終わらないうちに、扉を閉められてしまった。

彼女はむっとして、座席にゆったりともたれた。退屈や不安を感じるよりも耐えがたいことがあるとすれば、その両方を同時に感じることだ。片手で耳をふさいで後頭部を軽く叩き、キンキンする音を静めようとする。二、三分ほど根気よく叩いていると、やがて馬車の外からドラゴンの声が聞こえた。車体がわずかに揺れ、彼が御者台にのぼる。馬車はファーリンドン・ストリートを走りだし、クラーケンウェルを出発した。

クイーンズゲートにあるテラスハウスに戻ったとき、パンドラは知りたくてたまらず、ほとんどわれを忘れそうになっていた。ありったけの自制心を動員し、馬車から飛び出したい気持ちを抑えていると、ドラゴンが扉を開けて踏み段をおろした。

「印刷所に戻ったの?」彼女は座席に座ったまま問いかけた。馬車からおりて路上で話すのは無作法だが、いったん屋敷の中に入ったら最後、ふたりきりで話す機会はないだろう。「ミセス・オケアーと話をしたの? 例の男性をあなたも見た?」

「彼女を押しのけて中に入り、印刷所の中を見まわったのですが」ドラゴンが認めた。「いやな顔をされたものの、制止はされませんでした。しかし、その男は見当たりませんでした」

彼は一歩さがり、パンドラが馬車からおりるのを待っている。けれども彼女は動こうとしなかった。ドラゴンは明らかに何かを隠している。本当にそうだとしたら、彼はガブリエルにその件を報告し、パンドラは人づてに話を聞く羽目になるだろう。

ドラゴンがまた扉の前に戻り、探るようなまなざしを向けてきたので、パンドラは真顔になって言った。「ドラゴン、わたしの信頼を得るためには、隠し事はやめてちょうだい。そうでないと、わたしもあなたを信頼できないわ。それに大事なことを伏せても、わたしを守ることにはならないの。むしろその逆よ。事情をよく知っていれば、愚かなまねをする可能性が低くなるでしょう」

ドラゴンはしばらく考えていたが、結局折れた。「事務所を通って倉庫にも行ってみました。あちこちに……ガラスやゴム管、金属製の円筒、粉末の化学物質などがありました」

「そういったものは、印刷所の作業場にはよくあるんじゃない？」

彼が眉間に深いしわを寄せてうなずく。

「だったら、何をそんなに心配しているの？」

「それらのものは、爆弾を作るのにも使われるからです」

18

ガブリエルが長い打ちあわせを終えて帰宅すると、ドラゴが玄関広間で待ち構えていた。

「旦那さま」ガブリエルに手を貸そうと前に進み出たドラゴを第一従僕が当てつけがましく肩で押しのけ、主人の手から帽子と手袋を受け取った。ガブリエルは必死に笑いを嚙み殺した。どうやらドラゴはまだ、屋敷内での細々した決まり事を覚えていないらしい。使用人は序列ごとにそれぞれの仕事が決められているため、みな簡単にほかの者に仕事を譲ったりしないものなのだ。

ドラゴは第一従僕の背中に射るような鋭い視線を投げてから、ガブリエルに注意を戻した。

「お耳に入れておきたいことがあります、旦那さま」

「そうか」先に立って近くの朝食室へ入ると、ふたりして出窓の前に立った。

ドラゴはクラーケンウェルにある印刷所を訪ねたときの様子を簡潔に説明した。急に追い返され、さらに事務所と倉庫に疑わしいものがあったという話を聞かされるうちに、ガブリエルの顔がどんどん曇っていった。「どんな化学物質だ？　有害なものだと思うか？」

答える代わりに、ドラゴは上着のポケットからコルク栓をしたガラス管を取り出した。ガブリエルはそれを受け取り、目の前に掲げてゆっくりと振ってみた。ガラス管の中で塩の結晶のような粒が転がるのを、じっと眺める。

「塩化カリウムです」ドラゴが言った。

ごく一般的で簡単に見分けがつき、石鹼や洗剤、摩擦マッチや花火やインクなどの製造に使われる化学物質だ。ガブリエルはガラス管をドラゴに返した。「印刷所でこれを見つけたからといって、気にする者はほとんどいないだろう」

「はい、旦那さま」

「だが、おまえは何か怪しいと思ったわけだな」

「状況から判断したのです。ミセス・オケアーの態度。レディ・セントヴィンセントが目撃した男性。きなくさいにおいがしますね」

ガブリエルは出窓の枠に片手をついて体を支えると、静かな通りに目を向け、羽目板張りの壁を指先でこつこつと叩いた。「おまえの直感を信じよう」しばらくして言う。「厄介な事態が起こりかけているのを、いままで何度も察知してきただろうからな。もっとも警察に通報したところで、決め手となる証拠がないと言って相手にされないだろう。そのうえどの部署の刑事も、買収されているか無能かのどちらかだ」

「相談できる人物に心当たりがあります」

「誰だ？」

「名前を出されるのを嫌います。その人物が言うには、ロンドンにいるおおかたの刑事が名前と顔と習慣を知られすぎていて、使い物にならないそうです。いずれ警察組織が一掃されて、公安部が作られるのだとか。この話は他言無用でお願いします」

ガブリエルは眉をつりあげた。「そんな情報をどうやって仕入れた？　ぼくでさえ知らないのに」

「このところ、旦那さまはご不在でしたから」ドラゴは言った。「結婚式のことや何かで」

ガブリエルは笑みを浮かべた。「早急にその人物に連絡を取ってくれ」

「さっそく今夜にでも」

「それともうひとつ」ガブリエルは一瞬ためらった。尋ねたいことの答えを聞くのが怖かった。「レディ・セントヴィンセントに手を焼いていないか？　彼女は文句を言ったり、おまえから逃げようとしたりしていないだろうな？」

「はい、旦那さま」ドラゴは淡々とした口調で答えた。「頼もしい《ブリック》方です」

「そうか」ガブリエルは困惑した。「それならよかった」ドラゴの言葉に頭を悩ませながら、妻を探しに二階へ向かう。〝ブリック〟というのはロンドンの流行り言葉で、ひときわ義理がたく、情の厚い男に対して使われる最大級の褒め言葉だ。ドラゴが誰かのことをそんなふうに言うのを聞くのははじめてだった。それどころか、女性が〝ブリック〟と評されるのを聞いたことなど、いままで一度もない。

パンドラの寝室のほうから彼女の声が聞こえてくる。ドレスを着替え、髪を整えているらしい。ガブリエルの強い意向で、パンドラは毎晩彼のベッドで寝ている。最初のうちは、あまりよく寝つけないからと言って乗り気ではなかったし、実際そのとおりだった。ところが彼女の悩みは解決された――ガブリエル自身の悩みも。パンドラの寝返りで目が覚めるたびに愛を交わすことにしたら、彼女は疲れきって深い眠りに落ちるようになったのだ。

パンドラの部屋の前まで来ると、ガブリエルは立ち止まってにやりとした。アイダが淑女らしい上品さについて、何やら講釈を垂れている。どうやら最近の雑誌の記事を読んで、感化されたらしい。

「淑女は人々を助けるためにあちこち駆けずりまわってはいけないそうですよ」アイダが言う。「その記事によりますと、いかにもか弱そうに青白い顔をして寝椅子に横になっていると、助けてあげたいと思われるらしいです」

「つまり、はた迷惑な人になれということ?」パンドラが怒りをにじませた口調できく。

「はかなげな淑女は誰からも愛されるそうです」メイドは告げた。「その記事ではバイロン卿の詩の一節を引用していました。〝か弱き女性は愛らしい〟と」

「バイロン卿の詩はたくさん読んだけど」パンドラが憤然と言う。「そんなばかげた詩は書いていないわ。何が〝か弱き女性〟よ、ばかばかしい。どの雑誌に書いてあったの? 健康な女性に病人のようにふるまえと勧めるだけでも眉をひそめたくなるのに、そのうえすばらしい彼の詩を誤って引用するなんて――」

ガブリエルが扉を軽く叩くと、ふたりの声が聞こえなくなった。無表情を装って部屋に入ったとたん、最初に目に飛び込んできたのは、コルセットとシュミーズとドロワーズしか身につけていない妻の魅力的な姿だった。

パンドラが目を見開いて彼を見つめ、頭のてっぺんから足の先まで真っ赤になった。咳払いをして、息を弾ませながら言う。「こんばんは、閣下。ちょうど……夕食のために着替えているところだったの」

「そのようだね」彼女の体にゆっくりと視線をさまよわせ、コルセットで押しあげられた胸のふくらみにじっと視線を注いだ。

アイダが床に脱ぎ捨てられたままのドレスを拾いあげ、パンドラに向かって言った。「奥さま、ガウンを取ってまいり――」

「その必要はない」ガブリエルは言った。「妻の面倒はぼくが見よう」

アイダはうろたえた表情ですばやくお辞儀をすると、そそくさと部屋を出て扉を閉めた。

パンドラは全身に緊張をみなぎらせて、その場にじっと立っている。ガブリエルは部屋の奥へと歩みを進めた。「ドラゴンから……話を聞いたのね」

ガブリエルは片方の眉をあげたが、そのおかしなニックネームについては何も言わなかった。彼女は心配そうに眉間にしわを寄せ、そわそわと手足を動かしている。叱られた子どものようにつぶらな目をしているのを見て、守ってやりたいという気持ちが胸にこみあげた。

「なぜそんなにおどおどしているんだい？」やさしく尋ねる。

「あなたが怒っているんじゃないかと思って。ひとりで倉庫へ行ったから」

「怒ってはいないさ。きみの身に危険が迫っていたかもしれないと思うと、少し胸が苦しくなるだけだ」パンドラの手を取り、すぐそばの椅子に引き寄せて、自分の膝の上に浅く腰かけさせた。彼女が安心したように体の力を抜き、ガブリエルの首に両腕を巻きつける。彼女は香水をつけているらしく、花のようなさわやかな香りがした。けれども彼は、何もつけていないほうが好きだった。シルクみたいになめらかで、かすかに塩味のする彼女の素肌は、どんな媚薬《びやく》よりも効果がある。「パンドラ、護衛をつけずによく知らない場所へ足を踏み入れるような危ないまねは、二度としないでくれ。きみはぼくの大事な人なんだ。それだけではない。人をおびえさせたり、威圧したりする機会が奪われれば、ドラゴはやる気を失ってしまう」

「次からは気をつけるわ」

「約束してくれ」

「約束するわ」パンドラが彼の肩に頭をもたせかけた。「これからどうなるの？　ドラゴンは自分が見たことを警察に知らせるの？」

「ああ。警察の捜査が必要かどうかはっきりするまで、きみはあまり出歩かないほうがいい」

「ガブリエル……ミセス・オケアーは悪い人じゃないわ。とっても親切で、ボードゲームの件でもいろいろと相談に乗ってくれたの。故意に人に危害を加えるような人ではないと断言できる。危険なことに巻き込まれているのだとすれば、彼女のせいではないはずよ」

「これだけは言わせてくれ。信頼したい相手に失望させられるのは珍しいことじゃない。きみも世間についてもっとよく知れば、幻想を抱かなくなるだろう」

「わたしは疑り深い人間にはなりたくないわ」

ガブリエルは彼女の髪に唇を寄せて微笑んだ。「もう少し疑り深くなると、もっと危なげのない楽天家になれるよ」彼女の頬にキスをする。「さて、どんなお仕置きをしてやろうかな」

「わたしにお仕置きをするの？」

「うむ」彼はほっそりとしたむき出しの脚に手を滑らせた。「厳しく教えてやらないと、きちんと学べないだろう」

「どんなお仕置き？」

「まずは、きみのドロワーズを脱がせることから始めよう」

にっこりしたパンドラの唇を、ガブリエルは奪った。「夕食までにあまり時間がないわ」

ドロワーズのひもに手を伸ばすと、彼女が身をよじった。

「案外、五分で思いを遂げてしまい、きみに驚かれるかもしれない」

「驚きはしないわよ、少し前にもそういうことがあったもの」

彼女が生意気なことを言ったので、ガブリエルはおかしくなって吹き出した。「よし、受けて立とう。夕食のことなんか、きれいさっぱり忘れさせてやる」

ドロワーズを脱がせるとパンドラが甲高い声をあげてもがいたので、彼女の体を膝の上に引っ張りあげ、腰の両脇に脚をおろさせた。パンドラは芯の入ったコルセットをつけているせいで、背筋をまっすぐに伸ばしたままだ。肩からシュミーズを引きおろし、コルセットに支えられた胸のふくらみを持ちあげる。白い肌にゆっくりと唇を這わせて、淡いピンクの先端を舌ではじいた。彼女が次第に息を荒らげ、胸が苦しくなったのか前の留め金に手を伸ばした。

その手をガブリエルはやさしくつかみ、ふたたび自分の首にまわさせた。「そのままでい い」小声で告げて、反論する隙を与えずにキスで唇をふさぐ。コルセットをはずさないのは、快感をおびき寄せるための仕掛けだった。焚きつけに火がまわるように、一気に炎が燃えあがるはずだ。

両膝のあいだにヒップがおさまるようにパンドラの体をずらし、脚をさらに大きく開かせた。片手で彼女の背中を支えたまま、もう一方の手を腿に滑らせる。なめらかな花弁に円を描くように触れるとしっとりと濡れてきて、彼女が膝の上で身を震わせた。パンドラの体に何が起きているのか、ガブリエルにはわかっていた。コルセットが妙な具合にこすれ、興奮をかきたてられているのだ。一本の指で、襞の上から小さなつぼみを撫でた。彼女のあえぎ声がさらに大きくなる。襞を開き、姿を現した突起のまわりをなぞりながら、その下の小さなくぼみに指を沈めた。パンドラが腿とヒップに力をこめて互いの体を密着させ、からかうようにこすりつけてくる。

ゆったりともてあそびながら指をそっと引き抜くと、彼女が首をのけぞらせ、じれったそうに身もだえした。パンドラが一番触れてほしい場所を巧みに避けながら愛撫を続ける。彼女のまぶたが半分閉じられ、とろんとした目つきになり、顔が真っ赤に染まっていく。絶頂寸前まで高めつつ、ガブリエルはなおも甘い責め苦を与えつづけた。

空いているほうの手でパンドラの頭を支え、唇を重ねた。彼女が荒々しくガブリエルの口をこじ開け、舌を絡めようとする。彼はパンドラの舌を受け入れ、手のひら全体で熱く濡れた場所を包み込んで、潤った部分を愛撫した。

次の瞬間、彼女が唇を離してうめき声を発したかと思うと、前のめりになって体をこわばらせ、ガブリエルの肩に頭をもたせかけた。

彼はそっとパンドラを抱きあげてベッドに運び、彼女を床に立たせてからマットレスに押し倒した。パンドラが期待に打ち震えているあいだにズボンのボタンをはずす。妻が自分を信じてじっと横たわっている姿を見て、全身の筋肉が張りつめ、下腹部が痛いほどに猛《たけ》りたった。以前、彼女にそれとなく伝えた願望がふいに思い浮かぶ――紳士ならばふつうは妻に要求しない、あることが。あのときはたしか喜んで受け入れるというようなことをパンドラは言ったけれど、夫がとんでもない要求をしていることをほとんど理解していなかったはずだ。

コルセットをつけたしなやかな背中に片手を滑らせ、蝶結びのひもに触れたところで、ガブリエルは一瞬ためらった。頭に浮かんでいるみだらな考えをパンドラに隠したくない。ひそかな欲望をさらけ出せば、彼女のガブリエルに対する見方が変わってしまうだろうか？しかし妻と愛人の両方の役目を担ってくれる女性がいるとすれば、その女性にはすべてを受け入れてもらいたい。秘めた欲求や背徳的な妄想さえも。そしてパンドラなら受け入れてくれるだろう。

心に迷いが生じる前に、ガブリエルはコルセットのひもの結び目をほどいた。無言のままパンドラの両腕を取り、背中の下のほうにまわさせる。彼女は身をかたくしたものの、抵抗はしなかった。胸を突き出し、背中をそらした姿勢になっている。ひもがきつく締まりすぎないように気をつけながら、彼女の手首をすばやくコルセットに縛りつけると、ガブリエルの心臓が早鐘を打ちはじめた。

ベッドの上で手をゆるく拘束されたパンドラの姿を見たとたん、全身がかっと熱くなった。ガブリエルは息も荒く彼女のヒップを撫で、揉みしだいた。パンドラは縛られた手首をためらいがちに動かしている。どうやら当惑と好奇心を感じているようだ。彼女は半裸の状態で、ガブリエルのほうは服を着ているというのに、これほど自分をさらけ出した気分になるのははじめてだった。彼はパンドラの反応をうかがった。やめてほしいと言われたら、すぐさまひもをほどくつもりだった。ところが彼女は押し黙っている。胸が大きく上下に動いている以外は身動きひとつせずに。

パンドラの腿のあいだに手を這わせて、さらに大きく開かせる。ガブリエルは張りつめた自分のものをつかみ、先端を秘所に当てて前後に動かした。彼女がいっそう背中をそらし、アネモネの葉のような華奢な指を丸めたり伸ばしたりしはじめる。低いあえぎ声をあげ、首をのけぞらせて腰を押しつけてくる。同意だけでなく、歓んでいることを伝えようとしているのだ。彼女が安心して身を任せてくれるなら、この先も親密な行為をいろいろと受け入れてくれるだろう。

ガブリエルは安堵と興奮を覚えながらパンドラに覆いかぶさり、うめくように言葉を発した。やさしい言葉も下品な言葉もかけたが、もはや自分では制御できなかった。中に入ったとたん、彼女が大きくあえぎ、体をびくんと震わせた。パンドラの足が持ちあがるほど激しく突くたびに、彼のものが締めつけられる。熱く濡れた部分にさらに何度も深く突き入れると、彼女がとうとう高みにのぼりつめ、なすすべもなく体をけいれんさせた。パンドラが息を切らしてじっと横たわっているあいだに、ガブリエルは手首のひもをほどいた。

彼女とともにベッドの中央へ移動し、コルセットの留め具をむしり取る。コルセットをはずし、薄手のシュミーズを引きおろして、パンドラのへそから胸のふくらみへと舌を這わせた。パンドラが息を弾ませて笑い声をたて、身をよじって逃れようとしたので、ガブリエルはうめき声を発し、彼女のヒップをマットレスに押さえつけた。もう戯れを楽しんでいる余裕はない。高まる欲望で頭がどうかなりそうだ。彼はパンドラに覆いかぶさり、最適な角度を探ってから身を沈めた。なめらかな内側に締めつけられ、奥深くへと導かれていく。

彼女の表情が変わった。交尾を受け入れた野生動物のように従順になり、ぐっと腰を持ちあげて、ガブリエルを迎え入れる。彼はパンドラの唇を奪いながら、激しいリズムを刻んで彼女の歓びを高めていった。パンドラがあえぎ声をあげると、円を描くようにしなやかに腰を動かし、ふたたび彼女を絶頂へ導いた。彼女がガブリエルの肩に歯を立て、爪を食い込ませる。その軽い痛みに興奮をかきたてられて、彼もいよいよ制御できなくなった。高まる緊張を解き放ち、自分がばらばらになって溶けてしまいそうな快感に酔いしれる。ガブリエルは彼女の中でわれを忘れ、なすすべもなく降伏した。彼女以外の女性はもう考えられない。パンドラは運命の人だ。

19

翌日、ドラゴンが知りあいの警察の捜査関係者に相談したところ、その人物がクラーケンウェルの印刷所へ出向き、ミセス・オケアーに直接事情をきくということで話がまとまった。必要以上に警戒するにはあたらないだろうと言われ、とりあえずパンドラはふだんどおりの生活を送れることになった。

願ってもない話だった。なぜならパンドラとガブリエルはその晩、ヘレンとミスター・ウインターボーンと一緒に観劇へ出かけ、そのあとに遅めの夕食をとろうと約束していたからだ。ロンドン社交界の人々でにぎわうヘイマーケット王立劇場で、『法定相続人』という喜劇が再上演されるのだという。

「本当は警察の捜査が終わるまで、人の集まる場所へきみを連れ出したくないんだが」寝室でシャツを着ながら、ガブリエルは顔をしかめた。「ヘイマーケット界隈は治安が悪いことで有名なんだよ」

「でも、あなたと一緒に行くのよ」パンドラは指摘した。「それにミスター・ウィンターボーンもいるわ。さらに言うなら、非番のはずのドラゴンまでが同行すると言って聞かないのよ。そんな状況で、わたしの身に何が起きるというの？」パンドラはマホガニー材の鏡台の鏡に目をやり、レース飾りのついた身頃にかかる二連の真珠のネックレスの位置を直した。今夜はラベンダー色と象牙色の配色のイブニングドレスに身を包んでいる。

ガブリエルはあいまいな返事をして、シャツの袖口を折り返した。「鏡台の上のカフスボタンを取ってもらえるかい？」

パンドラはカフスボタンを持っていった。「どうしてオークスに着替えを手伝ってもらわないの？　夜会服で正装するんだから、なおさらそうするべきだわ。いまごろ彼は取り乱しているんじゃないかしら」

「そうだろうな。だが、この傷がどうやってできたのか説明せずにすむほうがいい」

「どの傷？」

彼は答える代わりにシャツの前を開け、片方の肩のあちこちにできている小さな赤い傷をあらわにした。パンドラが歯を立てたところを。

彼女はうしろめたさで顔を赤らめ、つま先立ちになって傷の具合を見た。「ごめんなさい。オークスはこの傷のことを言いふらすかしら？」

「まさか。オークスの口癖は〝従者危うきに近寄らず〟だ。とはいえ――」ガブリエルが金褐色の頭をさげた。「秘密にしておいたほうがいいこともある」

「かわいそうに。まるで野獣に襲われたみたい」

ガブリエルがかすれた声で吹き出した。「ただの小さな雌ギツネだよ。お楽しみの最中にちょっと凶暴になるんだ」

「嚙み返してやればよかったのよ」パンドラは彼の胸に顔をうずめて言った。「そうすれば、あなたにもっとやさしくするよう教え込めたでしょうに」

片手が頰に添えられ、上を向かされた。ガブリエルが彼女の下唇をそっと嚙んでささやく。

「きみはきみのままでいいんだよ」

ヘイマーケット王立劇場の内部は豪華絢爛《けんらん》だった。クッションは張りのボックス席が階段状に並び、壁の上部の金色の繰形《モールディング》には、古代ギリシャの竪琴《リラ》やオークの葉のリースの彫刻が施されていた。バラ色の円天井はきらびやかな装飾と手描きの太陽神アポロンで埋め尽くされ、カットグラスのシャンデリアの表情豊かな光が、めかし込んだ観客たちを照らしている。

開演までの待ち時間、夫たちが近くのロビーで紳士の一団と談笑しているあいだ、パンドラとヘレンはボックス席に座っておしゃべりに興じていた。ヘレンは見るからに元気そうで、今夜は話したいことがたくさんあるらしく、パンドラも一緒に婦人向けのフェンシング教室に通わせようと意気込んでいる。

「あなたもフェンシングを習うべきよ」ヘレンは熱心に勧めた。「姿勢がよくなるし、正しい呼吸法も身につくの。わたしの友人のガレット――ドクター・ギブソンは、気分がすっきりするスポーツだと言っているわ」

実際そのとおりに違いないとパンドラは思った。けれど平衡感覚に問題を抱えた女性が先の鋭くとがったものに近づいたとしても、いい結果につながるとはとうてい思えない。

「そうできたらいいんだけど、わたしは不器用すぎるのよ。ほら、ダンスだってあんなに下手なんだもの」

「でも、フェンシングの達人が指導してくださるから……」ヘレンの声が次第に小さくなって消えた。ふたりの席と同じ高さにある二階席《ドレスサークル》のほうを見ている。「ねえ、あの女性はどうしてあんなに怖い顔であなたをにらみつけているのかしら」

「どこ？」

「ドレスサークルの左側よ。一列目に座っている焦げ茶色の髪の女性。見覚えはある？」

ヘレンの視線の先をたどると、ひとりの女性が劇場のプログラムに興味を引かれたふりをしていた。すらりとした体つきに端整な顔立ちで、彫りが深いため、長いまつげに縁取られた目が深くくぼんで見える。鉛筆のように細い鼻はつんと高く、赤い唇は厚くて肉感的だ。

「まったく見覚えがないわ」パンドラは答えた。「すごくきれいな人ね」

「そうかもしれないけれど、あの刺すような視線しか目に入らないわ」

パンドラはにやりとした。「人をいらいらさせるわたしの能力を、見ず知らずの人にまで発揮してしまったかしら」

人目を引くその女性の隣の席には、ずんぐり太った年配の紳士が座っていた。不思議なことに二色のひげを蓄えていて、頬のあたりは白髪交じりの濃い灰色、顎のほうは真っ白だ。軍人らしくぴんと背筋が伸びた姿勢は、まるで荷馬車の車軸に背中を縛りつけられているみたいだった。女性が彼の腕に触れて何やら耳打ちをしたが、男性は気づく様子もなく舞台に視線を注いでいる。目に見えない芝居を見ているかのように。

そのとき、焦げ茶色の髪の女性とまともに視線が合い、パンドラはぎょっとした。これほど憎しみに満ちた目でにらまれるのははじめてだ。あんな目つきでにらむ理由がある人は思いつかないけれど、強いて挙げるとすれば……。

「あの女性に心当たりがある気がするわ」パンドラは小声で言った。

ヘレンが答えるより早くガブリエルが戻ってきて、パンドラの隣の席に座り、人を殺しかねない女性の視線からかばうように体の向きを変えた。「ミセス・ブラックとその夫のアメリカ大使だ」ガブリエルが険しい顔でぼそりと言う。「彼らがここへ来るとは思わなかった」

個人的な問題だと察したらしく、ヘレンがあわてて横を向き、自分の夫と話を始めた。

「もちろんわかっているわ」パンドラは小声で言った。意外にもガブリエルは歯を食いしばり、顎の筋肉を引きつらせている。いつも冷静沈着で自信に満ちあふれている夫が、この王立劇場でいまにもかんしゃく玉を破裂させそうになっていた。

「ここから出たいかい？」彼はかたい表情できいた。

「いいえ、お芝居を観たいわ」この場から立ち去って、彼の元愛人を喜ばせるくらいなら死んだほうがましだ。ガブリエルの肩越しにちらりと見ると、ミセス・ブラックは不当な扱いを受けたと言わんばかりに、まだパンドラをにらみつけている。自分の夫が隣にいるというのに。どうしてご主人は、人前で醜態を演じるのはやめろと彼女に言わないのだろう？　このちょっとした修羅場が、ドレスサークルと二階のボックス席の観客たちの注目を集めはじめた。

ガブリエルにとっては、まさに悪夢のような状況のはずだ。よきにつけ悪《あ》しきにつけ、彼は生まれてからずっと、世間から注目されて生きてきた。つねに私生活を慎重に守り、決して弱みを見せないようにしてきたに違いない。ところがミセス・ブラックはロンドンの社交界の人々に——そしてガブリエルの妻であるパンドラにも——彼の愛人だったという事実を明らかにするつもりらしい。たしかに人妻と深い関係になったのは不適切な行いだったかもしれないけれど、こんなやり方で世間に公表するなんて……。ガブリエルがかわいそうになり、パンドラは胸が痛んだ。

「何があっても、わたしたちが動じなければいいのよ」彼女は静かな声で言った。「目玉が転げ落ちるまでにらみつけていればいいわ。わたしは痛くもかゆくもないもの」

「もう二度とこんなことが起きないようにするよ。明日彼女のもとを訪ねて、ぼくからよく言い聞かせ——」

「それはだめ。あなたがわざわざ訪ねていけば、彼女の思うつぼよ。そんなことはわたしが許さないわ」

ガブリエルの目に冷たい光が浮かんだ。「いま、許さないと言ったのか?」

そんなことを言われるのは生まれてはじめての経験だったのだろう。どうやら気分を害したようだ。

パンドラは手袋をしたまま彼の顔に触れ、頬をやさしく撫でた。いくら夫婦だからといって、公衆の面前でそんな愛情表現をするのは不謹慎だとわかっていたが、いまはとにかくガブリエルの気持ちを落ちつかせる必要があった。「ええ。だって、あなたはもうわたしのものでしょう？」彼を見つめてかすかに微笑む。「頭のてっぺんからつま先まで、わたしのものよ。誰かと共有する気はないの。たとえ五分でも、彼女があなたと一緒に過ごすのを許すつもりはないわ」

ガブリエルがゆっくりと深呼吸をし、体の力を抜いたので、彼女はほっとした。「きみはぼくの妻だ」彼は静かな声でそう言うと、パンドラがおろしかけた手をつかんだ。「きみ以外の女性には、ぼくに対して何かを要求する権利はない」ガブリエルは彼女の手を取ったまま、キッド革の長手袋の三つの真珠のボタンを慎重な手つきではずしていった。パンドラは探るようなまなざしで彼をちらりと見た。ガブリエルが彼女の目をじっとのぞき込み、手袋の指先を一本ずつ引っ張っていく。手袋がゆるむのを感じて、彼女ははっと息をのんだ。

「何をしているの？」かすれた声できく。

ガブリエルは何も答えずに、彼女の腕からゆっくりと手袋を引き抜いた。全身がかっと熱くなるのを感じる。大勢の観客から好奇の目を向けられている中、官能的な手つきで手袋をはずされたと思うと、ますます肌が熱くほてりだした。

彼はあらわになったパンドラの手を裏返し、手首の内側の感じやすい部分に唇を押し当て、手のひらに鼻をすり寄せた。すると待ってましたとばかりに、観客席からあえぐような怒りのため息やひそひそ声があがった。ガブリエルが独占欲と愛情を示す仕草をしてみせたのは、結婚したての妻への情熱を示そうとしただけではなく、元愛人をとがめるためでもあるのだ。明日になれば、ロンドンじゅうの上流階級の屋敷の応接室がこの話題で持ちきりになるだろう。セントヴィンセント卿が王立劇場で人目もはばからずに妻の体に触れたのは、元愛人に見せつけるためだったのだ、と。

相手が誰であれ、パンドラは人を傷つけたくなかった。たとえミセス・ブラックであろうとも。けれどもガブリエルが諭すような視線を送ってきたので、いまは黙っていることにした。彼のやり方に反対するのはあとにすればいい。

ありがたいことに、ほどなくして劇場内の照明が落とされ、芝居が開演した。内容も役者の演技力も評判どおりのすばらしさで、パンドラはすっかり緊張を解き、快活な台詞に笑い声をあげた。けれどもガブリエルは喜劇を楽しむどころか、じっと耐え忍んでいるように見えた。

幕間に入ると、ガブリエルとウィンターボーンがボックス席の外の廊下で知人たちと会話を始めたので、パンドラとヘレンは誰にも聞かれないようにふたりきりで話をした。

「あのね」ヘレンがささやき、手袋をはめたパンドラの手に自分の手を重ねる。「わたしも似たような経験があるからわかるわ。夫が過去に関係を持ったかもしれない女性について知らされるのは、あまり気分のいいものではないって。でも、結婚するまでずっと禁欲生活を送ってきた男性はほとんどいない。だからあなたも――」

「あら、ガブリエルに愛人がいたことを責めるつもりはないのよ」パンドラもささやいた。「もちろんいい気はしないけど、誰かの欠点に文句を言うことなんてできないわ。わたし自身が欠点だらけなんだもの。ミセス・ブラックとの関係については結婚前にガブリエルから打ち明けられて、関係を終わらせると約束してくれたし、明らかにもう終わったことなの。もっとも、彼女のほうは納得していないようだけれど」いったん言葉を切る。「もしかしたら、彼の伝え方がよくなかったのかもしれないわね」

ヘレンが口元をゆがめた。「男女の関係を終わらせるのに、ハッピーエンドは期待できないんじゃないかしら。どんなにうまく言葉を選んだとしても」

「問題は、彼女のご主人がなぜあんなふるまいに目をつぶっているかということよ。妻が自分の目の前で醜態を演じようとしていたのに、何も手を打とうとしないなんて」

ヘレンが周囲に視線を走らせ、ボックス席にほとんどひとけがないことを確認してから、次の幕の内容を読むふりをしてプログラムで口元を隠した。「幕間に入る前に、リースが話してくれたんだけど」声を落として言う。「ブラック大使はアメリカ南北戦争中、北軍の中将だったそうなの。噂によれば、戦闘で負傷してから難しくなったのだとか……」彼女は顔を赤くして、小さく肩をすくめた。

「何が難しくなったの？」

「夫としての務めを果たすことが」ヘレンが抑えた声で言い、いっそう顔を赤らめる。「ミセス・ブラックは彼の二番目の奥さんらしいの――ふたりが出会ったとき、彼は寡夫だったそうよ。見たところ彼女はまだ若いようだから、道を外れたことをしても、ご主人は見て見ぬふりをしているのではないかしら」

パンドラはため息をついた。「なんだか彼女がかわいそうに思えてきたわ」苦笑いをして言い添える。「だからといって、わたしの夫を渡すわけにはいかないけれど」

公演が終わると、パンドラとガブリエルは観客でごった返している廊下と休憩室とボックス席のロビーを抜け、劇場出入り口の広間へ向かった。ヘレンとウィンターボーンは数メートル先を歩いているはずだが、観客が多すぎて姿がよく見えない。芝居は大盛況だったようで、あまりにも多くの人々が押しあいへしあいしているため、パンドラは不安を覚えはじめた。

「もう少しだよ」パンドラを守るように肩を抱きながら、ガブリエルが耳元で言った。

ようやく外へ出ると、劇場の前はますます混雑をきわめていた。柱廊《ポルチコ》に並ぶ六本のコリント式の列柱のまわりに人々がひしめきあい、歩道にまであふれている。個人が所有する馬車や辻馬車が大通りにずらりと並び、そのせいでほかの馬車が立ち往生している。さらに、大勢の観客に引き寄せられて、掏摸や詐欺師や路上強盗や物乞いまでもが近くの路地から姿を現し、いっそう事態を悪化させていた。制服姿の警官がどうにか秩序を取り戻そうと孤軍奮闘しているものの、目に見える成果はほとんどあがっていない。

「われわれの御者も身動きが取れなくなっているらしい」ウィンターボーンがガブリエルに

近づいてそう告げると、人込みをかき分けた。ヘイマーケットの通りの端を指さす。「あそこだ。馬車が動けるようになるまで、しばらくここで待たなければならない」

「われわれのほうが馬車まで歩いていけばいいんじゃないか？」ガブリエルが言った。

ウィンターボーンは苦笑いを浮かべてガブリエルを見た。「それはお勧めしないな。ペルメル街から流れてきた大勢のシプリアンたちのあいだを通り抜けなければならない」

「それは娼婦のこと、ミスター・ウィンターボーン？」声を落とすのも忘れて、パンドラは尋ねた。

人込みの中の何人かが、眉をあげてパンドラを見た。

ガブリエルが今夜はじめて笑顔を見せ、彼女の顔を自分の胸に引き寄せた。「ああ、娼婦のことだよ」小声で言い、パンドラの耳にそっとキスをする。

「なぜ〝シプリアン〟と呼ばれているの？」彼女はさらにきいた。「サイプラス（日本語表記では「キプロス」）といえば、地中海東部にある島でしょう？　彼女たちの全員が、その島出身のギリシャ人だとは思えないけれど」

「説明はあとだ」

「パンドラ」ヘレンが大声をあげた。「婦人読書クラブの友人たちを紹介するわね。クラブの創設者のミセス・トマスもいらっしゃるわ。一番端の柱のそばに立っていらっしゃる方たちよ」

パンドラは顔をあげ、ガブリエルを見た。「少しのあいだ、ヘレンお姉さまと一緒に行ってきてもいい？」

「きみはここにいたほうがいい」

「すぐそこよ」彼女は返した。「どちらにせよ、馬車が来るまで待たなければならないんでしょう？」

しぶしぶながら、彼はパンドラの体を放した。「ぼくが見張っていられるように、その場を離れないでくれよ」

「約束するわ」彼女は警告の視線を投げた。「ギリシャ人の女性たちに話しかけたりしないでね」

ガブリエルが笑みを浮かべる。パンドラはヘレンとともに人込みの中を進んだ。

「ミセス・トマスは貧しい人々のために、ロンドンのあちこちに読書室を作ろうと懸命に取り組んでいらっしゃるのよ」ヘレンがパンドラに教えた。「信じられないほど心が広くて、魅力的な女性なの。あなたたちはきっと気が合うわ」

「読者クラブには誰でも入れるの？」

「ええ、男性以外は誰でも」

「だったら、わたしにも資格があるというわけね」

少人数の一団のそばまで来るとヘレンが立ち止まり、会話に割り込む頃合いを見計らった。

パンドラは姉の背後に控え、やわらかな白い紗《しゃ》のショールをしっかりと肩に巻きつけて、二連の真珠のネックレスを指でいじった。

そのとき、耳元でなめらかな声が聞こえた——アメリカなまりのある女性の声だった。

「彼が言ったとおりだわ。やせっぽちの垢抜けないお嬢さんだこと。彼は結婚してからも、わたしに会いに来てくれるのよ。あなたがすっかり彼にのぼせあがっていることを、ふたりで笑っているの。彼はあなたといると、ひどく退屈するんですって」

パンドラは振り返り、ミセス・ノラ・ブラックと向きあった。彼女は息をのむほど美しく、クリーム色のなめらかな肌には染みひとつない。黒い目の上にある眉はきれいに整えたうえで輪郭を引き直してあり、細長いベルベットを思わせた。背丈はパンドラとほぼ同じだが、体つきはまるで砂時計のようで、ウエストは猫の首輪が留まるのではないかと思うほど細くくびれている。

「そんなの、ただの意地悪な雌犬の作り話だわ」パンドラは冷静に言った。「彼はあなたに会いに行っていない。会っていれば、わたしに話してくれるはずだもの」

ウィンターボーン流に言うなら、ミセス・ブラックはどう見ても〝喧嘩を吹っかけたくてうずうずしている〟ようだ。「あら、彼はずっとあなたを裏切りつづけているのよ。あなたが風変わりなお嬢さんで、彼をだまして結婚に持ち込んだことは誰もが知っているわ。目新しいのは最初だけで、すぐに飽きられて人里離れた田舎の屋敷へ放り出されるのが落ちよ」

さまざまな感情がないまぜになって胸にこみあげてきた。嫉妬心と敵対心——この女性はガブリエルと親密な仲だった。彼にとっては、何かしら意味のある存在だったわけだ。でも、同時に彼女が不憫にも思えてくる。ミセス・ブラックの冷ややかな暗い瞳には、どことなく傷ついた表情が浮かんでいた。驚くほど美しい仮面の下に隠れている本当の顔は、激しい怒りを抱えた哀れな女性なのだ。

「わたしがおびえると思っているんでしょうけど」パンドラは口を開いた。「はっきり言って、まったく気にならないの。ついでに言わせてもらえば、彼をだましてもいないわ」一瞬間を置いてから続ける。「わたしが風変わりだということは認めるわ。でも、彼はそういうところを気に入ってくれているみたいなの」

ミセス・ブラックが戸惑ったような顔をして、完璧な眉のあいだにしわを寄せた。どうやら相手が違う反応を示すと考えていたようだ。涙を流すか、激怒するとでも思っていたのだろう。彼女はこの場で戦いを繰り広げたいのだ。なぜなら頭の中では、パンドラが彼女の大事な男性を奪ったことになっているから。ガブリエルをもう二度と抱きしめられないと思い知るたびに、ミセス・ブラックは切なくてたまらなくなるのだろう。「ごめんなさい」パンドラはしんみりと言った。「この数週間は、さぞかしつらい思いをしていたのでしょうね」

ミセス・ブラックが悪意のある目つきに変わった。「わたしを見下さないで!」

パンドラが誰かと話しているのに気づき、ヘレンがこちらを振り返った。アメリカ人女性を見たとたんにさっと青ざめ、パンドラを守るように腕をまわしてくる。

「大丈夫よ」パンドラは姉に言った。「心配するようなことは何もないわ」

残念ながら、そうとも言えなかった。次の瞬間、ガブリエルが目に凶暴な光を宿し、こちらへ近づいてきたからだ。パンドラとヘレンには目もくれず、彼はミセス・ブラックの顔を穴が開くほどにらみつけた。「頭がどうかなったのか？」ガブリエルが妙に静かな声でミセス・ブラックに問いかけたので、パンドラはぞっとした。「ぼくの妻にこれ以上近づいたら——」

「わたしは平気よ」パンドラはあわてて口をはさんだ。

そのとき婦人読書クラブの面々が、次第に大きくなる騒ぎを見物しようといっせいにこちらを向いた。

ガブリエルが手袋をしたミセス・ブラックの手首をつかみ、小声で告げる。「きみに話がある」

「わたしはどうするの？」パンドラは声をあげた。

「馬車の中にいてくれ」彼がぴしゃりと言う。「ポルチコの前に止まっている」

パンドラは馬車の列に目を走らせた。その言葉どおり、彼らの馬車が縁石に寄せて止まっていて、お仕着せを着たドラゴンがちらりと見えた。けれど、犬小屋に戻れと命じられた犬みたいにおとなしく馬車で待っているのはいやだった。ましてガブリエルの注意をまんまと自分に引きつけたミセス・ブラックが、彼の背後から勝ち誇った視線を送ってきたのでなおさらだ。

「ねえ」パンドラは言った。「わたしは——」

いきなり別の男性の声が会話に入ってきた。「わたしの妻から手を離しなさい」険のある声はアメリカ大使のものだった。彼はあきらめと敵意の混じった目でガブリエルを見た。心ならずも闘鶏場に放り込まれた雄鶏のように。

あっというまに事態が悪化した。パンドラはあわててヘレンを見た。「助けて」小声で伝える。

ヘレンがすぐさま行動を起こし、ふたりの男性のあいだに割って入った。「まあ、ブラック大使、レディ・ヘレン・ウィンターボーンです。突然お声をかける無礼をお許しください。先月、ミスター・ディズレーリの晩餐会でお目にかかったと思うのですけれど」

年配の男性は目をしばたたいた。銀色がかった淡い金髪と天使のような目をした、まばゆいばかりに若くて美しい女性が突然現れ、不意を突かれたようだ。彼はヘレンに失礼な態度で接するわけにはいかないと思ったらしい。「失礼ながら、お目にかかった記憶がないのですが」

ガブリエルがミセス・ブラックの腕を放したのを見て、パンドラはほっとした。

「こちらがミスター・ウィンターボーンです」夫が一触即発の状況を鎮めるのを助けに来たと知ると、ヘレンは安堵の色をにじませて言った。

ウィンターボーンがガブリエルとすばやく視線を交わし、見えない矢を放つように無言のメッセージを送った。

ウィンターボーンはやり手の経営者らしく、落ちつき払った態度で大使と会話を始めた。大使はこわばった口調で応えている。これほど気まずい状況がほかにあるだろうか？　ヘレンとウィンターボーンは何事もないかのようにふるまい、ガブリエルは静かに怒りを煮えたぎらせている。だがミセス・ブラックだけが、自らが引き起こしたこの騒動を楽しんでいた。ガブリエルの人生において、自分がまだ重要な部分を占めていることを証明できたと信じきっているのか、顔が興奮に上気している。

パンドラの心の中にあった、ミセス・ブラックへの同情心が消えた。というより、とにかく相手にしなければいいものを、彼女の術中にはまって怒りの反応を示したガブリエルに腹が立った。元愛人にしてみれば、彼の男性としての本能を刺激して手玉に取るのは造作もないことだっただろう。

パンドラはため息をついた。そろそろ馬車に戻ったほうがよさそうだ。自分がここにいてもなんの役にも立たないし、どんどんいらだちが募るだけ。こんなことなら、口数の少ないドラゴンとおしゃべりしていたほうがまだましだ。彼女は一団から離れ、馬車が止まっている縁石への通り道を探した。

「奥さま」遠慮がちな声がした。「レディ・セントヴィンセント?」

視線を戻すと、ポルチコのコリント式の列柱の端に女性がひとり立っていた。飾りのないボンネットに暗い色のドレス、肩に青いショールを巻いている。女性が微笑んだ瞬間、誰だかわかった。

「ミセス・オケアー」パンドラは心配の声をあげ、すぐさま近寄った。「ここで何をしているの? お元気?」

「わたしはまずまず元気です。奥さまはいかがですか?」

「わたしもよ」パンドラは言った。「昨日はごめんなさいね、うちの従僕があなたのお店にずかずか入り込んでしまって。彼はわたしを守ろうとする気持ちがとても強いの。何か重たいもので頭でも殴らないかぎり、わたしには止められる方法がなくて。ちなみに、本当にそうしようと思ったのよ」

「問題ありませんわ」ミセス・オケアーの笑みが薄れ、はしばみ色の瞳に不安げな影が差した。「それはそうと、今日うちの店に男性が来て、あれこれ質問されました。名前も、どんな用件で訪ねてきたのかも教えてくれませんでした。奥さまにお尋ねしたいのですが、警察に何かお話をされましたか？」

「いいえ」パンドラはますます心配になって彼女を見た。ミセス・オケアーの顔は汗まみれで、黒い瞳孔が広がっている。「ミセス・オケアー、何か困ったことでもあるの？　具合が悪いの？　わたしで力になれることがあったら言ってちょうだい」

ミセス・オケアーが頭を傾け、どこか名残惜しそうなまなざしでパンドラを見た。「奥さまは本当におやさしいんですね。どうかお許しください」

そのとき耳障りな男性の声がして、パンドラの注意がそれた。声がしたほうを見た瞬間、彼女はぎょっとした。ドラゴンが人込みをかき分けて、こちらへ駆け寄ってくる。すっかり逆上しているようだ。どうしたのだろう？

パンドラが息をつくより早く、ドラゴンはふたりのもとにやってきた。そして次の瞬間、彼の前腕で鎖骨が折れそうなほど強く叩かれ、パンドラは愕然とした。衝撃と恐怖ではっと息をのみ、うしろへよろめく。ドラゴンが彼女の体を支え、自分の広い胸に引き寄せた。

パンドラは面食らい、お仕着せのやわらかなベルベットに向かって問いかけた。「ドラゴン、どうしてわたしを叩いたの？」

彼は何やら短く答えたが、そこらじゅうであがりはじめた甲高い悲鳴にかき消され、聞き取れなかった。ドラゴンの胸から離れたとたん、彼の上着の片袖がはさみか何かで切られたように裂けていて、生地が赤黒く濡れているのが目に入った。血だ。パンドラはうろたえて頭を振った。いったい何が起きたのだろう？ 彼女のドレスにも、ドラゴンの血がべっとりとついている。かなり大量の血。銅のようなにおいが鼻をつく。パンドラは目を閉じて顔をそむけた。

次の瞬間、ガブリエルに抱きかかえられた。彼は周囲の人々に大声で指示を与えているようだ。

すっかり途方に暮れ、彼女は体を動かしてあたりを見まわした。これはどういうこと？ いつのまにかガブリエルの膝にもたれるようにして地面に座り込んでいた。かたわらにヘレンがかがんでいる。周囲には人垣ができていて、コートを差し出したり大声で助言を与えたりしようとする人たちを警官が制止していた。こんな状況で目覚めるなんてどういうことだろう？ なんだか恐ろしい。

「ここはどこ？」パンドラはきいた。

ヘレンが答える。「まだヘイマーケットよ。あなたは気を失ったの」顔は青ざめているものの、声は落ちついていた。

「わたしが?」なんとか動揺を鎮めようとした。夫にものすごい力で肩をつかまれているせいで、うまく頭が働かない。「閣下、そんなに強く肩をつかまないで。すごく痛いわ。お願いだから――」

「パンドラ」ガブリエルがくぐもった声で言う。「動くんじゃない。傷口を圧迫して止血しているんだ」

「傷口? わたしはけがをしているの?」

「きみは刺されたんだ。きみのミセス・オケアーに」

信じられない思いで彼を見あげた。「わたしのミセス・オケアーなんかじゃないわ」そう言った直後、歯の根が合わないほどの震えに襲われた。「彼女が次々に人を刺してまわるような人物なら縁を切るわよ」肩の痛みがますますひどくなり、うずくような鈍痛が鋭い痛みに変わっている。見えない手に揺さぶられているみたいに、体じゅうががたがたと震えつづけていた。

「ドラゴンは? 彼はどこ?」

「彼女のあとを追っている」

「でも腕を……彼もけがを……」

「かすり傷だと言っていた。彼は大丈夫だ」

熱い油でやけどをしたのかと思うほど肩が痛い。地面がかたくひんやりしている。ドレスの身頃がなぜかびっしょり濡れていた。視線を落としてみたものの、ガブリエルのコートで体を覆われていた。パンドラは恐る恐る腕をあげ、コートを持ちあげようとした。

ヘレンがそれを押しとどめ、華奢な手をパンドラの胸に当てる。「動いちゃだめ。コートをかけたままにしておかないと」

「ドレスがべとべとして気持ち悪いの」とぎれがちに言う。「歩道がかたくていやだわ。早く家に帰りたい」

ウィンターボーンが人込みをかき分けて、そばへやってきた。「出血はおさまってきたか？　彼女を動かせそうか？」

「ああ、たぶん」ガブリエルが答える。

「ぼくの馬車で行こう。うちの産業医に連絡しておいた。新しい診療所はコーク・ストリートのうちの百貨店の隣だ」

「わが家のかかりつけ医のところへ運んだほうがいい」

「セントヴィンセント、彼女は早急に治療を受ける必要がある。コーク・ストリートまではわずか八〇〇メートルだ」

ガブリエルが小さく悪態をつく声が聞こえた。「よし、行こう」

20

現実であろうとなかろうと、こんな思いをするのははじめてだった。最悪の白昼夢だ。ガブリエルはかつてないほどの不安に襲われていた。妻の顔をじっと見おろし、苦悩と憤りで叫びだしそうになった。

パンドラの顔は引きつり、血の気が失せて唇が青ざめている。出血したせいで、ひどく弱っているようだ。彼女は馬車の座席に両脚を伸ばし、ガブリエルの膝にもたれていた。コートと膝掛けで体をくるんでいるにもかかわらず、いっこうに震えが止まらない。

ガブリエルはコートをさらにしっかりと彼女の体に巻きつけ、間に合わせの包帯を確認した。清潔なハンカチを傷口に当てて、片腕から首の付け根と肩にかけてネクタイを巻きつけ、反対側の腕の下で縛ってある。パンドラが腕の中にぐったりと倒れ込んだ瞬間を、彼は何度も思い返していた。刺された傷口から、どんどん血があふれ出ていた。

ほんの一瞬の出来事だった。彼女が少し離れた馬車へ向かうのを確かめようと、ガブリエルは視線をあげた。ところがドラゴンが人込みをかき分け、建物の一角に向かって全速力で走ってくるのが目に入った。パンドラが見知らぬ女性と一緒にいた。女性が袖口から何かを取り出すのが見えたかと思うと、腕を大きく振って折りたたみナイフをさっと開いた。女性がナイフを振りあげた瞬間、劇場の照明の光を反射して、短い刃がきらりと光った。ドラゴンに一瞬遅れてガブリエルもパンドラのもとに駆け寄ったが、すでにナイフの刃が突き立てられていた。

「もしこのまま死んでしまったら、変だと思われる?」ガブリエルの胸にもたれてぶるぶると震えながら、パンドラが話しはじめた。「孫たちには尊敬されないでしょうね。どうせなら、勇敢な行いをしている最中に刺されたかったわ。人を救っているときに。もしかしたら、あなたの口から伝えてもらったほうが……あら、でも……わたしが死んでしまったら、孫もいないということ?」

「きみは死んだりしない」ガブリエルは言葉少なに答えた。

「まだ印刷業者が見つかっていないの」パンドラが気遣わしげに言う。

「なんだって?」うわごとを言っているのだろうか?

「生産の予定に遅れが出てしまうわ。ボードゲームの。クリスマス」

ヘレンと一緒に反対側の席に座っていたウィンターボーンが、やさしい口調で会話に加わった。「まだ時間はあるよ、かわいい人《バハン》。ゲームのことは心配しなくていい」

その言葉でほっとしたらしく、パンドラはおとなしくなり、赤ん坊のようにガブリエルのシャツの襞を握りしめた。

ウィンターボーンが何か問いたげにガブリエルを見る。

ガブリエルは彼女の髪を撫でるふりをして、聞こえるほうの耳を手のひらでそっとふさぎ、ウィンターボーンに探るような視線を投げた。

「血は噴き出ていたか?」ウィンターボーンが声をひそめて尋ねる。「心臓の鼓動に合わせて、どくどくと出ていなかったか?」

ガブリエルは首を横に振った。

ウィンターボーンはわずかに肩の力を抜き、顎の先をさすった。

パンドラの耳から手をはずして髪を撫でていると、やがて彼女は目を閉じた。ガブリエルは彼女の体を少し起こさせた。「眠ってはいけないよ」

「寒いわ」パンドラが訴える。「それに肩が痛いの。ヘレンお姉さまの馬車はでこぼこしているのね」馬車が角を曲がって車体が揺れたとたん、彼女が苦しげな声をもらした。

「コーク・ストリートに入ったんだ」ガブリエルはパンドラのじっとりと濡れた冷たい額にキスをした。「中に入ったら、モルヒネを打ってもらおう」

馬車が止まった。ガブリエルは彼女をそっと抱きあげ、建物の中へ運んだ。腕の中のパンドラはぞっとするほど軽かった。鳥のように骨が空洞になっているのかと思うほどだ。ガブリエルが足を踏み出すたびに、彼の肩にもたせかけた頭がわずかに揺れている。できるものなら自分の体力を彼女の体に注ぎ込み、血管を自分の血で満たしてやりたい。誰かに懇願し、賄賂を渡し、脅迫し、痛い目に遭わせてやりたい気分だ。

診療所の建物は最近改装したばかりのようで、風通しがよく、入り口が明るく照らされていた。自動で閉まる扉を抜けると、ずらりと部屋が並んでいた。各部屋にきれいな文字で表示が出ていて、病室、調剤室、事務室と続き、長い廊下の突き当たりに診察室と手術室があった。

ウィンターボーンが一〇〇〇人の従業員の健康を管理するために、ふたりの産業医を常駐させていることは知っていた。しかし一流の医師はたいてい上流階級の患者を診るため、中流階級と労働者階級の人々は、いくらか腕の劣る開業医にかかるしかない。ガブリエルがなんとなく思い描いていたのは、古びた診療室と二流の手術室、やる気のない医師たちだった。ウィンターボーンが高度な医療施設を設立するためなら金に糸目をつけない男だということを、うかつにも忘れていた。

ロビーに行くと、白いもじゃもじゃの毛を生やした初老の医師が待っていた。太い眉と射抜くような鋭い目といかつい顔。いかにも有能で威厳のある医師といった風貌で、長年の経験から得た豊富な知識を持っていそうだった。

「セントヴィンセント」ウィンターボーンが口を開いた。「こちらはドクター・ハヴロックだ」

細い体つきをした茶色い髪の看護師が、きびきびした足取りでロビーにやってきた。ウィンターボーンが紹介しようとすると、彼女は手を振って断った。キュロットスカートに、ドクター・ハヴロックと同じ白い手術着と帽子を身につけている。こざっぱりとした顔は若々しく、緑色の瞳は何かを読み取ろうとするように鋭く光っていた。

「閣下」看護師は前置きなしに切り出した。「レディ・セントヴィンセントをこちらへ運んでください」

彼女のあとに続いて診察室に入ると、反射鏡のついた手術用のランプが煌々《こうこう》とついていた。室内は隅々まで清潔そうで、壁際にはガラス棚がずらりと並び、床には施釉《せゆう》タイルが敷かれて、液体を流すための排水溝も設けられている。あたりには薬品のにおいが漂っていた――石炭酸、蒸留したアルコール、ベンゼンのにおいもかすかに混じっている。ガブリエルは室内のさまざまなものに視線を走らせた。金属容器、蒸気で滅菌するための装置、器具類が入ったトレイと洗面器が置かれた机、陶器の流し台。

「妻は痛がっている」ガブリエルはそっけなく伝え、肩越しにちらりとうしろを見た。なぜ医師は一緒に来ないのだろう？

「モルヒネ注射を用意しておきました」看護師が応える。「奥さまはこの四時間のあいだに何か召しあがりましたか？」

「いや」

「よかった。では、診察台にそっと寝かせてください」

よく通る声できっぱりと告げられたのが少々しゃくに障った。威厳のある話し方、手術着と帽子。どうやら医師を気取っているらしい。

パンドラは唇をぎゅっと引き結んでいるにもかかわらず、革張りの診察台に寝かせた瞬間、すすり泣くような声をもらした。診察台は可動式らしく、上半身がわずかに高くしてあった。

看護師は血まみれのドレスを覆っているコートをはぎ取ると、代わりにフランネルの毛布をパンドラの体にかけた。

「あら、こんにちは」パンドラは消え入りそうな声で言うと、すばやく息を吸い込み、痛みに曇るうつろな目で女性を見あげた。

看護師は軽く微笑み、パンドラの手首を取って脈を測った。「新しい診療所を一度見に来てくださいとお誘いしたときは」つぶやくように言う。「患者として、という意味ではなかったのに」

瞳孔が散大しているのを女性は見逃さなかった。パンドラが乾いた唇をゆがめる。「傷の手当てをしなければならないのね」

「ええ」

「きみたちは知りあいなのか?」ガブリエルは困惑して尋ねた。

「ええ、閣下。家族ぐるみのおつきあいなんです」看護師が奇妙な器具を手に取った。皿のような耳当て、自在に曲げられるシルク張りの管、ラッパの形をした木製の部品がついている。彼女は片方の端を耳に当てると、もう一方の端をパンドラの胸のあちこちに当て、熱心に耳を傾けた。

だんだん不安になってきて、ガブリエルは扉にちらりと目を向けた。ドクター・ハヴロックはどこにいるのだろう?

看護師は小瓶に入った液体で消毒綿を湿らせ、パンドラの左腕の肌の一部を拭き清めた。

次いで器具をのせたトレイに目をやり、注射筒を手に取って管状の針をつける。そうして注射器を上に向け、ピストンを押しさげて空気を抜いた。

「注射を打ったことはありますか？」彼女はパンドラにやさしく問いかけた。

「いいえ」パンドラが空いているほうの手を伸ばしてきたので、ガブリエルは冷たい指を自分の手で包み込んだ。

「ちくりと痛みます」看護師が説明する。「でも、ほんの一瞬です。そのあとで体があたたかくなって、あっというまに痛みが消えますよ」

彼女がパンドラの腕の静脈を探しはじめたので、ガブリエルはあわてて尋ねた。「それは医師に任せるべき仕事ではないのか？」

答えるより先に、看護師は注射器の針を刺していた。ゆっくりと押し子《プランジャー》が押しさげられるあいだ、パンドラはガブリエルの手をぎゅっと握りしめていた。彼は胸が張り裂けそうになったが、なすすべもなくパンドラの顔を見つめ、必死に冷静さを保とうとした。革張りの診察台に横たわるこの華奢な体が、彼の大切なものすべてを包み込んでいるのだ。やがてモルヒネが効きはじめたらしく、彼女の手足から力が抜け、目と口の緊張もゆるんだ。ああ、よかった。

空になった注射器を脇に置き、若い女性が言った。「わたしはドクター・ガレット・ギブソン、正式に免許を取得した医師です。ドクター・ジョゼフ・リスターに師事し、彼が考案した無菌手術の技術を教わりました。パリ大学では手術の助手も務めていました」

予想外のことを告げられ、ガブリエルは思わず尋ねた。「女性が医師に?」

ドクター・ギブソンが顔をしかめる。「いまのところ、イングランドで資格を得た女性はわたしだけです。ほかの女性がわたしのあとに続かないよう、英国医師会が万全の手を打っているので」

彼女にハヴロックの助手を務めてほしくない。手術室で女性医師に何を期待すべきかわからないし、妻の手術に際して異例なことや突拍子もないことは避けたい。求めているのは、落ちついた熟練の男性医師だ。すべてが従来どおりのやり方で、安全かつ正常に行われなければならない。

「手術を始める前にドクター・ハヴロックと話がしたい」ガブリエルは言った。

ドクター・ギブソンは少しも驚いた様子を見せなかった。「もちろんです」感情を抑えて応じる。「ただし、レディ・セントヴィンセントの容体を確認してからにしていただけますか?」

そのときドクター・ハヴロックが診察室に入ってきて、診察台に近づいた。「看護師が到着して、いま手洗いをしている」彼はドクター・ギブソンに小声で告げてから、ガブリエルを見た。「閣下、手術室の隣に待合所があります。こちらのご婦人の肩の具合を診察するあいだ、そこでウィンターボーンと待っていてください」

パンドラの冷えた指に唇を押し当てて安心させるように微笑んでから、ガブリエルは診察室をあとにした。

待合所に行くとウィンターボーンが座っていた。ヘレンの姿は見当たらない。

「女性の医師なのか?」ガブリエルは険しい表情で問いかけた。

ウィンターボーンは少しすまなそうな顔をした。「わざわざ前もって伝える必要はないと思ったんだ。彼女の能力についてはぼくが保証する――ヘレンの出産も彼女が診てくれたんだ」

「出産と手術はまったくの別物だ」そっけなく言う。

「アメリカには二〇年以上も前から女性医師がいる」ウィンターボーンが指摘した。

「アメリカでどうであろうと知ったことか。パンドラには最高の治療を受けさせてやりたい」

「リスターは、ドクター・ギブソンは弟子の中でもっとも優秀な医師だと公言しているぞ」

ガブリエルは首を横に振った。「パンドラの命を初対面の人間に預けるんだ、経験豊富な人物でなければ困る。学校を出たばかりのような若い女性ではなくてな。彼女が手術の助手を務めるのは認められない」

ウィンターボーンは何か言い返そうと唇を開いたが、思い直したようだ。「同じ立場に置かれたら、ぼくも同じように考えたかもしれないな」彼は認めた。「女性医師に慣れるには多少時間がかかる」

ガブリエルは倒れるように椅子に座り込んだ。ずっと緊張していたせいで、手足が小刻みに震えている。

ヘレンが小さく折りたたんだ白いタオルを手に待合所へ入ってきた。熱い湯で濡らしたのか、タオルから湯気が立っている。彼女は何も言わずにガブリエルに近づくと、彼の頬と顎を拭いた。見ると、タオルに血の染みがついている。続いてガブリエルの手を順に持ちあげ、指のしわや指のあいだにこびりついた血を拭き取りはじめた。血痕がついていたことさえ、彼は気づいていなかった。自分で拭こうと思い、ヘレンの手からタオルを受け取ろうとしたが、彼女はタオルを握る手に力をこめた。

「お願いよ」ヘレンが静かに言う。「誰かのために何かしたくてたまらないの」

ガブリエルは肩の力を抜き、そのまま彼女に任せた。ヘレンが拭き終えたとき、ドクター・ハヴロックが待合所に姿を見せた。ガブリエルは立ちあがった。不安で心臓が激しく打っている。

医師は深刻な顔つきをしていた。「閣下、レディ・セントヴィンセントに聴診したところ、外傷部に雑音を認めました。つまり動脈から出血しています。鎖骨下動脈が損傷したか、部分的に断裂したんでしょう。裂傷部を修復しようとすれば、生死に関わる合併症を起こす危険がある。となれば、出血動脈を二重結紮《けっさつ》するのが一番安全な方法だ。わたしがドクター・ギブソンの助手を務めます。おそらく二時間はかかるでしょうな。それまでは——」

「待ってください」ガブリエルは聞きとがめた。「ドクター・ギブソンがあなたの助手を務めるのですか？」

「いやいや、ドクター・ギブソンが手術を行うんですよ。彼女は最先端の医療技術に明るいんでね」

「あなたにやっていただきたい」

「閣下、この手術ができる医者はイングランドにはほとんどいません。そしてわたしもできない。レディ・セントヴィンセントは深部にある動脈を損傷しているうえに、その動脈は部分的に鎖骨に覆われています。手術部位はおよそ三・八センチ。奥方を救えるかどうかは、ミリ単位の細かい作業にかかっている。その点、ドクター・ギブソンはとんでもなく几帳面《きちょうめん》で、おまけに冷静沈着だ。手が薄く、敏感で動きもしっかりしている。要するに、細心の注意を必要とするこの手の外科手術にうってつけというわけです。それに彼女は最新の無菌手術の訓練を受けた医師だ。主幹動脈結紮手術の危険が大幅に軽減できますよ」

「別の医師の意見も聞きたい」

ドクター・ハヴロックは静かにうなずいたが、刺すように鋭い目つきになった。「医療設備は誰にでも開放するし、あらゆる方法で協力もしましょう。だが、一刻も早くここへ連れてきたほうがいい。わたしはこの三〇年間で、レディ・セントヴィンセントと似たようなけがをして診察台にあがれた者を五、六人しか知りません。彼女はいつ心不全を起こしてもおかしくない状態だ」

ガブリエルの全身の筋肉がこわばり、喉が締めつけられて苦悶《くもん》のうめきがもれた。現状をなかなか受け入れられない。

しかし、選択の余地はないのだ。無限の機会と可能性と選択肢に恵まれた命に、もっとも重大な選択の余地が与えられないとは……。

「診察台にたどりつけた人の中で」ガブリエルはかすれる声で尋ねた。「生き延びられたのは何人ですか?」

ドクター・ハヴロックは視線をそらして答えた。「この種の負傷は予後があまりよくないのでね。だがドクター・ギブソンが手術を行えば、奥方が危機を乗り越えられる可能性は高くなるはずです」

つまり、ひとりも生き延びていないのだ。

足元がふらつき、ガブリエルは一瞬、その場にくずおれそうになった。

「進めてほしいと彼女に伝えてください」どうにか口を開く。

「ドクター・ギブソンが執刀することに同意するんですね?」

「ええ」

21

それから二時間、ガブリエルは膝の上にコートをかけて待合所の隅にじっと座り、自分の世界に引きこもっていた。デヴォンとケイトリンとカサンドラが駆けつけて、ウィンターボーン夫妻と一緒に手術が終わるのを待っているのはぼんやりとわかった。ありがたいことに、彼らはガブリエルがそっとしておいてほしいと思っているのを察したらしい。彼らの静かな話し声と、カサンドラがはなをすする音がやけに気に障る。いまは感傷的になっている人のそばにいたくない。さもないと粉々に砕けてしまいそうだ。コートのポケットにパンドラのネックレスが入っていることに、ガブリエルはふと気づいた。赤黒く染まった真珠を両手のひらにのせ、指でもてあそぶ。彼女は大量に出血した。人間の体は、新たな血液を作るのにどれくらいかかるのだろう?

タイル張りの床に視線を落とす。診察室で見たのと同じような床だ。ただし排水溝は設けられていない。きっと手術室も同じような床に違いない。意識のない妻が手術台に横たわる姿が、またしても思い浮かんだ。あの象牙色のなめらかな肌に刃物を突き刺されたのに、その損傷を修復するためにまたしても刃物が使われているのだ。

今度はパンドラが刺されたときの光景を思い出した。ノラがパンドラと一緒にいるのを見て、とてつもなく激しい怒りに駆られたことを。ノラのことだ、妻に悪意に満ちた言葉を投げつけたに決まっている。あの忌まわしい瞬間が、パンドラの人生最後の記憶になってしまったら……。

ネックレスをきつく握りしめたとたん、より糸の一本が切れて、真珠が床に散らばった。

ガブリエルが身じろぎもせずに座っていると、ケイトリンとヘレンが身をかがめて真珠を拾い集め、カサンドラが待合所の隅のほうへ転がっていった真珠を拾いに行った。

「閣下」カサンドラの声がした。いつのまにか目の前に立ち、ボウルの形に丸めた両手をこちらに差し出している。「わたしに預けてもらえれば、きれいに拭いてから糸をつけ直しておくわ」

ガブリエルは惜しむように、切れたネックレスをカサンドラの手の中に滑り込ませた。そのとき、彼女の顔をちらりと見るという過ちを犯した。潤んだ目。黒に縁取られた青い瞳。ああ、もしパンドラが死んでしまったら、二度と彼女たちに会えなくなるだろう。レイヴネル家の人たちが受け継いでいる、あの目を見るのは耐えられそうにない。

彼は立ちあがり、廊下へ出て壁にもたれかかった。まもなくデヴォンも廊下に出てきて、こちらへ近づいてきた。ガブリエルはうつむいた。デヴォンはパンドラの安全を守る役目をガブリエルの手にゆだねた。それがこのざまだ。耐えきれないほどの罪悪感と羞恥心を覚える。

銀のスキットルが視界に飛び込んできた。「酸いも甘いも嚙み分けたうちの執事が、家を出るときに渡してくれたんだ」

ガブリエルはスキットルを受け取ると、蓋を取ってブランデーをごくりと飲んだ。焼けるような熱さがさらりと喉を下っていき、凍った心をいくらか溶かした。「ぼくのせいだ」しばらくして口を開いた。「彼女から目を離さないように、もっとよく気をつけていれば」

「ばかなことを言わないでくれ」デヴォンが返す。「四六時中、パンドラから目を離さないなんてことは誰にもできないさ。まさか鍵をかけて閉じ込めておくわけにもいかないし」

「彼女が無事に乗りきれたら、何がなんでもそうしてやる」喉が締めつけられ、言葉がとぎれた。ブランデーをもうひと口飲んでから、ようやくまた口を開いた。「結婚してひと月も経っていないのに、彼女は手術台の上だ」

「セントヴィンセント……」デヴォンがわざと哀れっぽい口調になる。「爵位を継いだとき、ぼくには無邪気な三人の娘と気難しい未亡人に対する責任を負う覚悟がまったくできていなかった。彼女たちはいつも好き勝手な方向へ向かっていき、衝動的に行動しては困難に陥っていたんだ。彼女たちを思いどおりにすることなど、絶対にできないと思ったよ。ところがあるとき、ふと気づいた」

「何に？」

「この先一生、彼女たちを思いどおりにはできないってことさ。彼女たちは彼女たちなんだ。ぼくにできるのは彼女たちを愛することと、死に物狂いで守ることとぐらいだよ。だがそれだって、いつもできるわけじゃない」デヴォンは皮肉っぽい口調で言った。「家族を持ったおかげで、ぼくは幸せな男になれた。でも、それと同時に心の平安を奪われたんだ。おそらく永遠に。しかし、まあ、全体としては……思ったほど悪くない」

ガブリエルはスキットルの蓋を閉め、何も言わずにデヴォンに返した。

「きみが持っていてくれ」デヴォンが言った。「あっちへ戻って、みんなと一緒に待つよ」

手術が始まってから三時間が経過した頃、待合所が静まり返ったかと思うと、誰かが淡々と話す声が聞こえた。

「セントヴィンセント卿はどちらに？」ドクター・ギブソンの声だ。

ガブリエルはさっと顔をあげた。地獄に落とされた者のような気分で待っていると、まもなくすらりとした女性が姿を現した。

ドクター・ギブソンは手術着と帽子を脱いでいた。茶色の髪はうしろで三つ編みにまとめている。どことなく女子生徒を思い起こさせる、きちんとした髪型だ。緑色の瞳は疲労の色が浮かんでいるものの、らんらんと輝いていた。

彼女はガブリエルに向きあうと、落ちつき払った表情の隙間からかすかに笑みをのぞかせた。

「最初の難関は突破しました。手術は無事に終わりましたよ」

「ああ」感情が一気にこみあげ、ガブリエルは片手で目を覆うと、咳払いをして歯を食いしばった。

「鎖骨を切除せずに動脈の損傷部位に到達することができました」ガブリエルの反応がないにもかかわらず、ドクター・ギブソンは説明を続けた。冷静さを取り戻すための時間を与えようとしているらしい。「シルク糸や馬毛で結紮せずに、特殊な加工を施した腸線《ガット》という縫合糸を用いました。この糸は最終的に組織に吸収されるんです。まだ開発の初期段階ですが、今回のような特殊な場合ではそちらを使ったほうがいいでしょう。あとから抜糸する必要がないので、感染症や出血の危険性を最小限に抑えられます」

やっとのことで感情を抑え込み、ガブリエルは熱い涙にかすむ目で彼女を見た。「このあとは？」ぶっきらぼうに尋ねる。

「一番重要なのは絶対安静を保ち、糸がはずれて大出血を起こす危険を最小限にすることです。問題が起きるとしたら、術後四八時間以内の可能性があります」

「だから誰も生き延びられなかったのか？　大出血のせいで？」

ドクター・ギブソンが問いかけるような視線を投げた。

「ドクター・ハヴロックから聞いたんだ。これまでにパンドラと似たような容体だった人たちについて」

彼女の目つきがやわらいだ。「そんなお話をお聞かせするべきではありませんでしたね。少なくとも、きちんと見立てるまでは。それらの症例で残念な結果となったのには、ふたつの理由があります。ひとつは、医師が昔ながらの術式に頼りすぎたこと。もうひとつは、汚染された環境で手術が行われたことです。けれども奥さまの場合はまったく違います。うちの診療所ではすべての器具を滅菌し、手術室は隅々まで消毒して、生きとし生けるものに石炭酸液を散布します。もちろんわたしにも。傷口も徹底的に洗浄し、無菌包帯で覆ってあります。奥さまの回復について、わたしはかなり明るい見通しを持っていますよ」

ガブリエルは震えるため息をついた。「その言葉を信じたいが」

「閣下、わたしは真実をゆがめて人の気分をやわらげようとしたことは一度もありません。ただ事実をお伝えしたまでです。どういうふうに受け取られるかは、あなた次第ですが」

感情を交えない毅然《きぜん》とした口調に、彼は思わず頬がゆるみそうになった。「ありがとう」心から礼を述べる。

「お礼には及びません」

「いま、彼女に会えるのかな?」

「もうじきです。まだ麻酔から完全に覚めていないので。許可をいただけるのなら、せめて二、三日間は個室に入院していただきたいですね。もちろん、わたしも二四時間態勢で待機します。もし大出血が起きた場合、すぐに対処できるように。さあ、わたしはそろそろ手術室に戻って、ドクター・ハヴロックと術後の……」医師の声が徐々に小さくなって消えた。男性がふたり、正面玄関からロビーへ向かってくるのに気づいたからだ。「あの方たちは?」

「ひとりはうちの従僕だ」ドラゴンの姿を認め、ガブリエルは言った。もうひとりは見知らぬ男だった。

ドラゴンが思いつめた顔をして、こちらの表情を読み取ろうとするようにじっと見つめてくる。

「手術は成功した」ガブリエルは伝えた。

従僕の顔に安堵の表情が浮かび、肩から力が抜けた。

「ミセス・オケアーは見つかったのか？」ガブリエルはきいた。

「はい、旦那さま。ロンドン警視庁《スコットランドヤード》本部に身柄を拘束されています」

まだ挨拶をすませていないことに気づき、ガブリエルはおずおずと口にした。「ドクター・ギブソン、うちの従僕のドラゴンです。いや、じつのところは……ドラゴなんだが」

「いまはもうドラゴンです」従僕は淡々とした口調で言った。「奥さまのお望みどおりに」隣にいる男性を身振りで示す。「旦那さま、こちらが前にお伝えした知人です。スコットランドヤードのミスター・イーサン・ランサムです」

ランサムは、刑事という職業のわりには驚くほど若かった。たいていの刑事は昇進するまでに何年間か制服警官として、体力的にきつい巡回任務に当たるのでやつれている。ところが彼は骨格のしっかりした細身の体つきで、スコットランドヤードが採用の条件としている身長一七二センチをはるかにうわまわっていた。青い目に焦げ茶色の髪。肌は白いが、血色のよい顔は赤らんでいる。

ガブリエルは刑事の顔をまじまじと見た。なんとなく見覚えがあるような気がする。

「以前にどこかでお会いしましたか？」まったく同じことを考えていたらしく、ドクター・ギブソンが刑事に問いかけた。

「はい、ドクター」ランサムが答える。「いまから一年半ほど前になりますが、ミスター・ウィンターボーンの依頼を受けて、あなたとレディ・ヘレンの見張り役を務めたことがあります。おふたりがロンドンの中でも治安がよくない地域へお出かけになったときに」

「ああ、そうだわ」ドクター・ギブソンが目を細める。「わたしたちをこっそり尾行して、ハンサム馬車を呼び止めようとしていたところを邪魔したんでしたね」

「あなたは波止場から来たふたり組の暴漢に襲われていたんですよ」ランサムが穏やかに指摘した。

「わたしひとりでも事態をおさめられましたけど」彼女がそっけなく返す。「ひとりはすでに打ち負かしていて、もうひとりもやっつけようとしていたところでした。それなのに、あなたが断りもなく割り込んできたんです」

「それは失礼」ランサムはまじめくさった口調で言った。「助けを必要とされているようにお見受けしたもので。どうやらわたしの思い違いだったようですね」

ドクター・ギブソンが態度をやわらげ、しぶしぶ言った。「わたしが思うに、女性が暴漢を倒すのを手をこまねいて見ているわけにはいかなかったんでしょう。男性の自尊心は傷つきやすいですから」

ランサムは一瞬目だけで笑ったが、すぐさま真顔になった。「ドクター、レディ・セントヴィンセントが負った傷について、手短にご説明いただけますか?」

ガブリエルから承諾のうなずきを得てから、ドクター・ギブソンは答えた。「首の右側、鎖骨の二・五センチ上をひと突き。傷の深さは七センチに達しています。前斜角筋の貫通と鎖骨下動脈の裂傷。動脈を完全に切断されていたら一〇秒で意識を失い、約二分で死に至っていたでしょう」

考えただけで、ガブリエルの胃がずっしりと重くなった。「そうならずにすんだ理由はひとつ」彼は言った。「ドラゴンが腕を盾にして、ナイフが深く突き入れられるのを阻止してくれたからだ」いぶかしげに従僕を見る。「なぜ彼女の狙いがわかったんだ?」

ドラゴンは間に合わせの包帯の端をたくし込みながら説明した。「ミセス・オケアーが肩の上に狙いを定めているのを見た瞬間、ポンプの柄のようにナイフを引きおろすだろうと思ったんです。昔まだ子どもだった頃、クラブのそばの路地で男が殺されるのを目撃したことがあって。忘れもしませんよ。おかしなやり方でナイフを突き刺されて地面に倒れ込んだのに、血は出ていなかった」

「血液が胸腔《きょうこう》内に流れ込み、肺が虚脱したんでしょう」ドクター・ギブソンが言う。「きわめて効率のいい殺し方だわ」

「街の暴漢のやり方ではありませんね」ランサムが意見を述べた。「明らかに……玄人の手口だ。生理学の知識も必要です」短いため息をつく。「誰がそんな手口をミセス・オケアーに教えたのか突き止めないと」

「彼女にまだ尋問できていないのですか?」ドクター・ギブソンがきいた。

「残念ながら、先輩の刑事が何人かで尋問するにはしたのですが、わざとかと思うほどひどい大失敗をやらかしたらしいんです。結局、証言らしい証言といえば、ドラゴンがミセス・オケアーをつかまえたときに聞き出した情報だけですね」

「というのは?」ガブリエルは尋ねた。

「ミセス・オケアーと彼女の亡き夫は、政府転覆をもくろむアイルランド系の無政府主義集団の一員だったようです。〈死の帽子〉と名乗っている連中ですよ。〈フェニアン団〉の分裂派ですね」

「レディ・セントヴィンセントが倉庫で目撃した男は協力者です」ドラゴンが補足した。

「なんでも身分の高い人物だそうで。彼は自分の素性を知られるのを恐れ、ミセス・オケアーに命じて、レディ・セントヴィンセントをナイフで襲わせたようです。ミセス・オケアーは、申し訳ないことをしたが、どうしても拒めなかったと言っていました」

短い沈黙のあと、ドクター・ギブソンは包帯の巻かれたドラゴンの腕に目を走らせた。

「その傷の治療は?」答えを待たずに続ける。「一緒に来てください、具合を診てみましょう」

「ありがとうございます、でもそんな必要は――」

「消毒して、包帯をきちんと巻き直さないと。場合によっては傷口を縫わなければならないかもしれないわ」

ドラゴンは重い足取りで彼女のあとに従った。

ランサムは大股で遠ざかっていく医師のうしろ姿をじっと見つめている。ヒップと脚を覆っているキュロットスカートが、衣《きぬ》ずれの音をたてる様子を。やがて彼はガブリエルに注意を戻した。「閣下、こんなときにお願いするのは気が引けるのですが、レディ・セントヴィンセントが印刷所から持ち帰った見本とやらを見せていただけませんか？」

「もちろんだ。必要なことがあればドラゴンに協力させよう」ガブリエルは厳しい目つきでランサムを見た。「妻をこんな目に遭わせたやつに、当然の報いを受けさせてやる」

22

「麻酔のせいで、まだ頭が朦朧《もうろう》としている状態です」パンドラがいる個室へガブリエルを案内しながら、ドクター・ギブソンは事前の注意を与えた。「モルヒネをもう一回投与しました。痛みをやわらげるためだけでなく、麻酔薬《クロロホルム》による吐き気を抑えるためです。ですから、彼女が何を言おうと驚かないでください。すぐに注意が脇へそれたり、話の途中で急に話題を変えたり、わけのわからないことを口走ったりするかもしれません」

「パンドラとの会話はいつも、だいたいそんなふうだが」

医師は微笑んだ。「ベッドのそばのボウルに砕いた氷が入っていますので、うまく口に含ませてあげてください。石炭酸石鹸で手を洗いましたか？　それならけっこうです。できるだけ病室を無菌状態に保ちたいので」

ガブリエルは殺風景な狭い病室に足を踏み入れた。ガス照明が消され、ベッド脇のテーブルに置かれたガラス製のアルコールランプがほのかな明かりを放っている。

ベッドに横たわるパンドラはやけに小さく見えた。身じろぎもせずに両腕を脇につけ、手足をまっすぐ伸ばしている。ふだんは決してそんなふうには眠らないのに。彼女は夜になると丸くなったり、手足を大きく広げたり、枕を抱きしめたり、片足だけ上掛けを蹴飛ばしたりして眠るのだ。いまの顔色は異様なほど白く、まるでカメオのようだった。

ガブリエルはベッドの横の椅子に腰をおろし、パンドラの手をそっと取った。指に力がなく、小枝の束を持っているのかと思うほど軽い。

「わたしは数分ここを離れますね」ドクター・ギブソンが扉の前から言う。「よろしければ、ご家族のみなさんにも少しだけ面会していただいてから、お帰り願おうと思います。お望みなら、閣下は今夜はミスター・ウィンターボーンのお屋敷の来客用の寝室で――」

「いや、ぼくはここに泊まる」

「では、簡易ベッドを運んできましょう」

パンドラの指を自分の指に絡め、手の甲を頰に持っていく。清潔すぎる無味乾燥なにおいが、懐かしい香りを消し去っていた。彼女の唇はひび割れている。だが、もう肌はぞっとするほど冷たくないし、呼吸も落ちついていた。ガブリエルは安堵感に包まれた。空いているほうの手で彼女の頭に軽く触れ、髪の生え際を親指で撫でる。

三日月形のまつげがわずかに動き、パンドラがもぞもぞと身じろぎをした。彼女はゆっくりとこちらへ顔を向けた。暗い青色の瞳をのぞき込んだとたん、愛情がひしひしと胸に迫ってきて、ガブリエルはいまにも泣きだしそうになった。

「お目覚めだね、ぼくのいとしい人」彼はささやきかけた。ボウルから砕いた氷を手に取り、パンドラの口に含ませる。彼女は口の中で氷を溶かし、乾いた頰の内側を潤した。「すぐによくなるよ。どこか痛いところは？」

パンドラが小さく首を横に振り、彼をじっと見つめた。困惑と不安を覚えたのか、眉間にしわを寄せている。「ミセス・ブラックが……」しわがれた声で言う。

心臓を引き絞られたように胸が締めつけられた。「パンドラ、彼女が何を言ったにせよ、それは真実じゃない」

「わかってるわ」パンドラが唇を開いたので、ガブリエルはボウルからもうひとかけ氷を拾いあげた。彼女が氷のかけらを舐めて溶かす。「わたしがあなたをひどく退屈させているって」

彼はぽかんとしてパンドラを見た。ノラはよくもそんなばかげたことを……。自分の腕に顔をうずめ、肩を震わせて笑いを嚙み殺す。「退屈などするものか」ガブリエルはそう言うと、彼女を見つめた。「きみに出会ってから、一瞬たりとも退屈だと思ったことはないよ。白状すると、こんなことが起きて、数日ほど退屈したいぐらいさ」

パンドラはかすかに微笑んだ。

どうしても誘惑にあらがえなくなり、ガブリエルは身を乗り出して、彼女の唇に一瞬だけ軽くキスをした。もちろん、前もって開け放たれた扉のほうに目を走らせた。ドクター・ギブソンが見ていたら、彼の唇を消毒したかもしれない。

それから二日間、パンドラはこんこんと眠りつづけ、ときおり目を覚ましても、周囲にはほとんど関心を示さなかった。麻酔をかけられた患者にはよく見られる症状だとドクター・ギブソンから説明されても、元気いっぱいの若い妻がそんな状態に陥っているのを見ると、ガブリエルは不安をかきたてられた。

パンドラは二回だけ、いつもの生き生きした様子を見せた。一度目は、列車でハンプシャーから駆けつけたいとこのウェストンがベッドのかたわらに座ったときだ。パンドラは彼の顔を見て喜び、《ボートを漕ごう《ロウ・ロウ・ロウ・ユアボート》》の替え歌を、一〇分ほどかけて正しい歌詞だと信じ込ませようとした。

二度目はガブリエルがフルーツのアイスクリームをスプーンで食べさせているときに、病室の扉の隙間からドラゴンが顔をのぞかせたときだった。ふだんは表情ひとつ変えない従僕が、顔をこわばらせていた。大きな人影に気づくと、パンドラは朦朧としながらも〝わたしの護衛のドラゴン〟と声をあげ、包帯を巻いた腕がよく見えるようにもっと近づいてほしいと言った。ところが彼がベッドにたどりつく前に、パンドラはふたたび眠りに落ちていた。

ガブリエルは可能なかぎり彼女に付き添い、ときどき思い出したように窓際の簡易ベッドで短い仮眠を取った。パンドラの家族たちも看病をしたがっているのはわかっていた。ガブリエルが病室を離れようとしないのを、おそらく彼らはうっとうしいと思っているだろう。しかし片時も離れないのは、彼自身のためでもあった。ほんの数分でもそばを離れると不安が何倍にもふくれあがり、自分がいないあいだにパンドラが致命的な出血を起こすのではないかと心配でたまらなくなるのだ。

それほどまでに不安を覚える理由はわかっていた。罪悪感の海でもがき苦しんでいるからだ。ガブリエルのせいではないと誰かに慰められたとしても無駄だろう。反論する理由をいくらでも思いつく。パンドラを守らなければならないのに、それができなかった。もし違う選択をしていたら、彼女は肩に深さ七センチもの傷を負い、大変な手術を受け、病院のベッドにいるような事態にはならなかったはずだ。

ドクター・ギブソンは頻繁にパンドラの様子を見に来ては熱を測り、傷口が化膿したり腕や鎖骨の上が腫れたりしていないか確認し、肺が圧迫されていないか耳を澄ましたりしている。彼女によれば、パンドラは順調に回復していて、このままいけば二週間後には日常生活を再開できるという。でも、さらに数カ月間は養生に努めなければならないだろう。万が一転倒でもして体に強い衝撃を受ければ、動脈瘤《りゅう》や大出血が起こる危険性がないとも言いきれない。

これから数カ月間も心配しつづけ、パンドラを安静にさせておかなければならないのだ。そんな先行きに不安を感じ、ガブリエルは眠ろうとするたびに悪夢に悩まされ、パンドラは昏睡《こんすい》と錯乱を繰り返した。やがて彼はむっつりと黙り込むようになった。さらに意地も手伝って、友人や身内からやさしくされると、ますます不機嫌になった。生け花にはとくにいらいらさせられた。ほとんど毎時間ごとに診療所に届くので、ドクター・ギブソンは玄関のロビーより中へ運び込まれるのを拒否した。結局、誰かの葬儀かと思うほど大量の花が山と積まれ、胸が悪くなるほど濃密な甘い香りがあたりに充満した。

三日目の夕闇が迫る頃、ふたりの人物が病室に入ってくるのがぼんやりと見えた。

ガブリエルの両親だった。

ふたりの姿を見たとたん、彼は安堵の気持ちで胸がいっぱいになった。それと同時に、両親の存在がいままで胸の中に閉じ込めていたみじめな感情を解き放ってくれた。必死で呼吸を整え、よろよろと立ちあがる。何時間もかたい椅子に座りっぱなしだったせいで、手足がこわばっていた。父が真っ先に近寄ってきた。ガブリエルをしっかりと抱きしめ、髪がくしゃくしゃになるほど頭を撫でてから、ベッドのほうへ近づく。

次は母の番で、昔と変わらずやさしさと強さのこもった抱擁だった。子どもの頃、何か悪いことをしてしまったとき、ガブリエルが一番に向かうのは母のところだった。母なら決してとがめも責めもしないと知っていたからだ。そうされても当然のことをしたときでさえ。底知れぬやさしさにあふれた母にならば、最悪の考えや恐れを打ち明けられそうだった。

「何があっても守ると彼女に約束したんだ」ガブリエルはかすれる声で、母の髪に向かって言った。

エヴィーが彼の背中をぽんぽんと叩いた。

「それなのに、不覚にも彼女から目を離してしまった」ガブリエルは続けた。「観劇のあと、ミセス・ブラックが彼女に近づいて――あの女を追い払うのに気を取られていて、気づけなかった――」胸が詰まってそれ以上何も言えなくなり、大きく咳払いをする。

息子が心を落ちつけるのを待ってから、エヴィーは静かに口を開いた。「前に話したのを覚えているかしら、わたしのせいで、あ、あなたのお父さまが重傷を負ったことがあるって」

「きみのせいではないぞ」ベッドのそばで、セバスチャンがいらだたしげに言った。「エヴィー、あれからもう何年も経っているのに、まだそんなばかげた考えを抱いているのか？」

「あんなに恐ろしい思いをしたことはなかったわ」エヴィーはガブリエルにそっとささやいた。「でも今回のことはあなたのせいではないし、いつまでもその考えにこだわっていても、どうにもならない。ねえ、わたしの話を聞いている？」

母の髪に顔をうずめたまま、ガブリエルはうなずいた。

「パンドラはあなたを責めたりしないわ、あなたのお父さまがわたしを責めなかったのと同じように」

「ふたりとも、何かのせいにする必要はないんだ」父が口を開いた。「もちろん、こんなわけのわからないことが起きたこと自体は不愉快でたまらない。だが、このかわいそうなお嬢さんがけがを負わされた件で責めを負うべき人間は、紛れもなくただひとり。彼女の翼を切って飛べなくしようとした女だ」セバスチャンはパンドラの上掛けを直すと、身をかがめて彼女の額にそっとキスをしてから、ベッドの横の椅子に腰をおろした。「息子よ……いくらか罪悪感を覚えるのはいいだろう。しかし過度にふけると、自分を傷つけるだけならまだしも、まわりの人間までうんざりさせることになるぞ」父は長い脚を伸ばし、のんびりと組んだ。「自分がぼろぼろになってまでパンドラの心配をするな。彼女は完全に回復するのだから」

「父上はいつから医者になったんですか？」ガブリエルは皮肉をこめて言った。とはいえ、自信に満ちた父の言葉によって、悲しみと不安が重くのしかかっていた心がいくらか軽くなった。

「わたしはこれまで、ずいぶん多くの病人やけが人をこの目で見てきた。刺された人も含めてな。だから結果を正しく予想できるんだ。それに彼女は元気いっぱいのお嬢さんだ。必ず治る」

「わたしもそう思うわ」エヴィーもきっぱりと言った。

ガブリエルは震えるため息を吐き、母をさらにきつく抱きしめた。

しばらくして、母の残念そうな声が聞こえた。「子どもたちの問題をお昼寝とビスケットで解決できていた時代が懐かしいわね」

「いまのこの子に必要なのは、まさに昼寝とビスケットだよ」セバスチャンがあっさりと言い放った。「ガブリエル、ちゃんとしたベッドを探して、何時間か休んできなさい。そのあいだ、おまえのかわいい子ギツネちゃんの看病はわれわれに任せればいい」

23

パンドラが自宅に戻ってから一週間半が経った。そのあいだ、診療所から一緒に帰ってきた夫は別人に違いないと思ったのは一度や二度ではなかった。

ガブリエルが無関心で冷たい態度を取るようになったわけではない。むしろ、これ以上ないほど気を遣ってくれる。妻の看病は自分がすると言い張り、体に触れるような世話も含めて、パンドラが少しでもくつろげるように考えうるかぎりのことをすべてやってくれていた。傷口を覆うガーゼを取り替え、水を含ませたスポンジで体を拭き、本を読み聞かせ、血行をよくするために定期的に脚まで揉んでくれる。

食事についても、どうしても自分が食べさせると言って聞かず、牛肉のスープやフルーツのアイスクリームやブラマンジェを辛抱強くスプーンですくい、パンドラの口に運んだ。ちなみに、彼女はブラマンジェに大きな衝撃を受けた。いままでは苦手だと思っていたやわらかさと白さとなめらかな食感が、このうえなくおいしく感じられたのだ。ブラマンジェなら自力で食べられそうなのに、ガブリエルは決してスプーンを渡そうとしなかった。パンドラは丸二日かかってようやく、彼の手からスプーンをもぎ取ったほどだった。

スプーンのことは、この際どうでもいい。とにかく以前のガブリエルは最高に魅力的な男性だった。ところがいまは、皮肉っぽいユーモアも茶目っ気も影をひそめてしまった。戯れを楽しんだり、からかったり、冗談を言いあったりすることもない……彼がどこまでも冷静でまじめな態度を崩そうとしないので、パンドラは少しげんなりしていた。妻の身を心から案じているのはわかっている。回復を妨げないように気を配ってくれていることも。けれども、以前のガブリエルが恋しくてたまらなかった。互いに惹かれあう力や、ふたりを結びつけていたユーモアが無性に懐かしい。少しずつ元気が戻ってきたいま、片時も目を離さずに看病されるのは、やや窮屈に感じられた。正直なところ、監禁されているような気分だ。

パンドラの具合を毎日診に来てくれるガレット・ギブソンに愚痴をこぼすと、意外にも、彼女はガブリエルの肩を持った。「彼は精神的にも感情的にも大きな衝撃を受けたのです」ガレットは説明した。「ある意味では彼も傷を負ったので、回復するには時間が必要なんですよ。目に見えない傷は、体に負った傷と同じように致命的になることもありますから」

「でも、また以前の彼に戻るんでしょう?」パンドラは期待をこめて尋ねた。

「ええ、おそらく大部分は。でも彼は気づいてしまったんです、人生ははかないものだって。生死に関わる病気は、ともすれば、あるものについての考え方まで変えてしまうんですよ」

「たとえばブラマンジェとか?」

ガレットは笑みを浮かべた。「時間です」

パンドラはあきらめのため息をついた。「辛抱して、彼の言うことを聞くようにするわ。

だけど、とにかく彼は慎重すぎるの。血圧があがるといけないから、冒険小説を読んではいけない。わたしが物音に悩まされてはいけないから、屋敷じゅうのみんなは足音や話し声をたてないようにしなければならない。誰かが訪ねてくるたびに、わたしが疲れすぎないように彼は時計を見ながらうろつく。しかも、彼はまともにキスさえしてくれないのよ。唇を軽く触れるだけ。彼が二番目に好きな大おばさまにでもなった気分だわ」

「たしかに度を超えているかもしれませんね」ガレットは認めた。「手術から二週間が経ち、経過は良好です。痛み止めの薬ももう必要ありませんし、食欲も回復しています。そろそろ軽く体を動かしたほうがいいでしょう。ベッドでの安静状態が長すぎると、筋肉や骨が弱くなってしまいますから」

そのとき、寝室の扉がノックされた。「どうぞ」パンドラが応じると、ガブリエルが部屋に入ってきた。

「こんにちは、ドクター・ギブソン」彼がパンドラに視線を向ける。「彼女の調子はどうだろう？」

「とても順調ですよ」ガレットは穏やかな声で満足げに答えた。「動脈瘤、血腫、浮腫、発熱、どの兆候もありません」

「外出はいつからできるのかしら？」パンドラはきいた。

「明日から始めましょう。まずはかぎられた時間にしてください。最初はあまり疲れない場所のほうが……お姉さまのお宅を訪ねるとか、ウィンターボーン百貨店の喫茶室に行くとか」

ガブリエルの表情が険しくなった。「彼女を屋敷の外へ出すというのか？　人の多い不潔な空気にさらすのか？　そこらじゅうに細菌や害虫や路上の排泄物《はいせつ》が――」

「いいかげんにして」パンドラは抗議の声をあげた。「わたしは走って外へ出て、歩道の上を転がろうとしているわけじゃないのよ」

「傷の具合は？」彼が問いかける。

「傷口はふさがっています」ガレットは答えた。「閣下、ご心配なのはわかりますが、奥さまを永遠に無菌環境に閉じ込めておくことはできません」

「わたしは――」パンドラは口を開いたが、夫はまったく耳を貸そうとしない。

「万が一、転んだら？　うっかり誰かがぶつかってきたら？　彼女を襲うように命じた、ろくでなしのことは？　ミセス・オケアーが警察に身柄を拘束されているからといって、パンドラの身が安全になったわけではないんだ。そいつがまた別の人間を送り込んでくるかもしれない」

「そのことは考えていませんでした」ガレットは正直に認めた。「殺人の共犯者については専門外なので」

「ドラゴンに付き添ってもらえばいいじゃない」パンドラは指摘した。「彼が守ってくれるわ」ガブリエルが返事をせずに無表情にこちらを見たので、彼女は精いっぱい理性的な口調で言った。「これ以上、屋敷の中にこもっているわけにいかないのよ。生産が予定より遅れているの。ときどき外出できれば――」

「ボードゲームの件なら、クリスマスには間に合わないとすでにウィンターボーンに伝えてある」彼は無愛想に言うと、ベッドの足元に近づいた。「生産計画を立て直す必要があるな。もちろん、健康状態が回復するのをもうしばらく待ってからになるが」

パンドラはあっけに取られてガブリエルの顔を見た。

彼はパンドラの仕事まで管理しようとしている。再開する時期や仕事量まで勝手に決め、何をするにも彼の許可を得なければならないように仕向けているのだ。彼女の健康を守るという名目で。

「あなたにそんな権利はないはずよ」パンドラは声をあげた。「あなたが決めることじゃないでしょう！」

「いまはきみの健康がかかっているんだ」

「ドクター・ギブソンがたったいま許可してくれたじゃないの、かぎられた時間なら外出してもいいって」

「外へ出たとたん、きみは過激な政治犯と関わりあいになったじゃないか」

「そういうことは誰にだって起こりうるわ！」

ガブリエルがかたくなな表情になった。「だが実際、きみの身に起きた」

「わたしのせいだと言いたいの？」パンドラは驚いて、ベッドの足元に立っている冷たい目の見知らぬ男性を見た。あぜんとするほどあっというまに、彼は夫から敵へと変わっていた。

「そんなことは言ってないだろう――くそっ、パンドラ、とにかく落ちついてくれ」

彼女は必死で呼吸を整えようとした。怒りのあまり、目の奥から熱いものがこみあげてくる。「どうすれば落ちつけるの？　あなたがわたしとの約束を破っているのに。いつかこうなると思っていたわ。だからいやだと言ったのよ！」

ガブリエルが声を落とし、緊迫した口調で言った。「パンドラ、深呼吸をしてくれ。頼むから。このままではヒステリーを起こしてしまう」小さく悪態をついて、ガレットのほうを向く。「何か処方してもらえるか？」

「いやよ」パンドラは怒気を含んだ声で叫んだ。「彼はわたしに足枷をつけて、屋根裏部屋に閉じ込めなければ気がすまないんだわ」

医師は思案顔でふたりを交互に見つめた。テニスの試合を見ているみたいに。やがてガレットはベッドのそばに寄り、革の往診鞄から処方箋つづりと鉛筆を取り出した。てきぱきと処方箋を書き、パンドラに手渡す。

頭から湯気を立てたまま、彼女は紙切れに視線を落とした。

〝神経の高ぶった夫をベッドで絶対安静にさせること。症状が緩和するまでは、必要な回数分だけ抱擁を塗布。この処置を繰り返し行うこと〟

「冗談でしょう？」パンドラはガレットの澄ました顔を見あげた。

「処方箋に従うことをお勧めします」

パンドラは顔をしかめた。「浣腸《かんちょう》をされるほうがましだわ」

くるりと背を向ける直前、医師がにやりとしたのが一瞬見えた。「また明日、様子を見に来ますね」

夫婦が黙っているあいだに、ガレットは部屋を出ていき、扉が閉じられた。

「処方箋を見せてくれ」ガブリエルがそっけなく言う。「ドラゴンに薬局へ行かせよう」

「わたしから頼んでおくわ」パンドラは歯を食いしばって応えた。

「いいだろう」彼はベッド脇のテーブルに近寄ると、雑然と置かれたものをまっすぐに直しはじめた。カップとタンブラー、本と手紙、鉛筆と白紙の便箋とトランプ、そしてほとんどひとりになる時間がないので、まだ一度も使っていない小さな呼び鈴。

パンドラは反抗的な目つきで夫を見あげた。ガブリエルは神経が高ぶっているのではなく、ただ偉ぶっているだけだ。ところが彼の様子をよく見てみると、目の下にはくまができ、顔にしわが寄り、口はかたく結ばれている。険しい顔に疲労の色がうかがえた。そんなそぶりは見せないけれど、本当は不安でなかなか眠れずにいるのだろうか？　ふと、ある考えが頭に浮かんだ。彼は絶えずパンドラの心配をしながら、二週間も禁欲生活を送っている。そのせいで、まるで別人みたいになってしまったとか？

パンドラは唇を軽く触れただけの短いキスを思い出した。ガブリエルの腕にしっかりと抱かれ、以前のようなキスをされたらどんなにすてきだろう。彼に愛されていると感じられるはずだ。

愛……ガブリエルはありとあらゆる方法で愛情を示してくれる。けれど、はっきりと言葉で伝えてもらったことは一度もない。そしてパンドラのほうは……舞踏会の壁の花だった彼女が、どういうわけか誰もがうらやむような魅力的な男性を手に入れた。そんな彼女がいちかばちかの賭けに出なければならないなんて、どう考えても不公平だ。

でも、どちらかが言わなければならない。

ガブリエルは薬さじをより分けている。パンドラは恐れずに立ち向かおうと心に決めた。「もうわかっていると思うけど」ぶっきらぼうに言う。「あなたを愛しているわ。正直に言って、あなたが来る日も来る日もハンサムなところも、ある根菜に偏見を抱いているところも、スプーンでわたしに食事をさせるのに没頭するところも、まったく気にならないほど深く愛してる。あなたの言いなりにはなるつもりはないけれど、これからもずっと愛しつづけるわ」

詩的な表現とはほど遠い告白だったが、ガブリエルはその言葉が聞きたかったらしい。

薬さじがガチャンとテーブルに置かれた次の瞬間、彼はベッドに腰かけ、パンドラを胸に抱き寄せた。「パンドラ」かすれた声が聞こえる。彼の心臓は激しく打っていた。「どうしようもないほどきみを愛している。きみはぼくのすべてだ。きみがいてくれるから地球がまわり、夜のあとに朝が訪れる。まさにプリムラの花言葉だ。きみのためにキスが発明されたに違いない。きみがいるから、ぼくの心臓は鼓動を刻む。ああ、ぼくはもうきみなしでは生きていけない。どうしても必要だ……きみが必要なんだ……」

パンドラは彼に顔を向けた。ついに慣れ親しんだ夫が戻ってきた。熱い息を吐き、欲望をあらわにして。たくましい胸に抱きしめられ、彼女の胸の先端がかたくなった。大きく首をのけぞらせると、ガブリエルがけがをしていない側の首筋にキスをし、軽く歯を立てた。甘い感覚に、彼女は身を震わせた。

彼が荒い息を吐きながら顔をあげ、あやすようにそっとパンドラを揺する。荒ぶる欲望と自制心が心の中でせめぎあっているのだろう。

ガブリエルが体を離そうとしたので、彼女は首に腕を巻きつけた。「一緒にベッドに入って」

彼がごくりとつばをのみ込む。「それはできない。きみを味わい尽くしたくなる。自分を止められそうにないんだ」

「ドクターはもう大丈夫だと言っていたわ」

「傷が痛むようなことはできない」

「ガブリエル」パンドラは真顔で言った。「愛を交わしてくれないのなら、ありったけの声で《横丁のサリー》を歌いながら、駆け足で階段を何度ものぼりおりするわよ」

彼が目を細める。「そんなまねをしたら、ベッドに縛りつけてやる」

パンドラは微笑み、彼の顎に歯を立てた。「ええ……そうして」

ガブリエルはうめき声を発して体を引こうとしたが、パンドラはすでに彼のズボンの中にどうにか片手を滑り込ませていた。そこから揉みあいになったものの、明らかに不公平な戦いだった。何しろ彼はパンドラに痛い思いをさせやしないかとおびえているうえに、興奮をかきたてられて、まともに頭が働かないようだから。

「あなたはやさしくしてくれるもの」彼女はなだめるような口調で言い、ガブリエルのシャツのボタンをはずして両手を差し入れた。「あなたにすべてをゆだねて、わたしはじっと横になっているだけよ。だから痛い思いなんかしないわ。ねえ、わたしをベッドで安静にさせておくための完璧な方法だと思わない？」

ガブリエルが悪態をついた。必死に自制心を働かせようとしているらしいが、体が熱くほてっているのを感じる。やがて彼の理性は崩れ去った。パンドラがベッドに身を沈め、手足をガブリエルの体の下に差し入れたとたん、彼が喉の奥で妙な音を出した。ナイトドレスの身頃をつかんで荒々しく引きはがし、頭をさげて胸の先端を口に含む。パンドラは夢見心地でガブリエルの頭に手をやり、金褐色の髪を指ですいた。まもなく彼はもう一方の胸に移り、リズムを刻むように吸いつきながら、彼女の体に両手を這わせた。

ああ、なんて上手なのだろう。火花が散るような感覚が全身に広がっていく。ガブリエルはパンドラの腿のあいだに手をやると指を差し入れ、からかうようにゆっくりともてあそんだ。彼女は首をのけぞらせて、あえぎ声をもらした。さらに深く指を進め、巧みな愛撫を繰り返したあと、彼はパンドラのヒップの下に両手を入れて腰を持ちあげ、杯に口をつけるみたいに舌で探りはじめた。彼女はすすり泣きに似た声をあげ、小さく身もだえした。腿の筋肉が収縮しては弛緩し、全身が快感を味わおうとしている。やがて下腹部の奥深くで熱いものが脈打ちはじめた。ガブリエルの舌先が敏感なつぼみを容赦なくなぞり、くすぐり、彼女を歓喜の高みへといざなっていく。

いままでは何時間もこんなふうに甘い責め苦を与えて興奮を高めておきながら、パンドラが懇願するまで、ガブリエルは決して頂点を超えさせようとしなかった。ところが今日はじらすつもりはないらしく、彼女は大いに安堵した。彼が開いた唇でさらに濃厚な愛撫を始めたとたん、パンドラはなすすべもなく全身を震わせた。

体の緊張を解いて甘い余韻に浸っていると、ガブリエルが覆いかぶさってきた。かたく張りつめたものがゆっくりと侵入してきて、パンドラの中は完全に満たされた。彼が両肘をついて体重を支えながら、パンドラの瞳をのぞき込む。引きしまった体の重みが、ガブリエルのほうも解放の瞬間が近づいていると告げていた。けれども彼はじっとしたまま、パンドラの内側がぎゅっと締めつけるたびに息をのんでいる。

「もう一度言ってくれ」しばらくして、ガブリエルがささやいた。上気した顔の中で、瞳がきらきらと輝いている。

「愛しているわ」パンドラは彼の頭を引き寄せた。次の瞬間、押し寄せる快感の波にのみ込まれるように、ガブリエルが激しく身震いをした。

その晩はもうボードゲームに関する話題は出なかったものの、パンドラが最終的に仕事を再開するという結論を下しても、ガブリエルが反対しないことはわかっていた。妻以外の趣味を持ったほうがいいと言えば、ああだこうだと文句をつけるに決まっているけれど、パンドラの自由を認めれば認めるほど、ふたりの距離が縮まると彼は理解したようだった。

ガブリエルは彼女の愛情を失いたくないのだ。とはいえパンドラのほうも、彼の愛情につけ込むようなまねはしたくなかった。なぜなら、ふたりの結婚生活は共同作業だから。ともに踊ったワルツのように完璧でもなければ、優雅でもないけれど、自分たちに合ったやり方を一緒に見つけていけばいい。

その夜、彼はパンドラのベッドで眠った。翌朝目を覚ましたとき、ガブリエルはほぼいつもどおりの彼に戻っていた。体を丸め、片腕をパンドラのウエストにまわして、背中にぴったりと寄り添っている。彼女はからかうように小さく身をよじってみた。手を伸ばし、ひげが伸びかけのざらざらした顎に触れると、指にキスをされた。

「気分はどうだい？」ガブリエルのくぐもった声が聞こえる。

「とってもいいわ」パンドラは互いの体のあいだに片手を差し入れてゆっくりと下へおろし、そそり立つものを手のひらで包んだ。とても熱く、ベルベットみたいになめらかだ。「でも念のために……熱を測ってもらおうかしら」

彼は愉快そうに喉を鳴らして笑うとパンドラの手を引き離し、ベッドから転がり出た。

「そういうわけにいかないんだ、子ギツネちゃん。今日はきみもやるべきことがある」

「ええ、そうだったわね」彼女はガブリエルがジャカード生地のガウンを身につけるのを眺めた。「今日はとても忙しくなりそうよ。まずトーストを食べて、それからしばらく壁を見つめようかしら。そのあとは気分を変えて、枕にもたれて天井を眺め——」

「訪問客に応対するのはどうだい？」

「誰？」

「ミスター・ランサム、刑事だよ。診療所から戻って以来、ずっときみの話を聞きたがっていたんだが、じゅうぶん回復するまで待っていてもらったんだ」

「そうだったの」複雑な心境だった。印刷所を訪れたときのことや、ナイフで刺された日の状況を尋ねられるだろうけれど、どちらも思い出すのは気が進まない。とはいえ、法の裁きが下されるのに力を貸せるのなら——さらにパンドラ自身の安全も確保されるのなら——やってみる価値はある。第一、やるべきことがあったほうがいい。「都合のいい時間に訪ねてかまわないと伝えて。わたしの予定は融通が利くから。でも午前中のブラマンジェの時間だけは、どんな理由だろうと邪魔されるのはいやよ」

24

パンドラはイーサン・ランサムをすぐに好きになった。ハンサムで若く、物静かで、あまり表に出さないもののユーモアを解する心があるようだ。そして、どこか少年らしさを残している。中流階級のなまりを慎重に抑えた話し方が、まじめな男子学生を思わせるからだろうか？　あるいは、まっすぐな焦げ茶色の髪が額にかかっているからかもしれない。

「わたしは秘密情報局に所属しています」応接室に通されると、ランサムは説明を始めた。「政治的な機密情報を集める犯罪捜査部内の一部署ですが、実際には内務省の直轄下にあります」一瞬ためらい、言葉を選ぶように言う。「本日ここへうかがったのは、公務のためではありません。いえ、むしろ内密にしていただきたいのです。わたしがここを訪ねたことが知れたら――これは控えめな言い方になりますが――上司はいい顔をしないでしょう。それでもあえておうかがいしたのは、レディ・セントヴィンセントが襲われた事件とミセス・オケアーが死亡した事実がきちんと捜査されずに……放置されているからです」

「ミセス・オケアーが死亡？」パンドラはおうむ返しに言った。衝撃が全身に走る。「いつ？　どうして？」

「一週間前です」ランサムはガブリエルにちらりと視線を投げた。「まだお伝えしていなかったのですか？」

ガブリエルはうなずいた。

「自殺とされています」ランサムは口をゆがめた。「検視官が監察医を呼び寄せたらしいのですが、なぜか検視解剖が行われる前に遺体が埋葬されてしまいました。しかも検視官は、遺体の掘り起こしを命じるのを拒否しています。とすれば必然的に、死因審問も行われません。どうやら内務省は、この一件を闇に葬るつもりのようです」パンドラとガブリエルの表情を注意深くうかがってから、彼は先を続けた。「はじめのうちはよほど事件に関心がないか、不始末をしでかしたかのどちらかだと思っていました。ですがいまでは、何か裏があるのではないかと思っています。秘密情報局は故意に犯罪行為を見逃し、証拠を隠滅して、ミセス・オケアーに対して形ばかりの取り調べを行ったのではないかと。わたしは取り調べを担当する刑事たちのところへ行き、レディ・セントヴィンセントが印刷所を訪ねたときに、倉庫で不審な男を目撃したことを伝えておいたんです。ところがミセス・オケアーの取り調べでは、その件についてはいっさい触れられませんでした」

「妻はヘイマーケットの劇場の真ん前で殺されかけたんだぞ。それなのに誰も捜査しようとしないのか？」ガブリエルは信じられないという顔で怒りをあらわにした。「くそっ、スコットランドヤードへ行って、ひと騒動起こしてやる」

「どうぞやってみてください。もっとも、わけのわからないことをまくしたてられ、時間を無駄にされるだけでしょうが。連中は端《はな》から捜査する気がないんですよ。組織全体に汚職がはびこっていて、もはや誰を信用してよいかもわからない状態なんです」ランサムはいったん言葉を切った。「だから、わたしは自力で捜査を進めました」

「どうやって協力すればいい？」ガブリエルが尋ねる。

「じつを言うと、レディ・セントヴィンセントのお力をお貸しいただきたいのです。先にお伝えしておきますが、この事件には黒幕がいます」

ガブリエルは考え込むようにランサムを見つめた。「続けてくれ」

ランサムはコートのポケットから小さな手帳を引っ張り出した。ページのあいだに何枚か紙がはさんである。彼は一枚の紙切れを取り出し、パンドラに見せた。「これを覚えておいでですか？　奥さまが印刷所から持ち帰った見本のひとつです」

「ええ、印刷所で見つけたものよ。活版印刷の文字の見本ではないかしら。わたしがミセス・オケアーのあとを追って倉庫へ行ったのは、そのためだったの。彼女がその紙を落としていったから、必要だろうと思って」

「これは活字の見本などではありません」ランサムが言う。「暗号表です。このアルファベットの文字の組みあわせを使って、暗号文を読み解くのです」

彼女は興味を引かれて目を丸くした。「まあ、わくわくするわ！」

その言葉に、ランサムがちらりと笑みを浮かべた。「そうおっしゃるのもごもっともです。でも、わたしにとってはありふれた日常です。何しろ、誰も彼もが暗号文を使っていますから——警察も犯罪者も。うちにはふたりの暗号解読の専門家が常駐していて、入手した情報をすべて読み解いているんですよ」彼はふたたび真顔になった。「昨日、わたしはある暗号電報を入手したのですが、本部から送られてきた最新の暗号表を使っても解読できなかった。ところが、この表で試してみたら——」紙切れを振ってみせる。「見事に解けたというわけです」

「暗号にはなんと？」パンドラはきいた。

「〈死の帽子〉の指導者とされる人物に宛てたものでした。ミセス・オケアーが関わっていた過激派集団です。明日、ギルドホールで行われる皇太子の祝賀会に関することでした」ランサムはいったん口をつぐみ、暗号表を手帳にそっと戻した。「その電報を送ったのは内務省の人間です」

「なんてことだ」ガブリエルが目を見開いた。「どうしてわかるんだ？」

「通常、内務省から電報を送る場合、料金が無料になる特定の番号を用紙に刻印します。無料配達番号と呼ばれるものです。電報局の局員は、警察官が職権を乱用していないか確認するよう指示されているので、電報を検分しやすいようにその番号を刻印することになっているのです。そして昨日、無料配達番号が刻印されたある暗号電報を見つけた局員が、決められた手続きに従っていないといって、わたしのところに持ってきました。どうやら電報を送ろうとした人物は不注意にも、所定以外の用紙を使ったらしいのです」

「それにしても、なぜ内務省の人間がアイルランド系の無政府主義集団と共謀を？」ガブリエルは尋ねた。

「政府大臣の中には、アイルランド自治の考えに激しく反対する人たちがいます。共謀者が公の場で皇太子を暗殺するような暴挙に出れば、アイルランド自治が実現する可能性をつぶせると彼らはわかっているのです。おそらくアイルランド人への報復が激化し、大勢の人が強制退去を命じられるでしょう。それこそが反アイルランド自治論者たちの狙いなのです」

「そのことがわたしとどう関係しているの？」パンドラはきいた。

ランサムは眉根を寄せて身を乗り出すと両手を組みあわせ、指先同士を軽く叩いた。「奥さま、あなたが倉庫で目撃した男は祝賀会に姿を現すと思われます。彼はおそらく内務省の人間です。そしてミセス・オケアーがこの世から消えたいま、その男を特定できるのはあなた以外にいない」

パンドラが口を開くより早く、ガブリエルが応えた。物静かな声に怒気がこもっている。

「地獄に落ちろ、ランサム。ぼくが妻を危険にさらすと思っているのなら、頭がどうかしているぞ」

「ほんの数分間祝賀会に顔を出し、その男がいるかどうか確認していただくだけでいいのです」ランサムは言った。「男が見つかり次第、すぐに奥さまを安全な場所へお連れいただいてけっこうですから」

「考えてみれば、これもかぎられた時間の外出と言えるわね」パンドラは冷静な口調で言った。

気はたしかかという顔で、夫がにらみつけてくる。「皇太子の暗殺計画を阻止するのに手を貸すことは、かぎられた時間の外出とは言えない！」

「閣下」ランサムは言った。「わたしが恐れているような陰謀が進められているとすれば、その男を特定して身柄を確保しないことには、レディ・セントヴィンセントの身の安全は保証されません。奥さまに二四時間見張りをつけたり、閉じ込めておいたりしなければならないのです。永遠に公の場へ出ていくことはできませんよ」

「ぼくはそれでもかまわない」ガブリエルがぴしゃりと断言する。

「わたしは困るわ」パンドラは穏やかに言った。夫と視線を合わせると、目に苦悩と怒りの表情が浮かんでいた。彼女は詫《わ》びるようにかすかに微笑んだ。「あなただって、わかっているはずよ」

「この件だけは、きみの好きにさせるわけにはいかない」ガブリエルが険しい声で告げた。「きみが何をしようと何を言おうと、それだけはだめだ」

「皇太子にお会いするのがはじめての外出になるなんて、誰が想像したと思う？」ギルドホールの前で馬車をおりると、パンドラは明るく言った。

「まったくだ」ガブリエルがぶっきらぼうに応える。彼の手を借りてゆっくりと馬車から出るあいだ、ドラゴンは正装のドレスが車体に触れないように目を配っていた。パンドラは光沢のあるサテンのピンク色のドレスに身を包んでいた。スカートには豪華な金糸の刺繍が施されている。金がちりばめられた紗が幾重にも身頃に重ねてあるため、傷口に当てたガーゼをうまく隠せていた。

ドラゴンに目をやると、ガブリエルに負けず劣らず浮かない顔をしている。むっつりした表情をしていても、今日のドラゴンは夜会服で正装しているので、かなり立派に見えた。ウィンターボーン百貨店で購入し、大急ぎで仕立て直してもらったのだ。ギルドホールの中まで付き添うのに、周囲の人たちにうまく溶け込む服装をすることに同意してくれたのだった。

「何も心配いらないわ」パンドラは自信満々の口ぶりで言った。実際には〝満々〟とは言えないけれど。「ギルドホールにふらっと入って、倉庫で見かけた男性を見つけたら、すぐに家へ帰ればいいんだもの」

「こんなことをするなんて正気とは思えない」ガブリエルが小声で吐き出すように言う。

ドラゴンは口をつぐんでいるが、まったく同感だと顔に書いてある。

「ミスター・ランサムが言っていたでしょう？」パンドラはガブリエルに言った。「共謀者がつかまれば、わたしの身が安全になるって。それにあなただって、共謀者と五分だけふたりきりにしてほしいとミスター・ランサムに頼んでいたじゃない。どうしてそんな恐ろしい人と話をしたいのかわからないけれど」

「話をするわけじゃない」ガブリエルがきっぱりと言う。

石灰石で舗装された中庭を抜け、巨大なアーチ型天井のあるギルドホールの通路へ向かった。一五世紀に建てられた荘厳な市庁舎は最近の修復によってゴシック様式の趣が添えられ、幻想的な雰囲気を漂わせている。ギルドホールはさまざまな公式行事の会場としても利用されており、市長が毎年主催する公開の集会と晩餐会、上流階級の舞踏会や祝賀会などもここで行われていた。

中庭に押し寄せていたきらびやかな服装の人々が、南側のポーチの入り口にどんどん吸い込まれていく。

パンドラは驚きの目を見張った。「二〇〇〇人は招待されているのではないかしら」

「三〇〇〇人近くいるそうだ」ガブリエルが返す。「くそっ、きみがこんな人込みに巻き込まれたら……誰かがぶつかってきたら……」

彼女は腕を絡めて夫にしがみついた。「あなたのそばにいるわ」

まもなくイーサン・ランサムが近づいてくるのが見えた。引きしまった体に夜会服を上品に着こなしている。彼をじっと見ているうちに、パンドラはなぜか懐かしさのようなものを覚えた。あの歩き方、頭の形。「なんだか妙ね」

「どうした？」ガブリエルが尋ねる。

「以前にも同じことをしたような……すでに起きたことを再体験しているような気分なの」

パンドラは顔をしかめた。「ドクター・ギブソンに言われたとおりだわ。一時的な記憶喪失に陥ったあと、二、三週間はこういう症状が出るかもしれないって」

ランサムはそばまで来ると、パンドラに向かってお辞儀をした。「こんばんは。今夜はまた一段とお美しいですね、奥さま」

彼女は微笑み、お辞儀を返した。「こんばんは、ミスター・ランサム」

みなで入り口に向かって歩きだすと、ガブリエルが口を開いた。「こんなに大勢の人間が集まっているんだ、もっと制服警官を配置すべきではないのか？　これまでにふたりしか見ていないが」

「なるほど」ランサムが皮肉っぽい笑みを浮かべる。「警官の数が少なすぎるとおっしゃりたいのですね」彼は馬に乗った近衛連隊と儀仗兵《ぎじょうへい》の列に目を走らせた。「本物の武器こそ所持していませんが、ありがたいことに金のモール刺繍や肩章や勲章、光る胸甲をつけた面々が勢ぞろいしています。無政府主義者が襲撃してきたら、ぴかぴか光る装飾で目をくらませてやりますよ」

ギルドホールの中に足を踏み入れ、広く長い廊下を進んでいくと、天井が高くそびえる大広間に出た。目を見張るほど美しい場所だった。高い天井にはアーチ型のオークの補強材《リブ》が複雑にかけ渡され、壁板はゴシック様式の窓のようなしゃれた形をしている。今日の行事のために石の床の上から木の床板が重ね張りされていて、どことなく城館風のマナーハウスのような趣をかもしていた。長方形の大広間は八つの区画に分けられており、一番西の区画から楽団の演奏が聞こえ、東の端には大きな壇が設けられている。壇の上には人造大理石の柱に支えられたアーチがあり、周囲には緑色の幕が張られ、花々がちりばめられていた。壇の中央には金の玉座がふたつ並んでいる。

パンドラはよくわからないままに人の群れを眺め渡した。大広間は招待客でごった返している。仮に倉庫で目撃した人物がここにいるとして、こんな人込みの中でどうやって見つければいいのだろう？　楽団の優雅な演奏に合わせてワルツを踊る男女たち。あちこちで談笑する人々。耳の奥で甲高い音が鳴りだした。パンドラは片手で耳を叩き、どうにか耳鳴りを静めようとした。

ガブリエルにエスコートされ、彼女は壁際に移動した。「区画ごとに順に見ていけばいい」彼が聞こえるほうの耳元で言う。

ふたりはゆっくりと室内を歩きまわり、知った顔を見かけるたびに立ち止まっては世間話をした。ガブリエルはパンドラを一〇〇人ほどの人たちに紹介した。彼は人の名前や個人の特徴を驚くほどよく覚えていて、誰かのおばの健康状態や、年配の紳士の回顧録の進み具合を尋ねるのを忘れなかった。当然ながら、もっとも話題に出されたのは、二週間前にヘイマーケット王立劇場前で起きた事件のことだ。路上強盗のしわざではないらしいと知ると、みな驚いたり、不快そうに顔をしかめたり、中には同情と好奇心をあらわにしたりする者もいた。人々から注目を浴びつづけ、パンドラは気まずさと恥ずかしさを覚えたが、ガブリエルは慣れた様子で会話を続けた。

楽団が奏でる美しいワルツが、翼が生えたように自由に室内を飛びまわっている。《モッキングバード・ワルツ》、《フェアリー・ウエディング・ワルツ》、《イブニング・エコーズ・ワルツ》が流れたあと、次の曲が始まった。最初の数小節が演奏されると、パンドラとガブリエルは目を見あわせた。その曲が四分の三拍子の《横丁のサリー》だと気づくと、ふたりは笑いだした。

そのとき大広間の東の端に、麦わら色の髪の男性がいるのがガブリエルの肩越しにちらりと見え、パンドラの顔から笑みが消えた。はっとして夫の陰に隠れるように身を寄せ、ふたたび様子をうかがう。角張った顔、こぶ状に割れた顎。青白い肌に見覚えがあった。

「見つけたのか？」ガブリエルがきいた。

パンドラはうなずいた。「壇のうしろから出てきたわ」大きく息を吸い込んで続ける。「いまは部屋の北側へ向かってる」

ガブリエルはそちらに向きを変え、目を細めて見た。

ランサムが社交的な笑みを浮かべながら、ふたりのもとへやってきた。「彼ですか？」金髪の男の背中に視線を投げる。

彼女はもう一度うなずいた。

「ミスター・ナッシュ・プレスコットだ」ランサムが小声で言った。「内務省の次官です。彼から命令を受けたことが何度かあります」

パンドラはふたたび男性に目をくれた。大広間の出入り口とは反対側の扉から、外へ出ようとしている。

「出ていくぞ」ガブリエルが言う。

「そうはさせない」ランサムは低くつぶやき、男性のあとを追った。ワルツを踊る男女にぶつかりそうになりながらも、人々のあいだを縫うように進んでいく。

「檀のうしろで何をしていたのかしら？」パンドラは疑問を口にした。

「ぼくが見てこよう」ガブリエルは、そばに来ていたドラゴンのほうに彼女を向かせた。「彼女を頼む」そう告げて、部屋の奥のほうに置かれた石のベンチに目を留める。「パンドラ、しばらくあそこでおとなしく座っていてくれ」

「わたしも――」口を開いたときには、ガブリエルはすでに歩きだしていた。

パンドラは眉をひそめ、彼を目で追った。「なんだか拍子抜けだわ」ドラゴンを伴い、ベンチへと向かう。「壁の花に逆戻りというわけね」

ドラゴンは何も言わず、あたりにせわしなく視線をさまよわせていた。

パンドラはワルツを踊る男女を眺め、優雅で機敏な動きに感服した。大きくふくらんだスカートが、紳士の脚のまわりをくるくるとまわるさまが面白い。数メートル離れた場所で、上品な女性が床板につまずいたとたん、相手の男性が体を支えた。パンドラは自分のダンスにほんの少し自信を持った。あんなに上手な女性でも失敗することがあるのなら――。

そこで思考がさえぎられた。ドラゴンがベンチのそばに来て、壁板をそっと撫でたり、押したり、こつこつと叩いたりしはじめたからだ。

「何を探しているの？」パンドラはきいた。

「わかりません」彼はなおも壁際を行きつ戻りつしている。

「座ったらどう？」

「それはできません」

「どうして?」

「そわそわするんです」

「ドラゴン、気持ちはわからないではないけど、従僕はそんなふうに個人的な事情を口に出すべきでは――」

「そういうたぐいのそわそわではありません。それに今夜は従僕ではなく護衛です」

「そうだったわね。実際、どこから見ても立派な紳士だわ」別の男女がまた同じ場所でつまずくのが見えた。今度は男性のほうが床板に蹴つまずいたようだ。「きれいな女性がどこかから、あなたを見つめているかもしれないわね」パンドラは話を続けた。「〝すてきなおひげを生やしたあの男性は誰かしら? ぜひダンスを申し込んでもらいたいわ〟って」

「ダンスはしません」

「わたしもよ」さらに何組かの男女が軽やかに目の前を横切っていき、またしても別の女性がつまずいた。パンドラは眉根を寄せた。「ドラゴン、床板をはがすのって大変なこと?」

「いいえ。これは仮設の床ですから。とはいえダンスの途中ではがせば、いやな顔をされるでしょうね」

「曲がとぎれたとき、ちょっと一緒に見てもらえないかしら。まったく同じ場所で、さっきから三組もつまずいているの。ほら、あそこよ。床板がきちんとはまっていないだけだと思うんだけど、なんだか、そわそわすると言ったあなたの気持ちがわかってきたわ」

ワルツの曲が次第に薄れたかと思うと、楽団が《女王陛下万歳》の演奏を始め、皇太子がギルドホールに到着したことを告げた。大広間にいる全員が立ちあがり、折り目正しく両腕を脇につけ、国歌を斉唱しはじめた。

ところがドラゴンはわれ関せずといった様子で、熱心に国歌を歌う男女のあいだをすり抜け、床板に視線を落とした。パンドラもあとに続く。底の薄い室内履きを通して、床板がわずかに浮きあがっているのを感じた。やはりきちんとはまっていない箇所があるようだ。

「ここだわ」小声で言い、試しに片足を床に滑らせてみた。数人の招待客が怒りのこもった視線を向けてくる――国歌斉唱に加わらないのはひどく無作法だと言わんばかりに。

ドラゴンが夜会服の上着のポケットから、使い古した革の細いケースを取り出した。ケースを広げ、頑丈そうな錐《きり》のような道具を手に取って床にひざまずく。

四人のラッパ吹きが大広間に入ってきた。次いで、銀の杖を持った世話役の四人組。楽団の演奏が続く中、市長夫妻が壇に向かって進んでいき、役人、参事会員、市議会議員たちがあとに続く。

ドラゴンが床板をこじ開けようとすると、周囲から抗議の声があがりはじめた。

「何をしているんだ？」男性が怒声を発した。「市長の演説の邪魔になるだろうが。そのうえ――」ドラゴンが床板を引っ張りあげて脇へ置くのを見て、男性は口をつぐんだ。

床に視線を落とすと、仮設の床と本来の石床の隙間に、真鍮製の円筒がきちんと並んでおさまっていた。「これは何？」パンドラはドラゴンに問いかけた。答えは聞くまでもない気がするけれど。「換気装置か何かであることを祈るわ」

「まさにそれです」ドラゴンが小声で言い、床板をさらにもう一枚引きはがした。ぴかぴか光る円筒が、また一列現れた。「建物から屋根を吹き飛ばして換気するつもりのようですね」

「爆弾だ！」そばにいた男性が叫んだ。「床下に爆弾がずらりと並んでいるぞ！」

音楽がやみ、大広間は大混乱に陥った。耳をつんざくような悲鳴があちこちで響き渡り、招待客たちが先を争って、いっせいに出入り口へ向かって駆けだした。パンドラは呆然と立ち尽くした。ドラゴンがすばやく立ちあがり、彼女が押しつぶされないように自らが盾となって守った。

「セントヴィンセント卿はどこ？」パンドラは問いかけた。「彼が見える？」

わめき声にかき消されて、ドラゴンの返事が聞こえない。

恐怖のあまり逆上した人々が押しあいへしあいしながら、われ先に外へ出ようとしている。パンドラは丸くなってドラゴンに身を寄せた。まもなくガブリエルの腕が体にまわされると、彼女はわけもわからず夫のほうを向いた。人波に押されないようにドラゴンが立ちふさがっているあいだに、ガブリエルは無言のままパンドラを抱きあげ、部屋の隅へ向かった。

三人はアーチの柱の陰に逃げ込んだ。ガブリエルが彼女を床におろして立たせる。パンドラは彼の上着の下襟をつかみ、すがる思いで見あげた。

「ガブリエル、すぐにここから出ないと」

「大丈夫だ」

「大丈夫なんかじゃないわ」彼女は食いさがった。「床下に爆弾があるの。イワシの缶詰みたいにずらりと並べてあったのよ。缶詰が爆発したら粉々になるわ」

ガブリエルが上着のポケットから何か取り出した。奇妙な物体……時計仕掛けの小さな金属製の弾薬筒みたいなものだ。

「壇のうしろに床板がきちんとはまっていない箇所があって、その下でこれを見つけた」

「いったいなんなの？」

「時打ち式の時計が起爆装置につながれている。弾薬が爆発するように設定されているんだ」

「でも、いまはそうならないの？」心配になって尋ねる。

「ああ、もう大丈夫。床下に並んでいる円筒形の爆弾から引きはがしたからね。おや」ガブリエルはドラゴンに目をくれた。「北側の出口の人だかりがまばらになっているな。よし、行こう。彼女が突き飛ばされないように気をつけてくれ」

「そんなことより、爆弾のほうがよほど心配よ」パンドラはいらいらして彼の手を引っ張った。ガブリエルは彼女の体に腕をまわしたままだ。ドラゴンが反対側に立った。三人は大広間から出ると、ギルドホールの裏庭を抜けてバジングホール・ストリートに出た。ひんやりした外の空気に触れたとたん、パンドラは安堵のあまり虚脱感に襲われた。彼らは立ち止まり、破産裁判所の陰から様子をうかがった。

騒然としたギルドホールのまわりには黒山の人だかりができていた。うろたえた人々が蜘蛛の子を散らすように逃げていく。馬に乗った近衛兵たちが行ったり来たりしているあいだに、警察の幌《ほろ》馬車や四頭立ての馬車や馬などが次々とやってきた。警笛の甲高い音が鳴り響き、駆けつけた警官が互いに合図を送りあっている。ガブリエルの胸に頭をもたせかけていたパンドラの耳に、彼が誰かに尋ねる声が響いた。「プレスコットを見失ったのか?」

振り返ると、イーサン・ランサムが立っていた。顔には疲労の色が浮かんでいて、どことなくいらだっているように見える。ドラゴンが無言で時計仕掛けの起爆装置を手渡した。ランサムはそれをくるりと裏返し、よく調べてから答えた。

「あとを追ってグレシャム・ストリートを進み、ゼネラル鉄道の貨物駅に追いつめました。ですが、手の届くところまで近づく前に――」ランサムは口をつぐみ、うつろな目をして力なく頭を振った。「ストリキニーネを」彼は続けた。「錠剤を目の前でのんだのです。申し訳ありません、閣下。五分だけふたりきりになりたいというご希望を、かなえられませんでした」ランサムは起爆装置をポケットにしまった。「結局、闇から闇へ葬られたというわけです。内務省と警察の中で、ほかの誰がこの件に関与していたのかもわからずじまいですよ。プレスコットが単独で行動を起こしたとは考えにくい」

「どうするつもりだ?」ガブリエルがきいた。

ランサムは面白くもなさそうに微笑んだ。「まだわかりません。しかしどうであれ、慎重にことに当たる必要がありそうですね」

「ぼくで何か力になれることがあれば――」ガブリエルが口を開く。

「いいえ」ランサムがさえぎった。「関わりを持つのはやめましょう。プレスコットが死んだいま、レディ・セントヴィンセントの身に危険が及ぶ心配はもうありません。なるべくわたしに関わらないほうが身のためです。今夜のことは他言無用でお願いします。わたしがお宅にうかがったことも口外しないでください」

「もう二度と会わないということなの？」パンドラは落胆して尋ねた。

目にやさしい光をたたえ、ランサムは彼女を見た。「金輪際お会いするつもりはありません、奥さま」

彼はドラゴンと握手をしたが、ガブリエルのほうを向いて躊躇した。たいていは、同じような地位の男同士でなければ握手は交わさないものだからだ。

ガブリエルが手を差し出し、彼の手を力強く握った。「幸運を祈るよ、ランサム」

刑事は短くうなずき、立ち去ろうとした。

「ひとつだけ、ききたいことがある」ガブリエルが言った。

ランサムがわずかに眉をあげ、ガブリエルのほうに向き直った。

探るような目つきで、ガブリエルは相手を見た。「きみはレイヴネル家とどういう関係なんだ？」

パンドラは驚き、夫からランサムへとすばやく視線を移した。彼は少し長くためらってから口を開いた。「なんの関係もありません。なぜですか？」

「最初に会ったとき、きみは黒い目をしていると思った。だが実際は、黒に縁取られた青い瞳だ。そんな色の目をした人には、いままで四人しか会ったことがない。それはレイヴネルの人間と」ガブリエルはいったん言葉を切った。「きみだ」

ランサムが乾いた笑い声をたてた。「わたしの父は看守でした。母は、行儀のいい友人たちの前では決して口にできないような仕事をしていました。わたしはレイヴネル家とは無関係ですよ」


「ミスター・ランサムはこれからどうなるのかしら?」馬車で家に帰る途中、パンドラはガブリエルに問いかけた。ふたりきりで話ができるように、ドラゴンは御者とともに御者台に座っている。あたたかな手でさりげなく撫でられ、パンドラは夫の肩に寄り添った。

「彼は厄介な立場にある」ガブリエルは言った。「過激派と共謀してテロ行為をくわだてたとして政府の役人を告発するのは、決して彼自身のためにならないだろう」

彼女は顔を曇らせた。「ガブリエル……」こらえきれず、大きなあくびをしながら言う。「ミスター・ランサムがうちの一族と血のつながりがあると本当に思っているの?」

「単なる偶然の一致かもしれない」ガブリエルは認めた。「だが、彼の表情や仕草にどことなく見覚えがあるような気がしてね」

「ええ、それはわたしも気づいていたわ」パンドラは目をこすった。「彼には好感を持っているの。あんなことを言っていたけれど、またいつか会えたらいいわね」

「ああ、そうだな」ガブリエルは彼女を引き寄せて自分の膝にのせ、楽な姿勢を取らせた。

「ぼくに寄りかかるといい。もうじき屋敷に着くから、ベッドに寝かせてあげよう」

「あなたも一緒にベッドに入ってくれるのなら」指先で彼の唇に触れ、誘うようにささやく。

「もちろんお礼はするわ」

「それはありがたい」面白がっているような口ぶりだった。「でも、すでにうとうとしているじゃないか」

「疲れてないわ」パンドラは言い張った。あふれそうなほど胸に愛情がこみあげてくる。ガブリエルは彼女のパートナーであり、恋人であり、夫だ。自分がずっと求めていたことさえ知らなかった、すべてなのだ。「頭が眠りたくないと言っているの」

「目を開けているのもやっとという感じだよ」彼はやさしくからかった。「朝まで待とう。そのほうが、きみも積極的に参加できるかもしれないだろう」

「見ていてちょうだい、あなたがげっそりするほど情熱的に襲ってあげる」

「まあ、落ちついて、かわいい海賊さん」ガブリエルが微笑み、彼女の髪を撫ではじめる。パンドラはふたたび彼にもたれた。「時間はたっぷりあるんだ。今夜もこの先もずっと、ぼくはきみのものだよ。うれしいときも、逆境のときも。数々の苦しみにつきまとわれようとも」たまらなく魅力的な声だ。上質なベルベットみたいに。「だがいまはただ、こうしてきみを抱いていたい。パンドラ……ぼくの愛する人、ぼくのワルツ、いとしい運命の人。夢を見ながら眠っている顔を、ぼくに見せてくれないか。そして朝になったら……きみをたっぷりとあがめよう。それでどうだい？」

ええ、最高よ。あがめる。眠る。なんて魅力的な響きなのかしら。その瞬間、パンドラは疲労感に襲われ、口も利けなくなった。意識がぼんやりしはじめる。ガブリエルの腕に包まれて、彼女は毛布のようにふんわりとしたあたたかい暗闇へと引き込まれていった。彼が聞こえないほうの耳に向かってささやいたが、なぜか今回は何を言われたのかはっきりとわかった。かすかな笑みを浮かべたまま、パンドラは眠りに落ちた。

エピローグ

一八七七年一二月六日

「じっとしていて」ガレット・ギブソンは小声で言うと、パンドラの耳たぶをそっとつまみ、金属製の耳鏡の管の先を耳に差し入れた。彼女が目を細めて接眼レンズをのぞき、拡大レンズが映しだす像を見ているあいだ、パンドラは革張りの診察台に横向きに頭をのせて座っていた。

これまでの検査でわかったのは、パンドラの左耳は一・二センチ離れたところで鳴っているチクタクという時計の音と、一・八メートル離れたところで発せられた高めの声は聞こえるということだった。ただし低い声については、どんな距離でも聞こえなかった。

パンドラの耳に耳鏡を入れたまま、ガレットは鉛筆を手に取り、手早く図を描いた。「鼓膜《イヤードラム》は〝ティンパナム〟とも呼ばれているんです」つぶやくように言う。「鼓膜が破れているのが見えます。子どもの頃に損傷を負ったせいでしょう。慢性的な炎症によってできた傷もいくつかありますね。鼓膜は皮膚と同じで、細胞が次々に再生されるので、この種の穴はたいていすぐに治るんです。でもあなたのように、穴がふさがらないこともあります。最初の損傷でひどい感染症を起こした場合はなおさら」ガレットが慎重な手つきで管を引き抜くと、パンドラは上体を起こして彼女と向きあった。

「何かできることはあるのかしら？」パンドラは尋ねた。

「何年もこの状態が続いているので、失われた聴力が完全に回復するとは考えにくいですね。ただし、症状がかなり改善する可能性はあります。耳鳴りとめまいは大幅に減るか、なくなると思いますよ」

興奮で体が震えそうだった。「本当に？」

「まずは治癒を早めるために、左耳を消毒液で毎日洗浄していただきます。一週間後に、もう一度診察を受けにいらしてください。次回は新しい組織の生成を促すために、鼓膜の穴に硝酸銀を塗りますから」

「どうやって耳に塗るの？」

「溶かしたものをほんの一滴、銀線の先につけて塗るんです。ものの数秒で終わりますよ。痛みもまったく感じません。この治療で期待するほどの効果を得られなかったら、次は医師仲間のひとりに相談してみます。コラーゲン膜を使って、破れた鼓膜をふさぐのに成功したことがあるらしいので」

「少しでも効果があるとしたら、まるで……」パンドラは言葉を切り、ぴったりの言葉を探した。「魔法みたい！」

ガレットは笑みを浮かべた。「魔法なんてものは存在しませんよ、奥さま。あるのは技術と知識だけです」

「わかったわ、あなたがいいと思う呼び方にする」パンドラはにやりとした。「だけど結果は同じよ」

診察が終わると、パンドラはドラゴンをすぐうしろに従え、隣にあるウィンターボーン百貨店へ向かった。今日は〝聖ニコラスの日〟で、ウィンターボーン百貨店では毎年この日に中央の円形広場の大きなステンドグラスの円天井の下でクリスマスツリーが公開されることになっていた。一八メートルもの高さの常緑樹には、枝のあちこちに見事な装飾品が飾られ、きらきら光るリボンが巻かれる。そのツリーを見るために、人々が遠くからはるばるやってくるのだ。

コーク・ストリートは、大きな包みや袋を抱えたクリスマスの買い物客でごった返していた。子どもたちはべとべとした手で、丸い砂糖菓子やマカロンなどの入った円錐《えんすい》形の紙袋を握りしめている。百貨店の豪華なショーウインドーのまわりに大勢の人が群がっていた。店内で売られている画家が描いたクリスマスカードを陳列してある窓もあれば、おもちゃの列車がポッポと音をたてながら小さな線路を走っている窓もある。中でも人気なのは百貨店名物の食品売り場のショーウインドーで、さまざまな珍味や菓子が並ぶ中に、巨大な回転木馬の形をしたジンジャーブレッドが飾られていた。木馬も乗っている人間もジンジャーブレッドでできていて、屋根にはキャンディが使われている。

店内に足を踏み入れると、ドラゴンがパンドラの手から肩マントと手袋を受け取り、店の隅へ移動した。彼はここぞというときにだけ着用するお仕着せに身を包んでいる。ボードゲームが店頭に並んでから今日でちょうど一週間なので、パンドラがおもちゃ売り場の責任者から販売状況を聞いているあいだは、嫌いな青と金の服を着用しておくべきだと判断したようだった。

パンドラは緊張で胃がきりきりするのを感じながら、陳列されている商品を見てまわった。目に留まったのは子どもにぴったりの大きさの食料品店で、引き出しとカウンターと戸棚が備えつけられており、実際に重さを量れる秤《はかり》やおもちゃの果物と野菜まで置かれている。続いて磁器のティーセット、人形の家、絵本、おもちゃの荷馬車、空気鉄砲、人形へと視線を走らせた。ふたりの小さな女の子が、おもちゃのポットや鍋や調理器具のついた調理用ストーブで遊んでいるのを見つけ、思わず微笑んだ。

次のクリスマスまでに、さらに二種類の新しいボードゲームを発売する予定だった。ひとつは動物とアルファベットの文字が描かれた積み木セットで、もうひとつはおとぎばなしを題材にした子ども向けのカードゲームだ。それからガブリエル以外の人にはまだ打ち明けていないけれど、子ども向けの本を執筆したいとも思っている。わかりやすく、胸がわくわくするような物語を。挿絵のスケッチと彩色がなかなかうまくいかないので、いっそのこと画家を探したほうがいいかもしれない。

ふと見ると、数人の子どもたちがドラゴンのすぐそばでそわそわしていた。どうやら彼のうしろに陳列されている本を手に取りたいようだ。だが、ドラゴンはぴくりとも動かない。彼は子どものことはほとんどわからないばかりか、背が低くてだらしない、浅はかな大人だと思っているふしがある。やがて彼のまわりに子どもの一団が集まってきた。男の子が三人、女の子がふたりで、みなドラゴンのウエストの位置よりも背が低い。彼らは首を伸ばし、ドラゴンの姿をよく見ようとしている。青いベルベットのお仕着せを着た筋骨たくましい従僕が、ひげと傷のある顔をしかめているのが、幼い目には風変わりに映るのだろう。

パンドラは笑いをこらえながら近づくと身をかがめ、秘密めかしてささやいた。「この人が誰だか知ってる?」子どもたちが好奇心に目を見開き、彼女のほうを向いた。「ドラゴン船長よ——勇敢で戦いが好きな海賊で、世界の七つの海を渡ったことがあるの」子どもたちの顔に、さざなみのように好奇心が広がっていく。ドラゴンのあきれたまなざしに気づかないふりをして、彼女は楽しげに続けた。「人魚に小夜曲《セレナーデ》を歌ってもらったり、ダイオウイカと戦ったりしたことがあるんですって。それから飼っていたクジラが彼の船のあとをついて泳いできて、よく堅パン《シービスケット》をねだられていたそうよ」

ひとりの男の子が恐れと尊敬の入り混じった目でドラゴンの暗い顔を見あげてから、パンドラにきいた。「だったら、なんで従僕みたいな格好をしてるの?」

「船酔いのせいなの」彼女はいかにも残念そうに打ち明けた。「それも四六時中なんですって。だから、いまは従僕をしつつ休みの日には陸の上で海賊行為をしてるのよ」

子どもたちが興味津々で無表情な大男のまわりに集まった。「木の義足をつけてるの?」

ひとりが質問した。

「いや」ドラゴンがうめくように答える。

「誰かをつかまえたら、船から突き出た板の上を目隠しして歩かせるの？」

「いや」

「クジラの名前は？」

ドラゴンはうんざりした表情になった。彼がうっかり何か口走る前に、パンドラはあわてて答えた。「雌のクジラで〝バブルズ〟っていうのよ」

「雄で」ドラゴンが訂正する。「〝スプラッシャー〟です」

パンドラは大いに楽しみつつも、彼らのもとを離れた。子どもたちはなおもドラゴンから無理やり話を聞き出している……なるほど、彼が見たのは緑色の髪をした人魚で、岩の上で日なたぼっこをしながら歌っていたらしい。彼が金銀財宝をどこかに埋めたとしても、決してありかを教えるつもりはないという。略奪品を自慢するのは間抜けな海賊だけで――さて、そろそろボードゲームの販売状況を確認しに行かなくては。

胸を張り、そびえ立つクリスマスツリーの反対側へ向かおうとして……パンドラはふと足を止めた。すらりとした長身の夫の姿が目に入ったからだ。彼は陳列台に寄りかかるように立ち、さりげなく足首を交差させている。堂々としていて、息をのむほど凛々《りり》しい。頭上で輝くシャンデリアの光を受けて、金褐色の髪に火花が散っているように見えた。ガブリエルはパンドラを見おろして、かすかに微笑んだ。冬を思わせる青い瞳は静かにきらめいている。

近くで買い物をしていた女性たちがそわそわしたり、興奮気味にささやきあったりしていた。誰も気絶しないのが不思議なくらいだ。パンドラは苦笑いを浮かべ、彼に近づいた。

「閣下？」

「診察のあとでここへ立ち寄ると聞いていたからね。きみを待っているあいだに……ある噂を耳にしたよ。どこかの女性実業家が開発したボードゲームが、一週間そこそこで完売したらしい」

彼女はきょとんとした。「完売ですって？　五〇〇個全部が？」

ガブリエルがまっすぐに立ち、陳列台から離れた。その瞬間、パンドラの目に飛び込んできたのは空っぽの陳列台だった。小さなイーゼルに立てかけた掲示板だけが、ぽつんと置かれている。

〝大評判のボードゲーム〈巨大百貨店で買いまくれ〉はまもなく再入荷予定〟

「数分前にウィンターボーンと話をしたんだが」ガブリエルは話を続けた。「これほど需要のある商品を販売できないのは胸をえぐられる思いらしい。きみの小さな工場は大わらわになるだろうが、なるべく早く追加発注したいそうだ」

ぼうっとした頭の中で、パンドラはざっと計算した。「大変だわ、もっとたくさんの女性を雇って、アイダを責任者に起用しないと」

「メイドを？」

「ええ、彼女は何カ月も前から希望していたんだけど、わたしが反対していたの。でも、こうなったらしかたがないわね」ガブリエルが面食らっているのに気づき、パンドラは説明した。「九月のことだったかしら、アイダがあまりにあれこれ指図するものだから、嫌味のつもりで言ったのよ、いっそのこと女性従業員を監督する役目を一手に引き受けたらどうかって。その考えを彼女はすっかり気に入ってしまったの」

「何が問題なんだ？」

彼女は長年の苦労をにじませた目でガブリエルを見た。「わたしの髪はさらさらしてるから、巻き毛がすぐに崩れちゃうの。そうならないように、うまく髪型を整えられる人はアイダしかいないのよ。このいまいましい髪と仕事とのあいだで選択を迫られる日が来るなんて、夢にも思わなかったわ」

彼はパンドラに近づくと、こめかみのあたりで結いあげた髪に鼻をすり寄せた。「ぼくはこの髪が大好きだよ」そっとささやく。「まるで真夜中に触れているような気分になる」

彼女は笑いをこらえ、身をよじった。「いやだ、おもちゃ売り場の真ん中で甘い言葉をささやかないで」

「効き目がなかったかな？」

「大ありよ、それが問題なの」

空っぽの陳列台に沿って歩きだすと、ガブリエルもゆっくりとこちらへ向かってきた。

「ドクター・ギブソンは耳についてなんて言っていた?」

彼とまっすぐに向きあい、パンドラはにっこりした。「適切な治療をすれば、症状は改善するだろうって。耳鳴りも、平衡感覚を失うのも、暗闇への恐怖も、もうおしまいよ」

ふたりは視線を合わせ、喜びと満足感を分かちあった。パンドラが行動するより早く、ガブリエルが陳列台越しに手を伸ばし、彼女の手首をさっとつかんだ。獲物に襲いかかるヒョウさながらのすばやさで。「こっちへおいで」手首をやさしく引っ張る。

熱いまなざしで見つめられ、頰がほてりだし、どうしようもないほど胸が高鳴った。「閣下」パンドラはすがるように言った。「お願いだから、人前ではやめていただけます?」

ガブリエルの唇がぴくっと引きつった。「なるほど。では、堂々とキスができる場所を探そう」

気がつくとパンドラは夫に手を引かれ、頰を赤く染めながら、人込みの中をさまよっていた。目の前を横切ろうとする買い物客たちに道を譲るために立ち止まったとき、よく聞こえるほうの耳のうしろで、そっと撫でるような声がした。「いいかい? どんなことがあろうと、きみはもう暗闇を恐れる必要はないんだよ。転ばないように、ぼくがずっとそばにいるんだから」

互いの指を絡めあいながら、パンドラはふと思った。ドクター・ガレット・ギブソンは洞察力のある人だけれど、あの言葉だけは間違っている。この世に魔法は存在する。ありふれた毎日のそこかしこに。潮が引き、心臓が鼓動するのと同じように、当然のこととして。

その考えに勇気づけられて、パンドラは、レディ・セントヴィンセントは――衝動をうまく抑えられないひとりの女性は――百貨店のど真ん中で夫にキスをした。そして彼は――妻にすっかりのぼせあがっているひとりの紳士は――すぐさまキスを返した。

作者による覚書

本書を執筆するに当たり、一八七〇年代の医学雑誌や手術器具のカタログ、外科手術の教科書などを読んで（ありがとう、Ｇｏｏｇｌｅブックス）、ヴィクトリア時代の薬や手術の知識を深める機会を得られたのは大変喜ばしいことでした。治療の方法や手順については、想像していたとおり原始的なものもありましたが、ヴィクトリア時代の薬物療法は、予想よりはるかに進歩していたことがわかりました。一八六五年頃から、ジョゼフ・リスター卿が消毒による無菌手術を行い、外科手術に大きな変革をもたらし、現代医学の父と呼ばれるようになりました。また麻酔法の進歩によって、それまでは試みることさえできなかった繊細で複雑な手術が可能になりました。本書で記した手術もその一例です。さらに医師たちが高性能なレンズの顕微鏡を使って化学的な情報を集められるようになると、ヘレンの貧血のように正確な診断と治療を行えるようになりました。

登場人物のパンドラについては、実在のボードゲームの開発者エリザベス・マギーへの敬意を表しています。エリザベス・マギーは一九〇〇年代に発売した〈地主ゲーム〉をはじめ、いくつかのゲームを考案した女性です。その後、チャールズ・ダロウがこのゲームに改良を加え、パーカー・ブラザーズに版権を売却したあと、〈モノポリー〉と名づけられました。それから何十年にもわたり、チャールズ・ダロウは〈モノポリー〉の開発者としての功績をたたえられてきましたが、エリザベス・マギーが最初の発明者としての役割を果たしていなかったら、〈モノポリー〉はこの世に存在しなかったでしょう。

ガブリエルは本書の中で、〝数々の苦しみにつきまとわれようとも〟という言葉を口にしますが、これはシェイクスピアの『ハムレット』の〝生きるべきか死ぬべきか〟の独白からの引用です。わたしたちが日々直面する難題や対立を言い表すのに、これほどうってつけな言葉はないような気がします。

一八七七年当時のイギリスの女性の財産法に関する記述では、できるだけ正確な情報を取り入れるように努めました。女性が結婚後も財産を所有し、法的に独立した個人と認められるべきだという考え方は、あまりに長いあいだ社会と政府の抵抗に遭ってきました。しかし一八七〇年、一八八二年及び一八八四年に成立した既婚婦人財産法によって、女性も徐々に自分の財産を所有できるようになりました。それまでは結婚すると同時に、妻の財産を夫が管理することになっていたのです。

さらに、パンドラが〝女王陛下も女性の参政権に反対していた〟と言及していますが、これも史実に基づいています。一八七〇年にヴィクトリア女王が書いた手紙によれば、「〝女性の権利〟などという愚かな悪しき考えを表明する者たちを、ぜひとも兵籍に加えたいものだ。哀れでか弱き性がねじ曲げられ、女性らしい感情や礼節が忘れ去られるのは、考えるだけでもおぞましい。男女同権論者は鞭打《むち》ちの刑に処されるべきである。女性が男性との平等を求め、〝性らしさ〟を失えば、忌まわしき野蛮人、汚らわしい存在となり、男性の保護がなければ確実に滅びるであろう」。

それほど遠くない昔に、途方もない失望や苦しみを味わった女性たちについて書かれたものをいろいろと読んでいるうちに、彼女たちが手に入れるために戦った——そして勝ち取った——権利をこれまで以上に大事に思うようになりました。どうかみなさんも、自分の価値を軽視しないでください。わたしたちの意見には価値があるのです！　あなたの心の輝きが次の世代に光を与えるのです。当時のすばらしい女性たちが、わたしたちに光を与えてくれたのと同じように。

パンドラのブラマンジェ

告白

長年ヒストリカル・ロマンスを読んできたのに、ブラマンジェがどんなものかを知らずにいました。ようやくわかったので、苦労して得た知識を（実際には一〇分しかかかっていませんが）みなさんにもお伝えします。

ヴィクトリア朝では、ブラマンジェは病人や上流階級の人たちに好まれました。フランス語で〝白い食べ物〟という意味で、本当においしいのです。驚くほど繊細で軽い、プディングのようなデザートですが、卵は使わないので、正確にはプディングとは言えません。

わたしはさまざまな年代のレシピを調べ、そのうちのふたつを娘と一緒に試作してみました。ゼラチンとコーンスターチのどちらを使ってもブラマンジェは作れますが、コーンスターチを使ったほうがよりクリーミーに仕上がるので、わたしたちの好みに合いました。それから牛乳は全乳を使うか、なるべくお好みのミルクにハーフ・アンド・ハーフ（牛乳と生クリームが半量ずつ配合されたコーヒーミルク）を少量混ぜたものを使ってください。なぜなら無脂肪乳で作ったブラマンジェは、卵白だけで作ったオムレツ以上に味気ないものになってしまうからです。

作り方

1. 小鍋に牛乳1カップを入れ、沸騰させます（鍋の縁にふつふつと小さな泡が出てくるまで）。
2. 別のボウルに残りの一カップの牛乳、コーンスターチ、砂糖を入れ、なめらかになるまで泡立てます。
3. ボウルの中身を小鍋に注ぎ入れ、火加減を中火から強火にしたら、泡立て器で混ぜつづけます。鍋底を焦がしてしまうと、白くないブラマンジェになってしまうのでご注意を。
4. 鍋の中が煮立ってきたら（ポコポコと泡が出はじめたら）、さらに20秒ほど混ぜたあと、火からおろします。4個のティーカップか小さなボウル、シリコン製のカップケーキ型などに流し入れます。
5. 冷蔵庫で6時間以上冷やしてから、ソースをたらりとまわしかけてお召しあがりください（シリコン製のカップケーキ型を使った場合は、ひとつずつ型から出してお皿に盛るとかわいいですよ）。
6. ロマンス小説を読みながら、上品に食べましょう。

パンドラのブラマンジェ

材料

牛乳　2カップ

砂糖　2分の1カップ

コーンスターチ　4分の1カップ

バニラ・エッセンスまたはアーモンド・エッセンス　小さじ1（アーモンドのほうが伝統的）

キャラメルシロップまたはフルーツソース

さらに、ティーカップまたは容量2分の1カップ程度の小さなボウル、シリコン製のカップケーキ型などの容器が4個必要です。

訳者あとがき

《レイヴネル家》シリーズの三作目『パンドラの秘めた想い』をお届けします。今回の主人公は二作目のヒロインであるヘレンの妹、パンドラ。双子の片割れであるカサンドラとともに社交界にデビューした彼女が舞踏会に出席しているところから、物語は始まります。

社交界にデビューし、舞踏会にやってきたパンドラ。結婚相手を探すつもりのない彼女は足を痛めていると偽って隅に座っていましたが、シャペロンであるレディ・バーウィックの娘にあずまやで落としたイヤリングを取ってきてほしいと頼まれます。ところが、しかたなく向かったあずまやで、長椅子の背に施された彫刻の隙間にはさまって抜けられなくなってしまいました。そこへ通りかかったのがセントヴィンセント卿。パンドラに覆いかぶさるようにして助け出そうとしてくれましたが、たまたまやってきた舞踏会の主催者に見とがめられ、ふたりは結婚する以外にない状況に追い込まれてしまいます。けれども、セントヴィンセント卿の求婚をパンドラは激しく拒否。自立を目指す彼女は結婚する気などまったくなかったのです……。

シリーズを一作目から読んでくださっている読者の方々は、おてんばな双子のパンドラとカサンドラを覚えておられるのではないでしょうか。両親から顧みられることなく田舎の領地でほとんど他人と交わらずに過ごしてきた彼女たちは、一作目の登場時は一九歳という年齢よりもずっと幼く無邪気な印象でした。けれどもそれから二年が経って二一歳になり、パンドラもカサンドラも子どもではなく若い娘に成長し、それぞれの求める道へ歩み出そうとしています。そしてふつうに結婚しようと考えているカサンドラと違い、結婚という制度において女性が著しく軽んじられている現状に納得できないパンドラは、一生独身で自立して生きていく決意をかためていました。

この作品では、パンドラが圧倒的な存在感を放っています。賢い彼女は自分のことをある種の精神疾患ではないかと疑っていますが、実際とにかく落ちつきがありません。彼女の場合、それがあふれるほど旺盛な好奇心と背中合わせになって唯一無二の魅力となっているものの、いくら魅力的でもそんな女性とやっていくのはかなり大変でしょう。ですが、ガブリエルはありのままのパンドラを受け入れるというより、そういう彼女だからこそ愛するようになっていきます。パンドラの自立したいという思いや、ほかの人と違うというひそかなコンプレックスとも真摯に向きあい、粘り強く説得を重ねて、彼女のかたくなな心を開かせていくのです。

この作品には華やかな舞踏会のシーンがあまりない代わりに、女性が慎み深く海水浴を楽しむために使われた移動更衣室（馬に引っ張らせて浅瀬まで運ぶ、車輪付きの小さな小屋のようなもの）や当時の最先端の医療技術など、さまざまな興味深い描写が出てきます。とくに医療技術の描写については著者が覚書で触れているほどこだわった部分ですので、注目していただければと思います。

まだまだ続くこのシリーズ、原書はすでに四作目まで出ており、五作目が来年二月に出版される予定です。四作目のヒロインは医師のガレット・ギブソン、五作目のヒロインはガブリエルの姉のフィービー。これらもご紹介できる機会があることを願っています。

二〇一八年一一月

ライムブックス

パンドラの秘《ひ》めた想《おも》い

著　者　リサ・クレイパス
訳　者　緒川久美子《おがわくみこ》

2018年12月20日　初版第一刷発行

発行人　成瀬雅人
発行所　株式会社原書房
〒160-0022東京都新宿区新宿1-25-13
電話・代表03-3354-0685　http://www.harashobo.co.jp
振替・00150-6-151594
カバーデザイン　松山はるみ
印刷所　図書印刷株式会社

落丁・乱丁本はお取替えいたします。
定価は、カバーに表示してあります。
 ISBN978-4-562-06518-9 Printed in Japan